EL ASESINO
INCONFORMISTA

CARLOS BARDEM

EL ASESINO INCONFORMISTA

PLAZA JANÉS

Papel certificado por el Forest Stewardship Council®

MIXTO
Papel procedente de
fuentes responsables
FSC® C117695

Penguin
Random House
Grupo Editorial

Primera edición: junio de 2021

© 2021, Carlos Bardem, representado por la Agencia Literaria Dos Passos
© 2021, Penguin Random House Grupo Editorial, S. A. U.
Travessera de Gràcia, 47-49. 08021 Barcelona

Printed in Spain – Impreso en España

ISBN: 978-84-01-02715-4
Depósito legal: B-6585-2021

Compuesto en Pleca Digital, S. L. U.

Impreso en Rotativas de Estella, S. L.
Villatuerta (Navarra)

L027154

A Pilar, mi madre
A Cecilia, mi compañera

Pero lo que el Evangelio enseñaba en realidad era esto: «Antes de matar a alguien, asegúrate de que no está bien relacionado». Así es.

KURT VONNEGUT, *Matadero Cinco*

¿Qué es una catástrofe sin su lado cómico?

PHILIP ROTH, *El pecho*

De todos modos, asusta pensar que nuestros recuerdos más preciados podrían no haber ocurrido nunca, o podrían haberle ocurrido a otro.

OLIVER SACKS, *El río de la conciencia*

No es posible considerar al criminal como un héroe o un santo tras haber empezado por fin seriamente a estudiar su naturaleza.

HAVELOCK ELLIS, *The Criminal*

1

Una cosa chocante, por lo que yo he podido ver, es que los verdugos son siempre personas instruidas, juiciosas, inteligentes y con un amor propio, un orgullo incluso, fuera de lo común.

Fiódor Dostoievski,
Memorias de la casa muerta

Mientras subía en el ascensor, Fortunato se miró en el espejo. El ascensor era antiguo, enjaulado, con paneles de latón oliváceo y espejos gastados a los que se les veía el azogue, que rebotaban una luz blanquecina nada favorecedora. Un ascensor con nombre alemán e iluminación enfermiza, verdosa. El verde es el color del mal en las pelis de Disney, pensó Fortunato. El verde lechoso. Sabía más o menos a lo que iba. En realidad, a qué estaba claro. La cosa era a quién. Los telediarios estaban llenos de candidatos. Pero no quería hacer quinielas e intentó dejar la mente en blanco. Una cosa llevó a la otra y Fortunato, que tiene desde siempre una memoria arborescente, pasó de verse mayor —no viejo, pero sí mayor; no gordo ni calvo, pero sí más pesado, ojeroso y con más canas ¿que esta mañana?— a pensar en nazis exiliados en España, en nazis abriendo restaurantes caros en Madrid, vendiendo ascensores duros como *panzers*, fabricando la Mahou y viviendo en la Costa del Sol. Vio a Léon Degrelle bronceado y sonriente, falso recuerdo en color de una foto en blanco y negro. Y de ahí a las cámaras de gas. Una sala gris donde miles de ojos, enormes en cráneos chupados, le miran fijamente. Luego las cejas se le enarcan y abre más los ojos mientras cree ver en el espejo *der Sprung des Fallschirmjäger*, a unos risueños SS despeñando a un desgraciado en pijama a rayas desde el borde de la cantera de Mauthausen, ochenta metros de caída antes de estrellarse contra el suelo, el marco metálico de la luna contra el que se chafa con el ruido de una cucaracha al ser pisada. Frunce los músculos de la cara y consigue que su mente cambie a una peli noruega de zombis nazis que se descongelan y matan a unos chicos. Claudita le obligó a verla. Como era noruega, cree recordar, las muertes no seguían el patrón habitual. No moría primero el negro, eran todos nórdicos, pero sí caía pronto la rubia promiscua. Luego se le apareció Peter Sellers como el Dr. Strangelove con el brazo en alto. Cambiaba de tráilers, enarcaba las cejas y suspiraba, evitando mirar la ristra de números y lucecitas que desgranaban su viaje. Fortunato se preguntó qué encargo le tendría Fernández. Últimamente le llamaba mucho. O sea, más de lo normal. Acababa de terminar otro de sus encargos, ¿se les puede llamar de ese modo?, se preguntó Fortunato, y justo entonces la lucecita del número 4 se apagó. ¿Una señal? No, se dijo, yo no soy supersticioso. Una bombillita fundida. Siempre ha estado así, nadie la cambia aunque pasen los años. El refulgente 5 devolvió la normalidad. En el 6 se bajó. Caminó el largo pasillo con sucio gotelé, estrecho corredor hacia el pasado, tocó el timbre junto a la puerta acristalada con un vidrio esmerilado de hacía cincuenta años, resopló, subió y bajó los hombros para recolocarse la chaqueta y...

La puerta zumbó y se abrió.

—¡Adelante!

... y entró.

—Pasa, tan puntual como siempre. —Fernández no se levantó de detrás de su antiguo escritorio.

Fortunato sintió cosquillear el polvo en la nariz. Aquello era un criadero de ácaros, pensó acordándose de Claudita y sus alergias. Recordar a Claudita siempre le iniciaba una sonrisa en la boca. La quería. Pero se deshizo de esa dulzura, inútil e incluso contraria a su cometido en esa oficina. Fernández no se levantó porque estaba más gordo y cansado. Más que hace un par de semanas, se asombró Fortunato. Ya no fumaba, tenía un enfisema, por eso el humo danzando en el haz del flexo era lo único que faltaba en aquella oficina de la plaza de España para ser el decorado de un *noir* de los cuarenta o de un polar de los sesenta o de... Fortunato no podía dejar de sentir ese fallo de atrezo, siempre tuvo un acusado sentido de la estética, una visión de conjunto, un *je ne sais quoi*... Y amaba el cine. El clásico. Ford, Houston, Wilder, Peckinpah... Wes Anderson le generaba violencia. Fernández agarró de una estantería el disco de siempre, *Lo mejor de Nino Bravo*. No había ningún otro en la oficina. A Fortunato le divertía ver la funda de ese viejo LP, manoseada y abierta por los cantos, pero siempre apoyada en el mismo sitio, como exhibición más de fe que del gusto musical de Fernández, que lo puso a sonar a todo trapo. Fernández siempre sacaba el disco de Nino Bravo con especial cuidado, casi como un ritual. Tomaba el LP siempre del mismo sitio. Metía dos deditos, como una pinza, y sacaba el vinilo en su protector de plástico. Luego lo extraía, lo colocaba en el plato, le pasaba una pequeña gamuza, ponía en marcha el tocadiscos y posaba la aguja sobre una canción determinada. Fortunato nunca pudo saber por qué elegía una u otra. Solo cuando la música comenzaba a sonar se podía empezar a hablar del encargo. Este ritual era invariable. Le vio bastantes menos veces guardarlo, pero cuando lo hizo no le sorprendió que el proceso fuera exactamente el mismo pero a la inversa, hasta devolver el disco a la estantería desde la que Nino Bravo presidía, siempre sonriente, aquella vieja oficina.

Y cada vez que presenciaba el exacto ritual, que él colocaba por el mimo y la lentitud al nivel del de una geisha sirviendo el té, Fortunato se asombraba de lo distinto que era este Fernández del hiperactivo COE y se reafirmaba en su creencia de que en un solo ser humano habitan muchos yoes distintos, por fuerza antagónicos, y que unos se imponen y desplazan a los otros según la vida nos prueba, nos exige y nos talla. Cuantos menos yoes, más tontos somos. Cuanto más nos aferramos a uno, más pobres y carentes de interés. *E pluribus unum*, razona Fortunato, por eso las personas y las sociedades cuanto más mestizas, más interesantes.

—¿Cómo estás, Fernández? —preguntó Fortunato sentándose.

—Jodesto, chaval. Jodesto, entre jodido y molesto. —Al antiguo espía le gustaban estos retruécanos.

Ambos aceptaban hablar sobre la música como una medida de precaución. No es que no confiasen el uno en el otro después de tantos años, pero nunca se sabe. Solo te puede traicionar aquel en quien confías. Fortunato sacó un cigarrillo y lo prendió, exhalando el humo de su primera calada contra el haz de la lámpara. Sí, ahora sí, sonrió Fortunato satisfecho con el efecto.

—¿No me vas a pedir permiso para fumar?

—¿Puedo? —pregunta Fortunato y da otra calada.

—¿Qué? —*Libre* era un caudal que atronaba mostrando lo que se perdió la música española con la muerte del gran Nino.

—¿Que si puedo? —preguntó Fortunato mostrando el cigarrillo humeante mientras acercaba la silla a Fernández. La música siempre igual de alta, pero el pobre tipo estaba cada vez más sordo.

—No me jodas, Fortu, no me fumes aquí.

—Por el enfisema, ¿no?

—¡Y porque me muero por fumar!

—Claro, Fernández, te mueres por fumar y si fumas te mueres. —Fortunato siempre le llamaba por su apellido. En realidad, no sabía su nombre. El verdadero. Seguramente era tan falso como el apellido. O como los otros que le había conocido—. Estás jodido.

Fernández le acercó un vaso de plástico con un poco de agua para que echara dentro el pitillo. Otra calada y lo hizo. La oficina estaba siempre en penumbra, las ventanas cubiertas con persianas venecianas siempre cerradas. En una pared colgaba un calendario amarillento y combado del año 1973, anclado desde siempre en el mes de marzo, de la Banque Populaire de Tanger. Seis años tenía yo en el 73, se dice Fortunato. El despacho era una cápsula del tiempo, de un pasado indefinido y gris. Un forillo inmutable en el tiempo. Aparte del flexo, solo un teléfono viejo con teclas grandes sobre la mesa de madera gastada.

—Bueno, ya ha salido la noticia. ¿Sobredosis de coca? Te estás repitiendo. —Fernández sacó un sobre manila, abultado, y se lo puso delante. Luego inspiró, alzó la vista al techo y cruzó sus dedos regordetes sobre la panza.

—Yo qué culpa tengo si todos se meten rayas. Ya sabes, perico y volquetes de putas, las señas del triunfador —contesta Fortunato mientras sopesa el sobre y sin mirar su contenido se lo guarda en el bolsillo interior del abrigo—. Les encanta barnizarse.

—¿La rusa?

—Bien, muy guapa.

—Eso ya lo sé, Fortu, la elegí yo. Teníamos que estar seguros de que subiría al cuarto con ella.

—Hay tipos a los que no les gustan tan guapas, los intimidan.

—A nuestro objetivo no. Y menos delante de sus amigotes.

—Ya.

—Preparación, Fortu, preparación.

—Sí.

—¿Sí, qué?

—¿Quieres detalles? —A la pregunta de Fortunato, Fernández responde abriendo las manitas gordezuelas y alzando las cejas—. Entré desde atrás al parking del puticlub. No subí al cuarto porque no estaba arriba, sino a pie de calle. Esperé a que la chica entrara en el baño a limpiarse. Abrió la ventana como convinimos. El objetivo estaba bromeando y haciéndose unas rayas en la mesilla. No me vio. Moqueta. Bacalao atronando desde fuera. No me oyó. Le hice un mataleón y lo dejé inconsciente. Le inyecté la coca en la nuca, bajo el pelo, y en la axila izquierda. Se agitó un poco y abrió los ojos antes de morir. Cara de sorpresa. Se murió sin enterarse de qué le pasaba. Los bajos de la música hacían saltar las rayas sobre la mesilla. Salió la chica, desnuda. Me esperó fumando mientras desnudaba al muerto y revolvía un poco el cuarto. Cero nervios. Me dio cuarenta minutos. Salí por la misma ventana, me monté en el coche y lo llevé hasta el punto de entrega convenido.

—Nada de huellas, ¿no?

—No me jodas, Fernández. —Fortunato resopla, ladea la cabeza y sonríe. Sabe que Fernández conoce ya todos los detalles y que le hace repetirlos para vivirlo a través de él—. Yo no te pregunto a ti si la chica sigue en España. Estoy seguro de que ya anda por Novosibirsk.

—¡Cómo lo sabes, chaval! Esa es puticlista, entre puta y ciclista —ríe Fernández su propio chiste, meneando la cabeza adelante y atrás. Tras un momento se pone serio—. Hay otro encargo. De la misma gente. Mismo pago. Será en cinco días. Nada escandaloso. Nada de sangre. Hará mucho ruido.

—Ya —asintió Fortunato—. ¿Autopsia minuciosa?

—No, no es probable. Nadie husmeará demasiado. Viene de muy arriba. La meterán al hoyo con prisas. Si no la queman.

—¿La?

—Sí, es una mujer. —Fernández le pasa un sobre grande y marrón—. Dentro tienes toda la información. Y el sitio. ¡*Na*, una ñapa!

—¿Dónde? —Fortunato pregunta casi por preguntar. En el sobre está todo. Pero siempre le divierte la castiza ligereza de Fernández, eso que otros llaman campechanía, a la hora de pasarle los encargos. Le tranquiliza esa cercanía que le ayuda a relativizar todo. Alterna un hablar chabacano, callejero, con momentos de retórica más florida. Cuanto más vulgar es lo que dice, más serio parece. Y por el contrario parece divertido cuando se muestra más elaborado, como si él mismo se riera de sus arranques culteranos. Pero, en general, hay algo risueño en la cara de Fernández, una gestualidad limitada y afable, hable de lo que hable. Se muera o no. Que se muere.

—En un hotel. Está de visita en Madrid. —Fernández abre mucho los ojos y asiente mientras advierte—: Ella sola, ¿eh? No hay que limpiar nada más. No verás al contacto del hotel ni él a ti. Por si te inspira, la tía le pega a la frasca. Cuando se acueste estará muy borracha, se encargarán de ello. Toma diazepam. Entre otras cosas.

—No está mal.

—Fallo hepático, renal... O el corazón. Muy de tu estilo. Tú verás, Fortu.

—Oye, Fernández. —Fortunato le mira sonriente para tranquilizarlo—. ¿Esta también es...?

—Sí.

—¿No será la...?

—¡Ajá!, esa misma.

—¡Joder, pues sí que están nerviositos! Van ya... —Unos siete corruptos asesinados en tres años. Accidentes de tráfico, sobredosis silenciadas. En su mayoría archivadas como «muerte natural e imprevista», que es la menos natural de las muertes. Lo natural es que te mueras si te disparan, apuñalan, envenenan o defenestran de un décimo piso. Y no solo morían corruptos a punto de cantar, también sus seres queridos, familiares cercanos. Claro que esos son avisos a navegantes. Pero este encargo era distinto, esa mujer era una intocable, mucho miedo debían tener sus compinches para romper ese techo de seguridad y cargarse a alguien tan arriba en la pirámide. Fortunato sintió el pellizco de lo excepcional, una leve corriente eléctrica interior que no dejó traslucir.

—Unos cuantos, sí —le corta Fernández, que luego abre mucho los ojillos y le pregunta mientras se rasca una bolsa grande y más oscura que el resto de su cara—. Pero todo bien, ¿no?

—¡No, si yo encantado! —protesta Fortunato alzando las manos en el aire—. Pero...

—¿Pero?

—¡Pues que ni las cinco familias de Nueva York, que vaya mafia!

—Bueno, Fortu, estas cosas siempre son así. Mientras el negocio va bien todo son abrazos. Cuando la cosa se tuerce empiezan las puñaladas. No quieren cabos sueltos.

—Sí, como en *El Padrino*. O en *Uno de los nuestros*. O *Atraco perfecto*... Fernández, ya no se hacen películas así.

—Ya sabes que yo de cine... —Fernández sigue con las gordezuelas manitas cruzadas sobre la panza, como un buda con ahogos.

—¿*Atraco a las 3*?

—¡Hombre, esa sí! —sonríe Fernández—. Cojonuda. «¡Fernando Galindo, un admirador, un amigo, un esclavo, un siervo...!»

—«¿Cuántas piernas..., digo, cuántas pesetas...?» ¿Mismo pago?

Fernández gorjea una risotada entre pitidos y resoplos.

—No, esta pieza es más cara. Serán doscientas cincuenta, cuando el encargo esté hecho.

Fortunato asiente satisfecho. Él no es un sicario, para eso

vale cualquier pirado y por eso pagan poco, él es un esmerado especialista. Muy limpio. Mira sonriente a Fernández, que le devuelve respiraciones trabajosas y un gorgoteo simpático. Allí sentado, sofocado e inmóvil en su silla, casi una prolongación él de ella, al entornar los ojillos se achina y Fortunato lo ve como un emperador Ming sentado en el trono del Celeste Imperio, custodiado por nueve veces nueve dragones. Le gusta ese hombre, no diría que es lo más parecido a un amigo que le queda, Fortunato tiene otros como Julito, pero sí siente cariño y respeto por ese pobre gordo que vive asfixiándose.

—¿Sabes qué, Fernández? Me hubiera encantado ser cazador de nazis. Asesinarlos.

—¿Pero nazis nazis? ¿O de los de ahora?

—Sí, coño, nazis del Tercer Reich.

—Ya... No creo que queden muchos vivos. Pero alguien habrá, si quieres miro y te localizo uno.

—A los de aquí no me dejas ni acercarme. ¿Billy el Niño sigue corriendo maratones?

—Ni se te ocurra. Ni en broma. ¿Para qué hicimos la Transición?

Fortunato se levanta, le sonríe, toma el sobre y se despide llevándose dos dedos a la frente.

—Ya puedes bajar la música, me voy.

—Mejor espero a que salgas.

—¿No te cansas, Fernández? Siempre el mismo disco.

—¡El gran Nino Bravo! En este LP están todas las respuestas, todo lo que uno necesita saber sobre la vida. —Esta conversación se repetía periódicamente, más o menos sin variaciones. Una vez Fortu le explicó que todo lo que uno necesita saber del ser humano está en la gran novela rusa y en Flaubert, pero al boqueante Fernández se le hacían más llevaderos los pocos minutos de las canciones de Nino Bravo que los cientos y cientos de páginas de Tolstói o Dostoievski que venían, según él, a contar lo mismo—. Adiós, Fortu.

—Adiós.

En cuanto cierra la puerta tras de sí, Nino Bravo se calla.

Mientras vuelve hacia el ascensor, Fortunato piensa que Fernández y el cine no pegan mucho. Al menos el cine que a él le gusta. Si grabaran sus conversaciones no sacarían diálogos de cine negro, sino algo entre *Los bingueros* y *La que se avecina*. Sí, es que somos muy de aquí, se dice Fortunato. Si no hay más que oír las grabaciones de corruptos que ahora filtran todos los días en las noticias. Parecen charlas de barra de bar con palillo en la boca. O de puticlub con el hocico caliente por el perico. Si es que no hay villanos ni hay glamur, solo paletos. Claro, todo el mundo flipando con *House of Cards*, a Claudita le encantan esas series, y luego lo nuestro es más *Los ladrones van a la oficina*. España es una enorme y tenebrista *13, Rue del Percebe*. Aquí no hay el uso de la sombra para potenciar la luz de un Caravaggio, piensa Fortunato, lo de aquí es el tenebrismo grotesco de Solana, los rasgos negros de las máscaras vulgares y siniestras. Cuando creas tu identidad nacional sobre odiar a moros y judíos te echas en brazos del cerdo. En el alma profunda de nuestro país hay grasa de torreznos, malas digestiones, peor vino, moscas, sombras siniestras y mucha mala leche, pensó Fortunato, y luego decidió escribir sobre ello en *Historia para conejos*. Porque dentro de él, separadas en compartimentos casi estancos, autosellados por su decisión de extrañarse al mundo y sus congéneres, hay varias voces y alguna se toma la libertad de escribir cosas que las otras ni entienden. Todos somos muchos, se dice Fortunato, uno de mis yoes asesina gente y no estoy tan tarado como para ignorarlo. No oigo voces. Matar supone un peaje moral y psicológico que hacía difícil la convivencia de sus muchos yo. Y si un Fortunato asesinaba, otro lloraba con escenas de amor y orquestaciones poderosas, como la de Michel Legrand para *Les Parapluies de Cherbourg* o Morricone para el final de los besos de *Cinema Para-*

diso o el adagio del *Spartacus* de Khachaturian, otro se expresaba escribiendo poesía y otro, heredero de aquel niño al que pegaron por dibujar carteles republicanos y comunistas, antagonista feroz de los demás, conjuraba sus demonios políticos e ideológicos —*ultima ratio*, se justificaba él, de sus actos— escribiendo esta obra de teatro irrepresentable. Una alegoría sobre España protagonizada por un fascista secular y multiforme, un progresista eternamente en derrota, una Virgen llamada santa María de Todas las Españas y la Mejor Liga del Mundo, que en vez de Niño Jesús llevaba en brazos un balón de fútbol, y un enano rijoso vestido de conejo y con una banderita en la mano. Como los poemas, nunca se la había enseñado a nadie. Ni siquiera a Claudita, actriz y con contactos en la escena teatral más alternativa.

La vida, vista con distancia, en su totalidad —como se observa un organismo en el microscopio o una estrella que muere, a millones de años luz, por un telescopio—, es un acto trágico. Una historia de muerte que empieza con el nacimiento. Pero la vida en la distancia corta, en lo cotidiano —la lucha siempre frustrante, las ambiciones nunca cumplidas, la torpeza inevitable en el trato con los otros, los amores errados, la entrega irracional a las sensaciones— se convierte en un acto cómico, en un sainete ridículo, muchas veces hilarante. Sí, se dice Fortunato, en cuanto desaparece la muerte de la ecuación todo queda en una broma insípida o de mal gusto.

Por eso, Fortunato es un asesino.

2

Es más fácil amar a la humanidad en general que al vecino.

ERIC HOBSBAWM

Entra en el ascensor nazi, le da al bajo. Fortunato piensa en Fernández, en los muchos años que hace que lo conoce. La primera vez que lo vio no se llamaba Fernández, por supuesto. Se hacía llamar el COE, y era un tipo de veintipocos, muy cachas, rapado al uno y totalmente zumbado. Fue en el equipo de fútbol Virgen de La Elipa donde Fortunato jugaba con catorce años. Apareció un día, todo entusiasmo y energía, con unas curiosas ideas sobre el acondicionamiento físico que pronto aplicó en sus púberes jugadores. Se presentó a todos como veterano de los Cuerpos de Operaciones Especiales del Ejército, de los comandos, de ahí el apelativo. Vengo a entrenaros, chavales. Os voy a despellejar, pero cuando os suelte seréis duros como guerrilleros. Podréis beber sangre de serpiente. La cosa era, básicamente, entrenar como los boinas verdes, en plan pista americana, y acabar cada sesión intentando atacar al COE entre varios, que él designaba y a los que por supuesto hostiaba sin miramientos. Todo, carreras y palizas, siempre con un Winston en la boca. ¿Y el fútbol? Balón tocaban poco, el entrenador era un flojo y parecía acojonado con el COE. Fortunato era malo, pero era alto, iba bien por arriba, jugaba detrás, de central leñero. El COE no duró mucho. Los resultados no eran buenos, algunos chicos lloraban y los padres empezaron a quejarse. Antes de desaparecer tan de improviso como vino, tuvo tiempo de organizar una convivencia. Así la llamó. Se llevó a ocho chavales, sus fieles, dijo, a acampar en un par de tiendas a un monte junto a un pueblito por Cuenca. Escondió las tiendas en un frondoso pinar y les hizo cubrirlas con ramas, camuflarlas. El enemigo no debe saber que andamos por aquí. ¿Qué enemigo?, preguntó uno alarmado. Los indígenas, contestó el COE. El pueblo está en fiestas, las muchachas con ganas de forasteros y vosotros sois de la capital. Para los del pueblo sois el enemigo, es mejor que lo aceptéis. Se mueren por tiraros al pilón o apedrearos. Fortunato asintió recordando una experiencia rural extrema de su niñez, apenas dos o tres años antes. Su padre era cazador y le llevaba a un pueblo de Guadalajara, por Brihuega, los fines de semana y en vacaciones. Fortu nunca fue muy velludo, más bien barbilampiño. Envidiaba los hirsutos bigotes de los niños con los que jugaba y apedreaba animales. Y más que los bozos, las pelambreras que ya vestían sus huevos aún por descolgarse, indudable señal de temprana virilidad. Sus peladas bolsitas eran motivo de burla y complejos. Los veranos pasaban, los niños eran cada vez más peludos y él seguía igual. Un par de los rústicos de más edad le ofrecieron una solución. Le trajeron unos matojos y le dijeron que se frotara con ellos la entrepierna, que todos los del pueblo lo hacían desde muy críos y por eso las pelambreras. Fortunato se encerró en su cuarto esa noche con una buena provisión de plantas y se frotó los huevos y la cara con ellas hasta hacerse sangre. Sus gritos despertaron a su padre de madrugada, que se lo encontró desfigurado, con las ingles, boca y mejillas en carne viva y casi cuarenta de fiebre. Fortunato lloraba y deliraba, pero consiguió señalarle a su padre las ramas que había escondido bajo la cama. Su progenitor las examinó y le preguntó incrédulo por qué se había frotado la cara y los huevos con ortigas, que si estaba tonto. Lo siguiente fue meterlo en el coche y llevarlo de urgencia a un médico en Brihuega. Dos días estuvo Fortunato internado, con fiebres. Dos días y alguno más que dedicó a planificar su venganza, sudando por la infección y el agosto de la Alcarria. Frenéticas chicharras ponían música a las imaginaciones sangrientas de sus noches de insomnio y picores. Cuando por fin volvió ya tenía un plan perfectamente pergeñado. En su casa le sacó el cable a una lámpara vieja que había en el desván, lo cortó dejando en un extremo la clavija del enchufe y pelando los cables para dejarlos al aire en el otro. Luego lo enchufó en un aplique exterior que había en un murete de la casa y lo cubrió minuciosamente con hojas, tierra y piedrecitas. Se sentó a esperar. Los zagales ya sabían de su llegada y no tardaron en presentarse allí, a interesarse por su salud como paso previo al feroz cachondeo. Fortunato descubrió ese día un temple nuevo en su interior, algo que le sería muy útil en el futuro. Claro que eso aún no lo sabía. El caso es que aguantó las burlas con una sonrisa, las dejó crecer hasta volver confiados a los otros y cuando el tema giró un par de veces sobre la hombría de unos y otros, Fortunato le lanzó el reto al que le trajo los cardos. ¿Tú sabes que si eres muy hombre meas más fuerte y más lejos?, le dijo. El niño bigotón se rio y contestó que claro que lo sabía y que él meaba más lejos que nadie. Fortunato insistió y añadió otro detalle. Mear lejos y mucho tiempo. A ver quién escribe su nombre en la pared meando, propuso. ¡Yo, yo! ¡Que además tengo ganas!, gritó el barbado púber sacándose el pito y empezando a orinar caligráficamente en el muro. Pedro se llamaba. Tras una no mal dibujada «P» y una «e» reconocible, con la «d» meó sobre los cables pelados. Un arco voltaico relampagueó desde la pared hasta él a través de su meada, gritó y salió despedido un par de metros. No llevar chanclas de goma sino sandalias de cuero le salvó la vida. Los otros niños se morían de risa y se palmeaban los muslos. Uno le preguntó a Fortunato cómo se le había ocurrido. Es solo física recreativa, contestó sereno. Su mente estaba reproduciendo, paladeando, el momento de la electrocución de Pedrito. Disfrutándolo, aunque con un sentimiento de frustración, de algo inacabado, que aún no supo identificar por su poca edad. Ninguno se volvió a meter con él en el pueblo... Ahora, de vuelta en la acampada, Fortunato sonreía y asentía al oír las voces del COE, que les compartía que la vida es una guerra, cuanto antes lo entendáis mejor para vosotros. Al hilo de este curioso razonamiento, el COE tampoco los dejó encender fuegos —¡nos delataría el humo!—, así que todos comían las latas de fabada Litoral frías, untando la grasa naranja y compacta en rebanadas de pan. Los tuvo un par de días haciendo marchas y contramarchas. Les enseñó a pegar la cara al asfalto para adivinar, según él porque ninguno sintió nada, la llegada de vehículos. Al atardecer los hostiaba religiosamente. Al tercer día los consideró preparados para bajar a las fiestas, eso sí, divididos en grupos y tras un minucioso estudio de las rutas de escape hacia el campamento. Despidió a los grupos —¿tú no vienes, COE? No, alguien tiene que asegurar la base y los pertrechos. No os preocupéis, os estaré vigilando. No me veréis, pero estaré cerca. ¡Ah, y compradme dos paquetes de Winston! Sacó un machete, lo hizo brillar al sol y salió monte arriba a paso ligero— y los chicos entraron en el pueblo por diferentes sitios. Era pronto. En la plaza habría baile al atardecer. La Orquesta Burbujas o algo así, recuerda Fortunato. Ahora solo había jaleo y puestos con sangría, vino y botellines. Allí confluyeron todos, haciendo que no se conocían. Fortunato se sintió aliviado por ese teatro, había varios compañeritos que no le simpatizaban demasiado, y por librarse del COE. Bebió sangría y conoció a una chica.

—Hola, soy Fortunato.

—Y yo Carmen.

—¿Eres de aquí, del pueblo?

—No, de Madrid. Pero tengo familia, estoy de vacaciones.

—Eres muy guapa.

—Gracias.

Carmen y Fortunato acabaron magreándose en una era. Besos interminables, restregones y caricias sobre la ropa. Fortunato le amasaba las tetitas con movimientos circulares, primero a un lado, luego al otro. Así durante horas. Ella se dejó tocar la entrepierna por encima de los vaqueros y a veces suspiraba, momento que aprovechaban para tomar aire y volver a meterse las lenguas en la boca con meticulosidad y aplicación. Carmen no tocó la bragueta de sus Lois acampanados. Fortunato no insistió y se resignó al magreo. De pronto la niña decidió que era hora de irse con sus primos a bañarse a unas pozas. Hacía mucho calor. Fortunato no recibió ninguna invitación a acompañarla, y casi lo agradeció porque para entonces su erección le impedía ponerse de pie y tenía los huevos ardiendo. Carmen se arregló la ropa, se despidió con un beso y le dijo que mañana estaría a la misma hora en la plaza.

Fortunato se recostó en los hierbajos, sonrió seductor —o eso creyó él— y le dijo que hasta mañana. Cuando por fin se quedó solo, se incorporó, se recolocó la polla lo mejor posible en el vaquero y gimoteó por el dolor de huevos. Decidió que eso solo se bajaría meneándosela. Calculó que todo el mundo estaría por el pueblo y caminó bajo un sol de fuego hasta las tiendas. Allí estaré solo, faltan horas para que anochezca, pensó. Los huevos me van a explotar, pensó también. Cuando llegó al campamento iba ya sudando frío y mareado por la orquitis. No vio a nadie y como la ropa le apretaba se desnudó. Intentó pajearse, pero los cojones estaban demasiado inflamados, le dolían tanto que sentía hasta náuseas. Se tumbó en una manta en un claro, alejado una docena de metros de la tienda —dentro era imposible estar por el calor— por si les daba a los otros por volver, desnudo y con la polla tiesa, terca e inmisericorde con sus intentos. Quiso pensar en alguien muy feo para que se bajara, pero solo podía recordar las tetas de Carmen bajo la camisa, su lengua... Descubrió que el calor del sol en los testículos le aliviaba, se espatarró y dejó de sudar frío. Empezó a sentirse a gusto. En eso estaba cuando oyó a un hombre gritar...

—¡Tomasito! ¡Tomasito! —El hombre calló un momento y otra vez—: ¡Tomasitoooo!

Fortunato calculó que la voz venía de unos cien metros ladera abajo.

—¡Tomasitooo!

Se acercaba. Sin duda estaba más cerca. Fortunato se quedó quieto, casi sin respirar. Pensó que las tiendas estaban muy bien escondidas y que quizá el hombre pasara de largo.

—¡Aquí, papá! —Otra voz, la de un niño pequeño. Y esta estaba mucho más cerca—. ¡Tengo muchas piñas secas!

—¡Espérame, Tomás!

—¡Aquí, papá!

Ahora las voces sonaban casi al lado. Sin duda se acercaban. Fortunato pensó moverse hacia la tienda y su ropa. La polla seguía tiesa y al incorporarse sintió agujas clavándosele en los huevos. Imposible llegar sin que me vean. Las voces y las risas ya sonaban casi encima. Fortunato se lanzó de cabeza a unos arbustos de moras, muy frondosos y altos. Se arañó todo el cuerpo, la cara porque usó las manos para cubrirse los genitales, pero contuvo los aullidos de dolor. El corazón le iba a mil. Se asomó entre las zarzas y vio a un niño que llevaba en las manitas algunas ramas y piñas secas. A unos pasos le seguía el padre. Un hombre grueso, quemado por el sol, en bañador, camiseta de tirantes Abanderado, gorrita de Fanta, un montón de ramas bajo el brazo izquierdo y un hacha medio oxidada en la mano derecha.

—¡Mira, más piñas para la barbacoa, papá! —gritó el crío alborozado señalando justo hacia el escondite de Fortunato.

El padre sudaba y subía resoplando hacia allí también.

Fortunato hizo un rápido cálculo de posibilidades:

A) Salgo de mi escondite antes de que me descubran para que no crean que soy un pervertido y que me escondía, dando voces a unos pasos del niño, desnudo, empalmado y chorreando sangre. Intento explicar por qué estoy así con la polla apuntando al cielo y... ¡Y nada, el tío del hacha me mata antes de que diga dos palabras!

B) Sigo escondido, desnudo, empalmado, a unos pasos del niño y pasan de largo sin verme... Sí, porque como el *jodío* niño se acerque a por piñas o moras, el padre me descubre, piensa que soy un pervertido y me despedaza a hachazos.

—¡Mira, papi, hay moras! —A Tomasito se le ilumina la cara. Unos pasos más y estará frente a él. Fortunato suda a chorros y se da cuenta de que empieza a bajársele la erección.

—¡Ni las toques, Tomasito, que no están limpias y dan cagalera! —El tono tajante del padre es música para los oídos de Fortunato—. ¡Vamos *pa* abajo, que hay que encender el fuego!

Fortunato sintió ganas de llorar al verlos irse. Para entonces el pito se le había quedado del tamaño de una gamba chica y sintió que el huevo izquierdo se le había metido para adentro. Aún se quedó un rato que le pareció eterno entre las zarzas, escuchando cualquier ruido y clavándose en silencio las espinas. Pensó si eso sería la mortificación de la carne de la que hablan los curas. Solo el murmullo de la fiesta por comenzar le llegaba desde el pueblo. Estaban anunciando a la orquesta. Por fin decidió salir. Se alegró de que nadie hubiera vuelto aún y se dirigió a la tienda, a por el agua oxigenada del botiquín. Estaba a punto de entrar cuando del suelo, machete en mano, la cara untada con betún y cubierto con hojas y hierbajos, se le apareció el COE.

—¡Muy bien, chaval! Buena toma de decisiones. Si sales empalmado te mata. Tienes madera.

—¿Madera?

—Yo me entiendo. Te seguiré de cerca y algún día...

—¿Algún día qué? ¡Vamos, no me jodas, COE! Tú estás *zumbao*.

El COE sonrió y se encendió un pitillo.

—Voy a ver cómo andan los otros.

Y desapareció dando saltitos.

3

Los hombres se parecen más a su tiempo que a
su padre.

Guy Debord,
Comentarios sobre la sociedad del espectáculo

Los años pasan como los escaparates con el andar de Fortunato. La siguiente vez que se cruzó con Fernández, recuerda, fue ya con diecinueve años. Estaba en la facultad. Los fines de semana brujuleaba con los colegas por Malasaña, por el Kwai o por los garitos de los bajos de Aurrerá. Allí iban a emborracharse con minis de leche de pantera y luego tiraban para el Osiris, un antro que les parecía lo más. Su colega el Pelos había traído unas pastillas, unos pallidanes. ¡Ojo!, avisó. No os toméis más de tres, que lo vais a flipar. Julito y él se tomaron seis cada uno, un mini de leche de pantera, dos litronas de Mahou y los petas habituales. En el Osiris les pegó un viaje muy raro. Se veían a sí mismos desde afuera, como si fueran otros. Algo de miedo, pero muchas risas. Ahí apareció Fernández, el pelo más largo, bigote y patillas, chaqueta, jersey de pico y corbata. Ya no estaba tan cachas y le pareció más alto. Le invitó a una copa y le ofreció un Winston.

—¿Tú eres tú? —preguntó Fortunato.

—Sí, yo soy yo. Yo soy el que soy.

—Pero ya no eres el COE...

—No, no soy el COE.

Fernández dijo llamarse González y ser espía. Le preguntó a Fortunato por sus estudios. A González le alegró saber que estaba en la universidad y que se defendía bien con el inglés. Necesitamos universitarios, gente con idiomas, con cabeza, le confesó echándole el humo a la cara. ¿Para qué?, se vio Fortunato desde fuera de su cuerpo preguntándole al indiscreto agente secreto. Para el servicio a la patria, para ser agentes. Ya hay mucho militar, exmaderos, picoletos, gente así. En La Casa buscamos otras capacidades.

—¿Qué casa?

—El CESID.

—Ah.

—Modernizarnos al estilo CIA. ¿Tú no has visto las pelis de 007, los inventos que saca? Yo recluto universitarios.

—Ya, claro —concedió Fortunato, como si entendiera algo de lo que le decía.

—¿Quieres ser espía? —insistió González.

—¿Espía, yo? ¡Bueno, es que estoy estudiando todavía! —contestó Fortunato. Pensó en decirle que él sabía mucho de espías y sinvergüenzas, y que el príncipe Malko Linge molaba más que Bond, pero para qué. Además, los pallidanes le estaban pegando fuerte. Sudaba frío. Calló. Y luego, por preguntar—: ¿Y tú hablas inglés?

—No.

—¡Ah!

—¿No te gustaría servir a España, protegerla? —preguntó González.

—¿Y a mí quién me protege de España? —contestó Fortunato sin conseguir borrar una sonrisa estúpida de su cara. Se sentía completamente colgado y con ganas de reír.

—¿Cómo? ¿A ti qué te ha hecho España?

Fortunato asintió, sonrió. Se vio levantarse a por otra copa y abrazar a Julito que bailaba *The Lovecats* de los Cure empapado en sudor y volver a sentarse frente a González, todo en menos de un segundo.

—¡Buaaaah! —consiguió decir.

—Estás pasadete, ¿eh, chaval? —González le miraba inexpresivo, lo que tenía su mérito porque los ojos son el espejo del alma y ahora Fortunato le veía cuatro ojos bailándole en la cara. ¿Que qué me ha hecho a mí España? ¡No te jode! Fortunato estuvo por contarle cómo el finde pasado un ex legía les pidió dinero, a la puerta misma de este garito, y cuando Julito le preguntó si era para dar de comer a la cabra, el otro gritó ¡A mí la Legión! ¡Arriba España! y le metió una patada en los huevos a su colega y un puñetazo a él. O cuando de niño, en el colegio público al que iba y que dirigía una tía de la Sección Femenina, se metió con un compañero, un empollón, uno que era muy bajito. Y la directora, en un erróneo uso de la violencia como castigo de otra violencia que solo sirvió para que Fortunato maquinara venganzas, le puso de rodillas sobre dos chinitas —las cogía en el patio y las guardaba en un bote de cristal a estos efectos—, con los brazos en cruz ante una foto de Franco, mientras consolaba al puto enano ese diciéndole que no le importara ser bajito, que el Caudillo también lo era y era el español más grande de la historia. Tiempos duros que creaban niños duros. O cuando un tal Contreras y él competían dibujando carteles y consignas de la Guerra Civil que buscaban en libros en sus casas. Un reto que empezó por su rivalidad como dibujantes y acabó como una temprana metáfora de las dos Españas. Contreras copiaba mierdas falangistas, yugos y flechas, soldados de las ilustraciones de Carlos Sáenz de Tejada. Fortunato eslóganes del POUM y la CNT-FAI, imaginería marxista, cosas de las Brigadas Internacionales. La disputa gráfica acabó una tarde, tras la vuelta del colegio. Contreras llamó por el telefonillo y le pidió que bajase al portal. Tan pronto como le tuvo delante, el tal Contreras, que era mucho más grande, le metió una hostia en toda la boca que le hizo rebotar la cabeza contra la pared. Aun así, Fortunato se mantuvo en pie, aturdido, asustado, pero en pie, y esto hizo que Contreras empezara a disculparse y pedir perdón medio lloriqueando, balbuceando que su padre le había visto los dibujos y al enterarse de la competencia le había dicho que su amiguito era un rojo de mierda y un mal español, y que, a esos, leña. O cuando hizo la primera comunión vestido de cabo de ingenieros navales. Por las abuelas, sobre todo por la abuela Aurora que era beata de misa diaria. El banquetillo fue en los salones La Flor de Azahar, en la calle de Alcalá, y fue la única vez en su vida que Fortunato vio a las dos ramas familiares juntas. La paterna eran todos fachas engominados, zapatos Castellanos y abrigos loden o Burberry. Los de la rama materna eran todos trabajadores y sindicalistas de izquierdas y los más jóvenes, troskos barbudos y militantes, pana y cuellos altos, hábiles en el uso del ciclostil. Se estableció una tensa tregua en los entrantes que a los postres saltó por los aires cuando un engominado achispado gritó ¡Viva Cristo Rey! y sacó del sobaco una Astra 9 mm Parabellum. Solo la decidida intervención de las abuelas impidió una masacre entre sidra barata, gambas con gabardina y bocaditos de nata. Su madre murió poco después y nunca volvió a verlos... ¡Joder, España era un puto peligro! Fortunato se dio cuenta de que no hablaba y solo pensaba porque González seguía esperando, clavándole sus cuatro ojos y echándole el humo del Winston en la cara. Por fin pudo hablar...

—¡*Naaa*, hombre, yo qué sé! ¡España mola! ¡Es que estoy muy pedo!

—Ya.

No hablaron mucho más. González se despidió dándole una tarjeta de visita. «Francisco González, consultor» y un número de teléfono. Entonces no existían los e-mails. Fortunato se la guardó en el bolsillo de la camisa y se fue con Julito y los otros. Al rato usaron la tarjeta para hacerse filtros para los porros. Ese fue su segundo encuentro.

Caminando hacia su piso en la calle Belén, Fortunato cruzó la plaza de la Luna y luego Ballesta y Desengaño. Era de noche y entre semana, no se veía mucha gente. Hasta tres veces le entraron putas viejas y feas. Cuerpos deformes, ateridos, embutidos en licras y minifaldas de saldo. Maquillajes cansados. Me hago mayor, pensó, estas pobres ya me ven con pinta de posible cliente. Hasta hace no tanto debía parecerles un príncipe inaccesible por su porte y elegancia. Ya no. No las tocaría ni con un palo. Ni con la polla de otro. Ni aunque ellas me pagaran. Soy un cincuentón, eso no tiene remedio, me he vuelto visible para estas provectas hetairas y traslúcido para las muchachas en flor. Le vino a la cabeza un ripio de Campoamor que su padre solía repetir: «Las hijas de las madres que amé tanto / me besan hoy como se besa a un santo». Su padre siempre se tuvo por un donjuán, digno heredero de un tal don Fortunato de Cercos, un pariente con palacio en Tafalla y frondosos bigotes con puntas hacia arriba, un *bon vivant* del 1900 que presumía de una singular habilidad aprendida con las más hermosas *cocottes* de París: podía desnudar un torso de mujer de los complicados refajos, corsés y lazadas que la envolvían a gran velocidad, lo cual era una virtud cuando el tiempo del amor estaba tasado. Para practicar y demostrarlo a sus amigos tenía una maniquí que vestía y desvestía en el sótano de su palacio. Retaba, cronógrafo Vacheron Constantin en mano, a los otros y cruzaban apuestas. Cuatro generaciones le separaban del tal Fortunato y su golfería. Su padre gustaba mucho de genealogías, aparte del rijoso Cercos se decía también descendiente de Ricardo Corazón de León tirando hacia atrás de apellidos hasta dar con los de Lancaster y McFarrell. Y lo hacía según le conviniera, remontándose a las bodas de Ricardo con Berenguela de Navarra y de ahí a don Fortunato, o a las andanzas posteriores de Juan de Gante, el duque de Lancaster, en sus guerras contra Juan I. Su padre se había hecho un sello, un anillo de oro con las que decía eran sus armas familiares, y le llenaba la cabeza con cuentos sobre sus linajudos orígenes, quizá para compensar que, aparte de su abuela Aurora, la familia paterna nunca quiso saber nada de él. Le tenían catalogado de sinvergüenza y bala perdida, y esa era gente de pistola y disparos certeros. Fortunato no volvió a verlos nunca tras su comunión. Como tampoco a la familia de su madre tras la muerte de esta. Aquí las dos Españas coincidían sin fisuras sobre su padre. Un sinvergüenza. Tenía su lógica en dos familias militantes convencidas de religiones verdaderas y, por tanto, excluyentes. Los fachas paternos en el nacionalcatolicismo victorioso y aplastante, sostenido entre otros por el dogma de «las familias bien». No hay nada menos igualitario y solidario que un católico, o eres de buena familia o no triunfas en ese segmento social. Sueñan con un cielo parecido a La Moraleja o al barrio de Salamanca pero mejor, que funcione sin la necesidad de chachas y porteros. Claro que la buena posición de la rama paterna se debía a expolios y latrocinios varios, seculares, prácticas inmorales santificadas por el éxito. Así que, con los años, Fortunato llegó a la conclusión de que lo que no le perdonaron jamás a su padre fue que los avergonzara con el fracaso, que no triunfara en sus emprendimientos como estafador.

En el caso de los rojos maternos tampoco eran ajenos a cierto concepto exclusivista, este de pureza ideológica, combativa resistencia y mitificado obrerismo, en el que desde luego no encajaba un *flâneur* como su padre, un individualista sin oficio conocido y maneras de señorito. Solos, nos quedamos solos. Sí, piensa Fortunato, me crie con el único ejemplo de un golfo. Culto, encantador, divertido, pero un golfo. Un mitómano que me puso este nombre ridículo en honor de un antepasado zascandil y putero. Ese fue mi modelo en otro Madrid, más duro, afilado. De pistolas, cadenas y palizas, oportunamente olvidadas. Pero yo no soy mi padre. Y ahora todo es distinto. Él es distinto. Fortunato se pregunta si tanto ha cambiado. Mira a su alrededor. Sí. Y España también. Claudita se burla cuando le cuenta que en su calle de pequeño había una vaquería con un par de vacas atadas. Allí las ordeñaban. ¿En Madrid? Sí, Claudita, en Madrid. Y ella se ríe. O cuando le cuenta que hizo la EGB, ¿la qué?, la Enseñanza General Básica... ¡Ah! Y cantábamos todos los días el *Cara al sol* delante de un crucifijo y fotos de Franco y José Antonio. ¿De verdad? Sí, Claudita, de verdad. Cuando Su Excremencia se murió, él tenía nueve años. Ella es once años más joven y una década bastó para que su España ya fuera otra, sus dibujos animados, sus series y sus canciones —que eso es la infancia en la era del espectáculo— son otros. Sobre todo, los dibujos animados, que él consideraba el principal instrumento de (de)formación de las mentes infantiles. Los de Disney, las pelis clásicas, crearon niños duros. Siempre empiezan con la muerte de la madre, la pérdida del refugio, de la seguridad. El padre, si aparece, es una figura distante, soberbia y nada cariñosa. Así que, niños, entended que el mundo es cruel y lo primero que hará es matar a mamá, como a la de Bambi. O encerrarla en un vagón como a la de Dumbo —Fortunato seguía llorando, no importaba los años que hubieran pasado, cuando veía esa escena, la trompa asomando entre los barrotes de un tren que perfectamente podría ir hacia Auschwitz, mientras la madre canta *Hijo del corazón*—. Estáis solos, niños. O lo estaréis. Esa es la principal enseñanza de las pelis de Disney. Una vez instalada esta idea aterradora en las cabecitas y los corazones de los críos, los de la quinta de Fortunato seguían su preparación a la vida con Bugs Bunny, cínico y amoral, o con el Pato Lucas, un auténtico nihilista. Estáis solos, el mundo es cruel y más os vale ser feroces, ser de los listos, no de los tontos. Su imaginario pertenecía a la época más dura de la Guerra Fría, preparaban a los niños para un escenario apocalíptico o la supervivencia posnuclear. Nada que ver con los dibujos de la niña Claudita, creados en tiempos de distensión y desaparición de la destrucción mutua asegurada. El mundo *Barrio Sésamo* y sus bondades progresistas. ¿Qué tenía que ver la violencia de los Terrytoons o la lujuria enloquecida de los de Tex Avery con la amable felpa del Monstruo de las Galletas, un tipo bulímico con los ojos desorbitados por un permanente subidón de azúcar? La infancia de Fortunato fue en blanco y negro. La de ella en color. Él vampiriza su belleza, su vitalidad, su alegría. A cambio le devuelve algo tan triste como la experiencia, traducida en consejos tan inútiles como lo son todos los consejos, y toda la ternura que es capaz de encontrarse dentro cuando se rebaña el alma. Es tanta que él mismo se sorprende. Claro que esa ternura le hace sentirse bueno, digno, y no deja de ser una forma de vanidad. Por ahora, parece bastarle. Quién sabe cuánto durará. De momento confía en sus sensaciones porque, como todos en un mundo lleno de información, pero no de conocimiento, Fortunato vive acorde a sus sensaciones y lo lleva quizá un poco más lejos que los demás: asesina también por esas sensaciones.

4

No hay más que un problema filosófico realmente serio. El suicidio. Juzgar que la vida vale
o no la pena de ser vivida equivale a responder
a la cuestión fundamental de la filosofía.

ALBERT CAMUS, *El mito de Sísifo*

Cuando cruza por la plaza de Chueca mira instintivamente al
balcón del quinto piso del número 4. Pronto empezará el Orgullo Gay y una bandera arcoíris lo decora. Fortunato sonríe.
Ahí vivía su abuela paterna, y luego con ella, cuando su madre
murió y pasaron por su enésimo desahucio, su padre y él. Se
recuerda solo, tanto cambio de barrio, su padre siempre ponía tierra entre él y los caseros furibundos, no ayudaba. En
esa casa, recuerda Fortunato, fui un niño sin amiguitos con
los que, jugando, aprender los rudimentos de la vida en sociedad. Me pasé horas solo, ordenando ejércitos de plástico de
los de a cinco duros el sobre, solo para masacrarlos luego
como un dios de las batallas caprichoso y sanguinario. Mi
padre siempre fuera y casi mejor, se dice Fortunato, porque si
estaba todo eran gritos con su madre. Con su abuela Aurora,
que cuando se escandalizaba por el destape y los homosexua-
les que salían en la tele de los ochenta se persignaba y decía en
voz alta ¡A la luna!

—¿Cómo que a la luna, abuela? —preguntaba divertido el niño Fortunato, riéndose al imaginar a su abuela con el poder de enviar gente al espacio.

—¡Los mariquitas y las golfas esas! —decía la mujer señalando desdeñosa con la cabeza la pantalla de su Telefunken y pasándose a la mano izquierda la horquilla del pelo que usaba para fumar sus Tres Carabelas sin mancharse los dedos mientras se persignaba con la derecha dejando el *Lecturas* o el *Semana* en el regazo—. ¡A todos esos los mandaba yo a la luna!

Maricones y putas. Sí, piensa Fortunato, este país ha cambiado mucho y para mejor, desde luego. Ahora no se habla así de otras personas. No en público o a la ligera. Ahora predomina una corrección política que impide que nadie hable como lo hacía su abuela. Pero a su manera aquella mujer seca por las amarguras de la vida, agria para todos menos para su nieto Fortu —con él sí se reía, a escondidas, casi siempre de desgracias ajenas, pero se reía enseñando a su nieto a asociar crueldad con risas—, ya practicaba la corrección política. Enviar a los degenerados que la escandalizaban a la luna era el eufemismo de mandarlos a la otra vida, vía paredón o cuneta. Su abuela Aurora era, por otra parte, una señora bien venida a menos, muy de derechas y con primas marquesas. Su buena educación le sirvió para colocarse como gobernanta del hotel Palace en los cincuenta y sesenta. Allí se dedicó a servir a los que ella, por cuna, tenía por sus iguales y a otros que juzgaba advenedizos sin clase. Décadas de servilismo que le inyectaron mala leche en vena. También coleccionó los autógrafos de toda celebridad que allí se hospedara, en un librito de hojas de canto dorado y tapas de cuero que Fortunato heredó y pulió por una pasta en una subasta en Sotheby's. Su abuela Aurora... Era muy religiosa y tenía una foto con el papa Pablo VI —Juan XXIII le parecía un rojo peligroso— de una peregrinación que hizo a Roma. De allí se volvió también con dos bulas que, previo pago de su importe, les aseguraba la salvación eterna a ella y a su hijo. Era de misa diaria y echaba de menos que no las dieran en latín, como ella se la aprendió de niña. Hacía sus caridades, tenía sus mendigos escogidos. Un día Fortunato se la encontró de pie en el pasillo, inmóvil. Se acercó a ella y vio que su abuela jadeaba y miraba al frente con cara de susto. Cuando le preguntó qué le pasaba, su abuela le miró sin reconocerlo. Fortunato se dio cuenta de que su abuela se había perdido en el pasillo de su casa y su cabeza estaba en algún lugar muy lejano, asustada. Fue el primer síntoma de demencia senil. Hubo más. A su abuela le dio por esconder, entre la ropa de cama que guardaba en un armario, todo un arsenal de botellas de Marie Brizard, ristras de chorizo picante, latas de fabada y barras de pan. Cuando su padre lo descubrió le preguntó que por qué hacía eso y ella le contestó que ya había pasado hambre en la guerra, que ella sabía que venía una guerra mundial por culpa de los comunistas y que el Caudillo ya no estaba para protegernos, que nos iban a invadir, los rusos por Cataluña y los barbudos cubanos desembarcando en la Concha de San Sebastián. Su padre negó con la cabeza y Fortunato le vio más tarde, llorando a solas en su cuarto. Al deterioro mental siguió el físico, muy deprisa. Su abuela Aurora tenía todo en regla para irse de cabeza al cielo. Pero cuando agonizó en su cama, aferrada a un rosario y bajo un enorme crucifijo, en su cara solo había miedo y de su boca salía un «no me quiero morir no me quiero morir no me quiero morir» desesperado. Fortunato, un niño de pantalón corto y raya en el pelo, asistió a tan edificante escena sujeto por los hombros por su padre, que lo consideró necesario para la formación de su hombría.

—Mi madre se muere, hijo, ven a verla y a estar con ella.

Eso le dijo. Mientras la fina piel de su abuela se le hundía cada vez más bajo los pómulos con cada respiración, cuando sus ojos se abrían cada vez con más espanto, Fortunato se atrevió a acariciar esas manos que ya eran traslúcidas y frías.

Abuelita, consiguió decir venciendo el miedo y la repugnancia, tranquila, vas a ir al cielo. La calavera con el pelo pegado de su abuela Aurora le miró, susurró un ¡No me quiero morir! furioso, respiró fuerte e inconexo, haciendo unas pausas imposibles, dos veces y se murió. El terror de su abuela, de alguien que había consagrado su vida al buen morir católico y al más allá, lo descolocó. Algo no encajaba. Esta escena plantó para siempre en Fortunato un total escepticismo hacia las religiones, todas ellas, sus representantes en la tierra y los creyentes. Su ateísmo nació ahí y encontró más tarde su formulación perfecta en los escritos del barón de Holbach y en una frase de Bakunin: «Yo no pongo mi ignorancia en un altar y la llamo Dios». Además, llegado el momento, le pareció que negar cualquier taumaturgia divina en la vida de los hombres daba mayor peso filosófico y moral, como acto consciente y volitivo, a su decisión de asesinar. Para Fortunato la gran cuestión no era el suicidio, que ni desea ni descarta, sino si «otros» merecen ser suicidados. Decisión que, evidentemente, no se puede dejar en las manos de las personas asesinables, inmorales y faltas de cualquier capacidad de autocrítica. La relación con la otredad es el gran dilema para Fortunato, no sus acciones.

España cambió y aunque a Claudita le parezca que le habla de los reyes godos, él vivió ese cambio. ¡No te olvides de los torreznos y las moscas!, anota mentalmente Fortunato ante Casa Sierra. ¡Joder, que si cambió! A su pobre abuela, ya a finales de los ochenta la dejaron sin sus Tres Carabelas. Eran tan venenosos que incumplían las normativas que llegaban desde Europa.

Al embocar la calle Belén, Fortunato seguía jugando mil partidas de ajedrez simultáneas con sus recuerdos. Las putas viejas me ven como un posible cliente, a mí que nunca fui guapo, pero vamos, ¿tan viejo estoy? Claudita es un bombón, el último quizá, ¿el último? ¡Sí, coño, el último! España ha cambiado tanto, estábamos aterrados porque mucho hablar de los hijoputas de ETA pero a ver cuántos mataron también los putos fachas, ¿me encontrará Fernández algún nazi? Asustado, ilusionado, tu vida es la historia de una desilusión, ¿y eso? Pues que cada vez me interesa menos todo, siento el trabajo de vivir, ¿esto era todo? ¿Todo ese bracear, pelear, para esto? Perdonen que no me levante, que diría Groucho, la gente no me gusta y ellos lo notan, así que yo tampoco les gusto. No me resigno a que todo sea un sinsentido. Y si necesito vida me meto dentro de Claudita, se la robo a ella. Siempre se ríe, ¿de qué? Ya te lo contó.

—He comido mucha mierda, Fortu, y si me paro a pensarlo me mato, me hundo, me tiro al metro, así que yo soy feliz por cojones, por ovarios, por ti y por mí. Déjate de rollos, Fortu, que vivimos muy bien. Ven, dame un beso, te quiero, chiquitín, mi robustito.

—Te quiero.

La quiere.

Al entrar en el portal se sacudió de la cabeza el recuerdo de Lola, de Begoña, de Yoli, de la Maga y de Susanita —¡qué tetas tenía Susanita!— para subir hasta el segundo por las escaleras y llegar limpio a los labios de Claudita. Fortunato observaba una rigurosa fidelidad, física y mental —los sueños eran más jodidos, pero poco a poco...—, a Claudita. Fruto de cierta maduración personal y trabajo interno, de la templanza de la edad y su amor sincero por ella. Y, esto quedaba para él, de un cálculo interesado y mucha pereza. A Fortunato no le gustaba la gente y punto. Y las mujeres son parte de la gente, un poco más de la mitad. Y hay que conquistarlas, hablar mucho de ti y escuchar como si te interesara lo que ellas te cuentan. Los hombres solo escuchan a las mujeres que se quieren llevar a la cama. Con interés. Claro que a Fortunato le pierde la oralidad, sexual o narrativa. Ha escuchado mucho para follar pero también ha follado mucho para escuchar, y como las historias más interesantes son siempre las de las personas rotas, perdidas y malditas, ha tenido a su lado su buena porción de demencia, manipulación, cuchilladas pasivo agresivas, adicciones orgullosas o mal disimuladas, falsos suicidios y juramentos borbónicos de «lo siento mucho, no volverá a pasar» de bellas pirómanas emocionales, que le ofrecían los labios mientras escondían por un momento la gasolina y el mechero. Muchas veces le hicieron sentir el último clavo ardiendo, el único tablón a flote entre las olas de una tormenta, lo que halagaba su sentido romántico de la vida y sus pasiones, su vanidad, haciéndole creer que solo él podría salvar a esas princesas orates de los dragones de sus mentes. Se sucedieron los holocaustos sentimentales ante el altar del Amor Romántico, los genocidios emocionales en los campos de la muerte de la Pasión Mentirosa. Todo muy intenso, todo muy ridículo. A cambio de persistir en el error, en un absurdo terraplanismo amoroso, Fortunato buscaba en la mirada agradecida de esas náufragas certezas sobre su valía como ser humano, su bondad, su arrojo y su generosidad. Aprobación. Admiración. En el temblor de sus labios o la sal de las lágrimas que besaba, el certificado de su coraje y entrega a relaciones que eran, pese a alguna victoria, guerras perdidas de antemano. Él conocía sus propias taras, que ni era tan bueno ni tan valiente como le habría gustado, se sabía deforme e incompleto, así que buscaba que se lo dijeran. ¡Ah, *vanitas vanitatis*! ¡Cuántas estupideces cometemos por poner en el otro nuestra imposible salvación! Estuvo a punto de dejarse arrastrar al fondo varias veces, la última con tanto horror que despertó de golpe, espantado, de su propio engaño. No, concluyó Fortunato tras una actriz cocainómana y bipolar que se escondía de él para atizarse rayas y fingía suicidios tras cada bronca, no es que tenga yo un imán para las *crazies*, es que yo mismo soy un ser humano altamente defectuoso, dañado, al que ninguna mujer en sus cabales se acercaría. La locura se huele. La oscuridad refulge, es el aura de los atormentados. Así que Fortunato emprendió su propio camino del samurái, su particular *bushido* intentando ser mejor persona, más estable, digno de un amor tranquilo, consciente. Ser un asesino planteaba algunas dificultades, por supuesto. No es algo que puedas comentar alegremente en una cena, en una segunda cita. Tardó en encontrarse cómodo con un relato plausible. Conoció otras chicas, algunas tan bellas y buenas que nunca puso realmente fin a las historias, no de una manera tajante. Una vez escuchó a Orson Welles algo en un documental: «Todas las historias tienen un final triste, y si esta no lo tiene es porque aún no has contado el final». Alargó las historias por no sentir la tristeza, hasta diluirse y desaparecer sin decir adiós, que es una forma de quedarse para siempre en la memoria de otra persona. Un capítulo inconcluso ata para siempre a quienes lo viven, algo en suspenso que siempre puede permitir esa penúltima charla. Dejar huella. Siempre le gustó gustar, pero la inactividad lleva siempre a la pereza, al desinterés. Hay que estar al tanto del tipo de hombre que se lleva a cada instante, se justificaba Fortunato. ¡Sí, claro que hay clásicos eternos que no pasan de moda! Pero Fortunato no se considera uno de ellos. Dejó de evolucionar cuando dejó de interesarle hacerlo, en un perfecto darwinismo negativo. Soy un fósil, se dice sin pena, mis taras están para siempre atrapadas en ámbar. El papel de Pigmalión maduro se corrompe con la edad y da paso al viejo verde, al baboso. Se acabaron las ninfas y las amazonas, las bellezas huecas, las venus de barrio y la inconsistencia de la juventud. Claudita es una mujer, es su última mujer. Lo sabe. Y Fortunato ha sido como el de aquella película de Truffaut, *L'Homme qui aimait les femmes*, un enamorado del amor, un yonqui del enamoramiento. Por supuesto que forzó enamorarse más de una vez, por huir del aburrimiento, iniciando tumultuosas pasiones de corto recorrido y vía muerta. Romántico exhibicionista pues nunca se vio más bello o mejor que en los ojos de las mujeres que enamoró. ¡Y llamándose Fortunato! Un hándicap de entrada que él supo volver una ventaja humorística. Claro que siempre venía luego su desinterés, su rendición. Y la decepción, el despecho en los ojos de ellas. La huida y *ricominciamo da capo*, que suena mejor que vuelta el burro a la noria. ¡Demasiado trabajo!, se dice Fortunato metiendo la llave en la puerta, Claudita será la última y es actriz. A Fortunato siempre le atrajeron las actrices, encontraba en ellas una mezcla de belleza e imaginación, de fuerza e inseguridad, de arrojo y timidez, mezcla antagónica que exigían las pruebas y los rechazos constantes que encontraba irresistible.

—¿Claudita?

Las luces están apagadas. Es ahora cuando Fortunato se da cuenta de lo tarde que es. ¡Claro, Fernández no recibe en horario comercial! Claudita está dormida en el sofá, tapada con su mantita de corazones. Se ha dormido con la tele puesta y en la pantalla una turba de zombis recorre una ciudad abandonada, sin duda una metáfora de la nueva crisis del capitalismo. Claudita no ha tenido una vida fácil así que, supone Fortunato, le debe consolar ver historias apocalípticas donde todo se va definitivamente al carajo. Por otra parte muy factibles. El final de esta selva neoliberal será un régimen autoritario, si no a ver cómo va a aguantar la gente trabajar y no llegar a fin de mes... Claudita está guapísima. Fortunato se sienta en un butacón frente a ella y disfruta de su belleza dormida. De la paz en su rostro, iluminado por la luz cambiante del televisor. Su tranquilidad le hace feliz y decide observarla, desgranarla del cabello a la barbilla, aprendérsela, antes de despertarla con una ligera caricia en la mejilla. Sus labios. Nadie se la ha chupado nunca mejor que Claudita, concede mentalmente Fortunato. Lo hace con una concentración desesperada, absoluta, como si en ese momento no hubiera ninguna otra cosa en la tierra que hacer o que meterse en la boca, individualizando y dando entidad propia a la polla de Fortunato. Se acerca a ella, va a tocarla suavemente en el hombro para despertarla y se detiene porque la tibieza que irradia Claudita avergüenza al frío de la calle que él trae en los dedos.

—Amor..., amor...

—Umm...

Sí, piensa Fortunato, tú serás la última. Porque tu felicidad feroz y vocacional aleja mi tristeza. ¡Fortu, eres un coñazo cuando te pones intenso! ¡Ni que te gustara estar triste!, le reprocha a veces Claudita. Y Fortunato asiente y sonríe porque sí, cada vez le gusta más la tristeza. No es depresión, no. O no solo tristeza irracional. Es pesimismo, es hastío, desinterés, certeza de que nada en este mundo tiene mucho sentido, de haber vivido mucho y tener ya poco por delante... Y eso no le quita las ganas de vivir, ¡en absoluto!, sino que define mejor con quién y qué quiere vivir. El pesimismo es, para Fortunato, un optimismo bien informado, un ejercicio de sinceridad con uno mismo y con el mundo. Seguro que los alemanes tienen una palabra larguísima y sin apenas vocales para expresar exactamente ese estado de ánimo.

—Amor..., vamos. A la camita. Yo recojo y apago todo.

—Umm... Sí... Te quiero... No tardes...

Claudita será la última. La cuidará, no la decepcionará. Vivirá para ella. En un sentido literal, vivirá y no dejará que un descuido lo mate. Y se guardará su fascinación morbosa por la melancolía para sí. Esos momentos deliciosos donde se revuelca en la melancolía como un cerdo en el barro, en los que se embriaga de lágrimas y escribe o corrige su poemario *Cuchillos mellados*.

Muchas veces Fortunato se dice a sí mismo que no somos más que nuestra basura. ¿Qué otra cosa es la memoria sino la basura de nuestra vida? Los residuos, los restos ya reciclados y embellecidos de lo que hemos vivido, comido, follado, pensado, amado, odiado y descartado. También de lo que nos abandonó, dejando solo recuerdos como envases vacíos. Sí, en el fondo solo caminamos sobre el enorme rastro de basura que hemos dejado con cada minuto de nuestra vida en esta tierra. Sobre la basura que son las mentiras que nos han permitido seguir hacia delante. La verdad, piensa Fortunato, es que somos solo basura y eso no ayuda demasiado a socializar, mitigado ya el imperativo sexual. Al fin y al cabo, nuestra propia basura, como nuestros pedos, nos puede resultar soportable o extrañamente atractiva. Pero ¿a quién le gusta la basura o los pedos ajenos?

Su basura, parte, la ordena en su poemario. Es pensar en él y ya está, siente el gusanillo en el interior. Mira con un disimulo innecesario si Claudita está ya dormida en la cama. Sí, ronca ligeramente. Fortunato cierra la puerta del dormitorio con cuidado, camina con sigilo hasta un escritorio y saca un cuaderno anillado de un cajón. Se muerde el labio inferior al hacerlo e, instintivamente, vuelve a mirar de reojo hacia la puerta del dormitorio. Nada, cerrada. Ya habrá tiempo de ver lo que hay en el sobre de Fernández. Faltan tres días... Anticipa el placer culpable. Otros se pondrían a ver porno y pajearse mientras la mujer a la que no follan duerme. Fortunato no, él se pone a corregir sin fin ese poemario que nunca permitirá leer a nadie, como nunca nadie leerá su obra de teatro. Fortunato lo paladea a solas. Es su porno emocional. Ignorando la advertencia de Flaubert, tomó como vicio la tristeza. Y, piensa, debe ser así para no espantar a Claudita con su amor a la *tristesse*. Para mostrarme ante ella con una refulgente armadura de normalidad, buen ánimo e incluso cierta jocosidad. Cada escrito le trae un trozo de vida. Un nombre. Se afloja la camisa y lee otra vez...

Y todo nace de resbalar por un tubo de cristal negro, liso, don-de las uñas no se clavan. Me asusta ser un bólido que grita mudo... ¿Y al fondo? La locura.

Angustia

Y todo pasa por afilar cuchillos viejos y romos para, mien-tras aparento indiferencia y miro estrellas que ya están muer-tas, diseccionarme. Hacer tasajo de mis tan poco originales penas. Si las entiendo las superaré. ¿Sí? No, no sé. Al final, las salo y me las como. Seguro.

Ansiedad

Y todo se resuelve en juntar sonidos, sensaciones, palabras que otros juntaron con más arte —¡envidia!— para hacerle un exorcismo al fantasma del hombre que murió solo y despreciado —en realidad fueron dos al decir de las constelaciones—, a mi pasado. ¿A mi futuro?

Amargura

Y esto..., ¿esto es todo?

Asfixia

Y una pequeña cartografía del infierno, de un infierno, uno de ellos, de unos años.

Cuando cierra el cuaderno, Fortunato siente también un escalofrío. Siempre tuvo problemas con la autoridad y odio a la injusticia, a la impunidad de los poderosos como forma última de injusticia. Ahí nace su asesino. Se siente un nihilista a la manera de Dostoievski, un Raskólnikov con el que no van los límites de la moral convencional y que, tras la etapa inicial, ya quemada, del rechazo de la vida social, y la salvación per-sonal por el terrorismo en la que se encuentra desde hace años, solo le esperan la muerte y la locura, en ese orden, que ya anticipan sus *Cuchillos mellados*. Porque ya se lo bebió, se lo metió y se lo folló todo. Ya no hay *terra incognita*, una

África en la que esconderse como Rimbaud para renunciar a la poesía y escribir cartas aburridas. Además, acepta Fortunato, no tiene el talento del sagrado ruso o del hermoso maldito. Su talento está en sus asesinatos, en su manera de matar y elegir a quién. Porque en el verdadero arte siempre hay vida, honestidad. Y él mata para sentirse vivo, con capacidad de decidir sobre algo. Él ya se ha girado y ha intuido a la locura esperando paciente su turno, número en mano y gesto distraído, en la cola de la pescadería donde su cordura es la pescadilla que espera ser cortada en rodajas. Porque cuando no crees en Dios, el juicio final es cotidiano e inexorable.

5

Lo decíamos: no hay más imbéciles que en el siglo XII o XVIII, pero ahora la mayor parte de ellos creen que no lo son.

LUISGÉ MARTÍN,
El mundo feliz. Una apología de la vida falsa

Tras esta reflexión y cuando creyó haber sufrido bastante, recordando quién o qué le puso en la condición de escribir algo tan triste, se enjugó una lágrima, sonrió satisfecho, bostezó y se quedó en calzoncillos. Luego apagó las luces, abrió con cuidado la puerta del dormitorio, se coló por la rendija como un viento húmedo, se desnudó por completo y se tumbó junto a Claudita con cuidado de no despertarla. Inmóvil, acompasó su respiración a la de ella para invitar al sueño. Como vio que no se despertaba, se acercó y se encajó en una cucharita perfecta, dejando que la suavidad de la mujer le llenara la piel. Paz, Fortunato sintió paz, ser parte de un equipo, de un propósito, de una ilusión que conformaban los dos cuerpos. Su cotidianeidad, sus hábitos. Y en esa ternura la tristeza de sus poemas le parecía lejana. Cuando le puso con cuidado el brazo sobre la cadera y el muslo, se sentía ya feliz. Yo ya no soy ese, no soy un inútil cuchillo mellado. El sosiego de Claudita me lo grita. Tengo un propósito. No se puede vivir sin un propósito. Por eso es bueno leer mi desesperación pasada, recordarla con detalle, para disfrutar de haberla dejado atrás. La tristeza sirve para que reconozcamos la felicidad. Y Fortunato se durmió. Sin necesidad de visiones atroces. Durante años tuvo que tomar pastillas para dormir y ansiolíticos, dormidina y diazepam juntos para poder dormirse. Tiempos de vigilias interminables y ojos rojos, de sudar revolcándose entre las sábanas buscando el sueño. Y durante esos años solo se dormía tras una curiosa visión. Un fotograma de *Salvar al soldado Ryan*, en el que se veía a un soldado alemán ametrallando desde un búnker a los recién desembarcados yanquis sobre la playa de Omaha. Un casco nazi en escorzo, una MG-42 escupiendo muerte y hombres cayendo como bolos. Solo tras ver esto se dormía. Una vez se lo contó a su psicóloga, curioso por saber por qué la matanza, esa imagen y solo esa, precedía al descanso noche tras noche. No le supo contestar. No de manera concreta. Le costó un dineral y muchas sesiones recibir algo parecido a un diagnóstico. La psicóloga se negaba a darle uno, esto no funciona así, decía. Pero Fortunato siempre fue curioso, insistió una y otra vez hasta que se lo dio: «personalidad desestructurada de base con rasgos psicopáticos y narcisistas». La psicóloga le explicó que, por supuesto, no tenía que asustarse, que todos somos psicópatas en menor o mayor grado, que eso no significaba que fuera a matar a hachazos a nadie y que en sucesivas sesiones avanzarían más. También le explicó que cualquiera que llegue a puestos de poder, en la empresa o la política, es por fuerza alguien con rasgos psicopáticos. La falta de empatía es indispensable cuando tu vida es imponerte a otros, pisarles y pasarles por encima. Nos lo venden como sana ambición y competitividad, ¿sabes, Fortu?, pero es simple psicopatía. Fortunato por entonces ya llevaba años asesinando. Le parecía poca explicación para lo que le bullía por dentro y seguía sin saber por qué un ametrallamiento le anunciaba el descanso.

Además, le decepcionaba que la psicóloga tuviera enfrente a un asesino y ni se lo oliera. No le parecía muy profesional. Él acudía a esas sesiones a tratarse de su enganche al perico y, de paso, a hacer esgrima intelectual. Y a por los ansiolíticos, cuyas recetas un psiquiatra colega de la psicóloga le dispensaba con singular alegría, no sin antes advertirle que no abusara de ellos. A eso y a fabular en función de lo que le parecía que podía hacer más interesante su caso ante aquella mujer. Eso, le concedió, debía ser lo narcisista. Dejó la terapia hace años, cuando dejó de meterse y el nazi de la ametralladora desapareció.

Fortunato ronca y mucho, el tabaco y algo de sobrepeso, así que Claudita, condenada siempre a dormir con tapones, se remueve y lo aleja con un codazo. Gruñe satisfecho, ya no le importa rodar sobre el costado, darle la espalda a la mujer y llevarse con él su tibieza. Todo su mundo está en esa cama. Ya está dormido. Descansando de sí mismo.

Fortunato es un misántropo.

Ya lo explicó Marx, piensa, cuando dijo que el último estadio del capitalismo sería la puerilidad.

Cree que la cosificación de las personas, la pérdida de los ideales y la consagración de las sensaciones acabaron por adocenar a la gente. La despojó de la individualidad para convertirla en repetitivos clientes de similares tiendas de ropa *low cost*, comida *fast food*, redes sociales y *realities* guionizados. Por eso hace años que Fortunato, ese que ahora ronca, empezó a restringir su contacto con las personas, a dejar de interesarse por tratarlas. O por conocer a más. Él, que había sido siempre un ávido catador de experiencias extremas, se dio cuenta de que, cada vez más, todo era una sucesión ininterrumpida de las mismas tres o cuatro conversaciones banales, de los mismos tres o cuatro movimientos para conseguir satisfacciones básicas e inmediatas. Solo a veces, y no sin resistencia, se dejaba arrastrar por Claudita a alguna reunión. Más por contentarla a ella que por otra cosa. No era antipático ni carecía de habilidades sociales, podía fingir un más que aceptable interés por los demás. Soltar alguna ocurrencia en el momento indicado.

Cuando un desconocido se le acercaba, Fortunato solía adivinar los diálogos antes de que estos se produjeran. No atribuía un mérito especial a esto. Cuando los seres humanos se convierten en clientes, en consumidores, creía Fortunato, lo único que buscan son reembolsos o ventajas inmediatas a cambio de lo que entregan. Sexual, económica, gastronómica, emocional... La publicidad totalitaria, que se había perfeccionado a niveles insospechados para Goebbels y los nazis, les ofrecía unas posibilidades de elección infinitas, dirigiéndolos felices a la frustración irremediable pues nada será bastante en la Arcadia consumista. Siempre había algo mejor, más nuevo, más caro, alguien más bello y delgado. Todos entraban tecleando sus *smartphones*, la cabeza inclinada sobre la pantalla, en las fauces candentes del Moloch de la publicidad, consumistas consumidos. Y al final, pensaba Fortunato, ese que ahora duerme como un lirón, como sucede con esas películas que producen en cadena los grandes canales de televisión, la vida se convierte en una sucesión de comedias ñoñas, absurdas, o de melodramas baratos, clichés con los que todos estos clientes se sienten seguros, a gusto reafirmándose en que viven en el mejor de los mundos, riéndose con tópicos regionales que acaban por conformar una geografía imaginaria y prejuiciosa que les basta, tan delirante como los portulanos y bestiarios medievales. Todo tiene que ser etiquetado y con la composición muy clara y a la vista: la vida, las personas, los lugares. ¡Pobres!, pensaba Fortunato, condenados todos a la adoración de la juventud, la edad más estúpida del ser humano, perdida ya la honestidad cruel del niño y sin la sabiduría del que ha vivido. Por algo en todas las culturas pre redes sociales se respetaba al anciano. Claro que nunca antes la mediocridad, la estupidez y la envidia habían tenido altavoces tan potentes como estas redes. Ni la frustración. Claudita tenía Instagram y le enseñaba a veces fotos e historias de vidas imposiblemente perfectas, una orgía ególatra que siempre tenía lugar en playas paradisíacas, restaurantes de diseño y hoteles carísimos, protagonizadas por mujeres y hombres jóvenes y bellos. Instantáneas de una vida imposible salvo para unos pocos afortunados narcisos y que condenaban a la emulación imposible y a la frustración a una gran mayoría de desgraciados *followers*. Seguidores... Claro que, admite Fortunato, personajes como esos alimentaban la frivolidad aspiracional necesaria para mantener en pie un sistema basado en el consumismo sin fin. Estos, los negratas con dientes de oro, los cochazos y las botellas *magnum* de Cristal, las modelos hipersexualizadas, los emprendedores y demás vendedores de humo sirven para vender el individualismo feroz y el triunfo económico como una forma de rebeldía, publicitada por todos los canales y medios posibles para quitarle a la gente de la cabeza ideas verdaderamente peligrosas, como unirse, incendiar bancos y nacionalizar cosas. Una vez asomó la gaita por Twitter y a él, un asesino, le pareció en exceso violento. Era la amplificación perfecta de lo más mezquino del ser humano, una guarida de perros rabiosos. Claudita le explicó que no todo era así, que también era una herramienta de protesta y organización, que fue muy útil en el triunfo del 15-M. ¿Qué triunfo?, contestó Fortunato, decidido a no cruzar nunca más ese umbral de ferocidad cobarde y a distancia. Él al menos, pensó divertido, cuando bloqueaba a alguien lo hacía para siempre, un *unfollow* letal. No, las redes sociales y la misantropía, elegida y militante, no cuadraban.

Al fin, pensaba Fortunato, esto era la globalización, la implantación del pensamiento único disfrazado de diversidad multimarca.

—¡Queridos clientes, solo este mundo es posible! Y este centro comercial lo gobiernan grandes gestores. Tranquilos, unos se dicen de derechas y otros de izquierdas, reminiscencias del antiguo código de la circulación, pero todos son sanos muchachotes neoliberales y se compran las mismas corbatas. ¡Ale, pasen y vean! ¡No se preocupen, hemos escondido a los pobres y los viejos! ¡No olviden darnos sus *likes*!

Adoctrinados en el sueño aspiracional de poseer, de consumir, pues de otra manera se desmoronaría el tinglado, los compradores se arrojaban silbando a las fauces del *low cost*. ¿Por qué tener una camiseta buena, que dure, cuando puedo comprarme diez muy malas, fabricadas por niñas esclavas en algún agujero lejano e invisible, y que no aguantarán tres lavados, pero que me harán sentir que estreno algo cada semana y que soy un triunfador? ¿No es eso lo que el mundo espera de mí? Así, se dice Fortunato, piensa toda esa gente que desperdicia su poco tiempo libre en hacer colas, que dan la vuelta a la manzana, para comprarse ropa mala y con ella, pese a su precariedad, la ilusión de ser clase media. Todos queriendo ser distintos, todos tan iguales.

Fortunato se pensaba el contrario, simétrico y terrible, de la cita evangélica Juan 14:6, en la que Jesús proclama «Yo soy el camino, y la verdad y la vida». No, Fortunato, el asesino inconforme y misántropo, se imagina imprimir camisetas o llenar la ciudad de pintadas que no mostraran su cara y sus dedos alzados para bendecir, sino su espalda, y que dijeran: «Yo no soy el camino, ni la verdad ni la vida». Claro que temía que una vida basada completamente en mentiras, como por fuerza ha de ser la de un asesino, acabara siendo una vida absolutamente irreal y, por tanto, abocada a la locura. Vivía con miedo a desvanecerse, a volverse traslúcido o un caballero demediado. Por eso era tan importante para él Claudita, su amor.

Fortunato tiene claro que si hay una gran mentira en la vida esa es que sufrir te hace más fuerte. No, sufrir te rompe, te seca, te agota, te asusta. Las personas más fuertes que había conocido en la vida, desmintiendo cualquier elogio al sufrimiento —que no deja de ser un pobre consuelo para quien está jodido y un arma de control social—, eran las que no habían sufrido nada, apenas, o las que no habían sufrido mucho y durante mucho tiempo.

Fortunato no se engañaba, sería difícil librarse de sí mismo, pero podría ayudar restringir cada vez más su contacto con otros seres humanos. En un mundo de relaciones en diferido, de a ver si nos vemos y promesas de llamarse que nadie esperaba que realmente se cumplieran, no fue muy complicado. Fue adentrándose en una soledad bastante sólida, efectiva, sin muchos problemas. Liberándose de décadas de condicionamiento social e idealizaciones ajenas de lo aceptable, lo necesario y lo conveniente. Por supuesto, este fue un proceso largo, de años, y en ocasiones Fortunato se sintió expuesto a todos los vientos, desnudo en un desierto helado. Pero sobrevivió y hacía tiempo que sonreía pensando que la perfección de esta idea llegaría cuando solo se relacionara con los extraños que fuera a asesinar, en un vínculo momentáneo y evanescente. Sí, un lobo estepario, un asesino que caminaba solo salvo por la compañía, irrenunciable, de Claudita. Ella era su miedo, cualquier sufrimiento futuro, cualquier dolor, vendría necesariamente de esa parte. Pero también era su contrapeso, la piedra que impedía que echara a volar como un globo y desapareciera en la inmensidad. Claudita lo volvía corpóreo, real, le recordaba sus necesidades más básicas. Ella era su refugio ante un mundo espantoso, en descomposición, aterrador incluso para un asesino. Su refugio, la garantía de un suministro estable de sexo y de ternura. De humanidad. Por él, el mundo se podía ir a tomar por culo siempre que pudiera seguir roncando junto a Claudita. Él soñaba con una vida eterna juntos. Como esas neveras soviéticas que nunca se joden porque, al no existir el mercado y la competencia, se construían para que duraran más que sus dueños. Como esas cámaras Zenit con las que podías clavar escarpias y seguían funcionando a la perfección. El capitalismo es enemigo del amor, se basa en el reemplazo, por eso ahora todas las parejas nacen con la obsolescencia programada. Fortunato quería que lo suyo con Claudita fuera sólido constructivismo soviético, fuerte, audaz, pero sencillo y confiable como un buen tanque T-34/85 aplastando nazis en los altos de Seelow.

La idea de nazis muriendo triturados por las orugas también le relajaba siempre.

6

Para que un sistema social, biológico, químico o físico, sufra alguna clase de inestabilidad «catastrófica» se necesita, en primer lugar, la existencia de al menos dos variables dinámicas, y en segundo lugar, que estas tengan movimientos contrapuestos.

AGUSTÍN FERNÁNDEZ MALLO,
Teoría general de la basura

Fue incapaz de adivinar qué sintió primero, la música, el aroma del café o la succión lenta y profunda de su polla por la boca de Claudita. No podía concretar qué le despertó. Todo estuvo perfectamente coordinado. A Fortunato le gusta mucho la bossa nova, Brasil en general, así que Claudita ha llenado la casa con *Chega de saudade*, obra maestra de Vinicius de Moraes y Tom Jobim que inaugura el género en 1958.

> *Vai minha tristeza*
> *E diz a ela que sem ela não pode ser*
> *Diz-lhe numa prece*
> *Que ela regresse*
> *Porque eu não posso mais sofrer...*

La cantó João Gilberto, que usaba técnicas de respiración del yoga. La cantó susurrando y sin vibrato.

> *Chega de saudade*
> *A realidade é que sem ela não há paz*
> *Não há beleza*
> *É só tristeza e a melancolia*
> *Que não sai de mim, não sai de mim, não sai...*

Claudita había puesto la música a un volumen tan bajo que no despertó a Fortunato, pero fue lo primero que oyó al hacerlo. Como fue el aroma del café lo primero que olió. Como fue la presión de la lengua de Claudita contra su frenillo, su boca glotona, lo primero que sintió y tras un rápido vistazo a la situación, volvió a cerrar los ojos y arqueó su espalda. Claudita apretó con más fuerza su polla y Fortunato empezó el día corriéndose, oyendo bossa y oliendo a rico café. Se sintió feliz y agradeció la hermosa ligereza del cuerpo de Claudita cuando, tras tragarse su semen, subió a besarle en la boca. Su cuerpo era duro y suave a la vez, cálido, y Fortunato lo leyó con las yemas, con su vientre, con el pecho. Durante unos segundos Claudita clavó sus ojos en los de él, con una expresión extraña que Fortunato no supo interpretar, así que optó por callar y esbozar una sonrisa, leve, amistosa.

—A veces me gustaría tener yo también una polla y follarte —le dijo tras besarle—. Te follaría hasta matarte.

—¿Me estás amenazando?

—No, hombretón, te estoy tentando.

—Hay arneses, cosas de goma...

—¡No, no, no, me gustaría tener una polla mía para follarte!

—¡Ah! ¿Te gustaría ser un tío?

—Nada de eso. Me gustaría ser yo con una polla.

—Ya...

—¡Le pondría nombre! —reía mientras saltaba de la cama,

se ponía unas bragas y se embutía a caderazos en unos vaqueros que, por un momento, recogieron sus nalgas en un prodigio gravitatorio imposible para luego, sin dificultad, abrazar sus largas piernas y su culo como un guante. El prodigio de mudar a una nueva piel se repitió arriba, cuando se metió en una camiseta minúscula que tuvo también que superar el escollo de unas preciosas tetas para acomodarse. Un golpe de melena y ya estaba vestida. A sus casi cuarenta años, se dijo Fortunato, Claudita sigue siendo una gata, elástica y bella—. Todos los tíos le ponéis nombre a vuestra polla.

—Sí.

—¿Por qué?

—No nos gusta que un desconocido nos mande.

—¿Eso es un chiste?

—Malo —concede Fortunato.

—¿Os hace sentir menos solos?

—Puede. No lo había pensado.

—Hay algo tan infantil en vosotros. Un tipo de cincuenta años llamando Manolito a su pene. Tenéis que sentir mucho terror, mucha soledad. ¡Pobrecitos!

—Crecer es solo tomar conciencia del abismo, asomarte.

—¡Pues cuidado que Manolito no te arrastre al vacío! Pero tienes razón, todo es ridículo. Nada tiene sentido. ¡Mola!

—Nosotros tenemos todo el sentido del mundo, Claudita.

—¡Sí, nosotros sí!

—¿Te vas ya?

—Sí, tengo ensayo con el compañero del seminario. Esta tarde pasamos escena. Deséame suerte.

—¿Chéjov?

—¡Claro, siempre Chéjov! Y su poquito de Strindberg.

—Ya. Y no te deseo suerte. No te hace falta. Tienes talento.

Claudita a veces le daba estas sorpresas y lo hacía con la alegría sincera con la que los niños regalan algo. Claudita salió con un portazo risueño, igual de ruidoso que uno furioso o despechado, pero alegre porque anunciaba que faltaba menos para que volviera, aunque no lo haría hasta la noche y agotada. Fortunato aún haraganeó un poco en la cama, estirándose y rebuscando en su piel y sus genitales sensaciones del regalo mañanero. Nadie nunca se la había mamado como Claudita, y Fortunato no se engañaba al respecto, ese era uno de los puntales de su relación. No el más importante, desde luego; si ella fuera una bruja amargada, rencorosa, triste, aburrida, agresiva o deprimente, unas excelsas mamadas no habrían bastado para retenerle a su lado. Claro que no. Pero es que Claudita era, ya lo hemos dicho, feliz por cojones, o por ovarios, feroz y decididamente feliz. Capaz tras ocho años de relación de conjurar todos los sentidos en una emboscada deliciosa, de despertarle sin un sobresalto con una mezcla perfecta de belleza, de música, de aroma y de sexo. En su aplicada búsqueda de la felicidad *malgré tout*, el sexo enamorado era una parte fundamental y se aplicaba a combatir esa pereza hija de la convivencia, que va, poco a poco, sustituyendo la pasión por una ternura pactada, cómoda. Por ella no iba a quedar. Claudita no aceptaba tener citas u horas para follar, rutinas que solo sirven para encontrar pretextos y aparcarlas. Fortunato se sintió un tipo con suerte.

Esta vez no la cagues, pensó mientras caminaba hacia la ducha. Ella te lo pone muy fácil. Afuera solo existe el caos. Tú eres el caos.

Cuando conoció a Claudita se sintió nuevo. Bueno, cuando se reencontró con ella años después de conocerla y desearla, siendo los dos los mismos pero tan distintos, los monos de la depresión le soltaron el pelo. La vida es tan caprichosa. Incluso escribió cosas más alegres, que adjuntó a sus desesperados *Cuchillos mellados* mitad por vagancia, no tenía otro poemario ni ganas de escribirlo, mitad por cálculo. Si algún día lo publicaba, cosa que nunca haría aunque fantaseara con ello, algo de alegría y esperanza potenciarían los negros de la tristeza.

Le regaló a Claudita un poema. Le gustó. Se acostaron. Y, afortunadamente, sintieron placer. Mucho. Que se habrían acostado sin mediar poemas también estaba claro desde la primera vez que hablaron, tantos años antes. Fortunato siempre ha sabido desde la primera mirada y saludo si se iba a acostar con una mujer. Mejor dicho, si esa mujer se acostaría con él. Claudita y él habrían follado igual sin mediar la literatura.

Fortunato, aunque aceptando gustoso los vaivenes químicos que generan enamoramiento y deseo, avisado por anteriores desastres, también escribió otras cosas para sí mismo. Para mortificarse en el caso de que todo se fuera a la mierda. De nuevo. Al fin y al cabo, no hay nada más efímero que las promesas de eternidad y la estabilidad siempre es el presagio del desequilibrio súbito, catastrófico. Así era, pensaba Fortunato, para todo lo que existía, de lo submolecular a las relaciones de pareja y los sistemas planetarios. Lo nuevo solo nace de la destrucción de lo viejo. La vida en pareja es solo un lapso entre catástrofes, inicios y finales.

Y es que, queriendo o sin querer, Fortunato era un obsesivo analista del amor. Mejor dicho, del amor que él había vivido, dado o recibido. Él mismo era su principal objeto de interés y estudio, cosa muy comprensible y nada reprochable en un psicópata narcisista.

Bajo el agua de la ducha le vino a la cabeza *Jules et Jim*, la maravillosa película de Truffaut. A diferencia de Jules, Fortunato sí había conocido muchas mujeres. En esto era más Jim. Pero es verdad que Claudita, como Catherine, había estado también con muchos hombres. Buscando quizá la masculinidad del padre ausente. Puede que eso no les ayudara, como hablaban los personajes de la peli, a sacar un promedio equilibrado que les permitiera formar una pareja honesta, pero desde luego les ahorraba mucho camino, muchas estupideces, muchas mentiras que por ya sabidas eran inútiles e indeseables. Como es lógico, la pérdida de la inocencia que en la película llevaba poco más de una hora, a ellos les llevó parte de su juventud y madurez. Pero el proceso le parecía similar y eso hacía que muchas veces Fortunato se acordara de *Jules et Jim*, que viera su pareja con Claudita, esa unión de dos, como un trío maravilloso donde él podía ser a la vez Jules y Jim. Donde nunca había lugar para el aburrimiento, si no era escogido, deseado. A esta elección de vida ayudaba que hacía tiempo que Fortunato había aceptado que su misantropía podía convivir con cierta bipolaridad. No patológica o diagnosticable como la de aquella otra actriz cocainómana, no. Más bien vaivenes de humor que lo convertían por momentos en un niño juguetón o en un existencialista de paseo por el infierno que son los demás. Claudita sabía interpretar las señales y a la actriz observadora que era, amante de tipos y caracteres, la vida con Fortunato se le hacía un ejercicio apasionante de composición. Eres muchos, robustito, muchos muy distintos, le decía divertida.

Pensó Fortunato mientras se servía café, mientras lo olía, que Claudita, como Catherine, vivía en una alegre extravagancia que la hacía sumamente divertida. Fortunato, dada su madurez y no poca experiencia, hacía mucho tiempo que le había perdido el miedo a la mujer. Al contrario, con la edad le había llegado la liberación frente a la feminidad con la aceptación absoluta de la imposibilidad de comprenderla. Claro que eso, se recordaba con el primer sorbo, era extensible a la totalidad del género humano, hombres y mujeres. Abocados a la locura por nacer sabiendo racionalmente que hemos de morir, solo quedaban dos falsas vías de escape, de lidiar con la promesa inexorable de nuestra desaparición. Falsas porque desembocan otra vez en la ansiedad y la demencia. Una, reducirte a la animalidad, a la mera supervivencia, al aquí y ahora, sin ninguna esperanza de trascendencia, de transformar nada ni dejar ningún legado a los demás. Dedicarte a dormir, comer, cagar y follar cuando puedas, agotando así tus días en el mundo. Esto te deja al nivel de un perro, un cerdo o cualquier otro animal a elegir. Dos, la otra es todo lo contrario, es tener una voluntad de grandeza, de trascender y poner en valor la historicidad del sujeto al vivir. Dejar huella, siquiera entre los más próximos. Fortunato asociaba esta solución a una concepción de la propia importancia exagerada y ridícula, que te lleva a pensar que sí, que puedes hacer algo importante por los demás que trascenderá a tu tiempo biológico. Fortunato vivía con vaivenes violentos entre las dos vías, como una excepción irritante a su propia categorización.

¿Qué sentido tiene trascender?, se repite. La misma vida en la tierra va a desaparecer gracias al hombre. Cualquier fenómeno climatológico extremo, cualquier virus o cataclismo medioambiental o nuclear, acabará con el Antropoceno, la era humana, con la plaga que realmente somos para el planeta. ¿Qué será de los grandes libros? ¿Del Arte y los grandes museos? Desaparecerán como polvo al que una ráfaga de viento dispersa en la nada. Porque eso, creía Fortunato, somos la humanidad: una fina capa de polvo que ensucia un mueble maravilloso. Aceptado esto, lo mejor era renunciar a comprender nada, a tener hijos, ya que como, según Borges, dijo Bioy Casares, los espejos y la cópula son abominables porque multiplican el número de los hombres. Dar o soportar el coñazo lo menos posible. Fortunato había llegado a esa conclusión. No tenía intención de fabricarse más mentiras sobre los demás. Fortunato no se hace trampas al solitario. No se miente. Y eso le ayudó a convertirse en un asesino. A aceptar que, para él, matar es una manera cómoda de vivir, que era un hombre irregularmente preparado para la vida, pero muy bueno asesinando. No es un tartufo, no es un hipócrita. Y por eso tampoco permite que nadie lo engañe o le conmueva con lágrimas, promesas de cambio, propósitos de enmienda y demás zarandajas sensibleras.

Por eso, pensó también Fortunato consciente de que siempre tendía a alambicar y embellecer recuerdos y hechos, lo que más me gusta de Claudita es lo difícil que es discutir con ella y, si pasa, lo poco que duran los enfados. Supongo que hay una edad en la vida en que todos necesitamos civilización, olvidar al salvaje emocional. Sí, paz, tranquilidad y la voluntad de evitar problemas. Libros, sonrisas, silencios compartidos y pocas preguntas.

Dio un sorbo a su café, se sentó al escritorio y abrió el sobre con el nuevo encargo de Fernández.

7

Aquellos que no puedan comprender, morirán; aquellos que comprendan, vivirán.

Libro del Chilam Balam

Fortunato desplegó el contenido sobre la mesa. No había demasiado dentro. Las llaves de un coche, un papelito con la matrícula y el número de una plaza de garaje en un parking público garabateados con la letra infantil de Fernández. Memorizar y quemar. Un tíquet de ese parking, lejos del centro. Guardar. Una foto pequeña del encargo... ¡Hostias! Estos no se cortan, esto ya no es un concejal o un cargo intermedio, pensó Fortunato. El objetivo era una conocida política, pata negra del partido, histórica y presente en todas las fotos, balcones, congresos y plazas de toros desde hacía décadas. Los mismos que antes la paseaban en andas como una santa y un ejemplo de buena gestión, trasladable al resto del país, ahora hacían el encargo de eliminarla. Por supuesto, lo único cierto no era la interesada adulación anterior, sino el nerviosismo de ahora. El miedo que tenían a lo que pudiera contar, conocedora de los manejos al más alto nivel del partido en el gobierno, el más corrupto de la historia reciente del país. Los halagos a esta mujer y la ejemplaridad de su gestión no eran más que propaganda, mentiras interesadas y verdades alternativas *avant la lettre*. La tipa era un desastre, una choriza ejemplar y por eso había subido tanto en un partido podrido. Mientras el botín fue grande y controlaron todos los resortes, la *famiglia* vivió en una fiesta permanente de inauguraciones, sobrecostes, dinero público, mordidas y sobres. Pero cuando empezaron a perder poder, sobre todo en grandes ciudades, la impunidad se resquebrajó. Afloraron facturas, documentos, ordenadores y testigos. Tantos que no había bastantes picadoras de papel, martillos y sicarios en todo el país. El encargo pronto tendría que declarar. Estaba aforada y eso había ralentizado las cosas, pero no las detenía. Iba a ser llamada a declarar en calidad de interesada, el paso intermedio entre testigo e imputada. La mujer fue siempre muy celebrada por los suyos por su humor chisposo, bravucón y campechano. Sus salidas de tono eran muy aplaudidas como muestras de castiza ignorancia y muy española dipsomanía. Pero desde que perdió el poder y la mierda le llegaba a las perlas del cuello, dejaron de aplaudirla. Muchos hasta tenían dificultad para recordar su nombre y la antigua musa pasó a ser «esa persona de la que usted me habla» y cosas así. A sus antiguos compinches dejó de parecerles graciosa y empezaron a verla como una borracha despechada con un carácter explosivo e incontinente. Como una amenaza. Quemar la foto, no hay posibilidad de olvido o confusión. Se alojaba en un hotel próximo a las Cortes. Fernández le había metido también la tarjeta llave para entrar en su habitación. El plan estaba claro. Iría en el coche hasta el parking de la Carrera de San Jerónimo, no muy tarde para que hubiera aún movimiento. Camuflaje y distorsión habitual, por las cámaras. Sus habilidades mejoraron mucho tras asistir a un curso de maquillaje teatral que impartió Claudita para sacarse unos eurillos. ¡Siempre es bueno hacer cosas nuevas en pareja!, *couple goals!*, alegó sonriendo Fortunato ante la extrañeza de ella por su aplicado interés. Luego entraría en el hotel sin registrarse y solo con una bolsa de mano, abriría la habitación con la llave. Allí sabía que encontraría otra llave, la del cuarto del encargo que estaría en otra planta. Llevar agua y algo ligero de comer, un punto de hambre ayuda a estar alerta. Esperaría hasta que fuera de madrugada, a que el alcohol y el ansiolítico hubieran actuado. Entraría, la asesinaría y se volvería a su cuarto. Dormiría un poco y saldría muy pronto del hotel, de madrugada, para evitar el jaleo de cuando encontraran y levantaran el cuerpo, recuperaría el coche y lo devolvería al primer parking. Sencillo, sin prisas y nada complicado. Podría llegar sobre las siete a casa, Claudita seguiría durmiendo. Si le preguntaba a qué hora había vuelto, bastaría decirle que se había ido de copas con algún colega.

Fortunato sabía que esto venía de muy arriba. Nadie tendría interés en investigar demasiado y pronto habría un argumentario en todos los medios afines, sentidas demostraciones de dolor de quienes ahora le negaban el saludo a la borracha. Hablarán maravillas de ella unos y otros, porque en este país no hay sino morirse para que todo se perdone. Da igual lo sinvergüenza e inmoral que se haya sido, la muerte todo lo borra y perfuma la basura con olor de santidad, pensó disgustado Fortunato, más partidario de la idea de que un hijoputa vivo solo deja al morir un hijoputa muerto, no un beato. Habrá pocos homenajes y muchas prisas por enterrar o quemar el cuerpo. Todo será visto y no visto. Claro, pensó Fortunato apurando su café, que no puede haber violencia, ni sangre. La tienen que encontrar dormidita. Fernández ya le explicó que era un trabajo muy de su estilo, que era su forma también de decirle sin decirlo qué tipo de ejecución le habían solicitado. Si no dejaba nada estridente en la escena del crimen, nada violento, desordenado o ilógico, la autopsia sería una mera formalidad. La haría alguien escogido y aleccionado. Fortunato, desde su mesa, ya estaba trabajando en equipo con ese desconocido. Como otros desconocidos ya trabajaban para él y se asegurarían de dejar inconsciente al objetivo esa noche.

—No te preocupes, doctor Mengele, no habrá sangre ni heridas —susurró Fortunato—. No te complicaré la existencia. Es borracha..., pues una crisis hepática. Sí, eso valdrá. Funcionó bien con aquel tipo. Ya tendrá el hígado tocado... Umm... Pincharle paracetamol líquido en las venas entre los dedos de los pies como para un elefante y, ¡zas!, cirrosis fulminante al canto. Entre los pies y en el cogote, entre el pelo. Para asegurar el fallo hepático fulminante, aplicarle también con una mascarilla una buena dosis de halotano, al 15 % en oxígeno... Sí, paracetamol líquido y sedante hipnótico halotano...

Ya con una idea más clara de cómo y con qué lo haría, Fortunato pensó que luego iría a ver a Fernández y le pediría el material que iba a necesitar, el anestésico y unas cajas de Para-Care inyectable, sabiendo que todo estaría según él lo pidiera en el coche que recogería el día del encargo. Había días de sobra. Fortunato no pedía nada por internet desde casa, eso siempre dejaba rastros y vaya usted a saber si lo que le mandaban no estaba adulterado o defectuoso. Si necesitaba investigar algo para sus asesinatos, tomaba el metro, se iba a locutorios en otros barrios de Madrid, googleaba y luego borraba el historial de búsqueda. No dejaba de asombrarle la infinidad de contenidos que se podían encontrar, lo accesibles que eran. Lo mismo que encontrabas cualquier categoría de porno con dos clics, podías ver cómo provocar un fallo hepático sin tener necesidad de haber cursado Medicina ni de tener escondido a un médico ruso medio loco en un sótano. Ni Fernández ni él usaban internet en sus asuntos. Susurros enmascarados por Nino Bravo, nada de móviles, papelitos que ardían por completo y dinero en efectivo. Como luditas, no usaban nada que no fuera analógico en este mundo digital. Fernández, por un rechazo a la novedad, se sentía incapaz de ponerse al día y mucho más seguro con los métodos antiguos. Pertenecía a otra época del espionaje, la de las camaritas Minox B de 11 mm, las tintas invisibles y las pastillas de cianuro en los empastes. Fernández nunca se lo había reconocido, siempre se presentó como ex COE y espía de La Casa, pero tenía un tufo a madero, a secreta, que tiraba para atrás. Su educación sentimental era el *bertillonage*, la ficha de filiación policial que inventó Alphonse Bertillon en la segunda mitad del xix: fotos de frente y perfil, medidas y rasgos físicos más reconocibles. Lo llamó retrato hablado, un *portrait parlé*. Claro que Fernández no lo sabía. Sí, Fernández, le explicó Fortunato un día sin tanto galicismo, y luego a esas fichas se añadieron las huellas digitales. ¿Sabes que su uso lo inventó un inglés, un primo de Darwin, para identificar a los negros y los indios de las colonias? No, Fortu, no lo sabía... ¡Pues sí, se optó por la huella porque las fotos no servían! A los blancos todos los negros, indios o chinos nos parecen iguales. ¡No me jodas, qué curioso!, exclamó Fernández. Es acojonante cómo todos estos inventos siempre se usan primero con otras razas, o con los judíos, las putas, los maricones y los rojos, y luego ya con todo el mundo. ¡Y la gente lo acepta encantada!, añadió Fortunato.

—Bueno, chaval, lo mismo dan huellas digitales, pelos, rastros de sangre o el rollo ese de las rayitas...

—El ADN.

—Sí, el ADN. ¿Tú sabes cuál es el secreto para que nunca te pillen, para el crimen perfecto?

—No, Fernández.

—Pues que nadie quiera pillarte. Eso es todo.

—Ya.

—Encargarte solo de quien te dicen.

—Sí.

—Gente con enemigos. Y sobre todo no dar ocasión a que te graben. Lo peligroso es cuando hay mucha gente en el ajo, muchas grabaciones, imbéciles enviándose mensajitos por chulería o por miedo. No pueden matar a todo el mundo y siempre hay alguien que se asusta, que cree que le han dejado tirado y habla. Nosotros, chaval, vamos a tiro hecho. Somos cirujanos.

—Entiendo, sajamos antes de que la infección se extienda.

—Eso es. Y yo nunca pregunto ni chismorreo y si el que me trae el encargo empieza a hablar, me levanto y me piro. Un nombre en un papel, o una foto en un sobre. Con eso basta.

—Pero conmigo hablas.

—Contigo y con Nino Bravo. ¡Qué vozarrón tenía! Un grande.

Fernández tenía razón. Lo suyo son encargos. No hacer nada que llame demasiado la atención y obligue a alguien, muy a su pesar, a hacer algo. Sí, continuó Fortunato tras recordar, ahora la gente acepta sin problemas estar fichada, controlada, catalogada y convertida en un código. Es como si necesitáramos ser codificados para ser reales, que los cajeros e internet reconozcan nuestra clave, que los tornos y las puertas se abran a nuestro paso para sentir que existimos, que somos normales. Huella digital, firma telemática, escáneres de retina. Da igual democracias o dictaduras, les entregamos voluntariamente nuestro ADN a cambio de seguridad, de pertenencia, de salud, de ser. Con cada clic ponemos más fáciles futuros holocaustos. Por supuesto que Fortunato participaba de todo esto, tenía sus tarjetas, domiciliaba sus recibos y hacía su declaración de la renta. Lo mínimo imprescindible para no ser detectado por algún logaritmo como una anomalía y llamar la atención. Y de lo primero que le proporcionó Fernández, cuando por fin tras lo de Zanzíbar lo consideró un activo valioso, fue documentación perfectamente falsa con su foto y, en caso de necesidad, un fichero durmiente con las huellas digitales de un muerto. Era todo lo que necesitaba. Se resistía a más.

En Fortunato había un descreimiento filosófico respecto a la tecnología, lo digital y la ciencia en general. Era difícil mantener el fervor en el progreso científico tras Auschwitz e Hiroshima. O mientras pervivían cosas como el Opus Dei y crecían las iglesias evangelistas. O el yihadismo. La nube, guardar cosas en la nube, ¿qué cojones es esa nube y dónde está? Nadie lo sabe. Se acepta que existe y que nos cuida desde el más allá tecnológico, se acepta como otros lo hacen con el misterio de la santísima trinidad o la virginidad de María. La ciencia y su hija bastarda, la tecnología, habían tomado el relevo de la religión en cuanto a oscurantismo y control social. Como dijo el gran Napoleón de la religión, la tecnología es ahora lo único que impide que los pobres, distraídos con sus *smartphones*, miles de *apps* estúpidas y no quedarse sin batería, degüellen a los ricos. Por eso hay hijos de parados que tienen uno. Ya no basta con comer y tener un techo, ahora hay que tener lo que tienen los demás. Y esa nueva necesidad es la primera cadena al cuello de las nuevas generaciones, la que garantiza la *pax tecnológica*. Claro que, pensó Fortunato, en un mundo basado en el consumo infinito, era lógico que el derecho más valorado por muchos fuera el derecho a tener, a esclavizarse de por vida para poseer cosas efímeras, que nacen muertas, obsoletas.

8

Con los homicidios ocurre algo parecido a lo
que ocurre con el ascenso a los volcanes: uno
llega cada vez hasta la cumbre y regresa de ella;
pero no trae lo mismo cada vez.

Tzvetan Todorov,
La conquista de América. El problema del otro

Fortunato se sentía satisfecho con el plan; decidió vestirse y
salir a caminar por el barrio. Hacía casi una década que vendió
su último coche y como explicaba a algún amigo extranjero, lo
maravilloso de Madrid, de su Madrid, es que todo lo que necesitaba lo tenía a un máximo de quince minutos andando.
¡Eso es civilización!, decía siempre. Sintió ganas de un vermut
de grifo y un pepinillo con anchoa y boquerón, así que se en-
caminó a la barra de estaño de Casa Ángel Sierra. Hacía sol y
lo agradeció. Fortunato tiene algo de gato perezoso y se estiró
al calor mientras andaba. Y como siempre antes de un encargo
no pudo evitar en su paseo recordar por qué mataba. Una especie de comprobación de sí mismo, como los pilotos con los
aviones antes de despegar, de asegurarse de que, erróneas o no,
sus convicciones seguían en el lugar preciso.

Fortunato encuentra en sus asesinatos selectivos y, desde
su punto de vista totalmente positivos, varios argumentos

que le reconciliaban consigo mismo. Uno era la decidida sensación de ir contra el poder. Él no había consentido que el Estado lo volviera impotente, que le separase de su potencia, de lo que podía hacer, delegando en otros la justicia y el ejercicio de la violencia que conlleva el castigo. No, se repitió, yo no soy impotente, yo elijo entre matar y no matar, entre hacer y no hacer. Y elijo matar, no delegar, hacer, ser. Porque puedo. El ser humano es el único ser vivo que puede elegir, superada la existencia meramente instintiva, entre hacer y no hacer. Así que también somos los únicos que podemos equivocarnos, que aceptamos el riesgo del error, pero este proceso, esta toma de decisiones continua nos obliga a convertir nuestras potencias en facultades, en habilidades y conocimientos. Fortunato piensa que se ha equivocado muchas veces, pero que eso es porque elige. Y sobre todo decido a quién matar. Nunca, nunca, aceptaba un encargo que fuera un débil, un excluido o un pobre desgraciado. Claro que a esos nadie paga por matarlos, se mueren solos. Se encargaba solo de gente que hubiera disfrutado del poder y hubiera hecho mal uso de él, siempre según su criterio. Veía en lo que hacía una cierta rebeldía, un acto contra las normas y las leyes de los demás, una excepcionalidad vital que le devolvía una juventud ya perdida. Matar era para él una manera de sentirse joven —pues solo los jóvenes creen posible cambiar el mundo— y poderoso con los poderosos. Se sentía como un elemento corrector en un país donde las leyes y los jueces actuaban contra la justicia más elemental. De vez en cuando se metía a alguno en la cárcel. Poco tiempo y sin obligarle a devolver lo robado. En cuanto se acallaba el escándalo solían salir sin mucho ruido a disfrutar del botín. Así que, en realidad, estos encarcelamientos eran un mecanismo perpetuador de la corrupción, no su solución. Fortunato decidió llevar el asunto un poco más allá. Si querían traicionarse o despedazarse entre ellos, él estaba encantado de deslizarse en los márgenes oscuros, borrosos, las rendijas del sistema, y sacar del mundo a algunos de estos hijoputas codiciosos. Le bastaba una buena ducha tras cada encargo. No tenía remordimientos ni pesadillas.

Además, el asesinato, tal y como a él le gustaba vivirlo y practicarlo, era una de las *Beaux-Arts*, algo que le inspiró una temprana lectura de Thomas De Quincey. Porque Fortunato cree que asesinar es un acto antinatural, un artificio, nada que ver con la animalidad de cazar, de matar para alimentarse. O del arranque violento, visceral y estúpido, una violencia que ni se desea ni se piensa, que estalla y solo deja arrepentimiento. El asesinato, tal y como lo entiende Fortunato, es grecolatino, románico o gótico, barroco, neoclásico o modernista. Incluso arte brutalista. Es imaginación, técnica e inspiración al servicio de una creación, de una idea, de la gran transformación final: convertir lo vivo en lo muerto. Un arte muy individualista y solitario. Nada gregario. Tanto que exigía la ausencia de público durante su ejecución. Por supuesto estaba Fernández, pero fuera de él, Fortunato nunca veía a nadie, no hablaba con nadie ni sabía quiénes eran los otros implicados en el éxito de los encargos. Fortunato había encontrado en el asesinato el encaje perfecto para su misantropía, que tenía mucho de repliegue ante lo que ya no entendía ni le interesaba. Y de nihilismo gozoso —el Pato Lucas fue su ídolo cuando crío— en esas eliminaciones selectivas de quien él, desvinculado para siempre de la moralidad del resto de los hombres, consideraba merecedor de ser asesinado. Sabía que no iba a cambiar el sistema, pero que él se iba a sentir mejor. Que no le gustara la gente le impedía militar junto a otros en partidos, asociaciones y sindicatos, o constituir una célula terrorista y pasar a la lucha armada, así que Fortunato pensaba que sacar parte de la basura, reciclarla en la cadena del carbono, era lo mejor que podía hacer por sus semejantes, por el mundo y por Claudita. Fortunato odia su tiempo, pero no es tonto, sabe que pertenece a él inexorablemente, así que opta por vivirlo desde la singularidad del asesino, elige lo espectral como forma de vida, limitando al máximo las intrusiones del mundo en ella.

Las personas siempre necesitan el reconocimiento ajeno, que los demás les devuelvan una imagen que le permita hacerse idea de su valía, de quiénes son. Muchos están dispuestos a arriesgar la cordura o la vida por ese reconocimiento, esa devolución, que les permite sentirse parte, aceptados, valorados. Muchos de los que él asesina se corrompen simplemente por ser alguien a ojos de los demás. Fortunato ha prescindido de esa necesidad para sentirse libre y ejercer su oficio. O al menos la ha reducido al mínimo imprescindible, a él solo le importa lo que Claudita puede pensar de él. De la parte que se permite mostrarle.

Pese a elegir asesinar como forma de vida que más le cuadraba, Fortunato se guardaba —o pensaba que lo hacía— un lugar para la decencia. Por eso no aceptaba cualquier tipo de encargo. No era un asesino sin escrúpulos. Él, se repetía mientras entraba en la penumbra de la taberna, cumplía una función social al extirpar a gente absolutamente malvada y que hacía de su psicopatía, de su falta de humanidad para con el prójimo, una forma de vida. Por eso le gustaba mucho asesinar corruptos. Y siempre por encargo de otros corruptos, convencido de que, al final, los lobos sin ovejas se despedazarán entre sí. Para él era muy importante oírlos hablar. No se perdía los programas de tertulia política y los telediarios. Seguía un criterio que podría parecer simplista pero que a él le funcionaba. Cuando los oía mentir descaradamente, decir que algo objetivamente malo para la mayoría de las personas era bueno, cuando los oía decir que nada recordaban de sus manejos, aunque las pruebas los abofetearan, o referirse a antiguos compinches como «esa persona de la que usted me habla», entonces Fortunato decidía que eran susceptibles de ser asesinados. Fernández estaba al tanto de su criterio selectivo y solo le hacía encargos que él pudiera aceptar. Se conocían desde hacía mucho.

—Un vermut y un pepinillo, gracias...

Él intuía un mundo donde el gran triunfo del Cthulhu neoliberal, del horror cósmico del capitalismo, era destruir, desacreditar y vaciar de contenido cualquier discurso alternativo. Desacreditar la verdad. Y lo hacía de una manera muy sencilla: le quitaba a la gente la conciencia de clase potenciando el individualismo más feroz hasta convertirlos en seres autoexplotados por sus frustraciones. Amos y esclavos de sí mismos bajo la etiqueta de autónomos trabajando sin horarios, siempre conectados, y jodidos por no conseguir nunca el último y más delicioso pastel tras la vitrina irrompible. Convertir a los hombres en un código binario, en información sobre sus gustos para el *big data*, fue quitarles el alma y cualquier posible resistencia a este sistema, que se presenta como el único posible. Cuando no puedes parar de correr en la rueda no tienes tiempo para pensar y menos para rebelarte. Y esta gira tan deprisa, ¡son tantos los estímulos!, que parece imposible saltar de ella sin romperte la crisma. Fortunato intentaba mantenerse al margen de todo esto, seguía leyendo en papel libros y periódicos, navegaba lo justo en Google y se mantenía alejado de las redes sociales para no regalarles sus gustos, ideas, ubicación y datos personales a cambio de una vaga satisfacción de la vanidad. Asesinar era la manera que había encontrado de mostrar su disconformidad. Y más al matar de una manera casi artesanal, analógica en este mundo digital de vídeos de palizas, muertes y violaciones virales.

Tenía sus verdades, sus certezas. Nadie puede vivir sin ellas. Y por eso la creencia en nuestra propia cordura es un acto de fe necesario. Asesinar era un rasgo de locura, propio de un psicópata narcisista diagnosticado. Los psicópatas tienen problemas para sentir, no para razonar. Sí, pensó mientras le daba un sorbo a su vermut, yo solo ayudo a que malas personas eliminen a malas personas. No puede haber nada malo en ello. Menos por menos es más en las matemáticas. Soy un buen tipo con una ocupación liberal y bien remunerada. Y Claudita me quiere. Ni siquiera soy feo o incómodo de ver. Más bien al contrario. Ni Fernández ni yo somos esos tipos con caras de malo y tics que usan tramposamente en las pelis y series para tranquilizar a la audiencia, como diciéndoles: mira, este es el malo, lo lleva escrito en la cara. Los malvados no son como tú, como la gente normal, el mal se les ve solo con mirarlos. Fernández parecía un buda bonachón, no exudaba culpa y muertos por los poros. Y yo, bueno..., sigo estando de buen ver. Esas trampas del mal cine hacen que luego la gente se asombre de que el asesino en serie del rellano siempre saludara y pareciera normal. Es como esa mierda, pensó Fortunato, de los animalitos que hablan y actúan como personas, culpable de tantas muertes y mutilaciones en los zoológicos. No, se dijo mientras sorbía el vermut, no hay nada malo en lo que hago. No soy malo.

Una vez Fernández, al principio de los encargos, le preguntó si ya que elegía así sus víctimas, corruptos a punto siempre de cantar la *Traviata*, no sería mejor dejarles hablar, llegar a juicio. Y que así precipitaran la caída de sus antiguos amigos y correligionarios, tanto o más sinvergüenzas que ellos. Fortunato, un fanático de la saga de *El Padrino*, supo de inmediato que era una pregunta trampa, que Fernández solo quería oír de su boca lo determinado que estaba a llevar a cabo sus encargos... No, por supuesto que no, contestó decidido, dado que los corruptos controlaban la justicia, moviendo jueces y fiscales afinadores a su antojo, y dado que cualquiera con dinero podía conseguirse buenos abogados y prolongar las causas hasta la prescripción, lo mejor para limpiar este bendito país era ayudarles a asesinarse entre ellos. ¡Claro que sí! Además, cada muerte era una nueva fractura, la semilla de un miedo. Abono para la desconfianza y la promesa de futuras venganzas. Otra división entre la familia. Introducir el caos en un sistema ya inestable. No, Fernández, la única posibilidad de librarse de toda esta gentuza es que se destruyan entre ellos. Y para mí es una alegría y un deber ayudarles.

Con eso y todo, Fortunato no era inmune a la duda. A veces se cuestionaba si, en realidad, asesinar corruptos por orden de sus correligionarios y superiores no era una manera de eliminar fallos del sistema, una forma de borrar alteraciones que acababa por mantener en el poder a los mismos. Si acaso Fernández era solo uno de esos agentes secretos que proliferaban en los márgenes de la sociedad, un burócrata eficiente que se sentía honrado por las migajas de información y manipulación que otros le dejaban manejar. Uno de tantos Eichmann, un banal y pequeño malvado con voluntad de servicio y sin más criterio que obedecer a la autoridad en cada momento.

—¿Los políticos, Fortunato? —resopló un día—. ¡Esos vienen y van, solo reciben órdenes de otros! ¡Esos hacen chapuzas como la del falso cura en casa del de los papeles! Un chorizo de poca monta contratado por dos perras para que haga el mayor escándalo posible y tacharlo de loco. Algunos creen que semejante ñapa fue para enviar un mensaje al contable. ¡Y nada de eso, chaval! Se llevaron cosas, sí, pero ya suponían que habría copias guardadas. El objetivo era otro. Ese alboroto permitió a la poli entrar en una casa en la que siempre había gente, con el pretexto de investigar, para llenarla de micrófonos que mantuvieran al tanto a los que mandan de los verdaderos planes del contable, saber si era un peligro real para ellos. Quién le guardaba las copias. ¡Escuchas, Fortu, lo hicieron para poner escuchas! Claro que estos operativos siempre sirven para varios objetivos a la vez. Para hacer barullo, crear confusión, que haya siempre dos o tres explicaciones posibles. ¡Los amos, los grandes encargos los deciden los de siempre, los amos!

—¿Y esos quiénes son, Fernández?

—Pues los de siempre, de aquí, de fuera, los de la pasta de verdad. Los políticos son simples empleados, un segundo nivel, sin acceso a la información importante, a la que hace funcionar de verdad el mundo y que nunca verás en un telediario. Imagínate a nuestros presidentes jubilándose al tanto de todo, jarrones chinos llenos de secretos, ¡esos ególatras aburridos serían un peligro! Solo les comunican órdenes, lo necesario para cumplirlas.

—No me jodas, Fernández, esos rollos *illuminati* no me los trago.

—Allá tú. Asesinas corruptos. Que existen porque hay corruptores. Hay gente, grupos de gente, que manejan todo. Que compran reyes y gobiernos. Que quiebran países, los gobierne quien los gobierne. Esos son los que mandan.

—Mis encargos los hacen políticos, tú lo sabes y yo lo sé.

—Bueno, chaval, porque todo es un caos, un equilibrio inestable, porque no lo pueden controlar todo, se asustan y entonces los segundos o décimos niveles actúan por su cuenta. A veces de manera bastante torpe, hasta infantil. Los pececillos se comen entre sí mientras los tiburones se deslizan más abajo y solo matan cuando es estrictamente necesario. Son precisos. Son generosos.

—¿Y tú conoces a alguno? Los encargos, los mejor pagados, te los hacen...

—Yo no conozco a nadie. Ni quiero. Ellos me conocen a mí. Y yo a ti.

—Pero Fernández, ¿tú cómo sabes...?

—¡Que yo no sé nada, hostias!

Fernández nunca le proporcionaría un pez gordo como blanco. Y Fortunato sabía que su ilusión de artesanía, de artista liberal, dependía del apoyo del espía enfisémico para mantenerse. El sostenido del gran Nino en *Noelia* y una conversación de hace mucho con Fernández, tras algunos de sus primeros encargos, resonaron mezclados en su cabeza.

—Mira, chaval, puede ser. Lo cierto es que no hace falta matar a mucha gente, ni grandes carnicerías para que todo siga la marcha adecuada. Ni tampoco es bueno que todo quede en secreto, que no haya ninguna sospecha.

—¡No me asustes, Fernández!

—No, tranquilo, yo nunca te echaré a nadie encima. A estas alturas, eres lo más parecido a un hijo para mí.

—Nunca me has contado si tienes hijos.

—¿Y a ti qué coño te importa? Tú eres como un hijo. Siempre me ocuparé de que las autopsias funcionen, de que estés libre de cualquier sospecha. Pero es bueno que la gente dude, que pueda pensar que hay asesinatos tras lo que parecen suicidios.

—¿Por qué?

—Es un mecanismo básico de defensa del poder. Si tú piensas que te pueden asesinar y que, encima, parecerá otra cosa, es muy probable que no te revuelvas, ni que pidas más tajada de la que te den. Sí, los asesinatos selectivos, los suicidios selectivos, los accidentes y las sobredosis selectivas, funcionan muy bien. Son un buen aviso a navegantes, Fortu.

—Sí, el terror, ¿no? Pero entonces lo mismo daría sembrar el terror con asesinatos aleatorios.

—¡No, no, no, Fortunato, hijo! No, porque el ser humano lo que no soporta es la incertidumbre, la falta de certezas. La vive como una injusticia. Pensar que le puede tocar a uno suicidarse o que lo suiciden al azar, sin ninguna razón, sería un miedo terrible, insoportable. No, lo que deja a la gente quieta es saber que te puede tocar si te lo mereces, si haces algo contra la gente que tiene la capacidad de hacerlo. Lo otro desataría el pánico y cuando la gente tiene mucho mucho miedo, es cuando se revuelve. Por eso los asesinatos, suicidios, accidentes, de las piezas defectuosas siempre van acompañados de una conveniente campaña de beatificación del muerto, al mismo tiempo que se desliza por los canales convenientes alguna sombra de duda: Pues qué raro que se haya muerto así, justo ahora, ¿no lo habrán matado? Así se consigue el control de los que puedan ser un problema.

Fortunato negó con la cabeza; odiaba sentirse un elemento corrector del propio sistema y se sentía más a gusto como parte del caos que arrasaría con todo, ajeno a la filantropía socialdemócrata que apenas era una versión técnica de la caridad cristiana y, como esta, necesitaba de las desigualdades para existir. No, si la gente estaba abducida y era incapaz de enfrentarse al sistema, él se convertiría en un movimiento armado unipersonal de liberación popular de su propia conciencia. Además, al limitar su célula a él y al imprescindible Fernández creía reducir al máximo la inevitable infiltración policial; y si la hubiera el traidor sería el otro. Me hubiera gustado, pero ya que no tengo ni la biografía ni el talento de Dostoievski para sublimar mi nihilismo, aceptó Fortunato, seguiré con lo mío: escribir y asesinar para mí.

Tragando el último trozo de pepinillo se repitió que no, que él no era malo. Que lo que hacía podía parecer malo, pero no lo era. La falta de fe de la gente en las leyes, en el funcionamiento del mundo, se explicaba por la falta de castigo a los malvados. Las supersticiones religiosas, el sistema de castigos y recompensas divinas ya no se lo creía nadie. Las iglesias estaban cada vez más vacías y los seminarios importaban vocaciones del Tercer Mundo a cambio de seguridad y una dieta suficiente. No, nadie veía sufrir a los malvados que, al contrario, hacían gala de su buena vida a costa del sufrimiento y las privaciones de los demás: chulescos, gordos, horteras, chabacanos, derrochadores, exhibicionistas ajenos a cualquier remordimiento y, sobre todo, impunes. Así que yo, que sé que Dios no existe y no delego, los mato, yo los castigo en vida, se repite apurando su vermut. ¿Ese tío qué me mira? ¿Lo conozco? No. Fortunato deja el vaso con suavidad en el zinc de la barra, luego unas monedas y sale. Camina. Ve las terrazas de Chueca llenas de gente en un día de sol de invierno, con las cabezas inclinadas sobre sus móviles, solos o hablando entre ellos, pero sin apartar los ojos de las pantallas ni dejar de teclear. Ajenos al desastre, a la hecatombe inminente. A la muerte. Bastaría despegar los ojos de las pantallas para ver las señales, piensa Fortunato. Se sentía en repliegue ante el mundo, pero no pudo dejar de negar con la cabeza con tristeza. Los emoticonos. El tío ese no ha salido, sigue en la penumbra de la taberna. Bien. Que tras más de cuatro mil años de historia, pensamiento y escritura, de complejidad, de creación de alfabetos, del poema de Gilgamesh, de la *Ilíada*, de Cervantes y Shakespeare, de Baudelaire, de Dostoievski, de Philip Roth, la gente haya vuelto a comunicarse con dibujitos, con ideogramas, como putos egipcios de la primera dinastía. ¿Qué cojones es esto?, se pregunta Fortunato, incapaz de escribir un mensaje de texto incorrecto gramaticalmente, para contestarse de inmediato: ¡un evidente retroceso! La humanidad se está puerilizando, convirtiéndose en una masa de niños grandes obsesionados por comprar y tener cosas. En su mayoría —pues el *imago mundi* es siempre el reflejo de la mayoría—, ha cambiado gustosa el sueño de dignidad por una promesa de consumo infinito que mantiene el tinglado en marcha. Insatisfechos, sintiendo que llegan tarde a las siempre renovadas ofertas. Y claro, los lenguajes, los instrumentos de comunicación se ponían al nivel de los usuarios, de su polisemia superficial y urgente. Una hiperconectividad que es la nada, soporte de nada y carente de cualquier mensaje que no sea, consciente o no, un anuncio. Toda esta farsa es imposible sin la destrucción del saber, por supuesto, de primero desacreditarlo para luego sustituir el conocimiento por su caricatura más grotesca y mentirosa: la información. Constante, instantánea, abrumadora, mercancía caducada ya en el momento de entregarse y sustituida de inmediato por nueva información que no es sino publicidad, más o menos encubierta, de las grandes corporaciones y los políticos a su servicio. Nada de eso, se dice Fortunato, tiene que ver con la profundidad, el tiempo y la reflexión que requiere el conocimiento. Así que sentía vivir en una sociedad de ignorantes sobreinformados.

Fortunato calculó en unos cincuenta metros la distancia entre Casa Sierra y el número 4 de la plaza. Su padre medía uno noventa, un gigante en la España de la posguerra, pero también es cierto que arrastraba una cojera desde que se rompió una pierna en los Sanfermines del 50. Así que era un coloso cojo y por eso la *troupe* de Los Enanos Eduardini, que aparte de ser enanos tenían muy mal vino, tuvieron más tiempo para correrlo hasta el portal, amenazándolo, embistiéndolo y colgándose de él. Eduardini y los otros siete enanos solían mamarse por las tascas y bares de Hortaleza, la calles Libertad, Pelayo y Gravina. Su padre siempre le contó, desde que Fortunato era muy niño, que los enanos empezaron a meterse con él en Casa Sierra, a llamarle altote, luego gigantón y después gigantón de mierda y maricón poco hombre hasta ponerle en fuga —su padre hablaba así—. Claro que siempre le explicaba también que si no había inflado a hostias a los putos enanos fue por el qué dirán, que eso de pegarle a un pigmeo midiendo uno noventa era un deshonor. Y pegar a ocho enanos borrachos solo aumentaba el desdoro.

A Fortunato siempre le interesaron los enanos. Por eso, y por Luisito, en *Historia para conejos* hay un enano.

9

Cuando el marquis de la Donze esperaba a ser
ejecutado por matar a su cuñado, le pidieron
que se arrepintiese. «¡Cómo! —exclamó—.
¿Acaso consideráis un crimen una de las más
astutas estocadas de la Gascuña?»

RICHARD COHEN, *Blandir la espada*

Fortunato guiñó los ojos. Cuando los abrió vio a su padre
más mayor y con un niño caminando a su lado. Se vio con él
en otra parte de la plaza de Chueca, en otra casilla del juego de
la oca que fue en su niñez ese trozo de Madrid. Una vez leyó
que el juego de la oca es la representación de un laberinto.
Los hay centrífugos —hay que salir de ellos— y centrípetos
—hay que adentrarse en ellos hasta llegar al centro o prueba
final—. La oca vendría a ser representación del ánade, el ave
símbolo del sol y del conocimiento en las culturas solares del
antiguo Mediterráneo. De la gnosis o sabiduría suprema. Así
que el juego representa un camino de perfección hacia el conocimiento último y absoluto, de pequeña oca o sabiduría en
pequeña oca hasta la Gran Oca final, la Revelación de todos
los misterios, pasando por cárceles que son la ignorancia, y
muertes que no son físicas sino el renacer a un estadio superior del yo, del conocimiento. A Fortunato le gustó esta idea

y la aplica desde entonces a los espacios y sucesos de su vida. La memoria hace de dados y en esta tirada lo ha devuelto a muchos años y casillas atrás. Así pues, él un niño, su padre un coloso cojo vestido con una capa de Seseña y bastón de Casa Diego en mano, la plaza de Chueca aún territorio comanche refugio de pícaros, yonquis y putas. *Annus Domini* 1976. Empezaban los años de plomo de la heroína. Hacía frío y ya era de noche. Un yonqui tembloroso y con dientes bailones les sale al paso con una navajita en la mano. Es un asalto. Le pide a su padre todo lo que lleve con una voz pastosa y lenta. Fortunato se asusta, pero su padre le aparta con un gesto de suave firmeza, con un solo movimiento libera su brazo derecho de la pañosa y del bastón saca un estoque, más de un metro de acero refulgente que pone en el pecho del espectral heroinómano.

—¡Atrás, rufián! —brama su padre, que era hombre de muchas lecturas y profusa cultura clásica.

Al yonqui se le despejó la cara de inmediato, dijo un ¡Sí, señor! muy claro y bien articulado, y salió corriendo a todo meter. Su padre aún mantuvo la posición de guardia unos momentos, listo para un ataque a fondo, luego miró a su alrededor, envainó el estoque y volvió a cerrarse la capa. Una vecina mayor que venía cargada con bolsas del mercado de San Antón le felicitó e intercambiaron unas palabras. La ciudadanía asustada, clases medias y pasivas, siempre aprecia la figura de los justicieros violentos, sobre eso construyeron sus carreras gente como Charles Bronson, Steven Seagal o Fraga Iribarne. Su padre le ofreció que Fortunato, que seguía mirándole con la boca abierta, le ayudara con las bolsas, pero la señora no lo creyó necesario y se despidió dándole saludos para Aurora y echando pestes de esos «dogradistos que se inyectan marijuana».

—Vamos, hijo. Y cierra esa boca que pareces tonto.

Esta aventura de capa y espada totalmente anacrónica fue

una de las muchas aventuras que vivió junto a su progenitor. Un hombre con una vida desmesurada y por ello condenada a la tragedia. No fue un buen padre, pero sí un personaje fascinante que le inculcó un virus peligroso. A Fortunato le dejó varias cosas, una gran biblioteca y el amor por la lectura, la pasión por viajar y las mujeres, pero también el gen de irresponsabilidad y una creencia casi mitológica en poder vivir del cuento. Gran parte de su destino como asesino se selló oyendo las fabulaciones eternas de su padre, las promesas de un próximo y definitivo golpe de fortuna que los volvería ricos para siempre. Fortunato se resistía a esta herencia o, al menos, no la aceptaba gustoso. Siempre intentó distanciarse de su padre, de lo que representó como hombre. Claro que, si pensaba en ello, como hacía ahora subiendo por Augusto Figueroa hacia Hortaleza, si lo hacía de una manera honesta, no renegaba de esa figura paterna fallida por reproches morales sino porque le aterraba fracasar como él, morir solo como él. Huía de la peste de la derrota que su padre acabó encarnando. No cuando hizo huir al yonqui, cuando Fortunato lo vio como una mezcla de Burt Lancaster en *El temible burlón*, Mel Ferrer en *Scaramouche* y el Kirk Douglas de *Los vikingos*. Si este era tuerto su padre era cojo y con barriga, pero igualmente descomunal. Tampoco se le derrumbó el mito cuando siendo él apenas un muchacho su padre le comentó con orgullo cómo compraba, cada tanto, marcos de la República de Weimar a numismáticos, fajos de billetes sin valor que adquiría al peso y guardaba en una caja de zapatos. Fue a por ella y se los enseñó socarrón, esperando la pregunta lógica de un chico despierto como Fortunato: Y si no valen nada ¿para qué quieres tantos? Valor y precio, hijo, no son lo mismo. La gente los confunde y eso lo podemos aprovechar los que sí sabemos la diferencia. Una cosa puede ser muy cara y no tener valor y viceversa. Estos billetes son muy baratos y solo tienen valor si sabes cómo usarlos. Eso le dijo y luego le explicó como la cosa más natural del mundo, como una sabiduría necesaria que debe pasar de padres a hijos, que él los compraba en el mercado de la Plaza Mayor, los que estuvieran en mejor estado, y los usaba para pagarse fiestas flamencas y putas. Buscaba burdeles y tablaos en Madrid y otras ciudades, preferentemente lejanas, que visitaba en sus correrías a bordo de un SEAT 850 Coupé, cochecillo del desarrollismo con ínfulas de deportivo en el que entraba a duras penas y al que bautizó como el Fitipaldi. No lo hacía muy a menudo, le dijo, porque era peligroso. Buen fisonomista, primero se aseguraba de no topar con nadie conocido. Luego se mostraba espléndido y gastaba de entrada una cantidad en pesetas. No mucho, pero con alegría. Se mostraba feliz. La gente huye de los tristes, hijo, sonriendo se la meterás hasta el fondo. Contaba que acababa de llegar de cerrar un gran negocio en Alemania, mencionando ciudades y compañías, Volkswagen o Telefunken, que daban una sonora credibilidad a su historia —siempre pon algo de verdad en las mentiras, hijo, las hace creíbles—, envolvía a todos con su labia y en lo más álgido de la fiesta decía que había llegado por la tarde, con los bancos cerrados, y que no le quedaban más que un montón de marcos alemanes para seguir la juerga. Marcos alemanes, dinero fetén, mejor que el dólar... Las putas, gariteros y gitanos parecían dudar un momento, pero al mostrarles los fajos de billetes con sus letras góticas, sus Deutsche Bank, cifras, muchos ceros, lazos y filigranas, todos reían y seguían las palmas. Yo mismo les hago las cuentas y les digo su valor en pesetas, se ríe su padre. ¡Imagínate, hijo, cuando van todo resacosos al banco la mañana siguiente! En el fondo, Fortu, la mía es una labor pedagógica y civilizadora entre nuestros propios salvajes, que los tenemos. Les doy una lección y los protejo de otros como yo. Y aprende esto, hijo, a nadie se puede engañar que no merezca ser engañado por codicioso. ¡Nadie da duros a cuatro pesetas!... También tenía una caja con buenas imitaciones de joyería, piedras heredadas, legado familiar que colaba con arte a cambio de una suma en efectivo a manera de préstamo, mintiendo sobre su valor mientras suplicaba a sus víctimas que no se desprendieran de ellas y jurando devolver el dinero, rescatarlas en un día o dos. La oscuridad de los reservados, lo florido y cuidado de su verbo, su elegancia y buenas maneras hacían el resto. Por supuesto no le volvían a ver el pelo. Sí, papá, claro que lo aprendí. Y a nadie asesino que no merezca ser asesinado.

Ya desde muy temprano Fortunato trató de imitar a su padre, un hombre que paradójicamente trabajó muchísimo toda su vida para intentar no trabajar. Su primer gran golpe fue a los trece años. La estación de Atocha no era aún la moderna terminal del AVE, sino el apeadero de trenes viejos que conectaban la ciudad con el sur del país. Fortunato iba con otros niños a las cocheras, el enorme cementerio de elefantes donde se arrumbaban los vagones desechados. Se colaban por un agujero en la valla de tela metálica y robaban cobre del cableado que luego vendían a un quincallero del barrio. En aquel Madrid no había rumanos, recuerda Fortunato, nosotros éramos los rumanos. Tras un par de incursiones descubrieron que el cobre era un metal, que ellos eran niños y que, a partir de cierta cantidad, la necesaria para ser rentable más allá de la diversión de colarse y huir, el hilo y los cables pesaban demasiado. Fortunato dio con la solución. Había en el barrio un amputado de ambas piernas que había conseguido un cochecito del Auxilio Social. El pequeño motocarro quedaba por las noches en la calle, aparcado. El hermano mayor del Rober le hizo el puente para arrancarlo y con las primeras luces del alba, Fortunato, el Rober y el Mengual condujeron el carrito por un dédalo de callejuelas hasta la estación, entraron por un agujero en la malla junto a un apeadero en desuso, robaron y cargaron todo el cobre que pudieron, lo dejaron con uno de guardia donde el quincallero y el cochecito en su lugar antes de que el minusválido despertara. Tuvieron mucha suerte, todo podía haber salido mal, tres chiquillos por Madrid en un cochecito de inválido. Pero no fue así por desgracia, ha pensado siempre Fortunato imaginando una vida distinta para sí mismo. Salió bien. El quincallero les dio una fortuna, seiscientas pesetas, que de inmediato dilapidaron en vino a granel, chucherías y las *flippers* de los billares del barrio. La vida nos esculpe con lecciones y de esta primera empresa criminal Fortunato sacó varias: se puede ganar una pasta de golpe, que igual que viene se va y el truco es siempre dejarlo todo como estaba antes. El Rober y el Mengual querían quemar el motocarro tras descargar el cobre. Llamas, quizá una explosión del depósito de gasolina, culminación perfecta a su *fuck the system* intuitivo e infantil. Fortunato se opuso; era más fuerte que los otros, y gracias a ello nunca nadie se enteró de su fechoría. Y la impunidad siempre lleva a arriesgarse de nuevo, como hacían los corruptos que él eliminaba. Porque la impunidad hace que nuestros límites morales se muevan como el horizonte, alejándose a medida que creemos acercarnos.

Mientras salía de Hortaleza a Gran Vía, Fortunato no pudo evitar hacer un paralelismo entre las andanzas de su padre y su educación criminal. Ya no vivía su madre y su padre no estaba mucho en casa. Viajaba por sus negocios de importación-exportación, eufemístico cajón de sastre con el que definía su sorprendente movilidad internacional en pos de un pelotazo. De modo que el pequeño Fortunato quedaba bajo la descuidada vigilancia de la portera, una mujer fea e ignorante viuda de un policía armado, chivata y que olía siempre a repollo, una de esas personas que mantenían el franquismo vivito, delator y coleando en calles y casas a cambio de porterías, estancos, loterías, puestos de sereno y prebendas más miserables. Fortunato la odiaba y escapaba a su vigilancia siempre que podía. Fortunato llevaba la llave de casa colgada al cuello con una goma, vivía en la calle y no tenía horarios. Su padre ni siquiera estuvo el día en que le echaron del cole por robar unos vespinos con el Rober. Lo único que hizo cuando por fin vio a la directora varios días más tarde fue indignarse mucho, dejando bien claro que le castigaría como merecía por la vergüenza que era para él y para su buen nombre. Su indignación fue tan sincera y con voces tan extremadas, sin perder nunca el verbo cuidado y la pronunciación perfecta que hacen siempre de separador social, que la directora acabó por consolarle a él mientras los dos le miraban como si fuera un engendro maligno y en su aún infantil cuerpecillo habitaran todas las legiones de demonios. Luego, ya a solas en casa, siguieron los gritos.

—¡Eres imbécil, hijo! Pero ¿cómo te has dejado coger?

Le dejó muy claro que lo peor no era que robara motos, sino la vergüenza que le había hecho pasar. Su padre estuvo un día muy enfadado, pero enseguida entró en otra fase de delirio narcisista, algo le había salido medio bien y su necesidad de público pesó más que su rigor, quería presumir de ello ante su hijo, contárselo y celebrarlo dándole un billete de quinientas pesetas. Estos vaivenes de su padre hicieron que, en aquel momento, Fortunato no entendiera muy bien la enseñanza, pero sin duda aquello fue una señal que se le grabó dentro como los mandamientos en las tablas de Moisés. Esa era la pedagogía de su padre. Su Montessori particular: arrojar a su hijo a las fauces de entornos cambiantes con los conocimientos justos para adaptarse a esa nueva realidad, potenciando su creatividad e instintos. Y lo de arrojarle era literal. Con apenas seis años, aún vivía su madre, fueron unos pocos días a Canarias. Fortunato nunca había visto el mar antes. Ni el mar ni ninguna extensión de agua más ancha o profunda que su bañera. Nada más llegar a la playa de Maspalomas, y tras clavar la sombrilla, su padre se lo colocó bajo el brazo cual lechón y caminó decidido hacia el océano, ajeno al pataleo del pequeño Fortunato y las voces de su madre. Su padre era un hombre muy alto. Se internó en el agua hasta que esta le llegó al pecho, sosteniendo a su hijo en brazos. Decidió enseñarle a nadar arrojándolo por el aire a donde cubría. Una y otra vez. Fortunato nadaba como un perrillo, aterrado y tragando agua hasta él, que volvía a lanzarlo. ¡Por tierra, mar y aireeee!, gritaba riendo y le hacía volar. Y Fortunato vuelta a chapotear hacia él, medio ahogado, pero riéndose una vez seguro de no morir en el aprendizaje. ¡Qué no hará un niño por agradar!

Lo cierto es que tan radical pedagogía natatoria funcionó. Fortunato ama el mar, lo respeta, pero no lo teme. Lo disfruta. Cualquier mar. Y diría que se mueve mejor en el agua que en la tierra, lo que, siendo de Madrid, le ha provocado una curiosa desubicación vital y una perenne nostalgia del océano. Del pez que fue. Que todos fuimos hace eones de tiempo.

De modo que Fortunato se tomó esta bronca de su padre como otra lección. Aún la digería cuando su padre ya estaba en otra cosa y le contaba nervioso que esta vez sí, que ahora sí que iba a cantar la gallina, que tenía un negocio con unos ex boinas verdes, oro robado en templos de Camboya cuando las incursiones contra la ruta Ho Chi Minh, un portugués de Macao, su amigo Sabín, un judío sefardí de Casablanca y compradores suizos. Fue la primera vez que el pequeño Fortunato oyó la expresión esa de va a cantar la gallina, que siempre anunciaba los sucesivos cuentos de la lechera de su padre. Al pequeño Fortunato todos esos nombres no le decían nada, tardó años en dotarles de significado, pero se contagió del entusiasmo de su padre y decidió dar pasos en pro de su propio enriquecimiento. Cada vez que había una cuestación, en compañía del Rober, se iba a barrios bien y asustaban a algunos niños pijos para quitarles las huchas. Llegó a tener escondidas en casa dos del Domund, una que era la cabeza de un chinito y otra que era la de un negrito, una de la Cruz Roja y tres del Cáncer, que eran las que más dejaban. Todas con sus respectivos cierres de alambre y sellos de plomo convenientemente manipulados.

Lo del oro camboyano no cuajó pero, infatigable en sus esfuerzos para vivir sin trabajar, su padre se lio con una moza de Alianza Popular que tenía una hermana diputada. Su padre era un lector voraz, viajero por gusto y por trabajo, cuando lo tenía o lo que le duraba. Hombre de mundo, tenía un piquito de oro y lo tenía en castellano, inglés, francés e italiano, además de dos carreras —Económicas y Ciencias Políticas, inacabadas pero blasonadas sin complejos—, así que su novia le consiguió el encargo, vía la hermana diputada, de hacer un estudio de seguridad nuclear de varias centrales que, desde luego, no firmaría. Su padre procedió a traducir y fusilar sin miramientos lo que encontró publicado en inglés y francés y presentarlo como investigación propia. Él no tenía ni puta idea de seguridad nuclear, se reía, pero los que iban a presentar el informe como suyo, la diputada y sus compinches, menos aún. ¡La ocasión lo es todo, hijo, a la ocasión la pintan calva, Fortu! ¿Sabes que este dicho viene de la antigüedad clásica? ¿No? ¡No, papá! Pues sí, hijo, pintaban a la Fortuna como una diosa calva con un solo mechón de pelo sobre la frente, tenías que aprovechar la ocasión y agarrarla del mechón porque, quizá, nunca más pasaría a tu lado. Fortunato, mientras pasa bajo la Telefónica, no puede evitar sonreír al recordar cómo su padre le instruía deleitando. Nunca le habló como a un niño, como lo que era, nunca le puso vocecitas absurdas ni usó diminutivos ridículos para hablar con él. No. Con el tiempo Fortunato se dio cuenta, y lo agradeció, de que su padre siempre le habló como a un cómplice bajito.

Sí, papá, ¡la ocasión lo es todo! Esta idea le llevó a su siguiente paso en el crimen. Fue en una Feria del Libro en Madrid. Un día especialmente caluroso, a la hora de comer un sol de fuego castigaba el paseo y alejaba a los curiosos de las casetas. Fortunato estaba con un amiguito de más edad, uno de los mayores, de los que se pasaban el día en los billares y se hacían nunchakus con palos de escoba, cinta aislante y un trocito de cadena. El Lalo, que así se llamaba, era una belleza suburbial tipo los protas de las pelis de navajeros. Pelo rubio y rizado, vaquero marcando paquete y hebillón de bronce. Habían ido al Retiro a que el Lalo pelara la pava con una novieta suya que estaba currando en la Feria del Libro. Hicieron tiempo practicando con los nunchakus y la hebilla del cinturón. Fortu, tío, con la hebilla pega siempre en la cara, de arriba *pa* abajo y con el brazo muy *estirao, pa* que no te vuelva y te des tú, que eso es de payaso, ¿estamos? ¡Estamos, Lalo, estamos! Luego tiraron para las casetas y en la del Club Don Mickey, donde vendían los cuentos del ratón orejón, del Tío Gilito y de los Jóvenes Castores, el Lalo cruzó la mirada con la chica que bostezaba tras los cómics. Una chavala muy mona que le indicó que entraran en la caseta por atrás. Lalo y ella se pusieron a ronear, y tras un rato que a Fortunato le pareció eterno, el Lalo le dijo que él se iba con la piba a darse el lote y venía en un ratito. Fortunato miró asombrado a la muchacha, que le tranquilizó diciéndole que a esa hora no vendía nada, que simplemente se pusiera tras el mostrador, que nadie vendría. El Lalo y la chica encontraron sumamente divertida la idea de dejarlo allí plantado, ella le puso unas enormes orejas de Mickey atadas con una goma, se besaron y salieron corriendo hacia los Jardines de Cecilio Rodríguez. Fortunato suspiró y se puso a leer cuentos. En efecto, nadie se acercaba a pedir chorradas y solo un par de caminantes se derretían mientras se alejaban entre las casetas. Debía llevar medio cómic del Tío Gilito, un pato sociópata que goza bañándose en billetes de banco y que la Disney consideraba adecuado para iniciar a los críos en el fetichismo capitalista, cuando la calva del mechón se le apareció. Unas monjas con un grupo de niños uniformados se arremolinaron frente a él. Fortunato se subió en una caja para poder ver y que le vieran. Los niños eran obviamente ricos —a los pobres no se les da uniformidad y conciencia de clase mediante caros jerséis de pico bordados, pantalones con la raya planchada, zapatos Castellanos o falditas plisadas, no sea que formen un ejército— y empezaron a sacar monederos de piel con monedas de cinco duros, de cincuenta pesetas y algún billete de cien. Fortunato no paraba de vender cuentos y cobrar. La caja metálica, donde la chica apenas tenía algo más que el cambio cuando se fue a magrearse, empezó a rebosar. Una monja se puso entonces suspicaz y le preguntó si no era muy pequeño para trabajar en la caseta. Fortunato demostró aplomo: ¡Señora, la casa Disney quiere que los niños seamos sus mejores embajadores! La ocasión, papá, la ocasión... La monja no parecía muy convencida, la chica y el Lalo podían aparecer en cualquier momento. O quién sabe quién. Fortunato se ajustó la goma de las orejotas bajo la barbilla, se bajó del embalaje y se agachó tras el mostrador sin avisar, desaparición que dejó perplejos a monjas y niños, agarró la caja, se la puso bajo el brazo, se escurrió por la puerta en la parte de atrás de la caseta y corrió hasta que le quemaron los pulmones, ya en la puerta de la Montaña Rusa, entre Alcalá y Menéndez Pelayo. Fue un golpe magnífico. Sí, papá, la ocasión lo es todo. ¡Gracias por tanto!

—Perdone, ¿tiene fuego? —La pregunta saca a Fortunato de sus recuerdos. Mira al chico que se la ha hecho. Demasiado joven para ser poli, demasiado enclenque.

—No, lo siento. —Fortunato sonríe mientras carga el peso en el pie trasero y atrasa ligeramente el hombro derecho para cargar su torso con la energía cinética de un muelle en caso de ver algo raro, volver con fuerza y golpear al chico en la tráquea y salir corriendo. Pero no, el muchacho sonríe educado y se encamina hacia alguien que está fumando. Fortunato sacude la cabeza de recuerdos y decide afinar contramedidas de vigilancia hasta la oficina de Fernández y al salir de ella. No me puedo distraer tanto, se reconviene, mientras cambia el rumbo.

10

El pasado es un cementerio.

Dicho budista

Cuando Fortunato llegó a la esquina de Gran Vía con San Bernardo iba tratando de recomponer un sistema efectivo de contravigilancia, aprendido de Fernández, novelas de Graham Greene y pelis de espías. Se reprochó tener que improvisarlas ahora, a menos de la mitad de camino entre su casa y su destino, la oficina del empleador. ¡Me estoy volviendo descuidado!, se criticó mentalmente. Se detuvo en el semáforo, justo a tiempo de ver cómo un motorista en una vespa apuraba para cruzar en ámbar y una ambulancia del Samur aparcada en doble fila sacaba el morro sin mirar. El de la vespa chocó de lado contra el morro del vehículo. No pareció un gran golpe, salvo porque la chapa de la ambulancia le amputó limpiamente el pie derecho al motorista y este salió volando, dentro de su deportiva y calcetín, hasta caer en la acera. El motorista chilló en el suelo buscándose un pie que no tenía, el conductor de la ambulancia chilló, señoras, niñas y jubilados en la acera chillaron también. Fortunato, no. Fortunato asintió y se repitió alarmado que se estaba volviendo descuidado. Aprovechó el barullo para hacer lo que debía haber hecho al salir de su portal. Hizo un rápido reconocimiento de las diez o quince personas que tenía alrededor, colores, tamaños, sexo. Después de fijar estos detalles, entornó los ojos para apreciar mejor los volúmenes, los bultos. Buscó hombres y mujeres jóvenes, los polis y los agentes encubiertos que operan en la calle lo son. Y llevan riñoneras. Una prenda absurda que nadie usa y que los delata, pero todos los de paisano la llevan. Gente más o menos en forma, talla media y media alta. Pelo corto ellos y ellas corto o recogido en una coleta. Y el bolso en bandolera para poder correr. Hizo un repaso rápido a su alrededor y no vio a nadie así. La policía no le inquietaba cuando asesinaba, en sus encargos siempre reinaba un orden preestablecido y la seguridad de que nadie iba a interferir o dificultar lo que hiciera. Desde arriba generaban una especie de antimateria, de perímetro de seguridad que suspendía las leyes humanas y casi las espaciotemporales, una nada sólida, blindada, dentro de la cual solo existían asesino y víctima hasta que se encontraran y Fortunato convirtiera ese lugar en un espacio vacío al abandonarlo. Siempre cabían los imprevistos, claro está, pero a Fortunato lo valoraban y pagaban muy bien por su aceptación de esos riesgos y su capacidad de reacción ante ellos, de minimizarlos. No, a mí lo que me asusta, pensó Fortunato mientras giraba con disimulo la cabeza, es el caos incontrolable del mundo real, el juego permanente de policías y ladrones que se desarrolla en las calles de todo el mundo para alimentar tramas de pelis, series, informativos y *realities* que ensalzan la violencia policial. El crimen es un gran negocio, pero aún lo es más perseguirlo. Toda esa gente, esas armas y uniformes, coches, helicópteros, lanchas, comunicaciones, cámaras de vigilancia, radares, escuchas... Todo para perseguir a unos criminales, de rateros a capos, que trabajan para los bancos, los mayores traficantes del mundo, principales inversores y beneficiarios del mejor negocio del mundo: el miedo. Bastaba ver una foto de un gris de los setenta y compararla con los maderos de hoy para ver la evolución hacia un armamento de guerra, el deslizamiento hacia lo paramilitar. La función de los malos, en la vida real y en las pelis, era justificar esta deriva fascista y hacérsela tragar a la gente normal, los consumidores, como algo necesario e incluso deseable. Por eso se hacen tantas pelis de narcos y de terroristas. Para que los consumidores con derecho a voto acepten sin pegarle fuego a todo que los hospitales se caigan a trozos y que los niños estudien en barracones mientras se gastan miles de millones en armas. Por eso las televisiones, tras cargas brutales de policías acorazados como caballeros medievales contra hombres, ancianos, mujeres y niños, siempre dan, entre alarmados y conmovidos, una imposible relación de agentes heridos al golpear a gente indefensa. Por eso se detiene cada tanto a traficantes y malvados varios, de un tiempo para acá se llevan los yihadistas hijos de puta, a los que tienen controlados, fichados, monitorizados y rentabilizados de sobra. Pura sociedad del espectáculo. Fernández mismo se lo dijo antes de Zanzíbar. Venderles la policía que combate el crimen para que olviden que su función principal no es esa, sino el control social cuando, cada tanto, llega el hambre. Mantener el orden, ¡fuerzas de orden público, joder, si es que ni se molestan en disimular y llamarlo de otra manera! No me gustan los polis, piensa Fortunato acelerando el paso, nunca me han gustado y tienen tendencia a meterse en lo que no les incumbe en el momento menos indicado. Muchos se creen lo que ven en las pelis, se meten demasiado en el personaje que no saben que interpretan. Claro, concede Fortunato, que las policías son también la única colocación profesional posible para tanto nazi anabolizado como producen el sistema capitalista, los recortes en educación y el fácil acceso a los esteroides.

Lo siguiente fue dar un giro brusco, tomando San Bernardo, que lo apartaba de su camino más lógico y directo a la oficina de Fernández. Zigzaguear, buscar calles pequeñas donde si te siguen, imitando unos pasos enrevesados e ilógicos, si se repite la presencia de alguien que viste dos calles más allá —detalles, talla, bulto, color...— es porque te está vigilando. Empezó con otra precaución básica, caminar a un paso normal y detenerse de improviso con la cara vuelta a un escaparate. Si el reflejo de alguien se detenía también a su espalda, es que te estaba siguiendo. Fortu, usa siempre la calle a tu favor, los escaparates, los espejos, eso le enseñó Fernández cuando empezó a trabajar para él tras lo de Zanzíbar. Se metió por la Travesía de la Parada y en ella, dobló a la derecha por la de las Beatas. Luego a la izquierda por Antonio Grillo, el Álamo y San Ignacio de Loyola hasta la plaza de España. Tardaría más en llegar a la oficina de su amigo, pero estaría seguro de no llevar a nadie hasta allí.

Su memoria también empezó a zigzaguear. Tras el golpe Disney, su padre se dedicó a firmar como testaferro en operaciones de otros y por un tiempo le salió bien. Fue entonces cuando se hizo con una decena de plazas de parking en el centro de Madrid como pago de sus servicios, solía intentar cobrar en especie, plazas que heredaría Fortunato. Él por entonces tenía solo catorce años, una chupa de polipiel negra con remaches metálicos en el cuello, una expulsión del colegio por ir de paquete en los ciclomotores que robaba el Rober, un taladro de mano y unas llaves Allen con las que abría las cabinas de teléfonos y robaba los cajetines. No se imaginaba como un futuro rentista. Más bien se veía como un gamberro cualificado ya para sobrevivir en ciertos ambientes, percepción de sí mismo que aumentó cuando descubrió en los billares —auténtico centro formativo para la chavalería del barrio y donde se compartían los nuevos descubrimientos que facilitaban la vida en las calles— que las llaves de los 850 y los 600, adquiribles y torneables en cualquier ferretería, abrían las *pinballs*, las máquinas Petaco y Maresa que había entonces en todos los billares y muchos bares de Madrid. Un mundo de rentable excitación se abrió ante sus ojos. Siempre actuaban en pareja. Uno jugaba, servía de pantalla y mantenía la máquina en su normalidad de sonidos y destellos, empujando las bolas con las *flippers* y caderazos por igual, conocedores del castigo físico que cada una soportaba antes de marcar *tilt*, dejarte sin partida y llamar la atención del jefe o el camarero. El otro, pegado al que jugaba, abría la máquina y le daba al pequeño alambre que, en el lado interior de la puerta, daba partidas al contacto con las monedas. Al principio solo fue eso, la excitación de la trampa, de jugar gratis, de sentirse más listos que los viejos encargados o los atareados camareros. Pero pronto fueron más allá, descubrieron que las monedas caían en una caja y que esas cajas no se retiraban y vaciaban más que una vez a la semana. Así que empezaron a observar mejor este proceso. En los billares de su zona se retiraban los lunes, el día más flojo. En los bares variaba más, pero también solía ser domingo noche o lunes. El Rober y Fortunato establecieron un circuito para adelantarse siempre a los encargados, colocaban simplemente un papel grueso de estraza entre el conducto de las monedas y las cajas, abrían, jugaban y además se llevaban gran parte de la recaudación. Nunca toda para no alarmar, dejaban el papel solo dos o tres días, pero lo bastante para que fuera un buen negocio. De aquella época sacó Fortunato claras dos cosas: la importancia de la vigilancia metódica y de no ser codicioso en extremo. Bueno, y que el caballo era una mierda. Los billares empezaron a llenarse de ausencias —los hermanos y chavales mayores, primero. Sus colegas después—, el Rober se volvió imprudente, empezó a utilizar las llaves para robar coches en vez de *flippers* y murió de sobredosis en menos de un año.

Cuando entró en el portal de Fernández se reprochó sus divagaciones y se ocultó tras la jamba. Vigiló durante unos minutos la calle por un espejo. Se sorprendió por lo rápido que le latía el pulso. Respiró mientras repasaba los errores que le habían llevado a esa agitación. La excelencia en el asesinato, en su oficio, era algo que Fortunato había conseguido hace mucho. Era muy bueno, sí. Pero no era perfecto, pues eso exigía, como en cualquier otra profesión, el más absoluto autoconocimiento. Solo así, conociéndose a la perfección, podía Fortunato anticipar o reaccionar ante cualquier imprevisto o sorpresa. Reducir el azar. Por eso había accedido varias veces a acompañar a Claudita a sesiones de constelaciones familiares. A ella, decía entusiasta, le habían cambiado la vida para bien. Las organizaban en su escuela de interpretación. Aceptó en parte por su eterna curiosidad, en parte por su soberbia intelectual. Él ocultaba a todo el mundo, a Claudita también, mucho de su alma, su mente. Sentinas que prefería no airear. Hizo muy feliz a Claudita. Lo que sacó en claro es que aquellos psicodramas tenían mucho que ver con un tema emocional. La gente vive reprimida, necesita algo para soltarse, para llorar. La información previa de cada caso les pone en situación y luego, simplemente, se dejan ir. Aun así, le fascinó la elaboración intelectual del asunto, descubrir que todo en la vida se podía explicar desde Eros —el sexo, la vida, la reproducción— y Tánatos. Y que, rastreando solo en un par de generaciones atrás, en todas las familias, y más en un país con una guerra civil no tan lejana, pronto aparecían abuelos verdugos o asesinados. Y niños muertos. Muchos niños muertos que seguían envenenando úteros, relaciones y memoria. Y suicidas, impresionante la cantidad de suicidas en las familias. ¡Hay tanta muerte bajo las alfombras, los silencios vergonzantes o acusadores que se heredan, tanta herida sin sanar! Su propio padre era hijo de un suicida y, sin duda, mucha de la rabia de su abuela Aurora, de esa mala leche sublimada en rezos, misas y mandar a la luna a quien no le gustaba, venía de ese suicidio. De ese hombre cobarde que la dejó sin nada y con un hijo educado en una vida que ya no se podía permitir. Eso lo convertía a él, pensó Fortunato tras sus primeras constelaciones, en el nieto de un suicida y en el hijo de un hombre despreciado por su propia madre. Demasiada culpa, demasiado Tánatos por mucho que hubiera intentado con vehemencia, al menos durante un tiempo, consagrar su vida a Eros. Bueno, se consoló, al menos nadie descubrió nunca que soy un asesino.

Fortunato volvió a reprocharse su tendencia a divagar y miró alrededor con disimulo.

No lo han seguido. Ahora está seguro. Sube deprisa la corta escalera hasta el rellano del ascensor, entra y le da al sexto.

Esta vez su mente llena la espera con recuerdos que se suceden mucho más rápidos que el tiempo que llevaría expresarlos. De alguna manera, en ese ascensor Fortunato se siente seguro y se deja ir. La ciencia, la técnica, la bombilla fundida, espera llegar y que siga muerta, sin luz. En cierto modo, a él solo le gusta la técnica cuando ya no funciona bien, cuando empieza a fallar, se humaniza y, por tanto, es controlable.

La sacudida al detenerse en el sexto le clavó los pies al suelo y le devolvió al aquí y ahora. Madrid. Fernández. Necesito unas cosas para mi siguiente asesinato.

Cuando entró en el despacho de Fernández se encontró la escena habitual. El espía sentado donde siempre, Nino Bravo mirándole desde su estantería, al alcance de la mano del buda gordo y ahogado, el almanaque, el tocadiscos, el flexo y el polvo flotando. Como le dijo una vez Fernández, la novedad está sobrevalorada porque la gente se aburre, pero la rutina, la repetición, nos protegen de los accidentes e imprevistos de la vida. Así que, otra vez, no encontró ni un fallo de *raccord* o continuidad. Tampoco lo hubo en los saludos y diálogos iniciales, cualquier espectador reconocería de inmediato escenario y personajes. Esta vez la banda sonora, orgánicamente integrada en la acción como si fuera una peli Dogma, era *Un beso y una flor*. Fortunato mezcló su voz a buen tono con la de Nino y enumeró a Fernández lo que necesitaría para realizar el encargo, mientras este asentía y apuntaba con un lápiz gastado —¡quién coño seguía usando lápices!— en una hoja suelta de cuaderno. Lo dejaré todo en el coche, le dijo entre respiraciones forzadas y ripios de la canción, así como un tercio del pago. El resto aquí cuarenta y ocho horas después, como siempre. ¡Nada de Bin Ladens!, recalcó Fortunato, billetes de cincuenta o cien euros. Lo cierto es que él cubría perfectamente sus gastos legales, recibos y otras cosas con los alquileres de las plazas de garaje que le legó su padre. El dinero en b de sus asesinatos lo gastaba de forma juiciosa. Tenía su punto de sibarita, no le negaba caprichos a Claudita, pero ninguno de los dos era exhibicionista o derrochador. Ella no era de marcas, joyas o marisco. Era feliz con entradas de teatro, exposiciones, material para pintar y manualidades, un plato de buen jamón y pan cristal con tomate y aceite, con ventanas a la calle y la llave de la terraza del edificio. Claudita tiene un corazón térmico, climatológico: la lluvia la entristece, odia el frío y ama el calor, ponerse al sol. Él hacía tiempo que dejó también de comprarse ropa, creía tener más que suficiente de aquí a que se muriera y no pensaba hacerlo pronto, no tenía coche propio y sus dos únicas aficiones eran los libros y viajar, esta compartida con Claudita. No tenían niños, perros o gatos. Ni horarios salvo los que marcaban las funciones y rodajes de ella. Vivían bien. Por supuesto que alguna vez, al principio, ella le preguntó a qué se dedicaba, de qué vivía realmente. Fortunato siempre se ciñó a una historia fácil de recordar, una mezcla equilibrada de verdades y mentiras, si no contarlo todo es una manera de mentir. Su padre le dejó varias plazas de garaje en el centro de Madrid y él las alquilaba. Algo de dinero bien invertido en bolsa. Y eso era cierto, pero no era todo. Fortunato no era avaro, pero tampoco derrochador y cuando se mostraba más espléndido o durante más tiempo, gracias a algún encargo realizado, y Claudita se extrañaba, Fortunato aprovechaba para comprobar una teoría personal.

—Pero ¿de verdad esas plazas dan para tanto?

—Bueno, mi amor, las plazas, alguna inversión afortunada y mis trabajos como asesino a sueldo.

Claudita siempre se reía mucho por lo serio que él lo decía, le felicitaba como actriz por su naturalidad e imaginación, y pasaban a otra cosa. Esto ratificaba a Fortunato en su idea de que mientras se atuviera a la verdad, nunca le iban a creer porque la gente solo acepta aquello que quiere, o que le viene bien, por más que le digas lo contrario.

Una vez concretados los detalles del asesinato, Fernández paró el tocadiscos, devolvió a Nino a su funda y esta a su estantería. Esto pasaba en pocas visitas, solo cuando todo estaba claro y Fernández se sentía satisfecho y con ganas de cháchara. Fortunato agradeció el súbito triunfo de un silencio amable, de ese que genera el ruido excesivo al detenerse, y se acomodó en la butaca. Nunca ha conseguido saber de la vida de Fernández fuera de ese despacho: ¿Se siente solo? ¿Tiene familia? ¿A quién aviso si le da un telele de tanto jadear? Solo una vez, cuando Zanzíbar, sintió que el espía estuvo a punto de abrirse, fue un instante, pero...

—Fortu, no te envidio.

—¿Por qué?

—El mundo, todo se va a la mierda. A mí ya..., ¡ahí me las den todas!, pero a ti...

—Gracias, Fernández.

—¿Por?

—Uno solo se preocupa por quienes quiere, ¿no?

—Yo te quiero, chaval. Lo sabes.

—Tengo...

—Cincuenta años, lo sé. Pero para mí serás siempre un chaval. Como lo serías para tu padre.

Fortunato sonrió y asintió.

—¿Y qué es exactamente lo que se va a la mierda, Fernández?

—Todo. ¿Tú sabes cuándo pisé yo por primera vez un restaurante? Con veintitantos años. Antes no había nada, me refiero para la mayoría, así que nos conformábamos con poco. Ahora hay menús para niños en todas partes. Yo le llego a pedir un menú infantil a mi madre y me salta los dientes.

—Vamos, el elogio de la pobreza como escuela de virtudes ya no se lo cree nadie.

—No digo que la pobreza sea buena, ser pobre es una mierda. Digo que lo que no puede ser es esta ansiedad por tener de todo. ¡Coño, que hay niños con móviles! ¡Y todo dios cogiendo aviones *pa* todos lados! Claro, y luego si no puedes pagártelo vienen los cabreos.

—Mira, ahí estamos de acuerdo, esta sociedad vive en una ansiedad consumista que solo puede generar frustración. Lo que nosotros hacemos...

—¡Espera, que pongo el disco!

—No, tranquilo —sonríe tranquilizador Fortunato—, no hace falta. Hay mucho niño insatisfecho, que por más juguetes que les den nunca tienen bastante y eso hace que...

—Sí, chaval, así es. Hay que enseñar a los niños caprichosos. Castigarlos a veces.

—Eso hacemos, Fernández, eso hacemos. Pura pedagogía.

—Pero la gente se frustra, tiene miedo. Hay quienes quieren aprovechar eso, jugar más duro. Decir a los niños lo que quieren oír. Ya sabes que yo me entero de cosas. Hablo con mucha gente, chaval.

—Ya. Pero es que cuando se publicita la abundancia como sistema, las desigualdades son más evidentes, menos aceptables. Mucha gente se siente fuera del sueño y creen que todo irá peor para ellos. Especialmente los que menos tienen, ¿no? Muchos ya no juegan y odian a los mayores y sus reglas. Están asustados. Ya no confían en los árbitros del juego. Les gustaría romper la casita de muñecas.

—Así es. Y todo eso te lo vas a comer tú, chaval.

—Bueno, no elegimos el tiempo que nos toca.

—Pero tú pretendes mejorarlo con tu arte.

—¡No, no soy tan pretencioso! Solo pretendo jugar con mis reglas, para estar seguro de ganar. Para sentirme mejor. Quizá es solo un desahogo.

Fernández cruza las manos sobre su abultado vientre, asiente, emite unos pequeños gruñidos desacompasados, cierra los ojos y sufre un ataque de narcolepsia. Fortunato lo mira en silencio, agradeciendo esta imprevista ocasión de observar a su ¿amigo? Debe serlo, de alguna manera, porque siente un calor en el alma que relaciona de inmediato con la ternura, no con los antiguos radiadores de la oficina que queman en noviembre y tienen al obeso Fernández en camisa y sudando. Piedad por un ser humano que conoció fuerte, joven, que ha visto envejecer y ahora se acaba ante sus ojos. Sí, el espía debe ser sincero en su preocupación por él. Ya está demasiado enfermo y mayor para fingirla. Fernández empezó de poli y espía en el tardofranquismo. Nunca le ha parecido alguien con inquietudes políticas o veleidades democráticas. Simplemente alguien al servicio del poder, fuera este el que fuera. Le constaba que era religioso, no muy practicante, se imaginaba, pero católico por tradición. Se muere. ¿Creerá en la resurrección en el paraíso, a la vera de Dios Padre tras el juicio final? ¿Cómo resucitará?, se pregunta divertido Fortunato, ¿como un niño?, ¿como el gordo viejo y jadeante que es ahora? La sinapsis bizantina de Fortunato le contestó con el recuerdo de una lectura, algo de la tomística: ¡no, los resurrectos lo harán tal y como eran en plenitud de su vida, y esta no está en la inmadurez del niño ni en la decrepitud del anciano! El paraíso será una reunión de treintañeros. Sí, Fernández resucitará sin duda a medio camino entre el COE y el que le entró en el Osiris, y fumando Winston. Esto le hizo reír. Esto y que durante siglos hubiera tipos dedicados a filosofar y debatir sobre esto y el sexo de los ángeles.

Fernández emite un par de profundos ronquidos, desacompasados, aislados, agónicos, que le recuerdan las siestas de verano junto a su padre, agotadoras sesiones de ronquidos. Este siempre le dijo a Fortunato que roncar era cosa de hombres. Sí, hijo, es un mecanismo para proteger a la hembra y a las crías que viene del hombre de las cavernas. Cuanto más fuerte el ronquido, más parecido a un rugido que espantaba a las fieras y más protegías a los débiles del grupo. Así que el pequeño Fortunato se tumbaba al lado de su padre su buena hora y media, sin moverse por miedo a despertarlo, con los ojos clavados en el techo y agradeciendo la protección contra los posibles tigres dientes de sable y pterodáctilos que pudieran merodear por la plaza de Chueca 4, 5.º izqda. Su padre era muy gordo y fumaba mucho, de normal rubio americano, pero también negro, puros si veía corridas de toros y en pipa si leía ensayos de filosofía, política o economía. Pero el recuerdo grisea y de las siestas pasa a los ahogos y apneas de su padre cuando ya apenas...

Como era de prever, Fernández se despierta sobresaltado por su propio ronquido. Fortunato agradece que le devuelva al presente y le sonríe.

—¿Me he dormido?

—Sí, unos instantes.

—Es por el puto enfisema. Tengo muy bajo el oxígeno en sangre. O muy alto el carbónico. Vamos, que me atonto y me duermo cada dos por tres.

—No te preocupes.

—Ya no valgo para esto, Fortu, estoy cansado. Y cuando uno no vale en este tipo de trabajos, bueno, digamos que no te dan un plan de pensiones.

—¿Te hace falta dinero? Yo podría...

—No, chaval, no hablo de dinero.

—Tranquilo, Fernández. Cada vez hay más niños tontos.

—Sí, si es que ese es el problema. Ni tú sabes ni yo te lo

podría contar porque, en el fondo, yo tampoco lo sé, cuántos como nosotros dos estarán en otras oficinas como esta. En otros barrios, ciudades, países, cuántos sin saber que solo somos dos hormiguitas en un enorme hormiguero. ¿Tú has visto *En busca del arca perdida*, te acuerdas del almacén del final, el de las cajas? Yo, Fortu, creo que esto es así, macho. Que ya vive más gente en las cloacas, bajo tierra, que en superficie. Y ahí nos chocamos todos, nos estorbamos, nos encargamos de unos, somos encargos de otros.

—Hombre, Fernández, tampoco es para ponerse así. —Fortunato no sabía cómo reaccionar ante este inusual despliegue emocional de viejo espía. Él siempre se había imaginado militar en una célula de dos, consciente de su unicidad a diferencia de esos nihilistas de Dostoievski que se piensan parte de un ejército infinito de grupos incomunicados y no saben que son solo ellos.

—Esto ya no tiene sentido. Cuando yo empecé en esto, a mí me daban unas consignas claras y sabía para quién trabajaba. Había un enemigo definido, los rojos. Ahora ya..., ¡si ya no hay rojos! ¿Ahora quién es el enemigo? Esto no va a acabar bien, chaval. Yo estoy muy cansado. Yo lo imagino así, como todas esas cajas de *Indiana Jones*, amontonadas hasta el infinito y dentro Fernández y Fortus, escuchando discos, quemando papelitos y aceptando encargos. Sin saber que posiblemente también sean, seamos, un encargo dentro de poco.

—Fernández, anda, ¿me vas a decir cómo te llamas de una vez?

—A ti qué coño te importa.

—Todos los que..., ¿todos os llamáis Fernández? ¿Es como un código?

—¡Que no preguntes tanto, que pareces madero, chaval!

Si por un momento bajó la guardia, el espía asfixiado volvió a esconderse en el caparazón, tan viejo y lleno de marcas como él, asomando solo unos ojillos inexpresivos. Se hizo un silencio profundo, respetuoso, entre los dos. Fortunato podía oír el zumbido de la bombilla del flexo. ¿Zumbarán las estrellas antes de morir?

—Yo me voy a ir, Fernández, ¿vale?

—Sí, sí, tranquilo. En dos días, aquí a la misma hora. Tendré el resto.

—Lo sé.

—Ten cuidado, Fortu.

—Lo haré, por los dos. Como siempre.

—Adiós, chaval.

—Adiós.

11

Claudita sopló la espuma con delicadeza mientras la despegaba del molde con una regla y el unicornio, tras un momento de duda pegajosa, de no querer soltarse, salió volando sobre los tejados de la calle Belén. Un unicornio multicelular y tornasolado, compuesto de mil pequeñas pompas de jabón, que tras unos instantes estalló en brillos al sol de invierno. Claudita sonrió, guiñó los ojos y dejó que ese sol le calentara la cara. Síntesis de vitamina D aparte, el sol siempre alegraba a Claudita y, de haberlo, ella siempre caminaba por las aceras soleadas, nunca por la sombra. Fortunato se quejaba cuando paseaban, especialmente en el verano africano de Madrid. Claro, si es que tú no tienes grasa en ningún lado, pero yo me aso. Entonces ella se reía y tiraba de su mano. Sí, porque Claudita y Fortunato seguían paseando de la mano tras ocho años juntos. Y tenían una serie de bromas que no por repetidas les aburrían. Al contrario, eran una manera de decirse que todo iba bien y que envejecerían juntos, que se seguirían riendo con las mismas tonterías y paseando de la mano.

Claudita vio al sol bajar un poco y decidió volver a casa. Recogió con cuidado el barreño con agua, jabón y espuma y la plantilla de cartón de embalaje con la que creaba las figuras voladoras. Hoy habían sido unicornios, otros días eran elefantes. O lunas. Este truco lo aprendió de muy joven de un noviete hippy, un italiano, en un verano en Ibiza que estuvo currando de *go-go* en Amnesia. El italiano salió, Ibiza también, pero las figuras de espuma se quedaron para siempre, abrazadas a la niña que, afortunadamente y pese a algunos intentos de abandono por circunstancias de la vida, Claudita había recuperado para siempre. Las figuras, los dibujos y artesanías varias con las que desfogaba una creatividad exuberante que no siempre podía satisfacer laboralmente como actriz. Salió con cuidado de no hacer ruido ni manchar nada, de la terraza del edificio. Era comunitaria y ningún vecino había puesto nunca pegas a que subiera, en teoría a tender, en realidad a estar sola. Otro de los secretos de su relación con Fortunato es que entendían la necesidad de soledad del otro. A Claudita ese espacio abierto entre salidas de aires y calefacciones, antenas, con el suelo de baldosas rojas y las pinzas de colores posadas en las cuerdas como pajaritos, le hacía sentirse como Sophia Loren en *Una giornata particolare*. Así que entraba y salía con limpieza y sin ruido para no perder su paraíso sobre los tejados.

Cuando entró en el piso, vio que Fortunato aún no había vuelto de la reunión con su gestor, el tal Fernández, el que le llevaba todo lo de las plazas de garaje. A veces se quedaba hasta tarde charlando con él, lo conocía desde siempre. Sí, un amigo de mi padre, le decía, el pobre está muy mayor, solo. Claudita le había dicho alguna vez que lo invitara a casa a comer, o a cenar, pero Fortunato excusaba al tal Fernández, no es muy de salir, y ella tampoco insistía mucho porque otra de las cosas que aceitaban su relación con Fortunato era el poco interés de ambos por socializar. No es que Claudita fuera tan misántropa como él, pero cubría de sobra su cupo de amigas, allegados y conocidos con la socialización forzada por su trabajo como actriz. Fortunato tampoco insistía en presentarle a mucha gente. No tenía familia y sus amistades eran pocas, pero tan leales que no necesitaban del contacto continuo. Julito, Guille, Ramiro, Jorge el Arriqui, poco más y en ocasiones muy contadas. ¿Cuántas amistades, le dijo un día Fortunato, que parecen en su momento tan importantes, irrenunciables, desaparecen de nuestras vidas para siempre sin dejar huella porque están ahí por miedo a estar solos o al silencio? Claudita asintió, repasó mentalmente varios casos propios y besó a Fortunato.

—¡Eres todo un filósofo!

—No te burles.

—No lo hago.

—Sí.

—Bueno, un poco. Y te gusta, te gusta que me burle de ti.

—A veces.

—No, en serio, te admiro.

—Y yo a ti, mi niña, por eso nos queremos. Ninguno tenemos miedo a estar solos y en silencio.

Claudita se sentó junto al balcón y se dispuso a contestar las preguntas de rigor que la Pezzi hacía siempre a las actrices y actores, antiguos alumnos de los cursos de regulares o no, al inicio de sus seminarios para profesionales. Claudita se repantigó con felina elasticidad, abrió el cuaderno, clicó el resorte del bolígrafo y respiró. Sé sincera, no tiene sentido querer engañar o impresionar a la Pezzi, te conoce demasiado bien. Entraste en el Taller siendo una chiquilla furiosa, te ha visto crecer. Ella ve, ve a través tuyo. A través de la gente. Y estos cursos son caros, sé honesta, te será más útil. A ver...

Pregúntate:

1) *Como actriz, ¿qué creo que he perdido?*

¡Qué *jodío*, pues juventud y belleza! Ilusión. Estoy cansada, cansada de remar por pequeños papeles, por secundarios en series y montajes que nadie ve. Harta de tener que hacer microteatros para poder trabajar. Harta de ser una actriz de actores, de esas que reciben los halagos de los compañeros de profesión, pero no existen para las directoras de casting. Menos mal que Fortunato se porta, yo no te exijo resultados, solo te exijo que lo intentes, que no te rindas, le dijo al principio. Al fin y al cabo, yo tampoco me mato a trabajar, vivo de lo que me dejó mi padre. ¡Pobre Fortunato! La verdad es que no solo nunca la exige, sino que además siempre se come sus momentos de frustración. ¡Hasta el coño..., estoy hasta el coño! No, no puedo escribir esto. A ver... *Creo que he perdido ilusión, verdad. Nociones claras y fuertes de por qué amo el teatro, actuar. Quiero recuperar la libertad y la pasión de actuar, y este es el lugar para hacerlo...* Sí, esto está mejor. Siguiente.

2) *¿Por qué?*

¡Ah, esta es fácil! Un clásico de todos los seminarios... *He perdido verdad al dejarme llevar por la necesidad de resolver que nos exigen al trabajar. Necesito este espacio de libertad para recordar por qué amo el oficio de actriz...* Claudita asiente, suena bien, no puedes engañar a María Estela Pezzi pero sí agradarla. Todos queremos agradarla. Suena bien ¡y es que además es la puta verdad! Haciendo dos sesiones en un capítulo de una serie o cinco pases de microteatro uno no puede andar haciendo procesos, pidiendo tiempo y respeto. Y eso la actriz concienzuda que hay en Claudita, ella que sí hizo todos los cursos del Taller y después formación con cada maestro y dramaturgo que pudo, lo lleva mal. Porque —y esto no hace falta que lo escriba Claudita porque ya lo contó, lo mostró, lo transitó y lo sanó trabajando escenas y acudiendo a constelaciones familiares— su vida ha sido siempre una lucha por recuperar el respeto. Al principio, erróneamente, el de los demás. Luego, mucho más importante, el respeto por sí misma. Y el de Fortunato.

3) *¿Qué sería bueno trabajar?*

Claudita muerde unos instantes el boli y... *Como actriz creo que me puede ayudar confiar, buscar en el otro, en el compañero, perder rigidez en el sentido de querer hacerlo a mi manera. No obcecarme en mí y en mi visión. Estar presente, conectada al otro, abierta a lo que me ofrezca para encontrar, investigar. ¡Nunca actuar sola!...* Confiar es difícil cuando con trece años tu propio tío abusa de ti, cuando te aterra que venga a casa a ver a tu madre, su hermana, y se meta en tu cuarto para jugar contigo. Cuando eres hija de una madre soltera, de una mujer pobre, ignorante y siempre con el agua al cuello y no tienes padre —un Mambrú que se fue a la guerra o a por tabaco, qué más da— que te proteja, ni más familia que tu tío. Tu tío parado, que primero se ofrece a cuidarte cuando tu madre dobla turno como limpiadora. Tu tío que viene cada vez más a menudo y entonces oyes a tu madre salir a la calle con cualquier pretexto y te preguntas qué has hecho mal, por qué no te defiende. Soy demasiado guapa, me dice. Él es el culpable, no yo. Pero eso la niña no lo sabe y los ojos huidizos de su madre los siente como una acusación. Confiar es difícil cuando se te pudre el grito, que no gritas para que ella te siga queriendo —no tienes a nadie más—, en la garganta. Así durante años. Soportando que tu tío te toque entre las piernas, te pellizque primero los botones del pecho y luego las tetitas, te meta un dedo grueso y con olor a tabaco negro en la boca o te haga tocarle la polla. Porque, si Fortunato tuvo uno desmesurado, ella nunca tuvo padre. A veces, al hablar de ello, se preguntan qué es más dañino, si la falta o el exceso. La miseria, Fortu, la miseria, y la ignorancia, contesta Claudita siempre, no lo dudes. Ella no podía confiar. Solo tenía un tío ignorante, una madre ausente y demasiadas horas de un silencio impuesto, terrorífico, vergonzoso. Por eso, ya adolescente, se reía o se aburría con las películas de terror que asustaban a sus amiguitas. No había nada en esas películas que pudiera ser más terrorífico que su propia casa, que su dormitorio. Tanto que intentó fugarse varias veces y otras tantas la policía la encontró en parques, garajes y casas ajenas para devolvérsela a su madre, al silencio vergonzoso entre ellas. Tanto que en cuanto fue mayor de edad se fue de casa para no volver y decidió que mejor sola que mal acompañada. Para entonces el hijo de perra de su tío ya se había muerto de cáncer y sintió furia al ver la pena de su madre, la compasión que nunca demostró con ella.

Dura, Claudita se hizo dura. Era muy guapa, de las chicas que hacen girar las cabezas en la calle, y deslenguada en venganza por tantos años de silencio, de ese que a veces es el lenguaje del mal. Tenía algo salvaje, que fascinaba a hombres y mujeres por igual. Pronto encontró trabajo como camarera en pubs y discotecas. Incluso trabajó unos meses tras la barra de un enorme y elitista puticlub. La norma que impedía a los clientes subir con las camareras las convertía en objetos deseados e inalcanzables para los puteros, lo que se traducía en jugosas propinas. Descubrió el poder de la belleza que, como el dinero, no da la felicidad, pero ayuda un huevo. Algunos le ofrecieron mucho por acostarse con ella, más cuanto más despectiva se mostraba ella. Pero Claudita se había marcado a fuego en el alma que nunca más dejaría que un hombre abusara de ella, que la violara aunque fuese pagando. Por aquella época un amigo fotógrafo le hizo unas fotos para un *book* y le salieron también varios trabajos como modelo. Pronto aprendió a posar, a realzar su sexualidad y esa animalidad que tanto excitaba a los demás. Entonces conoció a Pau, un fotógrafo de más edad y experiencia que la llamó para varias sesiones. Se acostaron durante un par de meses pero, aunque el tipo iba de que era muy liberal y muy moderno, que si Soho por aquí, que si Montenapoleone por allí, que si a todo *disseny*, no soportó que Claudita no quisiera dejar la rentable barra del puticlub por más que ella le explicara que solo ponía copas. ¿Me vas a mantener tú?, preguntó. No, claro que no, contestó él. Porque yo no necesito nadie que me mantenga, añadió ella. Lo sé, replicó él. La cosa se enturbió y Claudita lo mandó al carajo, literalmente. Pero de aquella relación le quedaron, sin embargo, unas muy buenas fotos y un consejo del fotógrafo que le fue muy útil. Claudita, le dijo, la gente está indefensa ante la belleza, todos la desean, pero la mayoría no sabe relacionarse con ella. Haz como las buenas modelos, muéstrales que desprecias tu belleza, que te fastidia, que no das importancia a lo que ellos más ansían. Eso los enloquece. Y Claudita se lo tomó muy en serio, hizo de sus paseos por aquella barra su particular *catwalk*. Las propinas se dispararon. Fue un tiempo muy rentable económicamente, pero no le ayudó a Claudita a confiar en el género humano en general y en el masculino en particular. Lo dejó cuando se hartó de babosos y cuando empezó a tener problemas con las putas, que se quejaban al encargado de que muchos clientes preferían gastárselo en copas para hablar con Claudita, que subir a los cuartos con ellas. Una chiquilla de apenas diecinueve años que ya solo confiaba en sí misma y en su, de verdad lo pensaba, amplio conocimiento del mundo. ¿Qué podía salir mal?... *Sí, confiar en el otro. No trabajar sola.*

4) *¿De qué me conviene ocuparme como actriz?*

De no celebrarme, de no darme manija artificialmente y cargarme de adrenalina, de falsa carga, de no forzar emoción. Todo eso me quita libertad, relajación y me da rigidez... Y he tardado una vida en relajarme un poco. Le debo tanto al Taller. A aquella amiga que me arrastró a la escuela de interpretación, donde ella ya llevaba un año. Te hará bien, trabajarás mucho tu interior, tus emociones, es sanador. Claudita aceptó porque, con veintitrés años, regresó a Madrid trastabillándose del salto que había pegado hacia atrás cuando se asomó al abismo, en su aventura neoyorquina, y este la llamó con fuerza. ¡Joder, qué miedo!, pensó. Aún no había leído lo que Nietzsche escribió sobre la atracción de los abismos y no pudo darle una mejor elaboración intelectual. Claudita fue, vio y se matriculó en el Taller para el Actor de María Estela Pezzi y en esos años, allí, encontró la familia que nunca había tenido, rio hasta las lágrimas y lloró a carcajadas, aprendió la importancia de alimentar la imaginación con teatro, con libros, con arte, con exposiciones, con películas que devoraban y se recomendaban los unos a los otros. Empezó a desarrollar un criterio propio, un gusto a saber defenderlo razonadamente. Las clases de cuerpo, de movimiento y expresión, le sirvieron para liberarse de una mugre sórdida que la apresaba como el cemento y pensó que nunca la abandonaría. Las de voz para liberar el grito pendiente que llevaba agarrado en tripas y garganta desde siempre. Encontró una vocación, y nadie que tenga una está muerto. Así que vivió, mucho, muy deprisa. Se enamoró de compañeros y compañeras, descubrió otro sexo que no estaba relacionado con el miedo o la necesidad física, sino con el juego, con la ternura o con el placer. Bebió y se drogó de nuevo, sin apenas malos rollos, pasó noches enteras bailando, riendo y abrazándose a otros, enlazando con amaneceres como solo se puede a los veintipocos. Claro que la niña herida, su Claudita, seguía ahí, adentro, enferma de dolor y desconfianza, acechando el momento de manifestar su furia, de herir. Y como solo el que se ha cortado sabe cortar, las puñaladas que asestaba cada tanto eran mortíferas... *Identificar mejor qué centro o plano —instintos, emoción o razón— exige cada personaje y aunque esté escrito claramente desde uno, probarlo desde los otros, investigarlo desde todos los ángulos para así comprender mejor la lógica interna del texto y del propio personaje...* Sí, porque quien dice personaje y texto, dice persona y vida. ¿No es acaso el buen teatro la vida condensada en un rato, un destilado feroz y preciso de esta? Sí, porque todos los personajes tienen un centro que domina, en mayor o menor grado, a los otros y determina su acción en escena. A unos los rige el instinto, lo animal, lo sexual, lo que nos nace entre las ingles. Ese centro que en el Taller calentaban palpándose, reconociendo la cara interior de los muslos, la pelvis, los sexos. Otros funcionan desde la cabeza, desde la razón, el pensamiento. A estos los convocaban tocándose frente, sienes, cráneo. Quizá era el plano más difícil para Claudita, por ser el más ajeno. Porque lo suyo era la emoción. Cerrar los ojos, respirar, poner las manos sobre el corazón y empezar a liberar sonidos bastaba para, casi al instante, sentir una ola de emociones inundarla por dentro. Tenía mucho de instintiva, de animal, sí. Pero mucho más de emocional. Lo instintivo tiene mucho que ver con lo necesario para sobrevivir, con el utilitarismo vital para conseguir lo básico: agua, comida, sexo y violencia para defenderse, dientes, garras para alejar a otras bestias. Y Claudita había tenido que desarrollar y reconocer el instinto desde el primer día en que su tío la manoseó. Había construido una falsa seguridad para caminar entre las fieras sobre el orgullo de las batallas si no ganadas, sobrevividas. El orgullo de las heridas, al modo de esos estudiantes duelistas alemanes de los libros. Lo que le costó fue reconocerse como una persona emocional pues, simplemente, se había negado a serlo. Las emociones siempre tienen que ver con los demás: amamos u odiamos a alguien, nos alegran o nos apenan, nos divierten o nos aburren otros. Yo no soy aburrido, dijo Baudelaire, ¡qué culpa tengo yo si el mundo es tedioso! La emoción nunca le había ayudado antes, le daba miedo. Hay que estar muy sano para enfrentarse a las emociones sin miedo. La joven Claudita, aspirante a actriz ya en cuarto curso del Taller para el Actor de María Estela Pezzi, había progresado adecuadamente hasta entonces, aprendido técnicas para interpretar, crecido en hambre de conocimiento y arte pero, aunque lo ocultara eficazmente, o eso pensaba, seguía negándose a sentir con la misma libertad que movía el cuerpo, empleaba la voz o se follaba a compañeras y compañeros. Era su última frontera. Y entonces llegó la catarsis, llegó el momento de trabajar con la maestra. La Pezzi repartió obras y papeles entre la clase, Claudita fue elegida para ser dirigida en *Tres hermanas*, de Antón Chéjov. Ella sería obviamente Irina, la más joven, y saldría junto a una compañera algo más mayor, que haría de Olga. Claudita haría el monólogo donde Irina, la joven y soñadora Irina, la emocional Irina, se lamenta ante su hermana: ¿Adónde..., adónde se fue todo?... Claudita empezó y para su sorpresa la Pezzi no la interrumpió en mitad del ejercicio con alguna indicación como solía. Ella sintió que iba bien, muy bien, que estaba allí, conectada, presente... Bueno, la teoría es que sales a buscar, a probar, a equivocarte, pero a todos les gusta deslumbrar a los compañeros, quizá impresionar a la maestra, así que Claudita se sentía volar. Empezó a celebrarse internamente, a festejar la intensidad de la emoción y, por tanto, a fabricarla para sentir más, alargar el subidón de esa droga... Entonces la Pezzi sí paró por fin la escena. Le dijo que no iba mal, pero que estaba forzando emocionarse y que desde fuera se notaba. Claudita intentó justificarse y María Estela la cortó de inmediato, le dijo que no estaba allí para discutir sino para aprender. Luego le pidió a la compañera que hacía de Olga que se retirara un poco y dejara libre su silla. Claudia, le pidió, coloca la silla vacía ante ti. Y así lo hizo. Claudia, háblale a la niña, pídele perdón... ¿A qué niña, María Estela? No hubo pausa, ni duda, en la respuesta de la maestra: A tu niña, Claudia, a la niña a la que has intentado matar desde que te conozco. Pídete perdón. Y así lo hizo Claudita y fue como si una enorme represa de llanto, de emociones refrenadas, combatidas, escondidas, se liberara de improviso. El dolor de años le desbordó los ojos y resbaló por sus mejillas, llevándose con él negrura y un peso infinito. A una señal de la Pezzi la compañera volvió a situarse ante Claudita, que intentaba recuperarse. Solo vio a la otra, ya convertida en Olga, cuando tras secarse los ojos y dejar de ahogarse oyó la voz de la maestra: ¡Ahora, Claudia, ahora! ¡Empieza el texto ahora! Y Claudita lo hizo, y lo que sintió nunca lo podrá explicar a nadie, no del todo. Sintió que volaba, no que hacía de Irina, sino que era Irina, que su dolor y su desengaño eran los de ella. Se sintió arrebatada por algo superior, algo inaccesible desde la simple técnica por buena que fuera, sintió locura, libertad, el permiso de Chéjov, una conexión con Olga, con su compañera absoluta. Y al mismo tiempo, y eso le impresionó aún más, un control gozoso de lo que hacía. Se sintió actriz, una de verdad, miembro de la más bella y mágica de las profesiones, por primera vez. Ese día salió con alas del Taller, sobreexcitada, y se dijo que nunca más se negaría a sentir. Y se prometió mimar para siempre a su niña, recuperar el asombro en su mirada, su sorpresa ante el mundo, la alegría insensata de quien se sabe inmortal porque aún no ha aprendido el tiempo... Sí, la niña que existió hasta que su tío entró por primera vez en su cuarto y que desde entonces ella decidió esconder. No, nunca más lo haría, ahora que sabía que la dureza extrema vuelve a cosas y personas quebradizas y que sentir y llorar las hace fuertes, hermosas. No volvería a negarle a su niña el gusto por disfrazarse, por jugar a ser otros. La necesita para ser actriz, para jugar de la manera más seria que pueda. La honrará, la abrazará, caminará con ella de la mano y verá el mundo a través de sus ojos maravillados. Creo, se dice Claudita, que me hará mejor actriz. Sé que me hará mejor persona. Nuestras niñas y niños son lo único que nos ancla a un tiempo perdido, asesinado, a cuando fuimos más puros y buenos, más soñadores y menos hipócritas. Mi niña me salva de mí misma.

5) *¿Cuál imagino que será el próximo paso para evolucionar como actriz?*

Trabajar, recordar por qué tengo esta vocación, entrenar y estar lista, con el instrumento afinado... ¿Cuántas veces he contestado este formulario? ¿A cuántos seminarios, cursos y *masterclasses* he asistido? ¿Cuál imagino que será el próximo paso? ¡Trabajar, coño, trabajar! Conseguir buenos papeles, ¡que me descubran después de veinte años de oficio! Claudita se ríe de sí misma, fabulando en un caleidoscopio de segundos con ese papel en una peli que la lanza al estrellato, a los premios, a la fama... Como a esas compañeras que llevan toda la vida trabajando como ella, sobreviviendo, y de pronto les dan el Goya Revelación a los sesenta años, como si fuera la primera vez que actuaban. Y yo no tengo sesenta, tengo treinta y nueve. Para el caso es lo mismo, es una edad jodida, no puedo hacer de madre y tampoco puedo ser ya la chica de la peli. A todos les ponen parejas veinte años más jóvenes, ¡puto heteropatriarcado! Tengo treinta y nueve, once menos que Fortunato, piensa en un salto inmediato, claro que él tampoco aparenta la edad que tiene. ¿O sí? Yo qué sé, le quiero... Trabajar, amo mi profesión, solo quiero poder ejercerla. Claudita recuerda un dicho que oyó a una actriz veterana: «Esta profesión es muy jodida. No basta con que seas buena. Tienes que ser buena en algo que esté bien, peli o serie. Y tampoco eso basta. Tienes que ser buena en algo que esté bien y que, además, se vea». Muchos factores, muy complicado. Ella se sabe buena actriz, carece de esa hipocresía que es la falsa modestia, y ha estado varias veces a punto de conseguir ese papel que habría cambiado todo. O esa obra de culto. O la serie del momento. Pero siempre, piensa, le faltó ese último empujón, esa pizca de suerte. Hacía años que ya no tenía que alternar la actuación con bailar en pódiums, poner copas o trabajar de dependienta, como tantas compañeras, y mal que bien conseguía ir tirando. Vivía de su oficio, pero siempre acababa resbalando hacia ese fondo de montajes teatrales alternativos y precarios, de personajes capitulares en series diarias o películas independientes, alguna incluso buena, que nunca llegaban a funcionar por falta de distribución. Pero yo no me rindo, ¡ni de coña! Quiero seguir yendo hacia la vida, hacia la vida buena, sana, que es la vida en el arte. La creativa, la que te aparta de la pulsión de muerte, de la repetición. No, Claudita no se rinde.

—Hay que desconfiar del masoquismo, del autosufrimiento, Fortu. Es solo narcisismo de la peor clase y no es útil para crear.

Y Fortunato admira eso en ella. Mi fiera, le dice.

12

Shklovsky decía que el propósito general del arte es vencer los mortíferos efectos de la costumbre, representando las cosas a las que estamos acostumbrados de un modo insólito.

DAVID LODGE, *El arte de la ficción*

Tras contestar las preguntas para el seminario, Claudita miró por la ventana y vio ya la calle oscura. Dejó el cuaderno a un lado y se estiró en el sofá. Sintió calor, se levantó y se acercó al termostato. Bajó la temperatura. Demasiado calor, incluso para mí, pensó y sonrió al recordar que Fortunato siempre se quejaba de vivir bajo una tiranía térmica, sostenida por radiadores hirvientes y una salamandra isabelina, de hierro colado, siempre al rojo vivo en el salón como la boca de un Moloch, que le obligaban a dormir en pelotas y sobre el edredón nórdico de septiembre a junio.

—A ti te gusta que tenga tipazo, ¿no, mi amor?

—Claro.

—Pues lo tengo porque no tengo grasa. Así que soy friolera. Adelgaza tú.

—Yo no estoy gordo, estoy fuerte.

—Ya.

Claudita sintió sed, agarró un vaso y se acercó a la nevera a por agua fría. Y mientras bebía pensó en abrir de una vez esa carpeta en la que Fortunato guardaba un escrito, una obra de teatro. No se escondía de ella para escribirla, ni mucho menos, pero no se la enseñaba. Una obra de teatro, a ella, a una actriz. Que si solo escribía para él, para entender, para desaguar los torrentes de palabras que le dejan sus lecturas, que si era irrepresentable, o simplemente no lo bastante buena, que si él no tenía un Max Brod al que pedir que quemase sus escritos... ¡No se puede escribir una obra de teatro conviviendo con una actriz, con una de verdad, y no someterla a su juicio! ¿Acaso no me valoras, Fortunato de los cojones? No, Claudia, no seas injusta. Le puedes acusar de cualquier cosa, pero no de eso. Mi Fortu, te quiero, te quiero cada vez más y siento que tú a mí también. Y es algo que nos sorprende a ambos, que nos dice que quizá, por fin, hemos cruzado la línea de la sombra, hemos crecido tanto que ya no necesitamos nada que no podamos darnos el uno al otro. No siempre fue así, sonríe Claudita, recordando la primera vez que sus caminos se cruzaron, en 1999 en Nueva York. Ella había llegado allí un año antes, con un noviete que se había echado, un chaval muy divertido que compaginaba su trabajo como relaciones públicas en Pachá con el de camello, de los niños mal de las familias bien. La invitó a irse una semana a la Gran Manzana con él. Tengo colegas allí, lo vamos a pasar dabuti, le dijo. En Madrid no solían pasar juntos más que algunas noches sueltas y las correspondientes mañanas de empalme y resaca, así que unos días bastaron para que Claudita se hartara de él. Es verdad que tenía colegas, algunos muy divertidos y uno, Andrea, un actor italoamericano, además muy guapo. Hacía ese calor húmedo, pegajoso, que hace allí en verano. Claudita se plantó un sombrero cowboy de paja, un top ajustado, un short vaquero y unas botas tejanas. Andrea les ofreció ir a un local en Mulberry St., en Little Italy, lleno de *wise guys*, ¿de qué?, de mafiosos, Claudita, pero cuidado con decir allí esa palabra, ¿*ok*? Claudita se sentía en una película. La protagonista, tanto que Andrea se puso nervioso cuando varios tipos en chándal y con tupés lacados empezaron a cuchichear y prestarles demasiada atención. No hablaba inglés ni, por supuesto, había estado allí antes, pero Claudita leyó perfectamente la situación en los ojos de aquellos tipos.

Nueva York le fascinó, se dio esa concordancia energética entre persona y lugar que hace que nos enamoremos de una ciudad. El diapasón de Claudita y el de Nueva York, bueno, lo que los españoles llaman Nueva York que suele ser poco más de la mitad de Manhattan y algo de Brooklyn, vibraban en la misma frecuencia y decidió quedarse. A sus veintiún años nada ni nadie la ataba o esperaba en Madrid. No le costó hacer contactos y enseguida le ofrecieron trabajo en varios garitos. Una semana más tarde, Claudita estaba de vuelta en Nueva York con una maleta grande, todos los teléfonos que le habían dado la primera vez y unas ganas de vivir que la hacían aún más bella. Se aplicó a mejorar su inglés por la vía rápida en el aprendizaje de cualquier lengua, liarse con nativos que, además, uniendo lo útil a lo agradable, le hicieron de guías y de los que prescindía en cuanto se ponían pesados o posesivos. Aprendió también niuyorican, cubano y perfeccionó su italiano con Andrea. Consiguió trabajo en el Oliva, en East Houston con 1rst Avenue, un restaurante con *speakeasy* de Edu, ex modelo negro y madrileño, un tío muy guapo y muy *cool* que se había reconvertido en hostelero y restaurador de muebles para los *lofts* del Soho que estaban tan de moda. Trabajaba solo de jueves a sábado noche, así que Edu también la ayudó a conseguir algunas sesiones de fotos y curros en caterings de galerías y eventos. Claudita compartía un pequeño y carísimo apartamento, apenas dos cuartos, cocina y baño con las tradicionales cucarachas neoyorquinas, con Ali, otra chica española, una pirada muy divertida, algo más joven y también camarera del Oliva. El apartamento estaba en West Broadway, entre Prince y Spring, en todo el corazón de un Soho en el que las tiendas de lujo todavía no habían sustituido a las galerías de arte. Claudita fue muy feliz allí, sentada en el quicio de la ventana sobre la escalera de incendios que zigzagueaba por la fachada, cual Audrey Hepburn, en los días de calor tórrido del verano. Claro, aunque puede que ese fuera un recuerdo fabricado a posteriori, por la actriz, y engarzado luego en esa localización. También pudo ser real porque en su casa, de niña, la tele estaba siempre encendida para acallar los silencios y el miedo. Y quizá vio a la magnética Audrey. Quién sabe el orden, el caso es que la escena estaba allí, en la película de su vida. De hecho, todo en aquella ciudad le resultaba extrañamente familiar gracias a las series de televisión y las pelis que había visto.

Ali y ella solían también sentarse en la pequeña escalera de la entrada al edificio a beber y fumar, disfrutando de la fauna que pasaba ante ellas. Aquel tramo de West Broadway tenía una peculiaridad, en cada extremo de la calle había una agencia de modelos importante. En uno Next Management, en el otro Boss Models, así que si el mundo se reducía a esos metros de asfalto, la densidad de belleza, de chicas y chicos de catálogo, era desproporcionada incluso para Nueva York.

—Yo creo que a la gente fea no la dejan pasar por aquí. La desvían a otras calles —solía bromear Ali.

—Nosotras vivimos aquí —contestaba Claudita, afectando modestia.

—Nosotras no somos feas, tía, somos modelos —replicaba Ali.

—Somos camareras, gorda —zanjaba ella.

A Claudita le encantaba pararse en mitad de la calle mirando hacia Spring St., hacia el sur y ver las Torres Gemelas. Tiempo después, ya en Madrid, lloró al verlas derrumbarse.

Sintió que con ellas desaparecía también una parte irrecuperable de sí misma.

El encargado del edificio era un haitiano de dos metros, Sonny, perennes gafas negras, dos manos como palas y unos dientes blancos gigantescos, que se ocupaba con gusto de hacer el mantenimiento, pequeñas reparaciones y cuidar de los vecinos, en especial de ellas. Era un tipo muy sonriente, muy *cool*, salvo cuando fumaba algo de *crack*. Solía esconder las piedras y las pipitas de cristal en huecos de la escalera y, a veces, cuando iba muy puesto, le costaba recordar dónde. Pero la mayoría del tiempo era un cielo de negro, el Dr. Feelgood, decía riendo y frotándose las manazas; ponía muy buena música y les presentó a toda una colección imposible de primos que las proveían de cualquier cosa de manera segura, en especial de hierba y coca. Sonny nunca tocaba nada, pero era pedir algo y aparecer primos como por un *mambo jambo* vudú.

A Claudita y Ali les encantaba el Café Noir, especialmente cuando echaban la reja y se montaba una fiesta privada hasta las tantas, comían hamburguesas en el Lucky Strike, un garito del dueño de Baltasar y Pastis, bailaban en el Novecento y los domingos iban al Félix. En todas partes eran bien recibidas, como les suele pasar a las chicas guapas y divertidas. Nueva York, no París, era una fiesta.

Fue Ali la que un día le anunció que vendrían unos días su prima Lola y su novio, un tal Fortunato. Claudita le encontró de inmediato una sonoridad rústica al nombre.

—¿Fortunato? ¿En serio se llama así? ¿Qué es, pastor?

—¡Yo qué sé, no le conozco! Vive en Madrid, no creo que sea pastor.

—¿Y se van a quedar aquí?

—No, tranqui, han pillado un hotel cerca.

—¡Ah!

—Mi prima mola, ya verás.

Un par de días más tarde, antes de entrar en el turno de noche del Oliva, se presentaron Lola y Fortunato. Ali enseguida acaparó a su prima, contándose ambas entre risas e interrupciones las novedades de familiares y amigos. Fortunato le pareció un tipo atractivo, treintañero, no muy hablador, pero para nada inseguro o tímido. Distinto a los chavales de su edad. Intercambiaron algunas bromas y curiosidades sobre la ciudad, que él ya había visitado alguna vez. Todos siguieron bebiendo vino y sintiéndose sorprendentemente cómodos. Afuera hacía mucho frío pese a ser solo principios de octubre, y Fortunato habló de regresar al hotel y agarrar algo de más abrigo. Lola no quería, prefería seguir con Ali y acompañar a las chicas al Oliva. Allí podrían cenar y luego seguir de copas en el privado hasta que ellas salieran para seguirla luego todos juntos. Fortunato propuso acercarse él solo al hotel y volver, pero Ali, que estaba feliz, le dijo que apenas tendrían tiempo de otro vino y algo de hierba antes de tener que salir pitando, y se ofreció a buscarle algún jersey o algo que le abrigara más. Claudita vio aquí su ocasión, veamos de qué pasta estás hecho, *stranger*, pensó, y mirando inocentemente a Fortunato le dijo que tenía en su cuarto un chaquetón y un sombrero de un amigo más o menos de su talla. Fortunato sonrió y aceptó probárselo todo. Claudita fue a su cuarto y volvió con un chaquetón de leopardo sintético y con un sombrero de ala ancha onda *blackexplotation*. Fortunato miró a Claudita sin inmutarse unos segundos, estudiándola, luego alzó las cejas, sonrió y agarró chaquetón y sombrero.

—Sí, parece abrigado, sí.

Ali y Lola se morían de risa. ¿No irás a ponerte eso, Fortu?, le preguntó Lola, ¡no te atreverás! Claudita echó más leña al fuego y le dijo que tranquila, que esto era New York y que aquí nadie criticaba las pintas de los demás. Fortunato se probó el chaquetón y se puso el sombrero, ladeado como exigía el personaje.

—Bien, estás total —asintió Claudita—. ¡Esta noche serás nuestro *pimp*, papi!

—¿Que vas a ser nuestro qué? —preguntó Lola.

—Vuestro chulo, que voy a ser vuestro chulo y vosotras mis chicas —explicó Fortu.

—¡No te hagas pajas, que te conozco! —se burló Lola—. Oye, prima, si tengo que ir con este así por la calle necesito algo más que un porro.

Ali asintió y sacó del borde de la falda una bolsita con coca. Se peinaron unas rayas y salieron para el Oliva. Mientras caminaban hacia el metro, Claudita miró a ese hombre que, a su edad, sabía reírse de sí mismo —en NY, como en todas partes, se puede hacer el ridículo y él no había dudado un instante en disfrazarse de chulo de putas de peli mala—, hay que estar muy seguro de uno para prestarse a esto con solo dos vinos, que la raya se la metió después. Tiene sentido del humor. Y me ha mirado de una manera... No es guapo, pero es atractivo. Es alto, es fuerte. Muy tío, de esos que sueltan testosterona al andar. Y tiene las manos grandes. ¿Y la Lola esta? Es guapa, sí, pero un poco basta. Y ya es veterana... No le pega. Me lo follaría.

—¿Y hasta cuándo has dicho que os quedáis, Lola?

—Hasta el domingo, el lunes tengo que estar en Madrid para currar.

Aquella noche era jueves. Fortunato y Lola cenaron y tomaron copas en el Oliva hasta que Ali y Claudita acabaron de recoger y se repartieron las *tips*. Edu congenió de inmediato con Fortunato —ambos de Madrid, resultó que tenían conocidos en común y recordaban haberse visto en el Casa Parra y otros garitos de Santa Ana—, y encantador como siempre, les dio un buen dato. Les dijo que fueran al Suzy Q, un antro muy de moda, de esos de noches temáticas, puerta con mirilla y contraseña, en el Meatpacking District. Edu les dijo la contraseña para entrar esa noche, se metieron una buena raya, *one for the road*, y las tres chicas y su *pimp* tomaron un taxi.

—¿Conocéis el garito? —preguntó Fortunato desde el asiento del copiloto.

Lola y Ali seguían cotorreando, de subidón. Claudita buscó los ojos de Fortunato en el retrovisor y contestó.

—No, pero si Edu dice que está bien seguro que mola.

El taxi se detuvo entre dos cámaras frigoríficas. Unos hombres entraban con cuartos de vaca sobre los hombros, que bajaban de un par de camiones. No había ninguna luz, ningún neón. El taxista, armenio y cabreado, les dijo que esa era la dirección que le habían dado. Estaban a punto de largarse cuando otro taxi se detuvo y un par de parejas, vestidas a la última moda, se bajaron y caminaron hacia una puerta metálica entre los dos camiones. Tocaron un timbre y un pequeño rectángulo de luz apareció en la oscuridad. Unas palabras, la puerta se abrió y las parejas entraron.

—¡Es aquí, hostias, es aquí! —chilló Ali.

Pagaron, se bajaron y caminaron hasta la puerta entre los hombres que trabajaban descargando carne, ajenos a todo, metáfora perfecta de los distintos ritmos del mundo. Claudita pulsó el timbre y se abrió la mirilla. Solo pudieron ver unos penetrantes ojos negros bajo unas cejas densas y una nariz gruesa sobre el nacimiento de un bigote también negro. El hombre de la mirilla no les preguntó nada, así que fue Claudita la que soltó la contraseña: *whip!* La puerta se abrió al instante. Con suavidad, nada de descorrer cerrojos y rechinar tétrico. Los bajos de la música electrónica les golpearon en las entrañas, pero fue el portero el que les dio a entender que el Suzy Q no era un garito más. Era un tipo gigantesco, musculoso, con barba, bigote y un sombrero en forma de cohete en la cabeza, solo llevaba una especie de sandalias romanas y un slip de látex, pero lo que les llamó más la atención fue el pelo negro y rizado que le cubría los hombros y un maravilloso par de enormes y redondas tetas perfectamente operadas. *Welcome to Suzy Q*, les dijo con una voz extremadamente femenina y cálida, *welcome to our Sacher-Masoch splendid sessión!*, a la vez que descorría un cortinón y les invitaba a pasar a un enorme espacio industrial, una nave iluminada en tonos azules en la que bailaban cientos de personas.

Fortunato tomó la iniciativa y se puso el primero para abrir paso hasta una de las barras. A Claudita le gustó la absoluta normalidad con la que se desenvolvía en este escenario inesperado que hasta a Ali y a ella había sorprendido, y directamente escandalizado a Lola que negaba boquiabierta ante lo que veía. Le abrió hueco en la barra y él mismo llamó la atención de una camarera, una negra muy guapa que bromeó sobre su aspecto.

—*I'm a vanilla Shaft, soul sister!* —contestó Fortunato mientras la camarera servía las copas.

Claudita le preguntó qué pasaba y la chica, bastante menos simpática que con Fortunato, se limitó a contestarle que era *Thursday* y a señalar con la cabeza un pódium en el que una *dominatrix* rubia, semidesnuda en látex, piernas eternas sobre *stilettos* y con una gorra de las SS, azotaba con una fusta a un negro espectacular esposado a una gran X, con un pollón desmesurado completamente tieso y una pelota roja incrustada en la boca. De vez en cuando un estallido de luz revelaba otros pódiums con escenas sadomaso, desparramados por la enorme nave. Ali dijo que sin duda este lugar fue un matadero y que podía sentir las vibraciones, el dolor y el llanto de miles de animales sacrificados a la gula gigantesca de la ciudad.

—¡Hala, prima, no te pases, qué mal rollo! —interrumpió Lola—. Acompáñame al baño.

Claudita se quedó sola con Fortunato. Bromearon y en las bocas se quedaron las palabras que los ojos gritaban. Sí, pensó Claudita excitada por la música y la coca, definitivamente esa tía no le pega y como no vuelvan pronto le voy a besar y a ver qué...

—*Hi, do you wanna a ride?* —Un tipo desnudo salvo por un tanga, sudando a chorros, fornido pero bajito y muy velludo, vendado con vueltas y vueltas de celofán por todo el cuerpo y una raqueta de tenis en la mano, se había parado ante ellos y les sonreía.

—*What do you mean a ride?* —contestó Claudita abriendo mucho los ojos y conteniendo la risa. Miró de reojo a Fortunato, que solo esbozaba una leve sonrisa y parecía poco sorprendido por el personaje.

El tipo velludo envuelto en celofán detectó su acento.

—*Are you mexican?* ¿Habla español?

—Soy española.

—*Oh, I see! Really nice to meet you guys...* ¿Quieren una vuelta? Yo les cargo *in my back.*

—¿En tu espalda?

—*Yeap!* Yo les cargo en mi espalda por todo el local y ustedes pueden golpear *my* culo con la raqueta, *as hard as you wish!*

—Pero ¿por qué? —rio más que preguntó Claudita.

—*Just for fun! I like pain and maybe you'd like hitting me...* con raqueta.

—¿Y el celofán?

—Mira lo peludo que es —intervino Fortunato, que ahora sí parecía francamente divertido—. Imagínate los tirones que le tiene que pegar mientras lleva a alguien a caballito.

—¡Hostias, claro! —se carcajeó Claudita—. Tío, estás fatal de lo tuyo, pero si eso te mola, venga esa raqueta.

—*Ok, but it's five bucks a ride!* Cinco dólares...

—El tipo es masoquista, no tonto... —concedió Fortunato y Claudita asintió.

En ese momento volvieron Ali y Lola. Claudita las puso rápidamente en situación, ellas fliparon y Fortunato cerró el trato.

—*Ok, here you've a twenty. That's four rides.*

El tipo chaparrito, velludo, envuelto en celofán asintió, tomó el billete y se lo guardó en los huevos.

—*Who wanna go first?* ¿Quién primero?

—¡Yo, yo, dame la raqueta! —exclamó Claudita. El tipo se giró y ella saltó sobre su espalda, ciñéndole con sus piernas—. ¡Aaaagh, está empapado!

El chaparrito gimió gozoso de dolor, disfrutando cada pelo arrancado por el celofán, y le dio la raqueta. Claudita le azotó y esa fue la señal para que se perdieran montura y jinete entre la gente.

Claudita descubrió a lomos del peludo individuo lo grande y laberíntico que era el local, las distintas zonas, de más a menos iluminadas, de rollo más suave a esquinas más *hardcore*. Cuando el tipo la devolvió a la barra, aunque contestó a Ali y Lola con un lo vais a flipar, sus ojos se clavaron en los de Fortunato que le sonreía mientras asentía con la cabeza. Le había sorprendido. Luego montaron Lola y Ali. La broma ya estaba bien, todo pierde gracia cuando se repite. Claudita quiso pedirle la vuelta de los veinte, los últimos cinco pavos.

—¿Has visto el monedero? —advirtió Fortunato—. Yo no pienso tocar ningún billete que salga de ahí. O le regalas los cinco dólares o te das tú la última vuelta y, desde el cariño y el máximo respeto a las filias de cada uno, le partes el culo a raquetazos. Seguro que le mola.

Claudita asintió, y dicho y hecho. Montó de nuevo y esta vez los raquetazos fueron mucho más fuertes. El viaje duró un poco menos porque la raqueta, una barata de madera, se rompió pronto. El hombre, que solo entonces se presentó, dijo llamarse *Roach* Louie, trajo del brazo a Claudita hasta la barra. Dio las gracias muy educadamente, le manifestó a Claudita su amor, ella le contestó que también le quería pero que lo suyo era imposible y Louie la Cucaracha se marchó. Todos estuvieron riéndose como niños un buen rato y después se marcharon. Lola y Fortunato tenían turisteo intenso al día siguiente. Esa fue la última noche que lo vio en años. Y si bien es cierto que siempre guardó un bonito recuerdo de él, pronto pensó haberle olvidado, ocupada como estaba en caminar por el lado salvaje junto a Ali.

¡Qué puta pena, qué asco!, pensó Claudita de vuelta en su casa. Aún sostenía el vaso medio lleno de agua. ¿Cuál es la velocidad de la memoria? ¿24 fotogramas por segundo? ¿La de la luz? ¿La de la luz devorada por un agujero negro si son recuerdos tristes, dolorosos? Otro trago... Ya no hace tanto calor... Qué pena, Ali, tía, qué pena. Sí, porque en los siguientes meses las risas fueron desapareciendo. Ali cada vez consumía más coca. Ya no era para divertirse, era adicción. Claudita terminó el agua y dejó el vaso en el fregadero. Luego se llevó sus recuerdos, su evocación fractal al sofá y, más que sentarse, se dejó caer. ¿Pesamos más cuando estamos tristes? Ali, qué pena... Los primos de Sonny venían cada vez más a menudo, empezaste a faltar al trabajo, a dejar colgadas las sesiones de fotos...

—¡Claudita, gorda, es la dieta de las tops, champán y cocaína!

Te liaste con Benny, aquel macarra puertorriqueño de Alphabet City. Empezaron a no recibirnos tan bien en los sitios de siempre. Bastaron un par de peleas a gritos y alguna amenaza de tu novio a los tipos equivocados. Así que siempre terminábamos con los colegas de Benny en el American Legend de la avenida D. Aquel antro al que subíamos por unas escaleras estrechas y empinadas, que regentaba *Fat* Carmine. Al principio era gracioso el lugar, cómo este mafiosillo de cuarta había aprovechado la licencia de alcohol de un club de veteranos como el American Legend para montar su «club social» con derecho de admisión. Cómo se deshizo de los viejos marines y abuelos con sus gorras de béisbol bordadas con los números y enseñas de sus unidades y los fue expulsando, cambió los horarios, las rayas sustituyeron al dominó en las mesas de metacrilato y lo llenó de camellos y chulos latinos de Alphabet. Claro que este proceso tomó su tiempo, nos explicaba *Fat* Carmine cada vez que nos invitaba a pasar a su oficina con Benny para invitarnos a una buena raya de su mejor perico. Al principio eso también era gracioso, meterse rayas en la oficina de un mafioso... ¡New York, New York! Entrar cada tanto y luego jugar al *eight ball* con aquellos Tony Montana de C Avenue. Verlos tirar gente de cabeza por aquellas escaleras estrechas, empinadas, sin preocuparse de cómo aterrizaban. Asomarse al abismo. Pero llegó un momento en que ya casi no salías de la oficina, que me dejabas sola en la mesa, con el taco de billar mientras perdías la noción del tiempo, atrapada por tu verborrea cocainómana. Y que cuando al final salías, estabas desfigurada y al rato te sangraba el agujero derecho de la nariz. Siempre te metías por el mismo. Nunca tenías bastante...

—¡Claudita, tía, es que yo no sé cómo te puedes meter unas rayas y querer irte a dormir! ¡Yo si salgo, salgo!

Nunca tenías bastante. Yo no te podía seguir. No te quería seguir. Te vi por primera vez como una niña estúpida. No, no te iba a seguir. Entrar en ese puto *office*. Así que te esperaba fuera, sola, cada vez más tiempo. Reconocerte menos cada vez que salías de ese cuartucho. Ver una noche restos de semen en tu top y no saber si se la habías chupado a Benny para disfrute de *Fat* Carmine, o a este a cambio de unas rayas con el permiso de ¿tu novio? Fue mi última vez allí. Salí temblando de la oscuridad a un sol cegador. No volví nunca por esa parte del East Village.

Edu te terminó echando del Oliva. Y con razón. Y me empezaste a pedir prestado. Luego a sisarme unos dólares, a robarme ropa, cosas, que luego veía a la venta en *pawn shops* y mercadillos. Dejamos de salir juntas. Pasaban días sin que te viera por nuestro apartamento. Una noche te dio un ataque de ansiedad, creías que te morías. Sonny me dio unos ansiolíticos y pasamos horas abrazadas. Podía sentir tu corazón contra mi pecho. Desacompasado, frenético. Me asustaste tanto que me costó calmarte, pero al fin te dormiste, agotada. Al día siguiente, la culpa.

—Claudita, soy una basura. Una yonqui de mierda. ¡Nunca más, tía, te lo prometo! Voy a curarme. Mírame, parezco una zombi... ¿Tú crees que Edu...?

—Edu es un tío de puta madre. Seguro que sí.

Pero no, no había sitio para ti ya en el Oliva. Intenté convencerte de que volvieras a España, al menos tú sí tenías familia. Pero no me escuchabas. Al poco tiempo diste positivo en VIH. Entonces aún no había leído mucho, así que no podía describir mi confusión, mi dolor, mi rabia. No conocía aún a Irina. ¿Adónde..., adónde se ha ido todo?, no sabía que todos estamos hechos de la misma materia, del mismo polvo de estrellas destilado, desagregado y revuelto por milenios, que todos somos los mismos átomos ordenados en secuencias distintas: yo, tú, *Fat* Carmine, las mesas del Oliva, el celofán de *Roach* Louie, el perico colombiano y la estatua de la Libertad, las Torres Gemelas y los aviones que al poco las tiraron. Aún no podía ordenar el caos, nombrarlo, transitarlo y actuarlo para entenderlo. Todavía no había leído que Aristóteles dijo que comedia y tragedia están escritas con las mismas letras. ¡Pobre niña, concluye Claudita, me sobraba drama y me faltaba humor!

Fui yo quien regresó a Madrid.

13

amor, s. Locura que se comete al tener demasiada buena opinión de otro antes de saber
nada de uno mismo.

AMBROSE BIERCE,
El Diccionario del Diablo

Ese cajón. Ni siquiera se molesta en cerrarlo con llave. Fortu
confía tanto en mí que deja su obra de teatro, la que no me
quiere enseñar, ahí, accesible. ¿Me está probando? ¿Me provoca? Nunca ha sido de hablar porque sí, pero también es
cierto que nunca ha dejado de contarme algo cuando le he
preguntado. Claudita no consigue apartar la vista del escritorio, como si quisiera atravesar la madera con los ojos desde el
sofá. Y recuerda sin querer, ve parte de su vida pasar en un
tráiler acelerado, consciente de que algo puede cambiar para
siempre.

¿Has estado con muchas mujeres, Fortunato? Sí, Claudita,
durante años amé a las mujeres, a todas, cuanto pude. ¿Por
qué? Porque me gustaba mi yo enamorado. Porque amaba
verme en la mirada enamorada, apasionada, feliz, de una mujer. Nunca me sentí mejor ni más bello que en la mirada de
una mujer enamorada. Era como una droga. Y yo siempre le
gusté a las mujeres, así que nunca tuve dificultad para conse-

guir más y más dosis. Como cualquier adicto, hubo un momento en que solo vivía para drogarme. ¿Sí? ¿Y cómo acababa la cosa? Mal, Claudita, mal. Las miradas duraban poco, pronto se volvían espejos tristes, enloquecidos, decepcionados o acusadores. Suele pasar cuando no amas al otro, a la otra, sino a ti en él o en ella. Cuando lo único que buscas es sentirte excepcional, vivir amores arrebatados, distintos. Ser especial es agotador, sobre todo cuando tienes una opinión de ti mismo exagerada. No buscas entonces relaciones normales sino amores legendarios. Buscaba pasiones que eran empresas imposibles abocadas al drama, a la lucha, al éxtasis, la lágrima, amores con todo en contra que me hacían sentir de inmediato un héroe romántico. Empecé como un joven Werther que convertía en su Lotte a cada mujer de la que se enamoraba. Con los años crecí en un conde Vronsky, pero mis Kareninas o se deshacían gritando en charcos de llanto o hacían descarrilar trenes sobre rieles de cocaína. En el fondo era un tarado, un sexópata narcisista y politoxicómano, incapaz de enamorar a nadie que no fuera como él. O casi. Porque tú... Porque yo te salvé, ¿verdad, Fortu? Porque yo que traía mis propias heridas, te salvé. Nos salvamos ambos, el uno al otro, después de habernos asomado a todos los abismos. De haber resistido su llamada. Porque yo también estuve antes con muchos hombres, buscando en cada uno una ternura que nunca conocí de niña. A mí tampoco me costó nunca llevarme a nadie a la cama, Fortu, y ya te lo dije una vez, cuando hablamos de esto. Tus fantasías románticas solo esconden los tics de un machirulo de libro. Lo sé porque yo fui, he sido, una mujer muy machista también. Quiero decir que durante años quise ser un macho cazador, una depredadora tan fuerte y segura como los tipos que se atrevieran a acercárseme. ¿No te acuerdas de la Claudita de Nueva York? ¿De esa fiera feliz? Me tomó años aceptar que siempre estuve sola y asustada, que todo era autoengaño y exhibicionismo, ¡quien canta, baila y folla, sus males espanta! Sí, miedo al silencio, a oír a la niña que estrangulaba cada mañana para que no me debilitara con sus penosas demandas de amor. Porque cuando, desde niña, todo el que se te acerca te quiere follar, follártelos tú es una manera de sobrevivir, de vencerlos. Aprendí, sin saberlo, que la sexualidad humana es tramposa, hecha por igual de realidad y fantasía. Que incluso cuando estaba sola con mis parejas, hombres y mujeres, mi placer físico nacía también de mis fantasías, de usar la carne del otro para realizarlas. Descubrí que aun cuando mordía, acariciaba, lo hacía o me lo hacían, piel con piel, las lenguas entrelazadas y los sexos húmedos, anudados, estaba sola y usando a mis amantes. Y me gustó porque me sentí libre, poderosa. Sí, decidí que serían mis deseos los que mandarían, no los suyos. Por eso contigo, Fortu, todo es tan bueno. Porque desde la primera vez los dos fuimos lienzo y pintura para el otro. Sin imponernos, necesitándonos. Encaje perfecto entre deseos, fantasías y sensaciones.

Y es que, en un momento de la vida, las ilusiones que han tirado de nosotros, que nos hacían luchar para ser quienes, engañosamente, creíamos o queríamos ser, esos espejos deformantes en los que nos veíamos capaces de todo, se resquebrajan, caen al suelo con estrépito, levantando polvo. Y entonces vemos lo que ya sabíamos sin necesidad de que nadie nos lo enseñara, la verdad que siempre tuvimos dentro: estamos solos, nacemos y morimos solos. Ni tú ni yo teníamos, además, esa falsa coartada sostenida a fuerza de renuncias y silencios que es la familia, la sobrevalorada sangre, esa lotería genética que te fuerza tantas veces a compartir trayecto, o parte de él, con gente a la que ni entiendes ni respetas. Los dos con esa rebeldía arrogante, la del que ha sobrevivido sin ayuda, que te da la orfandad cuando no te mata. No, nosotros nos conocimos solos, desengañados, restos del mismo naufragio en un mar negro y mordiente, víctimas de haber vivido tanto, agotados por pasiones que se detenían en vías muertas como trenes derrengados. No nos quedaban espejitos y cuentas, Fortu, cachivaches con los que engañar al otro. Nos quedaban aún brillos y trucos, pero éramos ya mercancía usada, sin remedio. Quizá por eso nos reconocimos de inmediato. Estábamos solos y en perfecta sincronía, porque por fin no necesitábamos la adoración ajena. No necesitábamos impresionar ni impresionarnos. Solo echar a andar en silencio, sin miedo a callar, sin necesidad de llenar el vacío con la nada.

Por eso me ayudó tanto estudiar interpretación, descubrir que hay personas que viven por y para el arte, las emociones y las ideas. Al fin, por y para la belleza. Sí, porque cuando regresé a Madrid estaba tan perdida, tan sola, tan herida. Necesitaba completar las frases, que entendía, aunque faltaran letras o palabras, dar sentido a las imágenes inconexas de sueños y pesadillas, descifrar cada hecho cotidiano y convertirlo en presagio, en aviso o en consecuencia. Encontrar un sentido a mi biografía, el hilo narrativo. Sí, sí, todo eso está muy bien, pero ¿de qué va el cuentito?, como nos exigía entender la Pezzi cuando preparábamos alguna escena. ¿De qué va mi cuento? Solo ordenando este cuento de ruido y furia contado por una loca, tendrá significado al menos para mí, se repetía Claudita. Narración, narración, sentido, planteamiento, nudo y desenlace para tener uno que no sea la soledad y la locura. Darnos una historia. ¿Acaso no es esa la gran tarea de cada ser humano? ¿Darnos un relato con sentido para, al final, morir menos asustados y perplejos? ¿Se puede explicar el mundo sin mitos, sin personajes? Claudita se pregunta y se contesta mientras, poco a poco, se acerca al cajón donde guarda Fortunato su obra de teatro.

Mi cuentito, piensa Claudita, lo he ordenado gracias a ser otras —¡una sola vida no basta para explicarnos!—, conocer más de mí para poder ser otras sobre el escenario, ante la cámara. Con seriedad, con respeto por un oficio que amo, honrando las palabras de Shakespeare y Chéjov o las de los guionistas de una serie diaria. Leyendo y viendo cine, teatro, hasta agotar la vista para alimentar más y más mi imaginación, mi herramienta. Más y más, con voracidad, con la urgencia de quien llega tarde a un banquete. Pero para llegar al segundo acto tuve que poner orden en el planteamiento y ahí me ayudó mucho constelar en el Taller. Esas sesiones a las que luego, años después, arrastré a Fortu. Pese a sus reservas. Porque Fortu es un hombre sin otra fe que su escepticismo ilimitado. Sí, constelar a mi madre, a mi padre ausente, al desgraciado de mi tío. Verlos de pie ante mí, junto a la Muerte, ver cómo se ordenaban en el espacio, cómo se atraían o se repelían, llorar esa escultura viva de mis traumas para, de una vez, dejarlos atrás, entender para perdonar y seguir adelante. Poder incluso volver a ver a mi madre, su derrota, y compadecerla, abrazarla en silencio porque no tenemos nada bonito que recordar, dejarle algo del dinero que no me sobra sobre la mesa cada tanto y marcharme. Recuperarla, mi única familia, mi madre, para poder estar por fin sola, sin que mi odio invocara siempre su presencia. Ya no se aparecería en sueños en las almenas de ladrillo rojo, en el plato de duralex sobre un mantel de plástico con quemaduras, en el piso de protección oficial de Villaverde que fue mi Elsinor.

—¡Joder, soy actriz, una buena actriz! Podría darle mi opinión, consejos... ¿Por qué coño no me la enseña? ¡Es para matarlo!

Sí, porque es cierto que Claudita es buena actriz, madura y sin mucha suerte, como es entendible que pase en un país que no aprecia la cultura. Ya ni siquiera era una joven y prometedora actriz —perdiendo esa coartada que es siempre el adjetivo joven, que disculpa cualquier imperfección o la falta de éxito, y predispone a la indulgencia propia y ajena— cuando volvió a coincidir con Fortunato en una fiesta de un estreno.

—¡Fortu!

—¡Claudita!

—¿Te acuerdas de mi nombre?

—¡Por supuesto! La verdad es que he pensado mucho en ti. Estás igual.

—¡No me jodas, Fortu! Han pasado qué, ¿diez años?

—Nueve. Tienes razón, no estás igual, estás mucho más guapa.

—¡Gracias! ¿Con quién has venido?

—Con un par de amigos. Te he reconocido y...

—¡Ah! Oye, Fortu, ¿y aquella novia que tenías, la prima de Ali...?

—Lola.

—¡Sí, eso, Lola!

Y Fortu le contó que Lola y él cortaron un año después de Nueva York. Tuvieron luego sus idas y venidas, pero no cuajó. Me dijo que me amaba, que se moriría amándome y que no volvería a hablarme jamás, le contó Fortu. ¿Y lo hizo?, preguntó ella. Sí, alguna vez nos hemos cruzado, contestó él, levanta el mentón, hace como que no me ve y cruza de acera. Supongo que me odia. Hay gente que necesita odiar para sentirse viva, importante para alguien. Ya, sonrió Claudita lo más dulce que pudo, de todas formas esa tía no te pegaba. Era una maruja camuflada. Para ese momento, la fiesta ya no les importaba y estaban anudados por los ojos. ¿Y tú...?, preguntó Fortunato. Y yo nada, respondió ella encerrando en ese nada una promesa de todo con él, para él. Y yo nada, pensó Claudita, callando los años de humillaciones, de sentirse estafada tras entregarse a un hombre, a muchos hombres, a críos que parecían hombres y a ancianos en el cuerpo de adolescentes, de canallas divertidos y algún tarado peligroso. De ganarse la fama de puta o de loca por no atarse a ninguno —pues son los hombres, ya sean aqueos de doradas grebas, actores o torneros fresadores, los que siguen acuñando las famas—, por no dejarse comprar, o que la siguieran estafando, pisando, anulando, por mandarlos a la mierda con más, menos o ningún cariño. ¿Y yo? ¡Y yo nada! Se besaron, se largaron juntos sin despedirse, con una urgencia que alimentaba lo pospuesto, lo deseado, olvidado y ahora recuperado. Vinieron al piso de Fortunato y se acostaron. Al acabar jadeantes, uno junto al otro, Claudita soltó un gracias a Dios, lleno de alivio, que hizo reír a Fortunato.

—¿Gracias a Dios?

—Sí, tenía miedo. Quería que me gustase mucho.

—¿Crees en Dios?

—¿Quién? ¿Yo? ¡No!

—Yo tampoco.

—Yo creo en Shakespeare.

—Eso está muy bien. Yo en la química del carbono.

A Claudita le gustó la voz profunda de Fortunato, que le resonaba como tambores telúricos entre los muslos y el estómago. Dos días de cama y charlas después, Claudita se mudó al piso de la calle Belén y no han vuelto a separarse desde entonces. Puede que no creyera en Dios, pero creía en el teatro y Fortunato apareció en su vida por segunda vez como un *deus ex machina*, para darle una resolución inesperada a la tragedia griega en que se estaba convirtiendo.

El cajón, la obra de Fortunato está ya ahí, al alcance de los dedos de Claudita. No hay cerradura, candado, no necesita una llave. Cualquier psicólogo, piensa Claudita frunciendo el ceño, me diría que la deja ahí, a mi alcance, porque quiere que la lea. ¡Porque necesita que la lea! Sí, y yo lo sé porque también, durante años, tuve mis buenas sesiones de terapia. Resulté ser, que no padecer, no hay nada malo o enfermo en ello, una variante de Tourette que confiere una dedicación minuciosa, obsesiva, a lo que le apasiona. Eso no puede ser una enfermedad, sino una maravillosa diferencia que me ayuda a separar el polvo de la paja. A dedicar toda mi capacidad a lo que amo, dejando de lado todo lo demás. A mi actriz y luego a mi amor. Cuántas veces sorprendí a Fortunato, sobre todo al principio, mirándome en silencio, escrutándome, con una expresión mezcla de fascinación y extrañeza.

—¿Por qué me miras así?

—Porque te amo.

—¿Y?

—Y porque intento comprender de dónde sale tu determinación, tu infatigable voluntad de ser feliz.

—Es mi carácter. ¿Preferirías que amara la tristeza?

—No, claro que no. Pero me sorprende tu capacidad de mantener esa voluntad día tras día. ¿Nunca te cansas?

—Es mi Tourette. Me permite concentrarme mucho en algo. La felicidad es una criatura y yo mimo a la mía. La sirvo sobre todas las cosas.

—Me encanta.

—Gracias, robustito.

Lo cierto es que Claudita misma se sorprendió de lo fácil que fue acompasar sus dos vidas. Por supuesto la cama ayudó, pero la cama, febril, ansiosa, festiva, descubridora y carnívora, dura lo que dura. Claro que tuvieron su buena dosis de sexo furtivo en lugares públicos y baños de garitos, con la urgencia de quienes se acaban de conocer, se desean y sienten que deben recuperar el tiempo perdido. Inevitablemente, aunque tras ocho años de convivencia aún se buscaran como bestias sorprendidas, la lujuria inicial, el celo permanente fue dejando sitio a otras formas de relación. El amante se fue convirtiendo en algo que Claudita, puede que sin saberlo, pero feliz de descubrirlo, no había creído tener antes: se transformó en compañero, en igual, en atento escucha y en dispuesto Pigmalión. Fortunato, mi guía. Nunca uno que impusiera, sino alguien que caminaba a su lado y ofrecía con la calma de quien tiene algo bueno. Y de pronto, recuerda Claudita, el mundo dejó de ser ruido y furia. O al menos, se dice, encontré un refugio ante el caos. Pronto desarrollaron esas bromas privadas que son el morse de las parejas. El humor sarcástico y, a veces, negro de él casaba a la perfección con la ferocidad alegre de ella. A Claudita le atraía la elegante distancia con la que Fortunato observaba a los demás, en todo opuesta al revolotear entre risas y dentelladas de ella. No era desprecio ni soberbia, era escéptico escrutinio. Pero no, lo que me hizo sentir a resguardo en una bahía profunda y calmada, piensa Claudita ya con los ojos clavados en el tirador del cajón, lo que me decidió casi sin yo darme cuenta a echar el ancla, fue el silencio. La quietud del alma, el silencio destilado del encaje perfecto entre dos personas, sin crujidos o la chatarra chirriante de las mentiras, de lo que se oculta para agradar al otro, para mostrarnos como pensamos que es más fácil que nos amen, aunque sea en contra de nuestra naturaleza. Fue como si dos corredores frenéticos apurando una recta de años entraran a la par, por fin, en la meta y fueran desacelerando juntos, calmando las respiraciones forzadas, los jadeos, sustituyendo la mueca desfigurada por el esfuerzo, por la relajación. Girando, ya al paso, sus cabezas para mirarse, reconocerse y sonreírse en silencio. Sintiendo que mucho de lo más bello que se da entre dos seres humanos, entre dos que se aman, ha de ser hecho en silencio. Sí, asiente Claudita mientras mueve la silla del escritorio y se sienta, nuestra complicidad la selló para siempre el poder estar en silencio juntos, cómodos, sin miedo. Sin necesidad de imponer nuestra presencia al otro. Nuestros silencios elegidos, profundos, que nada tienen que ver con los que callan rencores y reproches, dejando que se pudran en los corazones, impuestos por el odio y el hartazgo y que son la tumba del amor. Contigo descubrí que el silencio puede ser tan contagioso como la risa, un grito feliz del alma.

Claudita sabe que las cosas en la vida, estas carambolas, solo se dan cuando uno está listo para ellas. Si no, pueden pasar a tu lado y no verlas, apreciarlas o necesitarlas. Por supuesto que ella había pasado años, casi toda su vida, buscando lugares y personas donde no reinara el silencio. Donde la palabra o el grito ahogaran cualquier peligro de pensar, de quedarse a solas con ella misma. Pero con Fortunato todo cambió, ella ya era otra y él, sin duda, también. Porque nunca la trató como a una niña pequeña, ni la miró con soberbia. Al contrario, no pocas veces le confesó su admiración por su hambre atrasada por la cultura, el arte, por los libros. Sí, él la miraba con admiración, como a una igual que llegó tarde, pero con ganas, al mundo de la imaginación voraz, gracias a su epifanía vocacional en el Taller de la Pezzi. Pero es que luego, Fortu y ella habían caminado juntos por mundos inabarcables, ajenos a cualquier frontera, libres de cualquier muro gracias a un intercambio generoso de lecturas, viajes, teatro y cine, quizá desigual al principio, pero con el tiempo equilibrado por la vehemencia de Claudita. Por eso le ardía dentro que Fortunato no le compartiera su obra. Lo vivía como una falta de confianza, como una traición inesperada e inexplicable.

¡Sí! Cuántas horas podían pasar juntos, en silencio, leyendo. Porque Claudita, en paralelo a su propia, irregular y vocacional formación, y tras una muy variada vida sexual, había mutado en sapiosexual. Le excitaba la inteligencia de Fortunato.

—Me gusta verte leer, Fortu.

—Dos pasiones, leer y viajar, que en el fondo son la misma, eso es lo único bello que me dejó mi padre. Eso y unas plazas de garaje.

—No, tú eres lo más bello y bueno que dejó tu padre.

Claro que Claudita no se miente: Fortunato, aun a sus cincuenta años, le resultaba atractivo leyendo porque le resultaba atractivo haciendo casi cualquier cosa. Su quietud al leer porque le excitan sus andares, su olor. Su voz porque rompería algún mágico silencio, resonando en sus entrañas. Por eso, piensa Claudita mientras por fin saca del cajón la carpeta con la obra de Fortunato, porque me enseñaste que la lectura es antesala, heraldo, del silencio compartido que es el amor profundo, voy a leer tu puta obra. La voy a leer porque te amo. Porque yo no sabía quién era Max Brod hasta que, ante la estatua de Kafka en Praga, tú me lo contaste. Porque si me gusta, y de lo mío entiendo, te lo aseguro, yo seré tu Max Brod y me voy a encargar de que lo que escribas no arda en el olvido, en el secreto, me voy a encargar de que lo lean otros, los que tienen el poder de llevarla a un escenario. ¿Quién sabe? Quizá mi sitio en la historia sea ese, yo ser tu Brod y tú mi Kafka.

Y así, sin encomendarse ni a Dios ni al diablo, en los que ya sabemos que no creía, en el silencio respetuoso del piso vacío, Claudita abrió la carpeta, sacó un taco de folios impresos y llenos de tachaduras y empezó a leer *Historia para conejos*.

14

Historias de amor son todos los crímenes y no hay acto, por abyecto que sea, sin justificación amorosa.

FÉLIX DE AZÚA, *Salidas de tono*

Claudita abrió los ojos y oyó a Fortunato roncando a su lado. La luz dibujaba rayas grises en la penumbra. Miró al techo, sin moverse, mientras con el despertar le volvían, como una tropa atropellada, imágenes de fachas y rojos, de Vírgenes, niños balones y enanos rijosos con orejas de conejo. Fortunato y sus enanos, pensó, de verdad le preocupan que se extingan, al menos en el Primer Mundo. Con todas las pruebas que te puedes hacer ahora, ¿quién va a querer parir un enano? La mente de Claudita voló en concatenaciones sinápticas y de pronto vio enanos felices en alguna selva profunda, ignota, tan escasos y en peligro como los gorilas de lomo plateado o los orangutanes de Borneo. Cerró con fuerza los ojos para cerrar esa esclusa y reconducir su memoria al cauce apropiado. Me gustó la obra. ¿Me gustó? Sí, me gustó, claro que hay que meterle trabajo, verla a través de un director de talento. Pero me gustó. ¿De verdad? ¿O es mi amor el que suspende mi juicio? ¡No, coño, me gustó! Es un primer borrador...

Es..., es divertida. Bueno, divertida a lo mejor no es la definición... ¡Cómo roncas, Fortu, condenado! No, soy una buena actriz, tengo criterio. ¡Me he pasado años formándome para tener criterio artístico! La obra sin duda puede mejorar, mejorará con trabajo, pero es contundente, teatro de denuncia, con mensaje. Y ese juego escénico, ese vodevil tiene su punto canalla... ¡Teatro político con un punto canalla, divertido! Y con su toque poético... ¡Ay, mi Fortu, qué sensibilidad! Puede ser comercial, funcionar, sin ser malo. Hay algo muy Brecht, pero también algo barroco, algo muy nuestro, muy Paco Nieva. Y son pocos personajes, eso siempre ayuda, abarata costes. Sí, ¡sí!, me gustó mucho. No me la podía sacar de la cabeza... ¡Y yo hago la Virgen esa de todas las Españas como hay Dios! ¡Claro que me gustó, me la leí dos veces antes de quedarme frita con la tele de fondo! ¡Eso es, nada de minimalismo, audiovisuales potentes, escenografía rompedora, mucho juego, mucho entrar y salir! El texto tiene ritmo. Hay imágenes increíbles... Andrés..., Andrés Lima sería la hostia para esta obra. Pero claro, cualquiera le convence, él está a sus cosas. Hombre, en aquel taller que hicimos trabajamos muy bien juntos. Pero luego nunca me ha llamado para ninguno de sus montajes... ¡Hay que intentarlo! El no ya lo tengo. Quizá a través de alguno de Animalario... Lima y en el Teatro del Barrio, la obra es muy ese rollo, política, combativa... ¡Hay que programarla en un teatro con un público fiel, de ese corte, que esté dispuesto a ponerse unas orejas de conejo y llevarlas hasta el final... ¡Me encantó el final, qué catarsis! ¡Ay, Fortu, me has sorprendido, joder con el escéptico, con el descreído! O en el Valle-Inclán, más teatro, claro que es del CDN... ¡Para mí la Virgen, eso lo sabe Margarita Xirgu que está en la gloria! Cómo duerme el cabrón, ¿por qué no podré yo dormir así? Claudita mira con ternura el corpachón de Fortunato, desnudo sobre el edredón, y sale de debajo de este con cuidado de no despertarlo y uniformada con un pijama entero y calcetinitos de topos rosas. Camina en silencio hacia el baño. Mientras orina sigue ordenando una agenda mental, ¿a quién le llevo yo esto? Lima no va a querer ni leerla. No. Hay otros. Cuando empezó a mover el cepillo eléctrico contra sus dientes ya se le había caído media nómina del teatro más alternativo español, los del comercial ni considerarlos. No es un texto fácil, y que Fortu se niegue a mostrarlo tampoco ayuda, claro. ¡Qué cabezón! ¡Nadie escribe solo para sí mismo! Eso es una gilipollez. Pobre, piensa Claudita mientras se enjuaga la boca, se debe sentir inseguro. ¡Ay, robustito, si es que ni tú puedes con todo, hombretón! Tengo que hacerlo a espaldas suyas, sin que se entere. Llevarme esos folios, fotocopiarlos y devolver el original a la carpeta, al cajón. Sí, así tendría tiempo para pensar a quién enseñárselo, leerlo con esa persona, con calma, y si no le gusta, Fortunato nunca sufriría con la negativa porque no sabría nada. Él no es actor, no está acostumbrado a que le digan que no casi siempre. ¡Que es que hay que saber vivir con eso!

Se hizo un té, una tostada con aguacate, aceite y tomate seco siciliano, y se la comió con los ojos muy abiertos, fijos en la nada, que es como las actrices ponen los ojos cuando piensan y comen a la vez. Alberto Riva, sí, Alberto también tiene su sello. Hace cosas arriesgadas, a veces se estrella, pero... Y le gustan los textos combativos, políticos. Alberto Riva. Director y actor. Sí, él sí me ha llamado para trabajar. En realidad, me ha llamado tantas veces. Le costó años dejar de hacerlo. Entender. Le gustan los textos combativos y las actrices guapas, le gusto yo. Todavía me desnuda con la vista cuando coincidimos y cree que no le veo. Es un vanidoso, tiene talento, sí, pero es vanidoso. Con el último bocado de tostada y los ojos aún muy abiertos, Claudita se dijo que si hacía falta tirar de coquetería con Alberto para conseguir que se leyera la obra, lo haría. Luego cerró por fin los ojos y, mientras tragaba, se preguntó si también se lo follaría si hacía falta para que montase la obra y con ella de Virgen. Una cosa llevó a la otra y, primero, recordó la última vez que se acostaron juntos, antes de que reapareciera Fortunato. El tiempo no había embellecido el recuerdo de un polvo muy mediocre, de una relación corta y sorprendentemente aburrida. Pero mientras llenaba el depósito de la cafetera con un par de cucharadas de café de comercio justo y orgánico, el dilema seguía allí: ¿le engañaría por ayudar a su obra? ¿La fidelidad está sobrevalorada? No, en absoluto, la fidelidad es lo único que nos mantiene en pie en mitad de la tormenta, es la que nos salva y, pensó también Claudita con un prurito de satisfacción, la que nos hace distintos, mejores. Es lo que le digo siempre a Fortu, hay gente que vive toda una vida sin encontrar el amor, sin encontrar lo que tenemos nosotros. Defendámoslo de las envidias de los demás, de las personas que nos follarían simplemente por el gusto de manchar lo que no tienen, de destruirnos. Defendámoslo de nosotros, de nuestras dudas, del cansancio. ¿Me follaría a Alberto? ¡La que sin duda está sobrevalorada es la infidelidad! Su memoria saltó a un recuerdo de sus inicios, cuando aún estudiaba interpretación y ya la comían las ansias de trabajar. Una noche, en un bar de Santa Ana, ligó con un actor conocido, un tipo ya de cuarenta años con mucho oficio a la espalda. A la actriz veinteañera le excitaba el galán maduro, el intérprete con experiencia. Se fueron a casa de él, se acostaron y al acabar fue ella la que le preguntó al hombre si lo había pasado bien. El tipo sonrió jadeante y dijo que sí, y que era muy hermosa, muy bella. Claudita le hizo entonces una oferta. Podrás tener esto siempre que quieras, si me ayudas. Se oyó a sí misma decir eso y, de inmediato, sintió el hedor incómodo del error, de la estupidez, del ridículo. Unos segundos eternos de silencio. ¿Y cómo quieres que te ayude?, preguntó él por fin, sin extrañeza, enfado o lujuria anticipada. No es la primera vez que le pasa, recuerda haber pensado Claudita. ¿Cómo quieres que te ayude? No sé, contestó ella dándose cuenta de que realmente no lo sabía y que esa oferta había sido una ocurrencia en un momento de ternura de aquel hombre; no lo sé, improvisó, me puedes presentar gente, llevarme a estrenos, aconsejarme... Él asintió, se quitó el condón, lo envolvió en un kleenex que dejó en la mesilla, se levantó y se sentó en una butaca frente a la cama, como una dignidad que en nada contradecía su polla ya deshinchada y goteante. Sí, le dijo a Claudita, te voy a dar un consejo antes de que te vistas y te vayas... ¿Estás...? No, no estoy enfadado, de verdad, y lo que te voy a decir es con todo el cariño. No te creas eso de las actrices que consiguen buenos papeles follándose gente. No funciona así. Ninguna actriz de las buenas, de las que han triunfado, han hecho eso... ¡Ya, seguro!, interrumpió la muchacha insolente, revolviéndose contra lo que no quiere oír, sintiendo ya el calor de una vergüenza profunda recorriéndola por dentro.

—¿Eres buena actriz? Sé honesta contigo. Que me mientas a mí no tiene importancia, pero sé honesta contigo.

—Sí, soy buena. Seré una buena actriz.

—Entonces no tengas tanta prisa, no te sirve ese atajo. Claro que hay tíos que se aprovechan de su posición, que prometen esto y lo otro, y chicas que tragan, engañadas o no. Pero eso es una vía muerta. Ese tren puede parecer ir deprisa, pero acaba siempre parado, olvidado en un apeadero. No, las buenas de verdad no caen en esa trampa.

—Yo pensé que muchas... Que algunas lo habían conseguido así.

—No voy a discutir, yo te doy mi opinión y tú toma lo que te sirva. Levantar una obra es muy caro, y mucho más una película o una serie. Nadie confía en una desconocida porque la chupe muy bien. Nadie. Yo podría presentarte a productores y seguro que muchos se acostarán contigo y te presentarán a otros que lo harán, todos conocerán tu nombre, serás muy popular durante un tiempo. Se pasarán tu número, pero no hablarán de ti como actriz sino como puta. Follarás mucho, irás a estrenos, a fiestas, te drogarás, pero no trabajarás o lo harás en cosas que no merecen la pena. Me has contado que estás estudiando. Es lo que debes hacer, prepararte, estar lista por si surge la oportunidad y hacerlo lo mejor que puedas. Confía en tu talento, no en tu belleza. Y sé honesta contigo misma, si no tienes talento no te engañes y no tires el dinero. Aquí se desprecia al que triunfa, al que sobresale y, sobre todo, al que se siente libre. Cuarenta años de dictadura, de servilismo, de mediocridad, han dejado eso, un montón de lacayos que odian lo que no entienden, que detestan cualquier brillo porque ilumina sus carencias. Por eso aquí, cualquier artista es un golfo, uno que vive del cuento. Todas las actrices putas y todos los actores maricones. No se puede luchar contra eso, los prejuicios nunca nacen de la razón, nacen de la ignorancia más sentimental y orgullosa. Pero tú, niña, si de verdad quieres ser actriz, no puedes colaborar así con el enemigo. En esta profesión no hay atajos, o tienes talento o no lo tienes. Talento y coraje.

La mirada del hombre se había vuelto escéptica, a tono con su discurso. No quedaba nada sexual en ella. Tampoco ternura.

—No me crees, ¿verdad?

—Me gustaría —contestó Claudita, con sus juveniles prejuicios bien arraigados en las entrañas. Al fin y al cabo, su experiencia de la vida, para bien o para mal, estaba marcada por el sexo, por el deseo ajeno y el propio—. Me gustaría creerte. Necesito creerte. Pensar que las cosas pueden ser así. Justas.

—Las cosas son como son. Eso pocas veces tiene que ver con lo que es justo. Ahora vete.

—¿Me llamarás?

—No.

La llamó, claro que la volvió a llamar. Se acostaron varias veces más, hasta que Claudita se aburrió de él. Nunca la llevó a un estreno ni la presentó a nadie.

El borboteo del café la devolvió al presente. Quitó la cafetera del fuego. ¿Perderé a Fortunato por no aceptar la distancia entre mis ilusiones y sus deseos? ¿Acaso no soy ya infiel por ocultarle mis planes, con solo pensarlos? ¿Me perdonaría la traición? Quizá, si enseño su obra ya no haya vuelta atrás. ¿Merece la pena? ¿Por qué me atrevo yo a interpretar sus palabras como otra cosa que lo que dicen, a mostrar a alguien lo que él quiere solo para sí? De pronto sintió que esos miedos llevaban a otros. ¿Es realmente serle infiel? Nunca quise renunciar a la libertad de desear a otras personas, hombres y mujeres, porque me habría sentido presa y los presos tienen la obligación de intentar escapar. Pero también es verdad que nunca, en estos ocho años, deseé a nadie, ni sentí que renunciaba a nada. Te amo, Fortunato, te amo. Entonces ¿por qué me asusto? ¿De verdad te conozco? Claudita pensó que, a lo peor, el amor que se tenían no era sino la comodidad que les generaba esa situación y que nunca lo habían puesto realmente a prueba. Vivimos juntos, nos llevamos bien, ninguno es una carga económica para el otro, respetamos el espacio del otro, seguimos follando y nos divierten, o eso creo, las mismas cosas... ¿Por qué temo tu reacción? Claudita camina en silencio hacia la puerta del dormitorio y observa a Fortunato, aún dormido y con una hermosa erección matutina señalando al techo. ¿Te conozco tanto como creo? ¿Quién eres, Fortunato, que no estoy segura de lo que harás?

Claudita suspira, teme arriesgar lo que tiene, ¡se entienden tan bien! Ninguno de los dos quiere hijos. No tuvieron padres o madres ejemplares, no tuvieron primos, tíos —bueno, ella sí para su desgracia—, nunca tuvieron esa red de seguridades y servidumbre, de renuncias y aceptaciones en nombre de la sangre oscura, la que corre más profunda. Fortunato le dijo una vez que ya había demasiada gente en el mundo, para qué traer más y condenarla, sin su consentimiento, a la angustia de enfermar, de envejecer, de morir. A la locura. Y Claudita se rio y le llamó melodramático, pero asintió porque ella es de esas mujeres que no necesitan ser madres para cumplir el mandato ajeno. Los dos viven bien, se dedican a lo que les gusta, se dedican a ellos mismos.

—Claudita, yo no quiero tener hijos para darles lo que yo no tuve. Prefiero dártelo a ti. No quiero tener hijos para que haya alguien como yo, ni para comprar compañía, misericordia, en mis últimos días. Yo decidiré cuándo irme, y eso se hace mejor solo.

—Y yo contigo —contestó Claudita sinceramente emocionada, decidir el mutis sin herir a nadie es el acto de libertad definitivo.

—Sea. Juntos. Sin dramas ni culpas.

Fortunato y ella vivían cómodamente y no ven la necesidad de meter más gente en ese perfecto equilibrio.

Además, Claudita nunca ha sentido el cacareado reloj biológico maternal que asegura la continuidad de la especie, tópico fomentado desde los gobiernos tras cada carnicería para disponer de la necesaria carne de cañón para la siguiente, así como de esclavos y mucamas para las élites. Compartía con Fortunato la idea de que el mundo era una mierda, injusto, cruel, mayormente por culpa de esa especie que se supone que la mujer tiene que perpetuar para ser una persona completa, realizada. Sí, el mundo es espantoso, ¿por qué condenar a nadie a vivir en él? Los padres son verdugos egoístas que, con los años, demandan el amor y el perdón de sus víctimas. Esa es la base del negocio de psicólogos, tarotistas, terapeutas, camellos y estrelleros. Claro que, si bien estaban de acuerdo en el diagnóstico, enfrentaban esa penosa realidad del mundo con alguna diferencia. Lo que en Fortunato era cada vez más una soledad escogida, un quevedesco retirado en la paz de estos desiertos, con pocos pero doctos libros juntos y ahí os las den todas, en Claudita era rebelión por la belleza, por el arte, por plantar algo bello en este erial, como esos cultivos protegidos con cercos de piedras en medio de un desierto, en las laderas negras y volcánicas. Mis hijos serán las palabras y emociones que levante en el escenario; la emoción y lo bueno que provoquen en algunos, mi herencia. Porque yo no me rindo, porque si me detengo me muero. Por eso me ha emocionado tanto leer tu obra, Fortu, por esa sensibilidad callada que es hija y madre del arte.

Y de pronto, los recuerdos de esta mayéutica psicótica se detuvieron y una ola de amor, de calor sincero, llenó el pecho de Claudita y le mojó los ojos. Miró la polla de su hombre, dura, el glande hinchado, helénico, y tomó una decisión. Caminó hasta el salón, abrió su portátil y lo encendió. Buscó en sus listas de música y encontró una de las bossas favoritas de Fortunato, *Chega de saudade*. Le dio al play y los primeros acordes de la canción se extendieron con suavidad, casi con amabilidad por la habitación. Claudita regresó al dormitorio envuelta en música y olor a café recién hecho, se colocó despacio entre las piernas de Fortunato y engulló golosa su polla, despacio, lamiéndola mientras le masturbaba con una mano lenta pero firme. Fortunato dejó de roncar, gimió y tensó las ingles, despegando el culo de la cama y alzando las caderas hacia su boca.

> *Chega de saudade*
> *A realidade é que sem ela não há paz*
> *Não há beleza*
> *É só tristeza e a melancolia*
> *Que não sai de mim, não sai de mim, não sai...*

La rigidez en las piernas de Fortunato y los latidos de su polla avisaron a Claudita de que iba a correrse en su boca, así que aumentó el ritmo y la presión de su mano, y apretó con los labios y la lengua.

Mas se ela voltar, se ela voltar
Que coisa linda, que coisa louca
Pois há menos peixinhos a nadar no mar
Do que os beijinhos que eu darei na sua boca...

El semen de Fortunato llegó en salvas, caliente, denso. Claudita lo tragó y finalmente limpió con la lengua la última gota. Luego subió por el cuerpo de su hombre, intentando fundir su piel con la de él, sintiendo al hacerlo la diferencia de tamaño y de texturas, los resortes y la fuerza que aún encerraba el cuerpo de su amado. Al llegar hasta sus ojos se sumergió en ellos, como si lo hiciera en dos cenotes verdes, tratando de nadar hasta la mente de Fortunato. De encontrar ahí, como ofrendas mezcladas con esqueletos, las respuestas a las preguntas que se había hecho antes. Pero ni en los ojos ni en el silencio encontró respuestas. Sintió vértigo por lo que iba a hacer y dulzura por ese hombre.

—A veces me gustaría tener yo también una polla y follarte —dice Claudita tras besarle—. Te follaría hasta matarte.

—¿Me estás amenazando?

—No, hombretón, te estoy tentando —y me estoy escondiendo tras la fiera que te gusta, piensa Claudita.

—Hay arneses, cosas de goma...

—¡No, no, no, me gustaría tener una polla mía para follarte! —lo que me gustaría, piensa Claudita, es poder entrar dentro de ti tan hasta dentro que fuéramos uno, sin secretos, sin sorpresas. ¿Qué voy a hacer, Fortunato, qué voy a hacernos?

—¡Ah! ¿Te gustaría ser un tío?

—Nada de eso. Me gustaría ser yo con una polla.

—Ya...

—¡Le pondría nombre! —ríe, salta de la cama y se mete a caderazos en unos vaqueros ajustados. Una camiseta, un golpe de melena y ya está vestida como a él le gusta, Fortu, ¡qué noventas eres!—. Todos los tíos le ponéis nombre a vuestra polla.

—Sí.

—¿Por qué?

—No nos gusta que un desconocido nos mande.

—¿Eso es un chiste?

—Malo —concede Fortunato.

—¿Os hace sentir menos solos? —insiste ella con curiosidad sincera.

—Puede. No lo había pensado.

—Hay algo tan infantil en vosotros. Un tipo de cincuenta años llamando Manolito a su pene. Tenéis que sentir mucho terror, mucha soledad. ¡Pobrecitos!

—Crecer es solo tomar conciencia del abismo, asomarte.

—¡Pues cuidado que Manolito no te arrastre al vacío! Pero tienes razón, todo es ridículo. Nada tiene sentido. ¡Mola!

—Nosotros tenemos todo el sentido del mundo, Claudita.

—¡Sí, nosotros sí!

—¿Te vas ya?

—Sí, tengo ensayo con el compañero del seminario. Esta tarde pasamos escena. Deséame suerte.

—¿Chéjov?

—¡Claro, siempre Chéjov! Y su poquito de Strindberg.

—Ya. Y no te deseo suerte. No te hace falta. Tienes talento.

Claudita sale del dormitorio, agarra su mochila con los textos, libros, ropa de ensayo y, con rapidez, con culpa, guarda en ella también la carpeta con la obra de Fortunato. El manuscrito está lleno de tachaduras, ¡qué más da!, si no fuera tan cabezón podría pedirle que lo pasara a limpio, pero no querrá. ¡Será una sorpresa!

Hace tiempo que no le he visto escribir o releerla, con un poco de suerte no lo hará hoy, podré hacer una copia y devolverla al cajón antes de que la eche de menos. Una voz, tenue, le susurra que está a punto de cometer un gran error, pero Claudita la acalla con una decisión física que se traduce en un sonoro portazo. Ella que nunca ha sentido la tentación de serle infiel, de engañarle con alguien solo para encontrarse en una aventura con el tedio y los reproches que no tenía junto a Fortunato. Incapaz de esperar al ascensor, baja a saltos las escaleras hacia la calle, degustando la decisión que ha tomado y el sabor metálico del miedo a arriesgar, a perder. Como buena actriz, que lo es, se siente a gusto en la tragedia, recorriendo el camino del héroe y viviendo giros de guion.

15

La misma reverencia, o asombro, que el culto siente por el hombre de genio, lo siente el inculto por el criminal.

HAVELOCK ELLIS, *The Criminal*

El vehículo estaba aparcado junto a un muro, en una zona no muy iluminada del estacionamiento. El material médico en una mochila, en el maletero del coche, según lo convenido. Fortunato la agarró, entró en el coche y comprobó por los espejos que no había nadie a la vista. Entonces sacó un bigote falso pero muy bien tejido sobre tul, un botecito con *mastix*, el pegamento para piel que usan los maquilladores de cine, lo aplicó con el pincelito sobre los labios, esperó a que secara un poco y se colocó el bigote tal como había aprendido en aquel curso de maquillaje con Claudita. Se miró en el retrovisor y se sintió satisfecho. Luego sacó un peluquín. Uno muy caro para evitar el efecto Caramelos Paco, a juego con el color del bigote, y se lo colocó con mucho cuidado. El resultado también le satisfizo. El último toque fueron unas elegantes gafas de pasta.

Arrancó y condujo desde Quintana hasta la Carrera de San Jerónimo. Fortunato también había elegido el parking de origen, calculando una distancia suficiente y siempre con la po-

sibilidad de acceder a la M-30 para aplicar medidas de contravigilancia parecidas a las que tomaba en sus paseos a la oficina
de Fernández: giros, vueltas a la manzana, detenciones en
doble fila sin señalizar la maniobra, identificación de coches
por colores y tamaños. Fortunato aprendió mucho de este
tipo de maniobras en sus particulares años del plomo en el
Madrid de finales de los ochenta y primeros noventa, cuando
vivía por la noche y no eras nadie si no llevabas coca en el
bolsillo. Sí, recuerda Fortunato mientras hace un giro sin señalizar, suave pero lo suficientemente rápido para obligar a
una maniobra delatora a cualquiera que le siga, Fernández me
enseñó cosas, pero ya venía yo muy entrenado de cuando re-
cogíamos el Galleto y yo en Canillas a esos tíos de Burgos que
bajaban a por unos kilos. Los paseábamos un buen rato antes
de llevarlos al local de Doctor Esquerdo. Fortunato sonríe al
recordar la ronquera crónica del Galleto, pólipos trabajados a
base de cubatas, Winstons y empalmes de varios días.

—Nada, Fortu, colega. Nos hacemos punteros.

—¿Qué?

—Punteros. Conocemos gente que quiere y gente que tiene buen perico y en cantidad. Los conectamos. Hacemos el
pase y nos llevamos dos puntos por kilo.

—¿Cuánto es un punto?

—Cien talegos. Cincuenta *pa* ti, cincuenta *pa* mí, por cada
melón.

Por aquella época, se reconoce ahora Fortunato mientras
espera que se abra el semáforo, su padre ya había muerto.
Estaba solo, furioso y solo, ¡la puta culpa!

—Vale, Galleto, pero solo conectamos a la gente. No toca-
mos el perico.

—¡Claro, claro! ¡Tronco, que todo dios se atiza y yo estoy
hasta la polla de no ver un pavo! ¡Si me pagaran por cada negocio que me ofrecen en un cuarto de baño, el Bill Gates ese a
mi lado sería el Carpanta!

—Ya te digo, Galleto. Lo hacemos, pero sin tocar nada. Que hay mucho bocas.

Y al principio fue así. Recogían a los tipos en un punto, los llevaban a otro dándoles una buena vuelta hasta la coca. A partir de ahí, el Galleto y él esperaban en una cervecería y al rato aparecía un tipo con un par de bolsas de El Corte Inglés con fajos de billetes de mil, dos mil y cinco mil. Por supuesto allí todo funcionaba en base a la confianza y el Galleto y él solo sabían cuántos kilos, nunca menos de diez, se habían llevado los de Burgos por las pesetas que había en cada bolsa. De pronto Fortunato empezó a acumular bolsas con dinero bajo la cama, a comprarse ropa en Ekseption, dormir de día, hacer *full contact* y pesas por la tarde y vivir de noche entre el Cielo de Pachá, la barra de las putas de Joy y los prives de Kapital, donde se estabulaban los nuevos pijos malotes que en breve se repartirían la noche de la ciudad. Eran los primeros años de los Miami, los de verdad, luego vendrían iraníes y porteros búlgaros. Todos tomando posiciones en las noches blancas de Madrid, antes de que en cada *after*, desde Attica al Backstage, hubiera una plaga de idiotas enzarpados diciendo que eran miamis. Empezó a conocer tíos que conocían a tíos que querían conocer a otros tíos, siempre con el Galleto al lado.

—Fortu, ¿tú sabes lo que dijo Buda? ¿Lo primero que dijo cuando despertó tras estar meditando doscientos años?

—No.

—¡El perico no es ni bueno ni malo! ¡Es el que hay!

Claro que, recuerda Fortu mientras entra en el parking de la Carrera de San Jerónimo, él nunca acabó de encajar en ese ambiente, en ese terrario lleno de hormigas carnívoras que estudiaba con curiosidad de entomólogo. Las noches eran eternas y repetitivas, pues es el rito lo que calma y ordena a los adictos. Las bajonas y las resacas también empezaron a encadenarse, horas de comer techo y ver en bucle la teletienda para no pensar que me moría. Diazepam para bajar y aspirina y una sonrisa eginética fijada en la cara, dolorosa, para evitar el infarto. Nadie muere del corazón mientras sonríe, se decía Fortunato. Entonces, para salvarse, compraba libros, que sumaba a la inagotable librería que le dejó su padre, que en un gesto de dignidad en su derrota nunca malvendió en almonedas, libreros de viejo o traperos. Y películas en VHS, veía muchas. La lectura voraz, el visionado de películas clásicas o de arte y ensayo, su peregrinar al Prado, eran su manera de gritarse a sí mismo que él controlaba, que él no era como todos los empericados con los que pasaba la mayoría del tiempo, que era mucho más de uno y que, al menos, un Fortunato salvaría siempre al otro. Todo ese saber que acaparaba febril era su manera de engañarse, su mentira de adicto para seguir poniéndose. Se escapaba llevando ligues de un par de noches de finde a París, a La Coupole o el Café de Flore, buscando entre los *croissants* al espectro de Camus para que me dijera a la cara el porqué de su angustia. De compras a Londres, a Camden, o a comer pasta al Trastévere. Y la vida iba muy deprisa porque, en realidad, estaba inmóvil.

Mientras baja por la rampa Fortunato recuerda también que si el Galleto lo metió en esas historias, le enseñó lo que era ser un puntero y al principio todo eran risas, dinero fácil y desfase, fue también el Galleto quien empezó a convertir aquello en otra cosa. Un día no bastó con guiar a unos tíos hasta los paquetes.

—Hoy hacemos nosotros el pase. Nos dan más.

Y así, el recuerdo hace a Fortunato negar con la cabeza, se vio un día metido con cuatro tíos que no conocía en un local. El Galleto y él solos con diez ladrillos de perico en una mesa. La cosa se puso tensa enseguida. Uno de los tíos, que venía muy puesto, sacó un machete de monte y lo dejó sobre la mesa también.

—Y si nos lo llevamos todo sin pagar, ¿qué?

—Hombre, tranqui, que ya sabes que esto tiene dueño y estamos aquí para hacer negoc...

—No salís de aquí vivos. —Fue la calma con que lo dijo. Se hizo un silencio eterno hasta que otro de los tíos, el que llevaba la voz cantante, le miró inexpresivo, a los ojos, y con un gesto hizo que el idiota del machete lo guardase.

El intercambio se hizo sin problemas. Luego, a solas, el Galleto le felicitó y le dijo que lo había acojonado hasta a él.

—Pero ¿qué hubieras hecho? ¿Vas calzado?

—No, Galleto, no llevo armas.

—¿Entonces?

—Esos tíos eran unos mierdas.

—Vaya careto de asesino que has puesto, tronco.

—Ya.

—¡Joder, Fortu, eres un máquina! ¡Si es que eres un hombre del Renacimiento, colega, lo mismo escribes un soneto que arrancas cabezas de una hostia! ¿Que no?

—Ya te digo.

El Galleto ya le había visto repartir estopa alguna vez, por eso también lo llevaba con él en sus movidas. Fortu era un mal cliente como contrincante. Era fuerte, era frío y sabía dónde y cómo pegar para hacer daño, golpear al hígado, el plexo o las costillas para sacar el aire y no dejar marcas. En las rodillas para derribar. En la tráquea y los ojos para inutilizar. Sabía que el codo es más duro que los nudillos, cómo luxar cualquier articulación y que el dolor de llevar un dedo contra su movimiento natural basta para reducir a cualquiera. Sabía leer simplemente por la posición de sus pies si alguien sabía pelear, si era peligroso o si solo era un payaso gritón. Sí, porque Fortunato tenía una historia íntima con la violencia. Durante un tiempo Fortunato tuvo la nariz blanca, la mecha corta y la mano suelta. Fue uno más en ese mundo de malotes, algunos del pozo de la delincuencia común pero la mayoría niños mal de casas bien, hijos torcidos de buenas familias de derechas, algún hermano pequeño de policías torturadores. Fachas que habían pasado de pintar «Zona Nacional» en sus barrios y dar cadenazos a los melenudos, a traficar en una España oficialmente feliz y con ganas de fiesta. Criados entre un sentimiento de impunidad clasista y el par de hostias a tiempo como método pedagógico, florecían ahora como gente peligrosa, musculada a fuerza de chutes de esteroides, artes marciales y pesas, entrenada en la violencia y con ganas de aplicarla, a veces simplemente para practicar lo que ejercitaban con algún *pringao*. Ahondó en el fango donde se arrastraban criaturas deformes, corrompidas, mezclándose gustoso con ellas, llamándolos hermanos. Al principio de cada noche blanca todo eran risas, urgencia por esa primera raya que tranquilizaba, malotes y chicas monas, tipos dispuestos a invitar y dejarse invitar, bellezas comebolsas que te la chupaban o se dejaban follar en baños y privados. Pero según pasaban las horas las criaturas perdían los modales, sus cuerpos se tornaban monstruosos y sus voces discos rayados y monotemáticos. A partir de una hora solo importaba meterse más tiros, solo importaba quién los pondría. Todo era coca, todo era sobre la coca, el perico, la zurra, la leña, el barniz, los boquerones, las lonchas... Y cualquiera que se acercara y no estuviera en lo mismo, salía expelido como por un campo de fuerza oscura, cruel, hacia las tinieblas exteriores, mientras el círculo de los creyentes se hacía más y más pequeño con el paso de las horas. Desaparecía la gente divertida y solo quedaban ansiosos y violentos con agujeros negros por pupilas y mandíbulas esquinadas. Pero Fortunato se tomó esos años como una manera de ser libre, sintiendo que cada vez que atravesaba las llamas del infierno, que cruzaba las brasas cocainómanas, propias y ajenas, añadía una capa de duro esmalte a su por entonces anhelado malditismo. A falta de putas tísicas y absenta, se creyó Baudelaire entre poligoneras, rayas, camellos ciclados y porteros búlgaros de triple cogote. Camuflado con pocas palabras y largos silencios, investido de fuerza y de misterio allí donde reinaba la verborrea, Fortunato recorrió los círculos del infierno como cuando el inglés Burton se adentró en La Meca disfrazado de peregrino afgano. Si esto va de monstruos y viciosos, se decía, ¡sea yo el peor de todos! Criaturas de noches interminables que acaban en una encerrona en casa de alguno o en el *office* de los *afters*, el sanctasanctórum donde solo entraban los iniciados, nunca los pobres imbéciles que pagaban por sus copas y sus rayas. Encerronas donde a la Once, la novia del Galleto, había que ponerle un dedo apoyado al principio de las rayas para que las viera, supiera dónde poner el turulo y se las metiera como un oso hormiguero. La Once se llamaba Mari, pero nadie la llamaba así. No veía nada, era tan cegata que tenía que usar gafas de esas de culo de vaso, pero nunca se las ponía por coquetería, así que se quedaba para vender cupones. El Galleto la amaba y la fue tuneando, pagándole operaciones: primero, la nariz; luego le puso un buen par de tetas. Le arregló los dientes y finalmente le pagó la operación láser de los ojos. El Galleto era un tío francamente feo, así que la Once lo abandonó en cuanto lo pudo ver bien. Le rompió el corazón.

—Fortu, tío, lo que más me jode es lo de las tetas. ¡No veas qué bonitas, menudo pastón!

En los descensos al abismo por los toboganes blancos infinitos, cuando la juventud embellecía la adicción, Fortu tuvo sus encuentros con bellas comebolsas, pijas amacarradas, marginales de extrarradio, gitanos de poblado y seres fantásticos como la Maga. La conoció una noche en el Cielo de Pachá. La vio sentada sola, una cara preciosa enmarcada por una melena rubia partida al medio, rematando un cuello largo, elegante, que le pareció el de Nefertiti, recto entre dos perfectas clavículas y unos hombros dorados, y sobre dos pechos llenos y rematados en punta hacia el cielo, tragándose glotones un collar étnico, perfectamente imaginables bajo el ancho escote y fino algodón blanco de una túnica *adlib*. Fortunato se sentó a su lado. Se presentó y a ella le hizo gracia el nombre.

—¿Y tú cómo te llamas?

—Soy la Maga.

—¡Ah!, ¿por *Rayuela*? ¿La has leído?

—No. Me lo dicen a veces, lo de esa novela. Acabaré leyéndola.

—Te gustará.

—Me gustan más las pelis.

—¿Y entonces la Maga por qué?

—Pues porque hago magia.

Para ese momento Fortunato ya estaba enamorado. Era una chica realmente preciosa, pero con algo misterioso, un brillo extraño en los ojos. Siguieron hablando. Ella no quiso bailar en ningún momento. Fortunato le ofreció meterse unas rayas. La Maga dijo que allí no. Fortunato entendió aquello como una invitación a estar solos para desfasar. La besó. Sin prisas, sin brusquedad, recorriendo con los suyos sus labios, esperando hasta que ella lo invitara con su lengua, acariciándola con la suya cuando lo hizo. Bésala despacio, se dijo Fortunato, demuéstrale que no tienes prisa, que no la tendrás con ella. Que su placer será tu placer, que...

—¿Nos vamos a tu casa? —preguntó la Maga tras sacarle la lengua de la boca—. Quiero esas rayas y quiero follar.

Ante tan romántica requisitoria, Fortunato sonrió, dijo que claro que sí y se puso en pie. Fue entonces cuando la Maga también lo hizo y Fortunato vio que se tambaleaba de lado a lado, como buscando un punto de equilibrio. La Maga tenía una pierna bastante más corta que la otra y eso lo compensaba con una bonita sandalia de cuero a la que había añadido un taco de corcho de unos diez centímetros. Algún mono se le debió colgar de la cara, porque la Maga sonrió, le dijo que tranquilo, que le solía pasar y que no se preocupara, que ella hacía magia. Entre las rayas que ya llevaba encima Fortunato, lo guapa que era, las ganas que tenía de meterse más y la promesa de un acto de magia, Fortunato se dijo que al diablo, le dio la mano y salieron de allí juntos.

Ya en la casa, Fortunato asistió a un acto de ilusionismo y a un hecho, en efecto, bastante mágico. La Maga resultó ser una experta en desapariciones, hizo desaparecer las rayas a una velocidad inverosímil. Pero el acto de magia principal se reveló cuando tras un violento magreo, definitivamente ella tenía más prisas que él, pensó Fortunato, la Maga se desnudó, se descalzó y quedó con un pie suspendido en el aire, remate de una pierna mucho más delgada y algo torcida. Fortunato trató de no mostrarse impresionado, pero no debió conseguirlo. O no del todo.

—No te rayes. Te va a gustar. Trae una guía de teléfonos.

Fortunato obedeció, la trajo, la Maga se giró, apoyó las manos en la mesa y arqueó la espalda ofreciéndole el coño y el culo.

—La guía debajo del pie y métemela.

Fortunato obedeció. Colocó el grueso directorio como calza y entró en la humedad de la Maga, que debía llevar ya un buen rato caliente y gemía arqueando la espalda a cada golpe. Fortunato la asía fuerte con las manos de los huesos de la pelvis, mitad por atraerla hacia su polla, mitad por miedo a que se cayera. La verdad es que sentía que le iba a explotar la polla y la Maga debió notarlo.

—Avísame cuando te vayas a correr.

—¿No tomas nada?

—Sí..., sí..., la píldora..., pero tú avisa.

La excitación de los dos creció pareja y pocas sacudidas después Fortunato avisó de que no podría retenerse mucho más. Fue entonces cuando la Maga mostró todo su poder.

—¡La guía!

—¿Qué?

—¡La guía, dale una patada a la guía!

Fortunato obedeció, la guía salió disparada, la Maga pareció perder equilibrio por un instante, pero enseguida empezó a mover circularmente el peso de un pie al otro y con ellos el coño mientras lo contraía gracias a un dominio virtuoso de las bolas chinas y las técnicas de Kegel. Fortunato y la Maga tuvieron a la par un violento orgasmo. Luego él la abrazó y aún sintieron temblores y estremecimientos varios, pequeñas réplicas del seísmo que les hicieron reír a carcajadas.

—¿Ves? Te dije que hacía magia.

Fortunato se enamoró de la Maga con locura. Unas dos o tres semanas. El tiempo que tardó en ver cuánto dinero en perico le costaba cada acto de ilusionismo.

Sí, retoma Fortunato, la nariz blanca, rinitis crónica y la mano muy suelta. Pronto se vio en problemas por esa facilidad para soltar la mano. Desaparecieron las magas comebolsas y se multiplicaron los malotes. Sentía crecerle dentro una pulsión de violencia, un gusto por agredir que le asustó porque, en el fondo, no le sorprendía ni le era nuevo. Solo algo que se adaptaba mejor a sobrevivir en los bajos fondos, cada vez más oscuros, más subsuelo, menos divertidos, más tristes. Ferocidad para moverse entre esquinas afiladas, acantilados de vértigo y las criaturas deformes que nunca veían el sol. Un hilo que venía de sus primeras memorias y que ahora su codicia alimentaba con brutalidad. La violencia siempre estuvo ahí.

Su madre, por lo poco que recuerda, siempre fue cariñosa. Una mujer menuda, muy guapa pero atribulada y triste, que cosía a máquina la ropa para no comprarla, que embalaba muy bien por los constantes desahucios. Su madre lloraba quedo tras cada despido de su padre —según él, siempre porque era mucho más listo que sus jefes y le tenían manía— y, pensó con el tiempo Fortunato, la salud se le quebró junto con los nervios por la inseguridad en la que vivieron siempre, las desapariciones cada tanto de su padre, siempre de viaje, los sueños de prosperidad nunca cumplidos y la vergüenza de pedir fiado cada tanto, con el niño de la mano, en la farmacia o en la panadería. A su sufrimiento añadió penas heredadas y tragedias a las que se mantuvo leal siempre. Sí, su madre se volvió frágil, triste, pero nunca le puso la mano encima, nunca lo pagó con él. Su padre tampoco le pegó, salvo una vez que descubrió escondidos los cuadernos con todos los deberes de matemáticas de un niño de primaria, sumas, restas y poco más, sin hacer. Se sentó en una silla con un libro y tuvo al pequeño Fortunato haciendo cuentas varias horas. Cada vez que terminaba una tenía que mostrársela a su padre para que la corrigiera. Si estaba mal le daba un bofetón que lo hacía volar unos cuantos metros. Así, toda la noche, rompiendo para siempre una posible relación sana entre Fortunato y las matemáticas. Pese a ese episodio, al del estoque, a que otra vez en un atasco, volviendo de cazar codornices por Brihuega, encañonó a uno que lo insultaba desde otro coche con una repetidora Benelli del 12 o a que la noche del 23-F sacara todas sus armas de caza, las cargara con postas y las dejara sobre la mesa camilla por si venían a por ellos.

—¿Quién va a venir a por nosotros, papá?

—¡Nunca se sabe, hijo, nunca se sabe! En este país siempre estás en la lista de alguien.

No, Fortunato no recuerda a su padre como un hombre especialmente violento en aquella España de su infancia y juventud, de terrorismo fascista, laboralistas, obreros y estudiantes asesinados o apaleados, de camadas negras cazando a rojos e inmigrantes, de AAA, Guerrilleros de Cristo Rey, Fuerza Nueva y luego ETA y GRAPO. No, su padre no era violento, pero sí alguien vociferante, gritón. Por eso Fortunato no soporta gritar ni que le griten.

De pequeño tuvo un profesor de francés en el colegio, don Alfonso, un excombatiente caballero mutilado. Don Alfonso era un cojo amargado, sádico incluso para los estándares de la España tardofranquista: ya no es que los humillara, les diera capones o los izara tirando de las patillas hasta subirlos en el pupitre. Es que les pegaba con su garrota de madera en la

175

espalda. Y a Fortunato le rompió una en las costillas. Bastaron un par de cursos para que Fortunato desarrollara un reflejo condicionado, como un buen perrillo de Pávlov, y que durante muchos años al oír a alguien hablar en francés le doliera la espalda. Le costó tiempo, varias novias francófonas y leer en ediciones bilingües a Baudelaire y Rimbaud, recuperar un trato normal con tan hermosa lengua. Con gran dolor de su corazón y ante las quejas de muchos padres, la directora tuvo que jubilar a aquel falangista hijo de puta. El colegio público, regido por una bruja de la Sección Femenina, fue una jungla violenta siempre. Su amiguito Contreras que le pegó por rojo, don Alfonso y sus bastonazos, el abuso de los mayores que convertía a las víctimas en perpetuadores del terror en cuanto pasaban de curso, subían en la pirámide y tenían niños más pequeños sobre los que ejercer la violencia recibida. Cuando vio *Los 400 golpes* le pareció hasta suave. Fortunato, el asesino, tenía claro el momento fundacional de su violencia. Un curso por encima de él estuvo toda la EGB un chaval de facciones simiescas, Ricardito el Mono. Boca grande, brazos largos y orejas despegadas que intentaba disimular con un pelo largo que siempre traía sucio. Más alto y hecho, Ricardito solía molestar a los más pequeños, extorsionarlos en el patio. Fortunato nunca supo muy bien por qué pero un día, Ricardito, también llamado con ironía el Petit Bouche por el buzón enorme que tenía por boca, la tomó con él y decidió pegarle donde quiera que se lo encontrara. En los pasillos del cole, en el patio, en la calle, en el parque. Si estaban cuatro en un banco con sus chuches, llegaba el Petit Bouche y sin mediar palabra atizaba al pequeño Fortunato hasta cansarse, inmune a las súplicas de sus amiguitos. Un día, llorando y atragantándose con mocos y sangre, Fortunato reunió valor para, desde el suelo y tras recibir una última patada, preguntarle qué le había hecho él, por qué le pegaba siempre.

—Porque puedo.

Eso contestó Ricardito el Petit Bouche antes de alejarse riéndose. Esta tortura duró casi un año. Fortu nunca se chivó, ni a sus padres ni a nadie, intuía que sería peor, así que vivía aterrado esperando el siguiente encuentro con el abusón. No dormía por no soñar con Petit Bouche, lloraba sin razón, no comía, así que supo desde muy pequeño cómo es ese miedo que impide vivir, que te roba el aire y cualquier ilusión. Entonces no había psicólogos de apoyo, estas cosas de hoy, así que el terror se le fue retorciendo dentro como un muelle y un día, sin haberlo pensado ni planeado, vio venir a Ricardito hacia él, agarró un trozo picudo de adoquín, saltó sobre el sorprendido Petit Bouche y le pegó hasta abrirle la cabeza y mancharse las manos, la cara y la ropa de sangre. Si no se lo quitan lo mata, porque de puro miedo que tenía no paraba de atizarle. Por eso Fortunato no se engañaba respecto a los violentos, suelen ser gente muy asustada, humillada, y que no saben reaccionar de otra manera, que piensan que mejor que les teman a temer ellos. Y eso es aplicable a individuos, colectivos y sociedades. Por eso, con los años, Fortunato había evolucionado hacia técnicas profesionales incruentas. Se había convertido, mataleones aparte, casi en un practicante. Un tipo que pone inyecciones a domicilio. No porque no pudiera ejercer una violencia precisa, instantánea y feroz si hiciera falta, sino porque él hacía años que no tenía miedo.

Cuando apaga el motor, Fortunato espera aún un momento antes de salir del coche y vuelven los recuerdos. Puto Galleto, te pudo la codicia. En el fondo tú también tenías miedo, solo querías ser malo para que alguien te respetara. No le siguió. Olió el desastre y se apartó a tiempo, no sin antes aprender a su costa otra palabra: planchador. De eso le hablaron una noche conocidos comunes, tras meses de no verle.

—El Galleto está guardado, ya no sale. Lo hizo mal, quiso quedarse con algo que no era suyo. Lo escondió. Total, que se lo dieron a un planchador.

—¿Un planchador?

—Sí, uno que se encarga de los que vuelcan a alguien, roban peri y lo esconden. Los ata a una mesa y les pasa una plancha por el cuerpo, sobre todo por la cara interior de los muslos. Ahí hay muchos nervios.

—¿Una plancha de planchar?

—Sí, ardiendo a tope.

—Joder, pobre Galleto.

—Dicen que piró. Se le fue mucho la olla.

—Si no respetas...

—Ya.

Detrás de su chulería exuberante, recuerda Fortunato, sus mil salidas, la gestualidad payasa y la verborrea fanfarrona y cocainómana, el Galleto no era sino otro niño asustado. El miedo siempre presente porque la violencia estaba ahí también, en todas partes, por mucho que dulcificaran la realidad a posteriori con una Transición onírica, idealizada, o publicitaran algo tan minoritario como la famosa e insustancial Movida como un movimiento de masas generacional. Joder, recuerda Fortunato mientras camina hacia la calle, menudas requisas hacíamos en los tornos del Rockódromo de la Casa de Campo. Porque en un tiempo, aún en la facultad, Fortunato se enroló en una empresa de seguridad de conciertos para ganar algo de pasta. Se lo ofrecieron unos colegas del gimnasio de *full contact*, gente toda de Primera Línea de Fuerza Nueva, y le pareció una buena idea. Así estuvo en las lluvias de litronas del paseo de Camoens durante los Veranos de la Villa; en el campo del Rayo, cuando los Scorpions, ayudó a sacar ya agonizante al chaval que mató un yanqui de la base de Torrejón, y en los dichosos tornos del Rockódromo.

—A ver, chaval, te tengo que cachear.

—¡Tú a mí no me puedes cachear, no eres madero!

—No, pero mira, los maderos están ahí y si te niegas, los llamo y te cachean ellos.

—Aaah..., bueno, venga.

Fortunato procedía a un rápido cacheo con las manos sobre la ropa.

—Oye, tío, ábrete la chupa. ¿Qué llevas ahí?

—¡Que no me abro la chupa!

—¿Llamo a los maderos?

Cuando el tipo se abría la cazadora resultaba llevar escondida una maza de pinchos, de esas imitaciones medievales que venden en las tiendas para turistas. O un martillo. O un hacha. Luego siempre venían las disculpas, a cuál más peregrina. Si es que esta chupa no es mía, es de mi hermano, salí con prisa... No, si el martillo es porque vengo del curro. No faltaban las sorpresas en los bolsos de chicas monísimas.

—Perdona, guapa, tengo que mirarte el bolso.

—¡Ah, vale!

—Oye, pero ¿dónde vas con esto? Es un machete de submarinismo.

—¡Ya, es que en estos conciertos hay mucho macarra!

Madrid era una fiesta de navajas. La ferocidad lo teñía todo. Fortunato también sobrevivió a los intentos de asesinato del Estado, que no dudaba en dar carnets de moto a cualquier chaval descerebrado y politoxicómano, sutil sistema de darwinismo social. Era un mundo cruel, sórdido, tutelado por franquistas, un tiempo de niños crueles que crecían en jóvenes feroces. Claudita, divaga ahora Fortunato, siempre se ríe de mi fascinación por los enanos, de la historia de mi compañero Luisito, el enano. Pero sé que la semilla es anterior, está en esa historia de los todopoderosos Eduardini corriendo por Chueca al coloso cojo de mi padre. Una imagen grotesca y, por tanto, atractiva. Pero también una metáfora ilustrativa del valor de la unión, del trabajo en equipo, un revolucionario ¡todo el poder al sóviet de los enanos!, un ajuste de cuentas con el personaje también estrafalario que fue su padre. Luisito el Enano era compañero de facultad. No era un acondroplásico, no tenía un torso normal, cabeza grande y extremidades pequeñas. No, Luisito era muy pequeño, una personita muy pequeña y ya a los veinte años con la cara de un señor mayor. Era un tipo inteligente, muy por encima de la media de la clase, muy lector y hacía cosas preciosas de artesanía. Había sabido convertir su poco inquietante enanismo en fuente de ingresos y solía hacer de enano de Blancanieves, gnomo o ayudante de Papá Noel en producciones teatrales, programas infantiles y campañas de Navidad. Era enamoradizo, pero estaba condenado a ser el amigo pequeño de las chicas que le gustaban, a recibir con una sonrisa curiosidad y mal disimulada conmiseración. Esto, como era comprensible, Luisito lo llevaba mal y pronto transformaba su adoración por las afroditas suburbiales de turno, mayoritarias en una facultad de letras de una universidad pública, en ácida misoginia, porque Luisito podía tener muy mala leche y se sentía en el derecho de ejercerla sin límites por su condición de enano. La mordacidad que acababa apartando a las chicas de su lado le granjeó, en cambio, la simpatía de Fortunato y su grupo de amigos. Empezaron a salir todos juntos. El asunto era que Luisito quería ser igual en todo a sus colegas, jóvenes de su tiempo con acceso a alcoholes fuertes, drogas, burdeles y campos de fútbol, velocidad y malas carreteras. Si Luisito no se había partido la cabeza a lomos de una moto era porque no llegaba a los pedales. Para ciertas actividades de riesgo fomentadas por el poder, como las relacionadas con la automoción y la venta de vehículos, ser un enano era un impedimento. Pero para insultar a las tías, drogarse y beber no, y si los colegas se pedían un cubata, Luisito se pedía otro. Y así con los porros y los yin yang. De modo que cuando todos llevaban un pedete gracioso, Luisito ya estaba completamente borracho o desfasando. Y entonces se ponía violento. Ahí empezaban los problemas; si salían a la pista a bailar para ligar, Luisito quería bailar con ellos. Como nadie baila mirando si hay enanos al-

rededor, siempre había quien le pisaba. Entonces, indefectiblemente, Luisito tiraba del pantalón de Fortunato, que era el
más alto del grupo, y cuando este lo miraba, Luisito con una
seña le indicaba que lo alzara y lo cargara en brazos.

—¡No me jodas, Luisito!

—¡Súbeme, súbeme!

Luego de esto, se ponían a la altura del que le había pisado
y Luisito le pegaba una hostia en toda la boca. Al verse atacado por un enano furioso y decidor en los fuertes brazos de un
tipo bastante grande, el desconocido solía quedar paralizado,
pero no faltaba quien quería devolvérsela a Luisito; entonces
Fortunato lo apartaba y, protegiéndole con su cuerpo, se en-
caraba con el ofendido.

—¿No querrás pegarle a un enano? ¿Eh?

—No..., no...

—¡Venga, que corra el aire!

Jóvenes crueles, rememora apenado Fortunato, porque
fueron niños asustados en un país ignorante, donde podías
ver a un torero morir en directo en el telediario y se celebra-
ban cosas tirando cabras desde un campanario, torturando
pacíficos rumiantes al son de pasodobles para no oír su agonía. Es cierto que ayudaba a Luisito el Enano a liberar su
violencia y luego le protegía de las consecuencias de hacerlo.
Fortunato intuía en esas explosiones un esfuerzo de Luisito
por reintegrarse al género humano. Comprendió años más
tarde la psicosis del enano, condenado a ser visto como un
fallo, pero a quien se le exigía aparentar y desear ser como
todos, aceptando a su vez que nunca dejaran de humillarle sus
amigos que, hijos de su tiempo, eran machitos de burla fácil,
tragos largos y manos rápidas, un grupo de homínidos ordenados jerárquicamente según la ferocidad de cada uno respecto
a los otros. Hijos de siglos de sangre oscura, de pedradas en des-
campados, mal vino a granel y ¡Sí, señorito!, ¡lo que usted diga,
señorito! Crías de un país que siempre está a tres generacio-

nes de educación laica, cultura y ciencia, de sacudirse las moscas y la ignorancia grasienta del siervo que quiere ser amo, no libre. Raza antigua de esclavos que aman a sus dueños. Cuando vivimos mucho tiempo, vivimos siempre en el ayer. ¡El ayer es lo único real, este país ha sido siempre ayer! La exaltación de la crueldad con el débil, primero las risas a su costa, finalmente la violencia si se tercia, es condición necesaria para perpetuar una sociedad de siervos y de un jovial fascismo sociológico que mantenga las cosas en su sitio. Sí, piensa Fortunato, éramos crueles con Luisito. Era nuestro enano, pero era un enano. Y las bromas fueron subiendo de tono. Es cierto que Luisito, tras las primeras risas, se convertía en un engorro siempre que salían. Solía perder el conocimiento por el alcohol y había que cargar con él. En muchos sitios, obviamente, no los dejaban entrar con un enano inconsciente al hombro, así que le empezaron a dejar desmayado en cornisas y marquesinas. Si hacía frío, envuelto en varias cazadoras. Ellos iban bien de calor corporal, subidón hormonal, alcohol, drogas, y así, además, se ahorraban el guardarropa. Nunca ligaban todos, así que siempre quedaban algunos para recoger a Luisito a la salida y llevarlo a su casa. La cosa se complicó con el buen tiempo. Ya no había chupas que recuperar junto al enano y empezaron a olvidarse de él. Como lo dejaban en sitios altos para que no le vieran y le hicieran algo, cuando se lo olvidaban, como si fuera un paraguas molesto e innecesario, Luisito no podía bajar solo y tenía que pedir ayuda. Una vez hasta salió en *Madrid Directo*. Cuando se cabreaba le decían que el problema lo tenía él por beber hasta perder el sentido, que bastante que lo cuidaban y que sin ellos cualquier día alguien le iba a hacer algo. Y que perdón si se lo olvidaban en los altillos y marquesinas, que estaban muy pedo. Y el enano dale con que vaya colegas de mierda y que eran unos hijoputas. Decidieron darle un escarmiento, recuerda Fortunato mientras pasa frente al Congreso atusándose el bigote falso con el dedo índice. Tocarse el mostacho le llevó a pensar en que le hicieron a Luisito una broma que bien podría haber maquinado su antepasado Fortunato de Cercos junto a otros señoritos, una tarde de invierno en el casino de Tafalla. Compraron guindillas, salieron por los bares de siempre y empezaron a beber. Cuando Luisito ya se iba de lado a lado tiraron de Malasaña a Chueca, parando cada tanto a tomar chupitos de tequila. Cuando bajaban por Augusto Figueroa ya llevaban a Luisito desmayado sobre el hombro. Entraron en el hotel Mónaco, famoso picadero desde la época de Alfonso XIII y donde se podía alquilar una habitación por horas. Arreglar con el tipo de la recepción por unas pesetas no fue difícil. Subieron a Luisito al cuarto, lo desnudaron, tiraron su ropita por el suelo, deshicieron la cama y lo acostaron no sin antes cortar por la mitad una guindilla y pasársela por el ano. Luego bajaron al bar junto a la recepción, a esperar a que su amigo se despertara confuso, en una cama de hotel y con el agujero del culo ardiendo. No tardó demasiado en bajar todo confundido. Se fue directamente al tipo de la recepción y le preguntó que dónde estaba.

—En el hotel Mónaco, señor.

—¿Un hotel? ¿Pero cómo...?

—No tiene que preocuparse de nada. El señor que le trajo ya pagó todo —dijo el recepcionista según lo acordado.

Esa información, unida al ardor en su ojete, puso una sincera expresión de terror en la cara de Luisito el Enano. Tanta que ya no pudieron sofocar las risas desde su escondite.

—¡Sorpresa!

Luisito, que no era para nada tonto, entendió al instante la burla. Los miró llorando, desolado, y salió corriendo todo lo que daban sus piernecitas por la calle Barbieri. Nunca volvió a la facultad ni contestó a sus llamadas. Se enteraron de que había muerto meses después. Al principio se rumoreó que se había ahorcado y no faltó el que se cachondeó preguntando si se habría colgado de un bonsái. Pero no, se le paró el corazón, que es una manera de morirse de pena. Fortunato hacía años que incluía esa muerte en la carpeta de sus asesinatos. Inconsciente, no premeditado, pero no se mentía respecto a su responsabilidad en la muerte de Luisito el Enano. Y se avergonzaba de ella. Claro que también tenía claro que envejecer es aprender a convivir con la culpa, por más que Claudita siempre le dijera que en la vida no hay que convertir algo que ocurrió, por terrible que sea, en un pasaporte para la desdicha eterna, en un salvoconducto para la pena.

16

La creatividad implica no solo años de preparación y entrenamiento conscientes, sino también una preparación inconsciente.

OLIVER SACKS,
El río de la conciencia

Cuando Fortunato entró en el hotel de lujo donde se alojaba el encargo lo hizo con aplomo, sin devolver el obsequioso saludo del conserje uniformado. Cruzó sin detenerse entre la gente que, a esa hora de la tarde, se agolpaba frente al mostrador pidiendo información, taxis o confirmando reservas, y caminó hacia los ascensores mostrando la desenvoltura de quien sabe a dónde va. Mientras caminaba sintió cómo las gruesas alfombras abrazaban sus pies a cada paso y vio su reflejo en espejos sobredorados. Le gustó su aspecto, nada delataría el bigote y el peluquín en una ojeada rápida, lateral, y él no pensaba detenerse a conversar con nadie. Seguridad. La inseguridad llama la atención en un hotel de lujo, donde trabajadores y huéspedes viven, indefectiblemente, en un espejo de privilegiada altivez. Al detenerse frente al ascensor sintió de nuevo hundirse sus pies, esta vez en una mullida moqueta. El lujo, cuando es verdadero y no impostado, tiene mucho cuidado con estos detalles, con lo sensorial, por eso en los buenos hoteles desde que entras sientes que caminas de otra manera, nadie grita, las toallas no raspan y las sábanas son siempre frescas. Fortunato es muy aficionado a los hoteles. Siempre ha pensado que si los que tenían dinero de verdad, fortunas, en una época tan hedonista como la *belle époque* vivían de gran hotel en gran hotel, de balneario de lujo en balneario aún de más lujo, ese debía ser un modo de vida muy deseable y a tener en cuenta. Su padre le inició en el mundo del viajero cosmopolita y desenvuelto. Justo tras la muerte de su madre se lo llevó con él a Estocolmo en un viaje de negocios, recuerda Fortunato mientras ve las lucecitas que marcan el pausado descenso del elevador. Tenía doce años y se sentía viviendo una película de espías. Y esta sensación se debía a un par de cosas. Primero a que su padre siempre le contestaba con expresiones crípticas, metáforas y dobles sentidos, cuando Fortunato le pedía que le explicara por qué iban a Estocolmo y qué negocios eran esos. Segundo porque a esa edad, Fortunato ya se masturbaba compulsivamente. En cuanto su padre salía de casa o se dormía, agarraba alguna de las novelas de SAS de la colección de su padre. Eran de un tal Gérard de Villiers y narraban las misiones de espionaje al servicio de la CIA, con violencia y sexo más explícitos que las de Bond, de Su Alteza Serenísima el príncipe Malko Linge. Esto lo supo Fortunato con el tiempo, porque estas novelas las compraba su padre en los aeropuertos extranjeros y estaban en francés, idioma que pese a estudiarlo era del todo incomprensible para Fortunato y le causaba dolores de espalda. No, a aquel niño lo que le excitaba, alimentando sueños y pajas, eran las portadas de cada novela de SAS, todas con una mujer bellísima y armada. Rubias, morenas, asiáticas, negras y mulatas, que daban idea de la ajetreada y transcontinental sexualidad del tal príncipe. Así que cuando voló con su padre en primera clase de las aerolíneas suecas, llamadas también SAS, atendido por rubias valkirias, mientras untaba la mantequilla en un panecillo y el sol que se colaba por la ventanilla le calentaba el pecho, se sintió viviendo una misión secreta y especial junto a su padre. Y de alguna manera lo era, mucho más de lo que Fortunato podía sospechar por entonces. Por primera vez, en su continuo afán de vivir sin trabajar, su padre parecía a punto de conseguir algo gordo, de estar metido en algo importante y, por tanto, rentable. Estaba feliz, confiado, y a Fortunato le parecía incluso hasta más alto. Un dandi sonriente con chaquetas caras, pelo planchado, un Dupont de oro macizo, pulsera de pelo de elefante y colonias de *duty free*. Y que le llevara consigo en sus aventuras le hacía verle, más que como a un padre, como a un maestro de vida, un mentor y un sabio compinche. Con el tiempo entendió que si su padre se lo llevó con él era porque estaban tan solos en el mundo, tan sin familia, que no pudo dejarlo con nadie.

Cuando la puerta del ascensor se abre, Fortunato respira aliviado al comprobar que no hay ascensorista ni otros clientes. Nada que ver con aquel ascensor siempre lleno de La Habana. Pulsa el botón de la planta donde está la habitación en la que esperará a que el encargo se duerma y se repite que la soledad es parte del verdadero lujo, que es algo que en este mundo superpoblado solo se puede comprar con dinero. Aprendió mucho de esto en aquel viaje a Estocolmo, lo hizo como aprenden los niños las cosas, sin darse cuenta. A la salida del aeropuerto les esperaba un Mercedes negro, con chófer, que les llevó a su hotel, el Sheraton. Su padre le explicó que el coche lo enviaba el amigo a quien venía a ver, el embajador de Irak en Suecia. Luego le explicó lo que era Irak y lo que era un embajador, alimentando con ello la fantasía de su hijo. Dejaron el poco equipaje, era solo un viaje de dos días, y se fueron a pasear, recuerda ahora Fortunato. Era verano, así que Estocolmo le pareció un lugar luminoso, muy limpio, lleno de agua, donde la gente no gritaba y había mujeres muy guapas y muy rubias. Un paisaje tan exótico, tan humanamente diferente para un niño español de 1978 como podría serlo Pekín o el Congo. Fortunato se ríe al recordarlo, y es que entonces la gente en España era en su mayoría morena o castaña. Las hordas de rubias de bote no habían elevado aún la posición social de las peluqueras a estilistas. Ni se había producido todavía esa mágica transubstanciación que intrigaba a Fortunato, por la cual en la última década las mechas y los tintes habían entrado en los códigos genéticos haciendo que los hijos de los pijos y la gente bien, los de colegio de pago y chalet con jardín, fueran todos rubios o castaños claros incluso cuando sus padres conservaran la morenez secular. Quizá fuera algo del agua de las urbanizaciones, sabía de buena tinta que en algunas de la carretera de Burgos el agua del grifo salía con arsénico. Guiñó los ojos y volvió a Estocolmo. Su padre y él se detuvieron en silencio ante el escaparate de un *sex shop*, algo por entonces inimaginable en España, y que su padre no dudó en presentarle como un avance de la civilización, divertido ante la abertura imposible de la boca y los ojos de su hijo.

Esa misma noche, cenaron en el hotel con el amigo de su padre, un árabe muy amable y sonriente. Hablaban en inglés, idioma que Fortunato no conocía apenas en aquella época, así que no entendía mucho y empezó a aburrirse. Su padre lo notó y le animó a darse una vuelta.

—Mira, hijo, creo que por allí hay un casino. Asómate, a ver qué ves.

—¿Qué es un casino?

—Un sitio donde se juega. Tú ve y luego me cuentas.

Así que Fortunato se fue tranquilamente a ver esa sala de juegos, pensando que quizá hubiera críos con los que jugar. Niños no había, solo había mayores en torno a una mesa de ruleta —luego su padre le explicó lo que era— colocando fichas de colores en un tapete verde con números. Los mayores eran parecidos al amigo de su padre, morenos de piel, con pelo muy negro, bigotones y dientes muy blancos.

Estos son árabes de esos, se dijo Fortunato.

La mayoría de esos hombres de traje rodeaban a un tipo con bigote y perilla, vestido con una sencilla túnica blanca y *kufiyya* ceñida por un *agal* negro. Claro que esos nombres Fortunato los aprendió tiempo después. Entonces solo le pareció un tío disfrazado de moro y le divirtió mucho ver cómo todo el mundo le celebraba y aplaudía cuando otro tipo, vestido de camarero y que hacía girar una bolita en una rueda con números, como las de las tómbolas de las verbenas pero puesta en una mesa, le daba montones de fichas redondas y rectangulares empujándolas con un rastrillo. Lo que no entendía era por qué había también un grupo de mujeres muy rubias que intercambiaban sonrisas con los hombres desde una mesa, sin acercarse pese a parecer muy simpáticas. De todas formas, todo aquello le divertía mucho y se le debió notar, porque en un momento el hombre del disfraz le miró, sonrió y le dijo algo en inglés que no entendió muy bien.

—*My name is Fortunato* —contestó, el del disfraz sonrió, los de los trajes sonrieron y las mujeres le miraron con ternura, sonrieron y comentaron entre ellas en sueco.

El del disfraz le hizo un gesto a uno con traje y este le dio a Fortunato una ficha rectangular, morada, brillante y con un 500 dorado, y por señas le indicó que la pusiera en el tapete. Fortunato dudó, no sabía dónde colocarla, probó un par de sitios y los hombres se reían. Finalmente, el tipo del disfraz se acercó, le guiñó un ojo, agarró la ficha y la colocó sobre unas líneas. Entonces el camarero hizo girar la rueda, la bolita saltó dentro, botó y botó, se detuvo y todos los hombres aplaudieron y rieron a carcajadas. El camarero agarró el rastrillo y le dio varias fichas como la que había puesto a Fortunato. En eso estaban cuando aparecieron su padre y el embajador. Este hizo una profunda reverencia que asombró a Fortunato. Su padre le imitó sin bajar tanto. El amigo de su padre intercambió palabras en árabe con el del disfraz, este pareció felicitar a su padre y ambos se retiraron con otra reverencia llevándose a Fortunato, que se despidió a su vez con otra pequeña reverencia, provocando las últimas risas.

Cuando por fin estuvieron solos, de vuelta en la habitación, su padre le explicó que había estado jugando a la ruleta con uno de los hombres más ricos del mundo, con el príncipe Faisal de Arabia Saudí, y que eso era algo que muy pocos podrían decir nunca. Su padre le inculcaba así un sentimiento de excepcionalidad, el que requiere cualquier mitómano para vivir del cuento y sentir que la fortuna le debe algo. Para aquel niño, recuerda Fortunato mientras un delicado sonido anuncia la suave detención del ascensor en el piso deseado, el haber jugado con un príncipe le convenció de que, definitivamente, estaba viviendo una aventura de agentes secretos. En aquellos momentos, Fortunato sintió una especial sintonía con su padre —o eso fabula desde hoy porque en algún lugar tiene que colocar el amor que tuvo por él—, que resultó ser también un crío alborozado cuarenta años más viejo. Su padre le contó excitado sus planes mientras le pellizcaba o le alborotaba el pelo, compartiendo su excitación con él, como cómplices. Claro que luego se durmió y dejó al pobre Fortunato desvelado y atronado por sus ronquidos catedralicios. Cuando pudo dormirse, soñó con mujeres de largas piernas armadas hasta los dientes.

Fortunato deja la mochila con el material médico sobre la mesa. Comprueba de nuevo el contenido, los inyectables de paracetamol, jeringuillas, la botella metálica con mascarilla para aplicar el halotano y guantes quirúrgicos. Está todo, solo queda esperar. Se acerca a los cortinones del balcón y se asoma a la calle. Ya es de noche. Sí, papá, casi lo logras. ¡A punto estuvo de cantar la gallina! Un año después de Estocolmo su padre se lo llevó casi seis meses a Bagdad. Era 1979 y con esta nueva aventura, Fortunato sintió que daba un salto cualitativo en su formación como espía internacional. En la reunión con el embajador iraquí, esto se lo explicó más tarde, su padre había llegado a un acuerdo para vender cosas en Bagdad. En teoría se iba allí a desarrollar infraestructura hotelera bajo la cobertura de una importante constructora, Huarte y Cía., cosa peculiar pues Irak no aparecía en los circuitos turísticos. En realidad, iba a vender armas españolas —desde munición para armas cortas y granadas de mano a Land Rover Santana equipados con cañones sin retroceso de 75 mm de Santa Bárbara—, negociando como agente libre, aunque coordinado con el agregado comercial de la embajada española, para no comprometer al gobierno dado el embargo occidental de armas al recién nombrado presidente Sadam Husein. El amigo de Estocolmo, aparte de embajador, era general, miembro destacado del Partido Baaz, y fue el que abrió la puerta a cambio de una jugosa comisión.

—Hijo, nos vamos un tiempo a Bagdad, a la tierra de las mil y una noches.

—¿Está lejos?

—Mucho.

—¿Y el cole?

—Vas a aprender más allí, tranquilo.

Y sí, papá, recuerda Fortunato, otra vez tuviste que llevarme contigo porque a nadie tenías con quien dejarme. Y sí, papá, concede Fortunato echando una última mirada a la Carrera de San Jerónimo, aprendí mucho allí. Aprendí inglés por cojones. Curioso, nunca estudié inglés y he llegado a hablarlo muy bien. No como el francés. Claro que la otra opción en Bagdad era aprender árabe y era más complicado. Aprendí sobre la muerte, sobre los muertos. La misma tarde que llegamos, cruzando la ciudad desde el aeropuerto hasta el barrio de las delegaciones diplomáticas, pasamos por la entonces plaza de la Liberación, luego Tahrir. Ibas conversando en inglés con el chófer, él te indicó algo y tú te giraste deprisa hacia mí.

—¡Hijo, no mires!

Decirle a un niño que no mire es forzarle a que lo haga. Miré y vi una construcción de hormigón, grande, decorada con estatuas. Me pareció una mesa gigante. Lo único es que, entre las patas, colgando en el aire, había varias personas ahorcadas. Todas con un cartelito en árabe sobre el cuello. A sus pies se movían grupos de escolares que escuchaban atentos las explicaciones que los profesores, alguno con un puntero en la mano, les daban de lo que ponía en los cartelitos. No me asusté, recuerda Fortunato, era todo tan distinto a lo que había vivido hasta entonces que solo me pareció curioso, irreal. Había un aire de tranquilizadora normalidad en la escena. Sentí que me habría gustado ser uno de esos niños con la cara alzada hacia los ahorcados de cuellos alargados y deseé que mi padre me metiera en un cole con ese tipo de actividades extraescolares, mucho más interesantes que las ofrendas a María o el Miércoles de Ceniza, cuando nos llevaban a una parroquia a que nos hicieran una cruz en la frente. Aquellos muertos no me asustaron ni la mitad de lo que lo hizo la agonía de mi abuela Aurora, pero me confirmaron esa cualidad de muñeco desmadejado que tienen las personas sin vida. Luego lo he visto tantas veces.

Pasé varias veces más por aquella plaza y vi más ejecutados. Al parecer se había puesto de moda colgar allí a gente ya desde antes de 1973, cuando ahorcaron a un tal Nadhim Kzar, jefe de la policía secreta, y a sus compinches por un intento de golpe de Estado contra el entonces presidente Ahmed Hasán al Bakr. Sí, papá, aprendí mucho en esos meses y desarrollé una peculiar familiaridad con la muerte y la violencia que luego me fue muy útil. Nada como tener contacto frecuente con algo para perderle el respeto y allí los muertos no se escondían. Bagdad fue clave en mi particular historia de la violencia, una progresión aritmética de los abusos del Petit Bouche y la garrota de don Alfonso a los serenos, así los llamabas, que cuidaban nuestra calle con un AK-47 al hombro, granadas, revólver y curvada daga árabe al cinto. De las verbenas a los tiroteos nocturnos sin motivo. La primera vez que nos despertaron esas ráfagas corrí asustado a tu cuarto y te encontré cargando el tambor de un Smith & Wesson; te temblaba la mano, pero eso lo recordé más tarde, cuando tú ya empezaste a encoger. En aquel instante, al héroe espadachín del estoque añadiste un decidido pistolero del Oeste, con su revólver de seis tiros desenfundado. Fuimos a despertar al criado, a Michael. Te sorprendió no cruzarnos con nadie más, no oír gritos de mujer o de otros niños. Michael estaba roncando plácidamente, los disparos no lo habían despertado. Tú lo hiciste y le preguntaste agitado qué pasaba. Michael abrió un ojo, escuchó y te dijo que nada, que estaban celebrando algo *or maybe a small revolution*, y que si se te ofrecía algo más. Dijiste que no, así que Michael sonrió, nos deseó buenas noches y siguió durmiendo. En realidad, Michael se llamaba Ismahil y era ya tan viejo como para presumir de haber entrado de crío con Lawrence de Arabia en Damasco, en octubre de 1918. Se había formado como *butler* al servicio de los británicos y no perdía ocasión de demostrarlo. Por ejemplo, preparaba unos, decíais los mayores, gin-tonics espectaculares. Así que, aunque era ya muy anciano y había otros sirvientes, Michael era muy apreciado por el lustre a colonialismo viejo de su magnífico acento inglés, el sabor a pabellón de lanceros bengalíes o bar del Raffles, que su simple presencia otorgaba a los bungalows en herradura en torno a un enorme jardín y con piscina compartida en los que vivíamos junto a parte de la legación española y sus familias. Para un mitómano como tú, Michael era un festival para los sentidos. Nos fuimos acostumbrando a los disparos. Entendí que cuando eran muy seguidos o ráfagas largas, es que andaban de *mascletà* —cuando se dispara un fusil de asalto para matar se usa el selector de tiro, el fuego se precisa y se concentra, disparos aislados o ráfagas cortas—, pues al fin y al cabo todo ese asunto levantino de petardos y pólvora viene de los árabes. Y aprendí a diferenciar el olor a pólvora de los fuegos artificiales y los petardos de los puestos de chuches del de los cartuchos 7,62 mm rusos. Es cierto que aprendí mucho, papá. Un inglés fluido a fuerza de necesitarlo, y algo de árabe que olvidé con los años por falta de uso. A callar en presencia de los mayores, viendo cómo bebíais copa tras copa al atardecer, o a la vuelta de las fiestas rotativas de las embajadas, tratando de hacerme invisible para que no me mandaras a mi cuarto. Había otros niños, había madres que se los llevaban cuando el humo y las bromas se espesaban. Alguna vez sentí que me miraban con lástima y a ti con reproche; yo nunca los miré con envidia, solo quería estar a tu lado, oír, aprender, admirar, ver cómo siempre te convertías en el centro de la reunión. Cuando ya era muy tarde, las lenguas resbalaban y algunas de las mujeres volvían a la reunión, o se deslizaban por las sombras del jardín; aprendí a espiar las infidelidades que facilitaban el consumo excesivo de alcohol mezclado con el aburrimiento y la sensación de vivir en tierra de nadie. Aprendí a regatear en los zocos, a comer el enorme y delicioso *masgouf* a la parrilla en los chiringuitos sobre el Tigris, a montar a caballo entre palmeras, a volver a subirme tras haberme caído de cabeza en un pedregal para no cogerle miedo, y a merendar tostadas de caviar iraní en vez de Nocilla. Probar un mundo que ni por dinero ni clase social hubiera podido conocer, todo gracias a tus delirios y mañas. Guardarlo y registrarlo todo. Crecer de manera dispar. Así, cuando regresamos a España me tragué como un bobo lo de frotarme con ortigas, pero pude planear calmadamente, en un excelente ejercicio de aplicación práctica de la información teórica, electrocutar al gañán que me engañó. Aquello de Bagdad no salió bien tampoco, papá, el mechón de la Fortuna se te escapó entre los dedos. Volviste silencioso, taciturno. Empezaste a gritar más, por cualquier cosa. Y a beber solo, que es una manera muy triste de matarse. Para ti también hubo un antes y un después de Bagdad, tus fantasías se fueron haciendo más pequeñas, más baratas. Incluso las vidas voluntariamente exageradas como la tuya se componen de multitud de días triviales, indiferentes, que son del todo iguales y nada modifican, pero aquellos tras Bagdad no lo fueron. Perdiste el brillo y la seguridad indispensables para vivir de engañar a otros. Fue un proceso largo, papá, tardaste en pasar de coloso a enano, contrahecho, enfermo y lastimero, un buen puñado de años, pero Bagdad fue tu canto del cisne, tu *Götterdämmerung*. Un tórrido Stalingrado en el que perdiste para siempre la iniciativa estratégica, de ahí en adelante todo serían derrotas y retiradas. Volviste asustado, te habías asomado a algo que te superaba. Recuerdo regresar con prisas a Madrid. Poco después tu amigo, el embajador iraquí, fue llamado a Bagdad y ahorcado en el cadalso de la plaza. Me lo contaste porque, supongo, necesitabas hablar con alguien, aunque fuera un niño, una tarde en la que te habías bajado media botella de whisky en casa. Al principio te reías de lo que te asustaba, incluso presumías. En el fondo, siempre fuiste muy infantil.

—¡Fortunato, en el Mossad y el CNI tienen un dossier así de gordo de tu padre!

Y abrías mucho el índice y el pulgar para indicar el grosor de tus méritos, guiñándome el ojo. ¡Puto SAS!

Fue en esa época en la que me juré no ser como tú, desterrar en lo posible la grandilocuencia de mi vida, la que tú necesitaste siempre para sacar adelante tus estafas, para mantener una ilusión de triunfo que te permitiera seguir adelante. Combatí, cada vez más conscientemente, contra tu sangre, contra tu marca. Un vanidoso incapaz de aceptar las penurias, las obligaciones y el sueldo de un trabajo corriente. La oveja negra expulsada del paraíso de privilegios para el que te habían educado. Toda tu lucha fue para volver a entrar en él y fracasaste, conmigo como único público. Me juré no seguir tus pasos. Claro, papá, que yo ya venía defectuoso de serie, prosigue Fortunato arrellanándose en un butacón, inhabilitado por mi infancia extravagante para una vida normal. ¿Cómo podía aspirar a una vida normal si alternaba los desahucios por impago, las estrecheces, robar huchas, tragaperras y cabinas de teléfono con los delirios de un personaje excesivo, con viajes por el mundo, promesas encadenadas de tesoros, monta a la inglesa y conjuras internacionales? ¿Cómo pude criarme junto a un embaucador fascinante, divertido, culto, cosmopolita y políglota, lector voraz, buen conversador, pero también irresponsable hasta el delirio, mujeriego, putero, inmaduro, pronto más infantil que yo y mentiroso patológico? Me negaste la paz de la conciencia desde muy crío, la tabla de salvación de la responsabilidad. La última y feroz puñalada a mi infancia me la diste en aquella casa del pueblo, en Guadalajara, en aquella corte de los milagros que montabas con el pretexto de cazar, cura amancebado incluido, para tejer contactos entre tiros, partidas de mus, alcohol y putas que traías de Doctor Fleming y aledaños, aquella Disneylandia del alterne montada para los yanquis de Torrejón en torno a la calle del descubridor de la penicilina en un acto de coherencia inconsciente. Ahí me preguntaste, con catorce años, si ya era un hombre delante de tus amigotes y las chicas.

—Fortunato, ¿tú ya eres un hombre?

—¿Cómo, papá?

—¿Que si ya has estado con una mujer?

—Yo me he dado besos con chic...

—¡Popotitoz, llévatelo y me lo haces un hombre!

La Popotitoz, así, con «z» porque ceceaba, era una puta muy guapa y salada, muy popular en aquel Madrid, celebrada en las barras americanas de la Costa Fleming. Fija en los saraos que organizabas, papá, y principal musa en mis masturbaciones. Asintió a la orden cuartelera, me agarró de la mano, me metió en un cuarto, se desnudó, se tumbó en la cama y me dijo que me desvistiera. Yo estaba petrificado ante esa venus que allí, real, en todo sobrepasaba a las de las portadas de las novelas. Popotitoz insistió en que me desnudara. Lo hice. Me hizo una seña y me acerqué a ella, me tumbé a su lado. Rígido. Me acarició el pito una vez y me corrí. Así, sin más, en silencio y sin gemir. Se me saltó una lágrima y la Popotitoz sonrió con dulzura. No te preocupes, dijo acariciándome la cara, vamos a esperar un ratito aquí juntos. Eso dijo y me abrazó. Por primera vez sentí la calidez de una mujer. Con una puta, papá. Nunca lo hablamos, pero supongo que a ti te pasó igual. Te llevaría tu padre como parte de la educación sentimental de un caballerete en la nacionalcatólica posguerra. Cuando la Popotitoz juzgó que había pasado el tiempo necesario, nos vestimos, me pellizcó la cara, me dijo que era muy guapo y que me riera. Cuando lo hice me agarró de la mano, me sacó del cuarto a la reunión de borrachos del exterior y me empujó hacia ti, papá.

—Hijo de tigre, nace con rayas. Puedes estar orgulloso, ha salido a ti —eso dijo la Popotitoz.

Tu cara se iluminó, me alborotaste el pelo, tus amigotes se rieron y alzaron sus vasos para brindar por mí. Me diste un vaso con vino y ya nunca me mandaste a la cama. Entonces aún eras el chamán que guiaba cantos lúbricos y juergas en las que todos hablaban para todos, rizando fugas barrocas de ordinariez hasta los techos. Aprendí tanto contigo, papá. No escatimaste lecciones, que me dabas con el aplomo de un charlatán.

—Habla bien, lee para hablar bien. A la gente corriente le impresiona la cultura. Les hace sentirse inferiores. Pero evita ser pedante, maneja también el habla del pueblo. Nada les gusta más que la familiaridad del que creen poderoso, piensan que siempre podrán rascar algo. Hay que poder hablar como un erudito y como un tabernero, según con quién estés.

—Sí, papá.

Luego, con el tiempo, todo se aceleró. Dejaste de pagar la casa del pueblo, se acabaron las codornices de criadero y los fines de semana con putas, whisky, cura amancebado y amigotes. A tu alrededor empezó a condensarse una niebla pestilente, la sombra de la derrota, un tufo a perdedor que espantaba posibles víctimas. En unos años más engordaste, tu cojera se acentuó, perdiste prestancia. Se te cerraron muchas puertas, te dejó la novia aquella de Alianza Popular, empezaron a no llamarte o contestar a tus llamadas y entonces te quejabas amargamente explicando tu mala suerte.

—Fortunato, en el Mossad y el CNI tienen un dossier así de gordo de tu padre.

Pasaron los años. Tú echaste raíces en el sillón en el que antes vivió tu madre, la abuela Aurora. Una especie de musgo enfermo te ancló al suelo, cada vez había más quemaduras de cigarrillos en tu ropa, en los muebles, la loza del lavabo amarilleó y salió moho en las juntas, te quemabas los dedos con colillas al quedarte dormido, nevaba caspa sobre tus hombros y ceniza sobre tu pecho. Vivir se te hizo de plomo porque la espalda se te dobló, pude mirarte a los ojos y pronto desde arriba. Me parecías un niño arrugado. Era como si la vida tirara de ti hacia abajo. En tu decadencia empezaste a sablearme a mí, ¡a mí!, cuando venía a verte. Eras como el alacrán del cuento de la rana y el río. Ya casi nadie cruzaba tu puerta, te visitaba, y a ti cada vez te costaba más moverte. Te costaba un mundo siquiera bajar a la plaza de Chueca, a San Antón a por comida. Tú, gran homófobo, habías acabado dependiendo de la caridad de una pareja de gais cuarentones, que tenían una cafetería en la plaza, te fiaban y te subían comida de cuando en cuando. Las pocas plazas de garaje te dejaban un dinerillo, pero debías mucho a mucha gente. Estabas herido por el ridículo, letalmente traspasado por la hoja helada de la humillación. Yo ya tenía edad para haber sufrido mis propias vergüenzas, se dice Fortunato, pero aún tenía la soberbia y el vigor para huir de ella o contestarla a golpes. Pero tú, papá, eras ya un galápago centenario dejado boca arriba, arrugado, asustado, avergonzado, moviendo tus miembros antediluvianos cada vez más lentamente mientras morías al sol.

Enfermo, desvalido, abandonado en la soledad que habías creado a fuerza de querer estafar a quien se te acercaba, intentaste una pirueta prodigiosa, fantástica: volver a ser recibido en el seno protector de tu buena familia, la que te había dado la espalda durante toda tu vida adulta, gracias a una sorprendente conversión a la fe, al catolicismo más rigorista y preconciliar, que tus nobles parientes practicaban. Listo como eras, papá, recuerda Fortunato mientras se dice que su víctima solo practica un catolicismo folclórico y sin sustancia, aplicado como eras, papá, recuperaste de los cajones de la abuela Aurora y de tu memoria todo el aparataje necesario de rosarios, ampollas con sangre, uñeros bendecidos, misales, escapularios y detente balas de antiguas carlistadas familiares, la bula papal, crucifijos, oraciones y citas. Me llamaste para mostrarme esa panoplia siniestra y supersticiosa, desempolvada para la ocasión, y me explicaste tu plan como esos malvados de película que siempre explican lo que van a hacer antes de morir. Yo me mostré escéptico, me pareció que confundías tus deseos con la realidad como hace la gente desesperada, aunque me alegró verte ilusionado por algo. Durante un tiempo aquello nos reunió de nuevo. Eran impagables los relatos de tus visitas al cura de tu familia, porque las familias bien, las de verdad, tienen a su propio cura, a uno en propiedad. Un cura ultramontano e integrista que te ponían por delante como filtro, porque otro rasgo de la gente bien, la de verdad, con títulos, sangre espesa y dinero antiguo, es la desconfianza. Ibas, tarde tras tarde, charlabas con el cura, rezabais en latín, confesabas una vida en el error y la soberbia, ofrecías arrepentimiento y suplicabas perdón evitando mencionar la palabra caridad. Pero, al final, no pasaste el examen.

El cura te daba largas, tus pies nunca llegaban a los umbrales del Jerusalén familiar. Fracasaste porque tú, el pobre golfo, tuviste un último e inoportuno rapto de dignidad cuando entendiste que todas esas horas de pláticas, de contrición, de aceptar sermones y reproches de esa cucaracha negra y sobrealimentada interpuesta por tu familia, no eran más que una humillación para demostrarte que, aun si te aceptaran en su seno, tú jamás serías uno de ellos. Si acaso un pariente pobretón y molesto al que se ayuda, pero nunca lo bastante para que abandone la miseria, porque así se puede practicar la caridad y alardear de ella. Te diste cuenta, te negaste a ser tan galdosiano personaje, y visitaste una última vez al cura para cagarte en tu puta familia y blasfemar con toda la riqueza de alguien tan amante del buen castellano, la lengua en la que mejor se insulta a Dios. Volviste a caer en el olvido, en el abandono, sin llegar a ver a ninguna de tus longevas tías, las jefas de aquella banda. A cambio tú y yo nos volvimos a unir por un tiempo, a reírnos juntos y con fuerza. Pronto volvimos a discutir, a separarnos. Pero una engañosa energía se apoderó de ti. Aún tuviste un rasgo de tu antiguo genio cuando timaste a un chamarilero con ínfulas de anticuario. Quisiste hacer este último alarde ante mí.

—Me gustaría que vinieras, voy a vender unas cosas de Bagdad. Las tablillas.

—¿Mis tablillas?

—No te las has llevado.

—No.

Fui. Tu vanidad necesitaba público. ¿Qué tiene de divertido engañar a un bobo si nadie se entera? La verdad es que a mí también me picó la curiosidad. Mereció la pena. Verte ahondar en su codicia lamentándote de lo larga que era tu mala racha, de tener que deshacerte de aquellos tesoros arqueológicos que sacaste, escondidos y con riesgo de tu vida, de Irak. Aquellas tablillas cuneiformes únicas, rescatadas de la barbarie y sin parangón ni en el British Museum, el Louvre o los Museos Vaticanos. Para cuando le soltaste lo de que Beirut era la Suiza de Oriente Medio y un par de resonantes extranjerismos ya tenías en el bote a aquel paleto. Te elevabas hacia el cielo, papá, en aquel maravilloso contrapunteo de exotismo, exageraciones sobre el valor de aquellas tablillas y mesurados lamentos por tu actual condición que te obligaba a malvender tal tesoro sin, por supuesto, poder someterlo a una tasación oficial por ser arte sacado de contrabando. Claro, claro, dijo aquel imbécil que pensó estar ante el chollo de su vida y que se iba a aprovechar de aquel señorito arruinado. Le pediste una cantidad escandalosa para regatearle y darle así esa sensación de triunfo que se lleva cualquier turista estafado en el Gran Bazar. Cuando sacó un fajo de billetes de mil pesetas atado con una goma, te permitiste guiñarme un ojo. Acompañé hasta la puerta al chamarilero que, tras pagarte miles de duros por dos reproducciones de tablillas cuneiformes que no costaban ni un dólar en los mercadillos de Bagdad, ahora tenía una lógica prisa por alejarse con su botín del escenario del crimen. Aquel fue tu canto del cisne. Fue emocionante, fue asistir a la última carga de la Vieja Guardia Imperial en Waterloo. Luego, la nada. Así que un día intentaste saber en qué trabajaba yo, por qué tenía dinero. Te dije que trabajaba por la noche. ¿Ganas mucho, hijo? Gano bien, papá...Y sacaste el sable. Una y otra vez. Incluso intentaste liarme para no sé qué negocio fabuloso con un antiguo conocido. No lo podías evitar, era tu naturaleza. Me alejé de ti un día. Mentiría si dijese que me fui asqueado, enojado o con pena. Me extrañó, aún no había pasado por un psicólogo, e intenté reprochármelo, pero no sentí nada especial, simplemente que por fin me liberaba de una carga incómoda, de un estorbo. Yo también dejé de cogerte el teléfono o visitarte.

No volví a verte vivo.

El destino une puntos de manera caprichosa, papá. Instalarme tan de niño, siquiera por un tiempo, en tu reino de Nunca Jamás, me inhabilitó para los esfuerzos prolongados y las penurias de un trabajo normal, de una vida rutinaria. Acabé siendo un asesino. Resignándome a que matar era lo que mejor se me daba, a que el breve destello de la muerte de otros me proporcionara una vida distinta, excepcional pero cómoda. Las plazas de garaje, esa herencia sorprendente que conseguiste ocultar a los acreedores, y el asesinato selectivo como pilares de una vida tranquila, dedicada a la lectura y a placeres propios de un burgués ilustrado del xix. O mejor de un monje soldado, ateo y desertor de un mundo que no entiendo y que solo visito para asesinar. Vivir, desde luego, sin los sobresaltos y las emociones del precariado o de los parados de larga duración, todos Ulises forzados, fecundos en ardides para sobrevivir en la odisea neoliberal. Mi arte es secreto necesariamente, pero requiere ingenio, creatividad y voluntad. Al menos tal y como yo lo entiendo y ejerzo. Dostoievski escribía para jugar a la ruleta. Faulkner se prostituyó en Hollywood Babilonia. Bueno, Fernández bien puede ser mi Louis B. Mayer, recapacita Fortunato, mi productor, y estoy seguro de que me da más libertad. No me ofrece trabajos que sabe que no aceptaré. Elijo a quién matar. A quién asesinar. Soy un inconformista. Es mi luciferino *non serviam*.

Asesino.

A eso me dedico, por eso estoy esperando a que una borracha, una corrupta que asusta a otros como ella, se duerma.

Mala gente que camina y va apestando la tierra.

Papá, piensa Fortunato mientras enciende un cigarrillo, lo del dossier era verdad. Lo pude comprobar tiempo más tarde.

Tú ya habías muerto.

17

Después solo queda plantar el olvido en el estiércol de tu inconsciente.

FELIPE ALCARAZ,
Como si fuera un fantasma

Fortunato seguía sentado en la penumbra. Solo había encendido una de las lámparas. El ruido de la calle había desaparecido y por la ventana entraba la noche. Fortunato miró su reloj. Las doce y media. Todavía es pronto, se dijo, y sacó de su mochila una botella de agua, una manzana y una barrita energética. Claudita le dice que ella siempre prefiere actuar con el estómago vacío, que un puntillo de hambre le ayuda a estar más alerta. Presente, como dicen las actrices. A Fortunato le pasa lo mismo, comer ligero le evita amodorrarse, enviar sangre al estómago cuando la necesita llevando oxígeno al cerebro. No prevé complicaciones, no está nervioso. Esa mujer, la que va a matar, tiene el hábito de atiborrarse de alcohol y pastillas para dormir. Fernández me aseguró que hoy la harían beber tanto o más que de costumbre. Seguramente esté muy nerviosa, cabreada, necesitada de beber y desahogarse con la gente de su confianza. Se irá a su cuarto sola. Es lesbiana y su novia no ha venido con ella. Soledad, alcohol y diazepam, solo hay que esperar. En realidad, se dice Fortunato, yo solo voy a certificar algo seguro. A acelerarlo un poquito. Son los nervios de los suyos los que van a precipitar algo que podría llegar de manera natural. Sí, detrás de muchos de mis encargos suele haber una mezcla de miedo e impaciencia. En el fondo, piensa, todo es siempre una cuestión de tiempos, ¡qué cierto es eso de que la comedia no es más que la tragedia sostenida en el tiempo!

Fortunato mastica la barrita mientras viaja hacia atrás, los ojos abiertos y la mirada perdida en el momento en que su gran drama se convirtió en comedia. Su padre enfermó, leucemia y cáncer de pulmón, pero siguió fumando. Decía que para qué vivir sin poder beber, fumar o follar, aparejando una digna figura trágica, un cínico descreimiento, que echaba de inmediato abajo pidiéndole dinero de forma lastimera. Fortunato dejó de visitarlo o devolverle las llamadas.

Su padre murió solo un día lluvioso y frío de noviembre. Fortunato se levantó tarde y resacoso. Tenía varios mensajes en el contestador de la parejita de gais. Le habían buscado en la guía. Estaban preocupados porque le subieron un poco de tortilla y nadie contestaba al timbre o al teléfono. Su padre ya casi no caminaba más que de la cama al sillón. No salía de casa, así que sí era una mala señal. Fortunato se vistió deprisa, cogió un taxi, se encontró con los gais en el portal y entraron. Abrió con su llave. La casa estaba en silencio pese a ser mediodía. El sillón estaba vacío y la tele apagada. Cuando caminé el largo pasillo hasta tu cuarto ya sabía lo que iba a encontrarme y, a decir verdad, no recuerdo haber sentido mucha pena, o miedo. No, con cada paso sentía alivio. Por ti y por mí. Cuando por fin empujé la puerta entreabierta y te vi muerto, con los ojos y la boca abiertos, me quedé en silencio a los pies de tu cama. Tratando de entender cómo un personaje tan excesivo como tú, papá, podía haber dejado atrás un envoltorio tan penoso, pequeño, vacío y cerúleo. Tu piel era como una lona echada de cualquier manera sobre un montón de huesos desordenados y algunos rodillos de grasas. Nada parece estar en su sitio. ¿Qué coño es ese bulto puntiagudo en el esternón? Fueron los lamentos y lloros de la parejita los que me obligaron a afectar una pena que no sentía.

—¡Era un hombre tan bueno, tan culto!

—¡Y tan educado! ¡Un señor!

Gimoteaban y cantaban alabanzas a coro. He de admitir, asiente ahora Fortunato en el butacón mientras recoge y guarda minucioso cualquier resto de la barrita y la manzana en una bolsa de plástico que devuelve a su mochila, que me sorprendió la reacción de sincero dolor de aquellos dos hombres. ¿De verdad fuiste bueno y educado con ellos? Si lo fuiste fue por necesidad, sin duda, pero lo fuiste. Y eso me gustó. Aunque no se me debió notar.

—¡Pobrecito, estás en shock!

No, no estaba en shock. Pero dije que sí, les agradecí mucho que hubieran cuidado de ti y que me hubieran avisado, dije que necesitaba estar solo con mi padre para llorarle, los acompañé a la puerta...

—Gracias, gracias, de verdad que no necesito nada. No se preocupen. De verdad, de verdad.

—Pero si...

Medio empujándolos, cerré y respiré aliviado. Luego volví junto a la cama, agarré una silla y me senté junto a aquel resto que ya no eras tú, papá. En silencio. Traté de recordarte vivo y feliz, pero solo me venían imágenes deprimentes, de derrota. Intenté llorar y no pude. Así que me puse en marcha.

En esa tarde, que seguía lluviosa y fría, certificaron tu muerte, recorrí tu agenda, avisé a un par que me sonaban, dejé un mensaje sin muchas esperanzas ni ganas en el contestador de uno de tus ilustres familiares, organicé el velatorio y la cremación al día siguiente. El velatorio no porque pensara que vendría mucha gente a despedirte, sino porque contratando ambas cosas me hacían precio. Tenía más dinero que paciencia, la comercial jovialidad del tipo de la funeraria me resultó repugnante, dije a todo que sí y compré el paquete completo. El dinero siempre es el gran facilitador, compra eficiencia y compasión, así que por la noche ya estabas en una sala del tanatorio, expuesto tras un cristal con una corona que también iba incluida. Era tarde, llovía, estábamos solamente los dos gais, Laura, mi chica de entonces, y yo. La pareja de gais intentaba consolarme.

—Lo has hecho todo muy bien, muy deprisa. Seguro que mañana viene mucha gente a despedirle.

—¡Era un caballero!

Yo no estaba especialmente triste, así que Laura, que era muy maja, una tía muy divertida con la que apenas llevaba un mes de cama, debió sentirse confundida y acabó consolando a la desolada pareja de gais. Aquello era grotesco.

—Mirad, vámonos a descansar. Mañana vengo pronto, abro y estaré aquí todo el día, por si viene alguien —recuerda Fortunato que dijo mientras mira de nuevo su reloj. La una. Hay que esperar.

A la mañana siguiente, a eso de las ocho llegué al tanatorio de la M-30 con Laura. Seguía lloviendo y había un poco de niebla. Paisaje perfecto para velar a un muerto, le dije a Laura, que se limitó a sonreír y apretarme un poco el brazo bajo el paraguas. Me dio pena que tuviera que pasar por esto. No esperaba que viniera nadie. Confiaba en que los gais sintieran haber cumplido con el duelo. Yo solo le había comentado lo que había pasado a mis amigos más cercanos, a Julito, a Guille y al Arriqui, excusándoles por supuesto de venir dado que yo nunca iba a funerales y velatorios ajenos. Del linaje de mi padre no esperaba sino olvido y desprecio, y casi lo agradecía. No estaba muy seguro de cómo reaccionaría si alguno se atrevía a aparecer. Así que cuando vi a un desconocido esperando ante la cápsula cerrada, llorando bajo un paraguas, me sorprendí mucho.

—Buenos días.

—Tú eres su hijo, ¿verdad?

—Sí.

El hombre se abalanzó sobre mí, me abrazó llorando, transmitiéndome una ternura, un calor en aquella mañana fría de noviembre, en aquella muerte fría de mi padre, que me conmovió. Miré a Laura, que me sonreía llorando también mientras asentía con la cabeza.

—Le agradezco mucho esto. Perdone que le pregunte. ¿Usted era amigo suyo? No creo conocerle.

—Lo fui, lo fui en un tiempo... ¡Muy amigo, mucho! Es terrible, que Dios se lleve siempre a los mejores...

Su dolor era tan sincero que sentí haber juzgado mal a mi padre. Si alguien lamenta así tu muerte no puedes haber sido solo un canalla, un fracaso a evitar, un mal padre, un mentiroso para los demás y, lo que es peor, para ti mismo. Sentí que yo era la mala persona, que debía arrastrarme ante algún altar profano, cubrir mi cabeza con cenizas y pedirte perdón. Sentí las lágrimas subiendo, por primera vez, a mis ojos.

—Era una mujer maravillosa.

—¿Cómo?

Tomé a aquel señor de los hombros y lo separé de mí con la mayor delicadeza. Paladeando el momento. Anticipando algo glorioso.

—Sí, tu madre. Era una mujer maravillosa.

Las lágrimas se secaron antes de brotar y tuve que refrenar mis labios para que no dibujaran una sonrisa. Miré de reojo a Laura y la vi estupefacta, los ojos tan abiertos que parecían a punto de salírsele.

—Pero usted ¿a quién viene a ver?

—A Concha, a tu madre...

—No, hombre, aquí, en la cápsula que voy a abrir está mi padre. Mi padre. Se ha confundido usted de muerto.

—¡Virgen santa, perdóname, hijo!

El pobre hombre no sabía dónde meterse ni cómo disculparse. Y mientras yo degustaba el momento, agradeciendo a mi padre su vida exagerada aun muerto, aquel tipo se metía en un jardín mayor. Sí, se había confundido al mirar el número en esos paneles de aeropuerto que anuncian muertos y velatorios como puertas de embarque de los vuelos al más allá. Ya ni se molestaba en cubrirse con el paraguas, así que parecía licuarse ante mis ojos en disculpas cada vez más forzadas y ridículas.

—Ah, tu padre... Pues seguro que tu padre era también una gran persona... No hay más que verte a ti, se te ve lo buena gente que eres..., lo bien educado que estás. Y lo guapa que es tu mujer...

Yo, claro, no me molesté en explicarle que Laura no era mi mujer y que mi padre era un desgraciado, un estafador sin suerte. O que mi situación personal no era tan brillante como él parecía pensar: aparte de licenciarme en algo tan despreciado socialmente como Filosofía y Letras, traficaba con drogas. Asentí y me dirigí a la puerta dándole la espalda para que no me viera reír en silencio. Aquel desconocido fue el primero que aquel día se persignó ante el cuerpo presente de mi padre. Cuando se fue, Laura y yo nos quedamos solos un buen rato. Riéndonos de lo sucedido y luego, de pronto, en silencio. Su presencia se me hizo incómoda, la sentía como una testigo de la soledad en que mi padre había muerto. La convencí de que se fuera. Por fin estuve solo. Sentado en una silla, de espaldas al escaparate tras el que estaba el fiambre de mi padre. No sentía necesidad de verle o hablarle. Sabía perfectamente que él ya no estaba ni ahí ni en ninguna otra parte. De pronto abrieron la cápsula de enfrente y enseguida se llenó de gente. Aquel velatorio era un verdadero éxito de crítica y público. Pese a que intentaban no hablar muy alto, un murmullo creciente de conversación, rezos y alguna risa sofocada, muy de romería popular, me llegaba cada vez más fuerte. Cuando las primeras dos señoras —regordetas, tintes y ropas baratas, sujetando los bolsos contra su pecho— entraron me sorprendió. Esta vez no caí en el error de pensarlas amigas de mi padre, estaba claro que venían de enfrente. Traían una energía muy alta, divertida, que cambió cuando me vieron allí solo, sentado en una silla y con el muerto detrás. Callaron, se acercaron al cristal, se santiguaron y, solo entonces, vinieron a hablarme.

—¿Quién es?

—Mi padre.

—¡Ay, hijo, qué dolor! ¿Estás tú solo?

—Sí, señora.

—¡Qué pena!

—Te acompañamos en el sentimiento.

—Gracias.

—Oye, hijo, ¿a ti te importa que usemos el baño? Es que ahí enfrente no se cabe.

—Sí, hijo, es que está ocupado todo el rato.

Las miré en silencio. Solo entonces reparé en que apretaban las rodillas tanto como los bolsos.

—No, señoras, no me importa. Pasen al baño. No hay nadie.

Cuando se fueron con pasitos cortos y apresurados, sí te dediqué un pensamiento, papá, recuerda ahora Fortunato, te di las gracias por haber desatado las fuerzas cósmicas de lo ridículo sobre mí, por demostrarme que contigo por medio nada podía ser normal. Aquellas dos señoras volvieron a su velatorio y difundieron la buena nueva, así que pronto vinieron más señoras y hombres a repetir el ritual de necrológica compasión para acceder al paraíso de un baño libre. Una decente porción de humanidad inclinó piadosa su cabeza ante tu cuerpo y se persignó antes de evacuar. Algunos incluso, sin duda con muy buena intención, me invitaron a visitar yo el otro velatorio, algo que decliné amablemente y procurando no descojonarme en su cara. La parejita de gais llegó en ese momento. Lo agradecí porque supieron actuar como tus viudas y darle charla a meonas y curiosas. La verdad es que hablaban de ti muy bien, parecían dos señoras de provincias describiendo a un pariente importante, damas hablando de algún familiar misionero. Por lo que oía, recuerda Fortunato, estaba claro que los habías impresionado con tus historias, tus viajes, y que te reverenciaban casi como a una reliquia de otro tiempo, el vecino incorrupto del quinto. Aproveché que no había nadie que yo conociera en tu velatorio para salir a fumar. Seguía lloviznando, así que me refugié bajo un voladizo. Fue entonces cuando vi que se me acercaba un hombre. Un cincuentón calvo, anodino, bastante fondón, se notaba incluso bajo la gabardina, que le quedaba pequeña. No le reconocí al momento y no recordaba haberle visto dentro de la cápsula, aunque había algo que me resultaba familiar. Pensé que quizá fuera alguien de tu familia, papá, le miré la mandíbula y sentí que me tensaba como un arco.

El hombre notó algo porque se detuvo fuera de mi alcance, sonrió y negó con la cabeza.

—Mal, chaval.

—¿Perdón?

—Si vas a pegar a alguien, no lo anuncies retrasando el pie derecho. Cambia la posición de los pies al tiempo que das el primer golpe. Por lo menos no has tirado tu piti, eso está bien.

Yo lo miré de arriba abajo, en silencio. Sí, yo te conozco, pensó Fortunato. Fue entonces cuando el hombre sacó un paquete de Winston de la gabardina y se encendió uno. Se puso a mi lado bajo el voladizo y los dos nos envolvimos en humo mientras mirábamos la lluvia.

—Tu padre fumaba mucho, ¿verdad?

—Sí.

—¿Se ha muerto de eso?

—De eso y de tres o cuatro cosas más. Estaba hecho una mierda.

—Yo debería dejar de fumar —dijo el hombre—. Y demandar a los del Winston. En América se puede denunciar a las tabacaleras, sacarles pasta.

—Yo te conozco, ¿no?

—Sí, Fortu, claro que me conoces. Pero han pasado unos años. Yo también estoy hecho una mierda.

—¿Y te llamas...?

—La última vez que nos vimos te di una tarjeta. En el Osiris, ¿te acuerdas? Ibas muy pasadete.

—¡Ah, hostias! Claro, me querías reclutar para espía. Cómo era..., ¿González?

—Buena memoria. Pero me llamo Fernández. Llámame Fernández.

—¿Es tu nombre de verdad? ¿Solo Fernández?

—Sí.

—¿Sí qué?

—Sí y sí.

—¿Y qué haces aquí, Fernández? ¿Eras amigo de mi padre?

—Amigo, no. Le conocía, durante un tiempo me tocó vigilarlo. Por si hacía alguna tontería, bueno, ya sabes que anduvo metido en cosas. Cosas del gobierno. Un pájaro tu padre.

—No te atrevas a hablarme de mi padre.

—Tranquilo, chaval. Solo quería situarte. Bueno, que siempre he estado ahí, digamos que haciéndote una evaluación constante. Al principio, simplemente por ser hijo de tu padre. Una debilidad a estudiar, quién sabe si un día no tendría que apretarle contigo. Era a él a quien vigilaba desde que volvió de Irak. Pero luego vi tu potencial. ¿Te acuerdas de la acampada, del tío con el hacha?

—Sí, como si lo tuviera ahí delante. También de las hostias que nos metías por divertirte.

—Tú nunca lloraste. Sentí curiosidad, chaval. Te lo dije en el Osiris, buscábamos perfiles nuevos. Pero estabas tan colocado que ni te enteraste. Te he seguido todos estos años, Fortu, y creo que estás listo.

—¿Para ser espía? ¿Otra vez con ese rollo?

—No, ya no. Yo tampoco lo soy. Ahora estoy en el sector privado, soluciono problemas. Contratista independiente. No me gusta hablar de mí.

—Entonces no eres una persona decente.

—¿Qué dices, chaval?

—¿De qué puede hablar un hombre decente? De sí mismo. Dostoievski. ¿Lo has leído?

—No. Para mí los que hablan de sí mismos son unos pesados. Prefiero que hablemos de ti. Podrías serme muy útil. Pero para ello necesito dos cosas: una que te apartes para siempre de esos mafiosillos de tres al cuarto. Ahora que todavía no estás fichado.

—¿Lo sabes?

—Lo sé yo. Lo sabe la poli. Apártate de ellos. Esos camellos no son nadie. Cumplen su función, proporcionar arrestos. Se les deja actuar un tiempo, venden sus mierdas, todo el mundo gana dinero y se les detiene cuando conviene que alguien se ponga una medalla. A veces en una chabola, otras en un chaletazo, pero siempre con una cámara de televisión delante. La gente necesita estas pelis. Pronto caerán tus colegas, uno detrás de otro. Ya están marcados. Habrá otros nuevos que mantengan el circo en marcha, caerán también.... Tú no quieres ir a la cárcel con ellos, ¿verdad? Se acabaron los malotes. Por cierto, ese amigo tuyo con el que hacías cositas, el Galleto...

—¿Qué pasa con él?

—Está muerto.

—¿Cómo que está muerto?

—Pues eso, chaval. Que se murió.

Fortunato apuró una última calada y arrojó lejos la colilla.

Ni preguntó cómo ni le costaba imaginarlo. Se forzó a no mirar a aquel hombre, a que este no pudiera fisgarle dentro a través de sus ojos. Fernández apagó su colilla pisándola. La lluvia tecleaba contra los charcos.

—La segunda cosa que necesito de ti es que aceptes un regalo, chaval. —Fortunato pudo oír el siseo de la serpiente antes de atacar.

—¿Un regalo?

—Un viaje para dos a Zanzíbar.

—¿Qué? —Ahora no pudo evitar mirar a Fernández. ¡Zanzíbar! ¡Zanzíbar! Era imposible que nadie le ofreciera un destino más apetecible, más legendario, más literario. Fortunato sintió, ahora sí, admiración y miedo. La magia de este hombre era poderosa.

—Sí, Zanzíbar, sé que te gusta viajar. Está en África, en el océano Índico, frente a Tanzania y...

—Sé dónde está Zanzíbar. Pero ¿por qué?

—Quiero que hagas un encargo, algo para mí. Digamos que será tu selectividad para acceder a otra vida. Vuelo chárter, una semana con gastos pagados en un hotel de esos de pulserita, no chinchas ni los pitillos. Yo te diré que hagas una cosa y si la haces bien, habrá más encargos.

—¿Tengo que traer o tengo que llevar?

—Nada de eso. Hacer una cosa allí, para mí.

—¿Viajo contigo?

—No, no, ni que fuéramos maricones. No, llévate a tu chavala. Lo vais a pasar de puta madre. Me han dicho que es precioso, rollo Punta Cana. El encargo te llevará solo un rato, en algún momento.

—¿Y por qué haría yo esto?

—Porque eres inteligente, hablas idiomas, te gusta viajar, crees que eres alguien muy especial y no te gusta mucho la gente.

—Dicho así me suena a insulto.

—No, todo lo contrario. Para mí son virtudes. Hazme caso. Te vendrá bien. Te despejará de esto de tu padre. Y está muy bien pagado.

—¿Cómo de bien?

—Bien, muy bien. Ya lo verás si aceptas.

—Necesito pensarlo.

—Claro. —Fernández sacó una agendita y garabateó una dirección. Arrancó la hojita, se la dio y dijo que era su oficina. Fue la primera vez que Fortunato oyó hablar de ella—. Pasado mañana ya habrás acabado con este asunto de tu padre. Vente a última de la tarde, te cuento y decides.

—Lo haré.

Fernández sonrió, sacó otro Winston, lo encendió, se escondió con el humo y el cuello de la gabardina y Fortunato volvió al velatorio. Al hacerlo cruzó frente al de las meonas y le llegó un murmullo sólido de penas y elegías. Entró en el de su padre. Dentro solo estaba la parejita de gais. Parecían cansados. Fortunato les facilitó la retirada.

—Muchas gracias por venir. Ahora me gustaría estar solo con él.

La parejita se fue, no sin antes preguntar a qué hora sería la cremación. Fortunato los despachó diciendo que sería un acto íntimo, solo para la familia. Los gais se miraron apenados, se despidieron y se fueron. No sin antes saludar a un montón de nuevas amistades del otro velatorio.

Nadie más entró, nadie más vino a ver el cadáver o a verlo a él. Fortunato lo agradeció. A la mañana siguiente seguía lloviendo. Fue solo. Laurita se ofreció a acompañarlo, pero Fortunato le dijo que no hacía falta. Le dieron la urna con las cenizas y mientras salía del crematorio se preguntó si quería conservarlas. El recipiente era feo, no le veía mucho uso, y lo que había dentro no era ya su padre, sino una bolsa de plástico con restos orgánicos, principalmente fosfato de calcio. Descartó la idea de arrojar cenizas y huesecillos en el Retiro o la Casa de Campo por parecerle una guarrada. Además, su padre nunca fue de paseos por el parque. Esnifarse parte, como contaban que hizo Keith Richards con las de su padre, estaba descartado por idea teatral y poco higiénica. ¿Tirarlas en algún lugar donde fue feliz? ¿Cuál? En un puticlub tampoco parecía una opción, aunque sonrió ante la idea de contratar a unas chicas para que le lloraran, plañideras con zapatos de plataforma y muy maquilladas, pitillos y benjamines en mano. ¿Seguiría la Popotitoz en activo? ¡Espero que no, pobre mujer!, pensó Fortunato. Le apenó no recordar a su padre realmente feliz en ningún sitio. Quizá Bagdad, pero eso era imposible ahora. Seguía debatiendo qué hacer cuando llegó a su casa. Y la duda más que atormentarle le generaba incomodidad porque en su mente cada vez ocupaba más espacio la oferta de Fernández. Era en eso en lo que Fortunato quería concentrarse y no en qué hacer con esos fastidiosos residuos que para nada asociaba ya a su padre. Prueba de ello es que, en su soliloquio, Fortunato en ningún momento interroga a la urna. ¿Me conviene aceptar e ir a Zanzíbar? ¡A saber qué quiere este tío! Claro que es verdad que me conoce, que me tiene controlado desde hace tiempo. Y lo del perico ya huele, ha durado demasiado. Algo tengo que hacer, de algo tengo que vivir. ¡El Sultanato de Zanzíbar, un lugar de leyenda, embarcadero de especias y esclavos negros para los reinos árabes! ¡Otra vez los árabes! ¿Estuvo Rimbaud en Zanzíbar? No lo sé, lo buscaré, cabeceó Fortunato sintiendo una ansiedad física, dolorosa, por leer, por saber sobre esa isla. No miró la urna cuando pensó que esa aventura africana hubiera fascinado a su padre, que él hubiera aceptado de cabeza. ¡No quiero ser como tú, papá!, le dice Fortunato al vacío, pero esta te la debo. Ya tendré tiempo de negarte, de borrarte de mi memoria, de construir mi día a día como una celebración de no ser tú. De ser feliz para no ser tú. Decidió ir a la tarde siguiente a ver a Fernández, escuchar qué le tenía que ofrecer con ganas de que fuera algo tan especial, rentable e irrenunciable que no pudiera negarse. Estaba claro que no sería algo sensato, algo en interés de una normalidad saludable. Dijo que solucionaba problemas, valora mis idiomas, mi formación. ¿Será hacerse con una información valiosa? Pero, se contestó Fortunato, también dijo que no había que traerse nada. ¿Sensatez? ¿Normalidad? ¡No me criaste en ellas, papá! Acto seguido abrió la urna, sacó la bolsa de plástico con las cenizas, agarró unas tijeras, cortó con cuidado el borde por miedo a que empezaran a volar por el aire, levantó la tapa del inodoro, arrojó el fosfato cálcico y tiró de la cadena. Un par de veces bastaron para que su padre desapareciera. La urna vacía fue a la basura. Y la basura al cubo del portal. Mientras volvía a su piso, se felicitó por estar solo, por no haber tenido testigos de todo este proceso. Hay cosas que son difíciles de aceptar por la gente, que le genera una opinión apresurada e injusta de los demás. Es mucho más fácil colocar etiquetas, meter en categorías y organizarse en ritos generalizados y tranquilizadores. ¿Por qué, razona Fortunato, es mejor o más aceptable conservar las cenizas de un muerto en una repisa, o sus restos putrefactos en un agujero carísimo, que echarlos limpiamente por un desagüe? ¿No es acaso esa fervorosa necrofilia un resto de antiguas supersticiones y pilar del saneado negocio de la muerte? Si por él fuera, hubiera dejado el cuerpo de su padre en un pudridero indio, para que la muerte alimentara la vida. Total, su padre ya no era ese pellejo frío. O, de tenerlo, lo hubiera enterrado en un jardín por evitarle a los posibles transeúntes el desagradable espectáculo de la vida y los procesos de la naturaleza sin el filtro de *National Geographic* o los documentales de La 2. Un buen fertilizante, pero Fortunato no tenía jardín. Sonrió pensando en la posibilidad de abonar unos geranios con las cenizas de su padre y que salieran flores con su cara. Pero tampoco tenía geranios y las cenizas ya iban por las alcantarillas, imaginaba que previo paso por una depuradora, hacia embalses, ríos y mares. En fin, la gente es muy prejuiciosa y prefiere guiarse por unas convenciones comunes, algunas francamente ridículas. A él, piensa Fortunato, no le hace falta conservar esos restos en un bote a la vista para recordar al hombre que, incineración mediante, los produjo. Pero la gente no suele pensar así. Suele huir de quienes se apartan de las normas, de la cordura establecida y sus supuestas ventajas, para vivir según su voluntad.

Al día siguiente fue a ver a Fernández y escuchó por primera vez varios grandes éxitos de Nino Bravo seguidos. No todos porque la conversación no duró mucho, o no demasiado teniendo en cuenta de lo que hablaron. Fernández le dijo sin muchos rodeos que lo que tendría que hacer en Zanzíbar era asesinar a un tipo, podía ser que a dos. Pero que el encargo era matar específicamente a uno. El otro daba igual. Fortunato lo miró en silencio y por fin habló.

—Tú estás *zumbao*.

—Eso mismo me dijiste cuando lo de la acampada, chaval.

Pero Fortunato no se levantó y se fue. Se quedó clavado a la silla y a los ojos de aquel hombre. Fernández expuso sus razones. Te he vigilado, sé quién eres, sé la furia que llevas dentro, chaval, y no digo que sin razón. Sé que puedes ser extremadamente frío y violento si hace falta. Preciso en el daño. No te pones nervioso fácilmente y, sobre todo, sabes que eres especial y desprecias a la gente. No a toda, corrigió Fortunato. Pero sí a determinada clase de gente, insistió el ex espía. Te aseguro, chaval, que este tipo al que matarás si aceptas, es un mierda en el más amplio sentido de la palabra. Mala gente y un problema serio para otras personas, que están dispuestas a pagar muy bien por librarse de él. Además, Fortu, tienes gustos caros, te gusta viajar, deslumbrar a las chavalas, ¿verdad? Pero no tienes trabajo y lo que has estudiado no te lo va a dar. ¿Por qué coño has estudiado eso que no vale para nada? Fortunato alzó las cejas, se encogió de hombros y dijo que porque le gustaba. Fernández insistió. Mírame a mí, chaval, mili y la universidad de la calle, que es la mejor. Fortunato sonrió y trató de ocultar el desprecio que sentía ante ese lugar común de los que se enorgullecen de su ignorancia. La calle no es ninguna universidad, si acaso un pobre seminario de maldad y mezquindades. Lo cierto es que Fortunato seguía allí sentado, escuchando a ese hombre vulgar, calvo, gordo y con ojos de besugo, rojos por el humo de los Winston que encendía uno detrás de otro, proponerle matar a una persona. Fortunato no solo se sorprendió por no escandalizarse sino porque quería saber más.

—¿Quién es? —preguntó.

—Eso solo te lo puedo decir si aceptas, si me das tu palabra de hacerlo, chaval.

—¿Con mi palabra basta?

—No querrás que te firme un contrato, ¿verdad?

—No, claro.

—Si te lo cuento no hay vuelta atrás.

—Ok —aceptó Fortunato.

Y Fernández se lo contó. El encargo era un concejal de urbanismo de una ciudad del Levante, paraíso de recalificadores, promotores y especuladores enloquecidos por la nueva *gold rush* ladrillera que alentaban el gobierno y sus secuaces autonómicos. Se había vuelto codicioso y estaba chantajeando a los que le habían dado un puesto en las listas y el cargo. Un imbécil desagradecido, le dijo Fernández. Sí, hay gente que no sabe parar, concedió Fortunato. Sí, el chantaje perjudica seriamente la salud, se burló Fernández, ¡deberían ponerlo en las cajetillas! Sin duda es un deporte de riesgo, añadió Fortunato sonriente, ahondando en la complicidad. Fernández sacó una foto de un sobre.

—¿Es él?

—Sí, chaval. Jaume *Tete* Blasco.

Fortunato lo miró con calma mientras Fernández le seguía dando detalles.

—Es maricón, su novio trabaja de *stripper* en discotecas y despedidas de soltera. Se llama Rony. Van a Zanzíbar para poder estar juntos, viaje de enamorados, llevan un año y pico viéndose. A escondidas, claro. El mariconazo este va de muy machote, hasta hace nada tenía novia y decía que se iba a casar, por la Iglesia. El Tete bebe, se mete coca en cantidades industriales, pastillas, es muy fiestero. Mucho *after* y mucho *popper*. Por supuesto folla con otros. Rony no, Rony es fiel.

—¿Y cuál es el chantaje?

—Eso no es asunto tuyo.

—Ya. Oye, Fernández, a ti no te gustan los gais, ¿verdad?

—No, no me gustan los maricones. ¿A ti sí?

—Mis problemas con la gente no tienen nada que ver con sus preferencias sexuales. ¿Y por qué en Zanzíbar?

—Es una buena oportunidad. El Tete y Rony se han comprado unas vacaciones allí. Está lejos, malas carreteras, accidentes de buceo, envenenamientos alimentarios, serpientes, arañas, pocos y malos hospitales... Poca y mala policía, país musulmán, ellos dos locazas... Tiene mucho potencial. ¡Joder, yo es que de verdad no entiendo por qué la gente paga para ir a sitios así! Todo lleno de negros que no entiendes. Con lo bien que se está en nuestras playas.

—¿Por qué no aquí? —insistió Fortunato.

—Aquí hay mejor policía, o más cara. Y más gente al tanto. Periodistas. Zanzíbar está muy lejos, se acaba de abrir como destino turístico desde España. Habrá cierto descontrol. Y hace falta más imaginación para pensar que se lo han cargado en unas exóticas vacaciones. ¡Que parezca un accidente!

Fortunato volvió a mirar la foto del Tete.

—¿Qué te parece el nota? —preguntó Fernández.

Un cuarentón intentando parecer treintañero. Muy bronceado y con el pelo engominado y peinado hacia atrás, más largo en la nuca para que se rice en caracolillos. Dentadura perfecta, demasiado blanca, seguramente lleva carillas. Cadena de oro con Virgen y Cristo al cuello, no tamaño *gipsy kings* pero tampoco discreta. Polo fresa chicle con el cocodrilo bien visible, tanto y tan grande que seguramente es una falsificación. Un tipo con pasta que compra imitaciones, un listillo. En la muñeca, pulsera con la bandera y un reloj enorme, un intento de lujo aparatoso que denuncia una necesidad de reconocimiento, de estatus. Hijo de trabajadores, pocas generaciones le separan del hambre, poca educación y mucha ambición. Miedo a la miseria. Un hortera desclasado. Fortunato sintió en ese instante que no le costaría matar a ese tío.

—Pues eso, un nota —contestó Fortunato—. ¿Y qué pasa si no lo hago, si me echo atrás o no encuentro cómo?

—Ahora ya es tarde. Ese julay no puede volver. Ahora tienes que hacerlo. Tú verás cómo, chaval, si no...

—¿Me estás amenazando, Fernández?

—¡Hay que joderse! ¿Por qué será que la gente se siente amenazada cuando le recuerdas sus compromisos? Te lo avisé.

Fortunato intentó valorar el peligro escarbando en los ícticos ojos de aquel hombre. Estaban muertos, contradecían la aparente jovialidad que su cara desplegaba en las cejas, la sudorosa frente, los mofletes o la carnosa boca. Pero los ojos no, Fortunato se asomó a un abismo y así permitió que la honda negrura se asomara también a la suya. Tuvo frío.

—¿Cuánto? —preguntó, apartando la mirada hacia un viejo almanaque.

—Medio kilo. Está muy bien pagado. Encontraría quien lo hiciera por mucho menos, pero estoy invirtiendo en ti, chaval. Te tengo fe.

Tres días después Fortunato tenía dos billetes Madrid-Stone Town-Madrid en un chárter de Air Europa, un sobre con tres mil dólares para posibles sobornos y alojamiento todo incluido en un hotel playero de cuatro estrellas superior, junto a varios cientos de desconocidos, el Tete, Rony el *stripper* y Laurita, gentileza de Fernández y Halcón Viajes.

Sí, ese fue mi primer encargo, piensa Fortunato.

Mira el reloj.

La borracha ya debe estar en un sueño profundo.

Es hora de bajar a su cuarto y asesinarla.

18

Todo el mundo tiene un plan, hasta que le das
la primera hostia.

MIKE TYSON

Fortunato se mira en el espejo del cuarto de baño. Chequea
por última vez que el peluquín y sobre todo el bigote sigan en
su sitio. No tiene problemas con la inmovilidad. La paciencia
es una virtud en su oficio, como lo es para cierto tipo de caza-
dores y casi todos los pescadores. Quietud que siempre se
resuelve en unos instantes de intensa actividad y en la muerte
de alguien o de algo. El tul del bigote, la malla sobre la que van
cosidos los pelos, se ha despegado un poco, así que Fortunato
aplica un poco de *mastix*, espera unos segundos dándose aire
con la mano y presiona el postizo. El peluquín está perfecto.
El cuarto de baño mezcla con practicidad las últimas novedades en sanitarios con la decoración estilo Imperio del resto de
la habitación. El estilo Imperio siempre funciona entre la gente con dinero, pero sin un criterio estético formado, principal
clientela de estos hoteles caros del centro. Ofrece a gente con
billetes, pero sin pedigrí, como la borracha que va a asesinar,
un historicismo asequible, recargado y propagandístico, sin
la radicalidad dramática de un Luis XV o la ligereza neoclási-
ca del Luis XVI. Además, herencia del paso de Napoleón por

Egipto, permite incorporar ligeros toques orientalistas de muy buen tono, así que en el cuarto de baño conviven lavabos de mármol, griferías doradas y láminas con palmeras, camellos, esfinges y pirámides con lo último de Roca.

Una vez satisfecho con su bigote, Fortunato regresó al salón, pasó de un Gizeh sobre azulejos a mirar una *veduta* de El Cairo en la pared entelada en delicados listones pastel. Sobre la mesa tiene desplegado todo lo que va a usar para el asesinato, una metáfora perfecta de la máxima de Esculapio de que la diferencia entre medicina y veneno está en la dosis. El Galleto no sabía nada de Esculapio, pero decía algo muy parecido del perico. Fortunato hace una última comprobación, asiente y lo mete todo en su mochila. Agarra la llave del cuarto de la borracha y la guarda en el bolsillo derecho del pantalón mientras mira un grabado que representa a Champollion mostrándole a Napoleón la piedra de Rosetta. Es lo último que ve Fortunato antes de retirar su llave del interruptor general y salir de su cuarto hacia el ascensor. Camina por el silencioso pasillo. Camina. Y su mente se va definitivamente a África. Al primer y único viaje chárter que Fortunato ha hecho en su vida. Laurita y él llegaron pronto a Barajas. Fortunato siempre llega pronto a los sitios, prefiere esperar a las prisas. Así que facturaron de los primeros en el mostrador de Air Europa, apenas si vio gente detrás de él y desde luego no a Tete Blasco y a Rony. Cruzaron el control de seguridad incrustándose en una riada de gente emocionalmente excitada, presa de alegrías exageradas, pero también de alguna tristeza exhibicionista, de donde dedujo Fortunato que toda aquella gente eran turistas, iban o volvían de vacaciones. Lo más afectados, de separarse o a encontrarse con seres queridos. Grupillos de adolescentes que a duras penas se retenían lo suficiente para no dar rienda suelta al vandalismo con el que soñaban en el mismo aeropuerto. Incluso Laurita le miraba con los ojos muy abiertos y mostrando toda su perfecta dentadura en un torbellino de risas y palabras atropelladas. No paraba de decirle la de encargos que le habían hecho.

—¿Encargos de qué?

—¡De cosas africanas! Seguro que todo está muy barato, ¿no?

Fortunato asintió sintiendo que todo a su alrededor hedía ya a barato. Sonrió pensando en su padre, el viajero cosmopolita, y lo cruel que podía ser ante ciertas situaciones. Fue en la sala de embarque donde Fortunato empezó a tener una idea clara del paisaje humano que le rodearía durante una semana en Zanzíbar. Gente con un agresivo mal gusto, tendencia a socializar mediante el rudimentario ardid de hablar a voces para incluir a cualquiera con una capacidad auditiva normal, lo quisiera o no, en sus conversaciones. Le sorprendió el gregarismo instintivo, automático, por el cual toda esa gente, vestida en su mayoría con ropa barata en colores chillones, licras y accesorios promocionales de bebidas alcohólicas, refrescos, cigarrillos, discotecas y equipos de fútbol, se sentían ya parte de un todo, de un ser pluricelular y agresivo contra cualquier forma de individualismo o tentación de privacidad. La propia Laurita había pegado hebra con una madre cuarentona, con bisutería étnica de grandes almacenes ya al cuello y su lánguida hija, ambas tocadas con unas aparatosas pamelas, probablemente inspiradas por algún reciente visionado de la versión telefilme de *Muerte en el Nilo* o alguna otra mierda colonialista detectivesca de Agatha Christie, de esas en las que ricachones blancos y su no menos elitista servicio blanco se asesina en lugares exóticos donde los indígenas no aparecen sino como camareros. Las pamelas eran del todo inapropiadas para un largo viaje en turista pero, pensó Fortunato, no quisieron facturarlas para que no se arrugaran. Madre e hija eran de Tarrasa y se quejaban ya del madrugón para coger el vuelo de conexión a Madrid. Del bolso étnico de la madre asomaban una novela de Barbara Cartland y el *¡Hola!*, en cuya portada sonreían estúpidamente a la puerta de su mansión unos condes de larguísimos y compuestos apellidos centroeuropeos. La hija sonreía todo lo que hablaban Laura y su progenitora mientras retorcía entre sus manos un *walkman* y apretaba botones al azar. Fortunato sintió pena por ella y decidió mirar a otro lado. Así que esto es un viaje en grupo, pensó, ¡en verdad la fealdad y el mal gusto son manifestaciones de un mal profundo y polimorfo! Claro que, en esta época, el joven Fortunato tenía aún una muy alta opinión de sí mismo y todavía no había pasado por terapia para entender por qué, reconoce el hombre que ahora espera frente al ascensor. Además, recuerda también, Laurita era espectacular, un bellezón que tampoco encajaba para nada en semejante rebaño de criaturas adiposas o escuálidas, papadas y vientres imposibles sobre piernas como palillos, lo que acentuaba su sensación de extrañeza ante esta muestra demográfica de los efectos indeseables de una alimentación barata y el acceso indiscriminado a las calorías vacías. Andaba Fortunato cual joven y desdeñoso Apolo en las alturas olímpicas, inmerso en estos categóricos pensamientos cuando, ¡por fin!, poco antes del embarque, aparecieron el Tete y Rony y se sentaron no muy lejos de Laurita y él. Ambos venían ya bronceados de rayos UVA, en esa época del año aún no era temporada de playa en España, y compartían un algo oleoso. Dejaron desde el principio muy claro que eran importantes ignorando a los que les rodeaban, lo cual no deja de ser otra manera de socializar. Establecieron una ruidosa privacidad mostrando una masculinidad exagerada, caricaturesca, trufada de sonoros *chiquet!*, *fill de puta* y ¡me cago en la *llet*! Bueno, en realidad, era el Tete quien llevaba la voz cantante, exhibiendo una mirada oblicua y displicente. Se apreciaba, pese a sonreír tanto que parecía tener más dientes de lo normal, un rictus de tensión en su cara, subterráneo, disimulado, pero visible y propio de los ambiciosos y de los que creen que el universo les debe algo.

Bromeaba con Rony, mostrando al resto que solo tenía interés en él, mientras que el *stripper*, que se debía sentir ya en África y se había quitado una cazadora vaquera para quedarse en camiseta de tirantes con el logo de una macrodiscoteca de Benidorm, asentía y reía moviendo sus anabolizados seudópodos con la misma expresión de inteligencia de una ameba. Fortunato recuerda haber sonreído aliviado al pensar que, ya antes de despegar, odiaba cordialmente a Jaume *Tete* Blasco y a su enamorado.

La puerta del ascensor se abrió y en él entraron Fortunato y los ciento noventa pasajeros de su recuerdo, su encargo y el novio incluidos, pulsó el botón del piso de la borracha durmiente y dejó que su memoria apretara las duras tetas de Laura contra su brazo. En el espejo solo se reflejaba él, pero allí que iban todos como en aquel vuelo eterno de Air Europa con destino a Stone Town. Fernández había tenido un detalle y había pagado un suplemento, una especie de clase preferente. Era un vuelo chárter y toda la cabina estaba configurada como turista, todos los asientos iguales, con el mismo sádico espacio para las piernas, ya fueran de un gnomo o de un buen mozo como Fortunato, y sin mamparas ni cortinas de separación. Pero a cambio de un buen pico, los de las tres primeras filas se podían sentar dos en filas de tres, recibían un cava en copa de plástico y algo más de bazofia en sus bandejas. Fortunato y Laura iban en la primera fila. Comprobó que el Tete y Rony estaban sentados en la segunda, al otro lado del pasillo, cuando el avión cerró puertas y decidió olvidarse de ellos. Comentó con Laura algún detalle sobre el despegue y el vuelo, compartieron bromas privadas sobre la fauna y flora que les rodeaba, y Fortunato se enfrascó en la lectura de *El sueño de África*, de Javier Reverte, mientras Laura curioseaba en la Guía del Trotamundos de Zanzíbar y Tanzania. Pronto Fortunato se perdió en una narración deliciosa sobre culturas africanas, esclavos, especias, exploradores, colonizadores biblia en mano, fuertes portugueses, sultanes esclavistas, abolicionistas e imperialismo de cañoneras, almacenando esa información para desplegarla luego ante una fascinada Laurita. Fortunato estaba firmemente decidido a unir lo útil a lo agradable, encargarse del corrupto concejal y deslumbrar a la chica, a buscar rincones bonitos en el previsiblemente espantoso hotel todo incluido de cuatro estrellas y a acariciarla con palabras e historias bonitas mientras un sol de fuego se hundía en el Índico para paliar la vulgaridad circundante.

El vuelo fue largo, muy largo. Entraron en África por el delta del Nilo, sobrevolando Alejandría, y Fortunato le habló a Laura de amores eternos, de Antonio y Cleopatra, bibliotecas que arden y sabiduría perdida. Alternando erudición con detalles mundanos y románticos para no aburrirla. Luego el avión voló hacia el sur siguiendo el curso del gran río. Incluso a los diez mil metros a los que vuelan los aviones comerciales, se distinguía perfectamente a ambos lados del cauce y durante miles de kilómetros la franja verde, fértil, las tierras que inundaba el río en sus crecidas y donde el hombre siembra desde hace decenas de siglos. Sus límites rectos, como dibujados, encajonados por el desierto rojizo. Laura lo encontraba un paisaje curioso, pero no estaba tan conmovida. Le preguntó por qué se emocionaba tanto. Ahí Fortunato le explicó lo que era un stendhalazo y que, gracias a los libros, él podía rellenar lo que veía de seres humanos reales, de faraones, sacerdotes, guerreros en ligeros carros, campesinos y esclavos.

—Te montas una buena peli en la cabeza, ¿no, tesoro?

—Una superproducción, mi amor.

La escala en Luxor para repostar le pilló hablándole de Akenatón, el faraón hereje, y su intento monoteísta, trufando su relato con elogios a la belleza de su churri, Nefertiti, y notas truculentas sobre el descubrimiento de la tumba de su famoso yerno Tutankamón, la maldición y...

—Pero ¿cómo que no podemos bajar?

—Es una escala para repostar. Nadie del pasaje baja ni sube, señor. No será muy larga.

—Pero ¿por qué no podemos fumar?

—Por seguridad, señor. Es recarga de combustible.

—¡Pues déjenos bajar a la terminal! ¡Por el amor de *Déu*!

—No se puede, señor, por favor, vuelva a su sitio. Vuelvan todos a sus asientos y no se abrochen los cinturones, por favor. Ahora pasaremos con un carrito de bebidas.

—¡Yo quiero fumar! ¡Y si no, la hoja de reclamaciones!

Tete Blasco, ignorando las normativas internacionales de aviación civil, había decidido encabezar de manera espontánea el descontento general y amorfo, propio de un vuelo tan largo e incómodo, y convertir al pacífico ganado de a bordo en virulentos *sans-culottes* que jaleaban a su líder. Aquel Dantón de vía estrecha, flanqueado por su musculoso *mignon*, buscó con los ojos la complicidad de Fortunato, a lo que este contestó colocándose las Ray-Ban Wayfarer negras, rescatando la atención de Laurita y acentuando el carácter íntimo de su conversación sobre técnicas sexuales del Imperio Medio con ella. Para cuando retomaron el vuelo, Jaume *Tete* Blasco ya era el líder por aclamación de aquel heterogéneo grupo de españoles de clase media baja que habían pagado por un paraíso atendido por negros de pulseritas, copas gratis, playa, karaoke y animación en español. Y que no estaban desde luego dispuestos a que nadie les negara nada en su difusa y exagerada concepción del todo incluido. Fortunato pensó que la mala educación y la agresividad populista del Tete lo hacían más asesinable.

El resto del largo vuelo lo hicieron sobre enormes junglas y largas playas. Cuando aterrizaron en el aeropuerto de Stone Town, la capital de Zanzíbar, Fortunato detectó cierto nerviosismo entre las azafatas, cuchicheos, idas y venidas a la cabina, pero no le dio importancia. Cuando se bajaron y caminaron por la pista hacia la terminal, una especie de almacén con techo de uralita, la cosa empezó a ser más llamativa. Cada pocos metros había un soldado, todos muy flacos, con uniformes holgados que debían ser heredados de tropas más lustrosas, cascos grandes y un AK-47 cruzado sobre el pecho. Tan pronto como Fortunato y su grupo empezaron a andar, por el lado opuesto de la pista caminó un tropel equivalente de españoles hacia el avión. Parecían con prisa por subirse y todos tenían expresiones de alivio. A Fortunato esto ya le preocupó más y se preguntó por qué tanta urgencia, no estaban esperando a limpiar el avión, y no es que imaginase un grupo de bantúes danzando a pie de pista para recibirles, pero desde luego tampoco tipos armados con Kaláshnikov y cara de pocos amigos como primera imagen del potencial turístico de Zanzíbar. Fortunato no dijo nada a Laura, que parecía feliz por haber aterrizado y se estiraba como una gata mientras andaba, maravillada por el calor pegajoso y húmedo. El resto de sus compañeros de viaje tampoco parecían sorprendidos por otra cosa que no fuera el clima y lo rústico de la terminal hacia la que caminaban. Al entrar en ella fue cuando Fortunato se dio por jodido y empezó a asustarse. El trámite de recogida de equipajes consistió en pagar unos cinco dólares a los sudorosos y visiblemente sobreexcitados funcionarios locales para que dejaran de abrazar tu maleta y te la dieran. Pasado el control de pasaportes —a él le tocó un negro gordo que le miró muy serio mientras estampaba un bonito sello y le hacía sentir un más que justificado y secular odio racial hacia los blancos en general y hacia él en particular—, salieron a una amplia sala llena de extranjeros y nativos, soldados y civiles que se movían frenéticos y juraban en varios idiomas. Nadie parecía estar allí esperándolos. El calor condensaba toda esa actividad en gotas de miedo que caían de exhaustos y viejos aparatos de aire acondicionado. De manera instintiva y según iban llegando, los del grupo se fueron apiñando asustados ante lo que, definitivamente, no parecía una de las actividades de animación incluidas en el paquete. Laura también se puso ya nerviosa ante tan imprevisto y excesivo color local.

—Oye, Fortu, ¿aquí no debería haber alguien para recogernos?

—Sí, sí debería... Espérame aquí, voy a preguntar.

Fortunato intentó averiguar algo de un negro que aseguraba a un grupo de holandeses que su vuelo ya estaba a punto de aterrizar y que abordarían en breve. Le preguntó en inglés por los guías del turoperador, pero el africano le miró solo un segundo, negó con la cabeza y salió disparado hacia otro grupo que con rubicunda furia interrogaba a un agobiado empleado. Cuando Fortunato se giró se dio de bruces con el Tete, Rony, las de Tarrasa, un tipo regordete que se empeñaba en presentarse como Toño, dueño de un mesón restaurante en Ciudad Real, su señora y otra decena de atribulados compatriotas. Laura le miró interrogante desde lejos y Fortunato le sonrió para tranquilizarla.

—Hablas inglés de categoría. Me llamo Jaume Blasco.

—Y yo soy Rony.

—Sí hablo inglés, sí...

En ese momento, y mientras todos le hablaban al mismo tiempo, sugiriéndole preguntar cosas y exigiéndole respuestas que él no podía dar, elegido por aclamación como intérprete de sus angustias y salvador, Fortunato reparó en dos hombres jóvenes, vestidos con el mismo polo y una chapita en el pecho. Morfológicamente podían ser españoles o portugueses. O italianos. Estaban medio escondidos en una esquinita, uno de ellos temblaba y el otro parecía consolarlo. Fortunato dejó al Tete con la palabra en la boca y caminó hacia ellos.

—Tranquilo, Pepe, que no nos van a dejar tirados. Ya lo verás.

Pepe era el que temblaba lloroso, preso de un ataque de pánico.

—Pero Mariano..., ¿qué vamos a hacer?... ¡Una semana!... ¿Qué hacemos?

Mariano, más entero, decía confiar en la compañía, en el gobierno... Los dos llevaban unas plaquitas de la agencia de viajes con sus nombres.

—¡Mariano, no seas gilipollas! —gritó lloriqueando y escupiendo babas Pepe.

Fortunato no pudo por menos, fuera cual fuese la situación, que darle la razón a Pepe. Se plantó ante ellos.

—¿Sois nuestros guías?

—Sí..., sí...

—¿Y qué cojones pasa aquí?

—¡Una revolución! Algo así —masculló Pepe.

—Nadie nos dice nada —añadió Mariano—, pero desde hace poco menos de una semana se matan entre sí..., ¡a machetazos!

—¿Quiénes?

—¡Los negros! —dijo Pepe y se atragantó al sorberse los mocos.

—¡La gente de aquí, los nativos! —subrayó Mariano—. Entre ellos, ¿eh? A ningún turista le ha pasado nada.

El Tete, Rony, las de Tarrasa, Toño y su señora, los mesoneros, un tal Joaquín, que no paraba de decir ¡Ay, Dios mío!, y la suya, junto a otros quince bultos facturados en aquel chárter, llegaron a tiempo de escuchar lo esencial: en la revuelta los rebeldes habían quemado varios hoteles, entre ellos los dos que tenían destinados como alojamiento. La gente que vieron en la pista eran los españoles que llegaron allí la semana anterior. Se habían comido entera la revolución y, aunque ningún turista había sido herido, por eso tenían esa cara de susto. Al ser una frecuencia por semana, no había avión para ellos hasta el domingo siguiente. Por supuesto, explicó más entero Mariano, la agencia se hacía cargo de la situación y les garantizaba alojamiento y comida durante esa semana.

—¡Y en hoteles de cinco estrellas lujo superior! —añadió intentando que su mueca histérica pareciera una sonrisa—. ¡Tranquilos, que no han matado turistas!

Al decir esto Pepe se derrumbó y se ovilló llorando en el suelo, la mujer de Toño se desmayó al verlo, Joaquín gritó ¡Dios, vamos a morir!, y el Tete se encaró a Mariano y dijo la frase mágica:

—¡Tú no sabes quién soy yo, *fill de puta*! ¡Os voy a meter un puro que os vais a cagar!

Esa fue la señal para que Fortunato, ya totalmente rodeado por el grupo, hiciera una seña a Mariano y entre los dos levantaran al balbuceante Pepe. Mariano entonces explicó que había fuera tres autobuses, que el grupo se dividiría en ellos y que irían distribuyendo gente en tres hoteles estupendos, tres *safari lodges* buenís...

—¿Tres qué? —preguntó Toño tirando de la manga a Fortunato.

—Tres hoteles muy buenos, tranquilo.

... imos en lugar de los dos enormes complejos de categoría inferior contratados con el viaje. Fortunato miró a su alrededor y vio en las caras de sus compañeros de chárter y pulserita indicios de ese miedo que, con una sola chispa, convierte a personas normales en una turba de linchadores con antorchas y sogas, en plan *Fury* de Fritz Lang pero sudados y vestidos en Galerías y Simago.

Al llegar a los autobuses, Pepe se subió corriendo al último. Mariano se acercó a Fortunato y le dijo que por favor subiera en el primero, que ellos irían sin guía pero que los llevaría al mejor de los tres hoteles, que estuviera tranquilo, que él se pasaría a comprobar que todo estuviera bien tan pronto pudiera y se subió en el segundo. Fortunato miró a su encargo, le vio cuchichear con Rony y fruncir la nariz con disgusto cuando pasaban un par de negros. Temió que lo separasen del Tete, alojándolos en lugares distintos, así que se acercó a él sonriente y entabló una conversación casual, profiriendo un comentario sobre cómo los negros huelen distinto, un lugar común lo suficientemente racista para hacer reír a una sabandija como esa. Roto el hielo, echó el anzuelo compartiéndole la información que le había dado el guía: el primer autobús iría al mejor hotel. Luego, afectando modestia, Fortunato se ofreció a ser una especie de traductor oficioso, cosa que de inmediato satisfizo al Tete, al que no le bastaba con basurear a los empleados de la agencia y le frustraba su incapacidad para gritarles a esos salvajes con su inglés —que en sus currículums siempre definía como nivel medio alto y fluido— fórmulas sociales tan útiles como ¡Tú no sabes quién soy yo, moreno! o ¡Tú no sabes con quién estás hablando, Kunta Kinte! La fórmula tradicional entre los turistas españoles de hacerse entender en el extranjero, gritar en castellano separando mucho las palabras, no funcionaba en el ambiente de huida e histeria colectiva que parecía dominar en el aeropuerto internacional de Zanzíbar.

El Tete pensó que se había hecho un amigo y, junto a Rony, subió al autobús pegado a Laura y Fortunato.

Tardaron horas en cruzar desde Stone Town, en el oeste, a través de pueblecitos miserables y el frondoso bosque tropical que es el corazón de la isla, hasta volver a avistar el mar a su derecha, subiendo por la costa hacia el noreste. Siempre escoltados por un par de viejos camiones repletos de soldados, abriendo y cerrando el convoy, y que conseguían que los turistas pasaran los numerosos controles sin detenerse. Solo una vez vio Fortunato columnas de humo negro que, pensó, podían deberse a luchas recientes. Le tranquilizaron las caras calmadas de los jóvenes soldados apiñados en la caja del camión al que seguían. No había rastro de tensión en ellos. Se lo comentó a Laura para relajarla porque, al principio del viaje, la gente en el autobús estaba muy nerviosa; algunos cuchicheaban, otros proferían terribles augurios, presentimientos y amenazas a la agencia de viajes y al gobierno en voz alta, buscando adhesiones o compartir el susto para tocar a menos. Pero como el ser humano se acostumbra a todo, cuando por fin el autobús se separó del convoy, pasó bajo un arco encalado y entró por un camino de tierra roja que se perdía en la vegetación hacia el mar, todos estaban ya más cansados y aburridos que asustados. Así llegó el autobús al Mwankawi Coral Lodge.

Al bajar del autobús los recibió un nutrido ejército de camareros elegantemente vestidos con camisas y pantalones de un blanco inmaculado, todos con agua, limonada y toallas húmedas para que los del grupo se refrescaran, mientras otra legión de maleteros y botones descargaban los equipajes y los apilaban en un rincón de la enorme recepción, una hermosa estructura encalada, cubierta con un techo de hoja de palma alto y alargado que se sostenía sobre largos troncos de madera oscura y brillante. Fortunato miró alrededor y solo entrevió, por la abundante vegetación, enormes bungalows diseminados sobre una pradera verde y al fondo el mar. Nada de hotel colmena o mazacotes de cientos de habitaciones apiladas, piscina comunitaria con música atronadora y un bar dentro para que un montón de gente con la piel roja y la misma pulserita pudiera beber litros y litros de cerveza sin necesidad de ir al baño. No, pensó Fortunato esbozando una sonrisa, la estética y disposición de este *lodge*, y la desmesurada cantidad de trabajadores por cliente, esencia del lujo cuando se visita el Tercer Mundo gracias a los salarios de miseria que se pagan, el evidente buen gusto en su uniformidad, prueban que hemos caído en un alojamiento muchísimo mejor que el que habíamos pagado. También pensó que le habría encantado a su padre. En eso estaba cuando apareció un hombre blanco de unos cuarenta años, pelo bien cortado, elegantemente bronceado y vestido, que pidió un poco de silencio al grupo y les dio la bienvenida en un perfecto castellano con la musicalidad cantarina de los italianos al hablarlo. Francesco Montolini, así se presentó, era el director del selecto Mwankawi Coral Lodge, lugar que los alojaría durante la próxima semana en sus bungalows de lujo superior tras llegar a un acuerdo con el turoperador y en consideración a las circunstancias excepcionales, el incendio de sus hoteles, que se habían encontrado en esta isla maravillosa y a la imposibilidad de evacuarlos en otro avión antes de siete días. También explicó que no se recomendaba salir del hotel y, aunque por supuesto estaría encantado de ayudar a organizarlas, quien quisiera hacer excursiones a Stone Town lo haría bajo su propia responsabilidad. Aclaró que, como sin duda ya sabríamos todos, la población era mayoritariamente musulmana y que esto se traducía en que aparte de los coloridos kangas y velos de las mujeres y el canto de los muecines, no encontrarían alcohol fuera de los establecimientos para extranjeros y era apropiado cierto recato en la vestimenta en según qué lugares. Como muestra de respeto a las creencias locales. Por las caras y murmullos que levantaron estas noticias, parecía evidente que la mayoría del grupo se enteraba ahora de estas particularidades. Francesco percibió tal inquietud y, jovial, se apresuró a decir que no se preocupasen, que el Mwankawi Coral Lodge era un oasis paradisíaco en el que una semana les parecería muy corta. A Fortunato le hizo mucha gracia cómo con cada gesto amable, el italiano no podía evitar ensalzar las excelencias de su resort, absolutamente fuera del alcance de semejante grupo de horteras en condiciones normales. Si Francesco estaba incómodo ante semejante clientela, lo supo disimular con una sonrisa atractiva y de un blanco deslumbrante aún más realzado por su distinguido y consolidado moreno, nada que ver con los tonos cítricos con que los rayos UVA habían barnizado al Tete y a Rony. Laura le dio un discreto codazo y le indicó con la cabeza a la mamá de Tarrasa, que se sostenía el ala de la maltrecha pamela mientras miraba al italiano embobada y boquiabierta. No era la única en el grupo. El director siguió alargando las sílabas y silbando las eses con refinamiento toscano mientras les explicaba que no había nada que temer, la revuelta había sido cosa de días, estaba sofocada y ningún blanco había sido atacado, ni siquiera en el incendio de los hoteles que se produjo más como ataque de un grupo tribal contra el gobierno, cuyos miembros eran todos de otra etnia. El ejército, prosiguió, tiene todo bajo control y en los días que permanezcan en el exquisito Mwankawi Coral Lodge, controlará los accesos por carretera y playa, así como el perímetro de este *safari lodge* de ensueño, con la mayor discreción para no joder la belleza del lugar con sus horribles uniformes usados y dos tallas más grandes, y sus putos Kaláshnikov... Esto no lo dijo Montolini pero, pensó Fortunato, hubiera sido la coda lógica a su discurso. El italiano volvió a sonreír bellamente y pareció sorprenderse de la fría reacción de su público, una masa de turistas desubicados que murmuraba entre sí su inquietud. Fortunato intuyó enseguida que en el cadáver de las mucho más prosaicas ilusiones de esta gente, pese al sol y el calor húmedo, pegajoso, fermentaba ya la ira que sigue a los inviernos de nuestro descontento. Francesco los miró con seria altivez y Fortunato se lo imaginó pedorreando burlón *lavoratori!* mientras hacía un vistoso corte de mangas. Pero no, el italiano se rehízo, volvió a sonreír y buscó ganarse de nuevo a tan difícil audiencia explicando que, por supuesto, aunque desde luego el paquete *all included* contratado era para hoteles muy por debajo del exclusivo Mwankawi Coral Lodge y sin necesidad de llevar ninguna pulserita, tendrían desayuno y comida gratis en el fabuloso bufet del restaurante, salvo quien quisiera comer de carta. Así como refrescos y agua. Solo tendrían que pagar las bebidas alcohólicas. Al oírlo, Fortunato apretó los dientes y se preparó para lo peor mientras escuchaba espadas y dagas deslizarse fuera de sus vainas bajo las licras, las camisetas, las navajas albaceteñas y de muelles abrirse en los bolsos playeros y los bolsillos de las bermudas. La simple idea de tener que pagarse cerveza, vinacho y cubatas, de no llevar una pulsera que les abriera las barras y los minibares como un fosforescente ¡Ábrete, Sésamo! la cueva de Alí Babá, fue demasiado para esta pobre gente.

—¡Yo no pienso pagar nada! —gritó uno.

—¡Ni yo! —se sumó otra.

—¡Qué vergüenza! ¡Vaya timo! —se quejó otro.

—¡Hemos pagado todo incluido! ¡Todo! —añadió otro ya hablando en nombre de todos.

—¡El libro de reclamaciones! —aulló Toño, el del mesón, que debía estar acostumbrado a que se lo pidieran y ahora aprovechaba para ver cómo era estar al otro lado, ajeno al hecho de que se acababan de bajar del autobús.

—¿Y la animación? —interrogó una señora de mediana edad y evidente mala leche, a la que Fortunato pudo fácilmente imaginar tricotando y riendo a los pies de la guillotina—. ¿Hay animación en español, karaoke en español? ¡Hemos pagado animación en español! ¿Hay bingo?

—¡Queremos hablar con la embajada española!

—¡Y con el cónsul!

Esta vez sí la situación pareció sobrepasar al italiano, sin duda acostumbrado a otro tipo de clientes y exigencias. Francesco hizo un gesto de calma con las manos y balbuceó algo. Fue entonces cuando el Tete olió su debilidad y sintió a la masa lista para recibir a un líder como él.

—¡A ver, calma! Este señor... ¿Francesco?... Francesco está haciendo lo que puede, dadas las circunstancias. Y todos estamos muy cansados, joder. Repartamos las habitaciones, descansemos, cenemos hoy lo que sea y mañana, tras desayunar, nos reunimos todos, exponemos nuestras exigencias y decidimos las acciones a tomar. Yo mismo mañana llamo a la embajada.

Rony asintió, también Toño, luego la del karaoke, y pronto una corriente eléctrica recorrió al grupo, aliviado por haber encontrado un líder en un momento de crisis, alguien que solo les pedía descansar para retomar la revuelta tras desayunar y reducir a cenizas el lujoso Mwankawi Coral Lodge si fuera menester. El Tete sonreía orgulloso y hablaba con unos y otros. Fortunato se lo imaginó haciendo campaña en su pueblo y aprovechó el tumulto en torno al concejal para tirar de Laura y acercarse al ahora ignorado Montolini. Fortunato se presentó educadamente, alabó con voz segura y pausada el magnífico gusto con que estaba puesto el *lodge*, soltó un par de expresiones italianas y eso bastó para que el propio Francesco los llevara los primeros a la hermosa mesa de madera oscura y taracea que hacía de mostrador de recepción, tomara sus pasaportes, una tarjeta de crédito y unos minutos después les diera el mejor bungalow entre los ya de por sí incomparables bungalows del delicioso Mwankawi Coral Lodge. Antes de seguir al conserje que los llevaría junto a un maletero a su alojamiento, Fortunato echó una última mirada al grupo de turistas que, ajenos a la belleza del sol naranja festoneado de nubes púrpuras hundiéndose tras la cortina de una selva milenaria, se arremolinaba en torno al Tete riéndole las gracias. Fortunato tomó la decisión de que por muy obligado que estuviera —sabía, ahora sí, que le iba la vida en ello— a asesinar a ese tipo y seguramente a su novio el *stripper*, no compartiría más tiempo y oxígeno del necesario con aquella caterva infame. Un escalofrío le recorrió la espalda al imaginarse atrapado por toda la eternidad en uno de los círculos infernales de Dante con hordas de turistas de chárter y pulserita en un escenario tercermundista con animación y karaoke en español. Cruzaron una bonita extensión de hierba y llegaron a un enorme bungalow que se extendía, en una sola altura y cubierto con un hermoso techo de palma, a lo largo de un acantilado sobre el mar, que a esa hora batía con fuerza contra las rocas y corales. El conserje abrió la puerta y con una reverencia los invitó a entrar, movimiento que, sonriendo, replicó Fortunato cediendo el descubrimiento a Laura. Justo cuando ella iba a entrar le cayó en la cabeza un enorme cangrejo azul turquesa y naranja, una especie de nécora tropical e hipervitaminizada. A Fortunato le encantó la carcajada de Laura, su falta de aspavientos y que se lo quitara ella misma del pelo. El conserje tomó el cangrejo en las manos y aseguró que aquello era un muy buen presagio, que la señorita era una persona muy afortunada, así que Fortunato aprobó también la rapidez y profesionalidad de aquel buen hombre a la hora de convertir un contratiempo en un pintoresco capricho de la fortuna. El conserje dejó el cangrejo en la hierba, Laura entró por fin, luego lo hizo Fortunato y, por último, el maletero. El interior era espectacular, tanto por las medidas del espacio como por el buen gusto con que estaba dispuesto. La brisa del mar entraba por varias ventanas, abiertas y con tela de mosquitero, refrescándolo todo. Fortunato y Laura miraron embobados una enorme luna espejeando sobre el Índico. El conserje carraspeó amablemente para llamar su atención. Tras las explicaciones de rigor, Fortunato le dio una generosa propina y los dos hombres se fueron, no sin antes responder con varios *hakuna matata* y *bwana* a las peticiones de Fortunato.

—¿Ha dicho *hakuna patata*? —preguntó Laura, abriendo mucho los ojos.

—No, *hakuna matata*. Significa todo bien, sin problemas, en suajili, su lengua —le explicó Fortunato, a quien había impresionado mucho más el tratamiento de *bwana*, el torbellino de lecturas e imágenes que había convocado, de Conrad y Stevenson a *Hatari* y *Mogambo*. Miró a Laura como Gable a Grace Kelly, se besaron e hicieron el amor en una enorme cama de madera negra, entre vaporosos mosquiteros y sobre sábanas blancas de algodón egipcio, sin el más mínimo atisbo de mala conciencia colonialista. O no más de la que tendría un alemán en Mallorca o un italiano en Formentera. Decidieron no salir, pedir cena en la habitación, desempacar, mirar la luna abrazados desde la cama y hacer el amor. Mucho.

La intención de no volver a frecuentar en lo posible al resto del grupo no fue tan difícil de conseguir. El dinero compra privacidad y las dietas de un asesino no estaban nada mal. Más por Laura que por él, iban a desayunar al bufet. Lo primero que escuchó fueron las quejas contra el cuerpo diplomático. El cónsul estaba ilocalizable, parecía probable que hubiera huido al inicio de la revuelta. En cuanto a la embajada en Tanzania, parece ser que recomendaron calma y explicaron la imposibilidad de una repatriación en aviones del ejército, de imponer karaoke y animadores patrios a la gerencia del exclusivo Mwankawi Coral Lodge o de hacerse cargo de los suplementos por las consumiciones alcohólicas. Lo segundo que oyó fue al Tete compartiendo con varios del grupo parte de su sabiduría.

—¡Joder, estos negros son tontos, me cago en la *llet*, yo esto lo llenaba de pisos! ¡Tontos y vagos, a un moreno de estos lo pones a currar en un chiringuito de playa en Alicante y se muere! —dijo burlón en un tono bastante audible, ganándose la aprobación de su audiencia—. Mirad todos los que son para atender cuatro mesas.

—¡En un chiringuito o en mi mesón un viernes por la noche! —añadió Toño mientras asentía y enarcaba mucho las cejas para subrayar tan importante aportación.

Fortunato volvió a asistir a varios episodios racistas, al desprecio de algunos ignorantes hacia otros por ser más pobres que ellos y, casualmente, con otro color de piel. Los mismos que, sin duda, aplaudían a los negros de su equipo de fútbol, a los de la NBA o el rap más comercial. En el fondo, siempre ha pensado Fortunato, hay mucho de odio al pobre en estos racismos instintivos, falta de empatía hacia la miseria ajena de quien ha escapado de ella recientemente, apenas una generación o dos, y quiere marcar distancias por miedo a que la antigua pobreza sude, huela y los delate. Claro, pensó Fortunato en su disculpa, era gente cuyo conocimiento de las culturas africanas se reducía a cosas como el negro no puede, el negro está rabioso y ¡ay, mamá, qué será lo que quiere el negro!, ripios racistas y pretendidamente salaces de las canciones que berreaban en los chiringuitos y aquelarres donde se emparejaban para procrear. A Fortunato le asombró que nadie dejara propinas a la nube de camareros que, siempre sonrientes, les atendían y recitaban de memoria las alineaciones del Madrid y el Barça como ofrenda. Cosa sorprendente porque dejando algo así como un duro al cambio, todo eran agradecimientos, reverencias y detallitos que premiaban tan exigua generosidad.

—Yo he pagado todo incluido.

—¿Por qué voy a dejar propina?

—¡No te jode!

Fortunato decidió regar con tan asequibles propinas a todo empleado que se le cruzara, como inversión y como forma de separarse de aquella grey. Detectó también una sorprendente incapacidad en el grupo para disfrutar del regalo que les había hecho el destino, una semana en un hotel de verdadero lujo. Le tomó un par de días comprender que aquella sofisticación era inasumible para ese tipo de turistas, que el refinamiento del entorno y el servicio lo vivían casi como una agresión, como un examen que dejaba en evidencia sus maneras, su educación, lo rudimentario de sus entretenimientos y, lo que era peor, ante un grupo de negros en su mayoría mucho más elegantes y comportados. Como si de un experimento en cualquier universidad yanqui se tratara, de esos que acaban mal, tipo el de Zimbardo recreando una cárcel en Stanford o el de Milgram y las descargas eléctricas, la convivencia se deterioró rápidamente. Experimentos, pensó Fortunato, que se podían haber ahorrado con algo de sabiduría popular española: basta darle una gorra y una placa a alguien para ver quién es realmente. Los miserables siempre serán prepotentes con el débil y serviles con el poderoso, y en ese grupo se distinguían sin dificultad varios hombres y mujeres miserables. El caso es que los negros del hotel también empezaron a acusar el maltrato y a ponerse respondones, acrecentando así la tensión entre los *all included* y el personal autóctono, que cada vez manifestaba más abiertamente su decepción ante una clientela tan quejica y roñosa. La tensión se podía respirar y tampoco relajaba la cosa la mucho más visible presencia de soldados en los *limes* del hotel, aumentando la sensación de aislamiento y de un posible ataque de los bárbaros.

A la vista de las malas vibraciones, Fortunato se aseguraba de bajar a la playa muy pronto y exhibir ante los empleados sus habilidades en artes marciales, utilizando su entonces muy musculado cuerpo y buena altura para lanzar patadas y puñetazos, codazos y rodillazos al aire en una secuencia de *katas* de su invención, pero desplegadas con toda la furia del dragón. Luego un baño en el mar y a desayunar para completar su acción disuasoria con educadas sonrisas y generosas propinas. Laura encontraba esa rutina extravagante y divertida.

Al tercer día, todos los empleados conocían a *bwana* Fortunato y a *lady* Laura, y eran los dos únicos huéspedes de los que no se escondía el espantado Francesco. Gracias a eso, les organizó una salida de buceo con uno de los pescadores de la zona como guía. Ahí se enteró Fortunato de que todo el personal del hotel provenía de una aldea miserable a un par de kilómetros al sur, que su pobreza permitía el lujo asiático de los turistas, que en toda la costa había fuertes corrientes submarinas y que a cambio de cinco dólares, la camiseta usada que llevaba Fortunato y la promesa de unas aspirinas y un par de bolígrafos en el hotel, Adu, el guía, se ponía a su servicio para salir cuantas veces quisiera en su bote sin necesidad de pagar el suplemento al italiano. La idea de tan discreto y servicial ayudante, buceo y corrientes fuertes, le hizo pensar de inmediato en el Tete. Pero descartó la posibilidad por compleja. Con Adu necesitaba incluir a un tercero poco fiable y a saber si el corrupto concejal era un hábil buceador o, por el contrario, no tendría ningún interés en inmersiones en algo más profundo que un jacuzzi. El cuarto día lo pasaron entero en el mar, en un *sea safari* a bordo de un bellísimo *dow*, una embarcación de alta proa tallada, borda baja y propulsada por una enorme vela latina, que los llevó a unos manglares, de ahí a hacer snorkel en una nube de miles de minúsculas medusas, esferas traslúcidas del tamaño de una canica y que solo producían un ligero cosquilleo al contacto con la piel. Después el *dow* ancló en mitad del océano turquesa, los marineros cantaron canciones en suajili y, de pronto, con el cambio de marea, la lámina de agua se retiró y emergió una larga lengua de arena blanca. Entonces los marineros les invitaron a saltar al agua y nadar un rato. Laura y Fortunato lo hicieron así y esto les dio el tiempo suficiente a aquellos hombres de montar un precioso pabellón de tela, mesa y sillas, encender una parrilla, sacar una langosta viva de una nasa que tenían ubicada y cocinarla junto a otros manjares. Tras comer, los marineros recogieron todo, extendieron dos esterillas y unos pareos en el interior del pabellón, bajaron y cerraron los faldones, volvieron al *dow* y les dejaron solos en una penumbra deliciosa. Fortunato le susurró a Laura la historia de Sherezade al oído y, con la piel salada de mar y caliente del sol, hicieron el amor en silencio, excitados por la presencia cercana de los otros. La navegación de vuelta al exquisito Mwankawi Coral Lodge fue siempre hacia el oeste, con la vela preñada de buen viento y persiguiendo al sol que se ponía.

Quedaban cuatro días y Fortunato se había olvidado por completo de Jaume *Tete* Blasco. Aquel hortera ignorante y saqueador de lo público no encajaba en la sensual languidez de aquella navegación en el Índico.

El quinto día lo pasaron en el hotel, disfrutando de su enorme bungalow, leyendo, riendo, caminando por la playa desierta ya que el resto del grupo, por los retazos de conversación que captaba cuando se tenían que cruzar —¡será posible que no haya animación en español!, ¡me van a oír, en cuanto lleguemos demanda que les pongo!—, se apelotonaba en la piscina y en los pocos metros de arena circundantes. A Fortunato le sacudió una revelación: estas variopintas personas eran gregarias porque pensaban, planeaban, deseaban ¡conocer gente en sus vacaciones! La idea era tan contraria a su naturaleza, tan ajena a su forma de ser, que se prometió indagar las razones por las cuales individuos tan poco interesantes necesitaban la compañía de otros como ellos. El sexo no podía ser la razón, la inmensa mayoría venía emparejada, casi todos salvo la madre y la hija de las pamelas. La idea de que practicaran intercambios u orgías, amén de desagradable, le pareció improbable. No, se dijo Fortunato, debe tener algo que ver con el *horror vacui* espiritual, instintivo, con el miedo a quedarse solos con ellos mismos. La soledad escogida es una actividad solo al alcance de los espíritus más refinados. Sí, la cosa debe ir por ahí. Después de comer, Fortunato y Laura se fueron con un chófer de Francesco a Stone Town. Durante el trayecto y aunque asistió a varios ejemplos de conducción descuidada y peligrosa, de exceso de velocidad en cacharros desvencijados, Fortunato también descartó el accidente de tráfico como solución final para el Tete. La isla era bastante plana, no vio barrancos por donde despeñar un coche. Además, el concejal y Rony no parecían interesados en salir del hotel. Y de hacerlo, dada la situación de la isla, el alquiler de coches estaba descartado si no era con chófer local. No, tendría que ser en el hotel.

En Stone Town pasearon por las calles antiguas y destartaladas, pero llenas de vida, de vendedores, de niños y mujeres envueltas en kangas multicolores. Se fotografiaron junto a centenarias puertas de madera labrada, compraron una pintura *batik* con estilizadas jirafas y elefantes, subieron a las torres ovaladas de la muralla portuguesa y una hora y media antes del ocaso, Fortunato jugó con las cartas marcadas una vez más. Buscando enamorar aún más a Laurita, tras conmoverla en las celdas bajo el antiguo mercado de esclavos, aún con las emociones a flor de piel la llevó al mirador del Emerson on Hurumzi, un hotel *boutique* maravilloso propiedad de un millonario norteamericano. Las habitaciones eran preciosas, pero Fortunato había hecho sus deberes, la razón para ir allí a esa hora tan determinada era cenar en el pequeño mirador, un templete de madera labrada y con capacidad para ocho personas. Solo lo compartieron con otra pareja de extranjeros. La ciudad y el mar se mostraban y escondían entre lienzos de seda que movía la brisa, sentados en mullidos almohadones, viendo el sol ponerse en el mar mientras se oían a la vez las llamadas y plegarias de la catedral cristiana con sus campanas, compitiendo con los muecines en los minaretes de las numerosas mezquitas y los cánticos de la gran estupa budista, que con sus torres curvas y anilladas de colores se extendía a los pies del mirador. Muy mala tendría que estar la comida para que la brisa, las vistas y la perfecta mercadotecnia sonora, destilada durante milenios, de tres de las grandes sectas no conmoviera hasta en lo más hondo y húmedo a la bella Laura y él pudiera conseguir lo que más deseaba en el mundo: verse especial, único, hermoso, deseado, admirado, amado en los ojos de una mujer. De una que le gustase, claro. A las otras, Fortunato era muy sincero consigo mismo en este asunto, era él quien no las veía.

La vuelta en el coche, con las ventanillas abiertas para que corriera el aire, trayendo también los aromas y sonidos de la selva que se alzaba como una muralla oscura y alta a ambos lados de la carretera, fue una delicia. Laura le besó con dulzura, un beso largo y cargado de sentimientos, apoyó su cabeza en el hombro de Fortunato y le pidió algo:

—Cuéntame una historia. Una de esas que sabes, con princesas y barcos.

Fortunato obedeció con gusto y llenó, con palabras susurradas, la parte de atrás del coche con princesas, emires, sultanes, especias, genios y puertos de nombres exóticos.

No pensaba sino en amarla. No quería acordarse del encargo de Fernández, que le parecía ahora mucho más lejano y mitológico que los personajes que convocaba para Laura. Pero lo cierto es que una punzada de miedo le traspasó y le hizo removerse. Ese hombre no bromeaba y le avisó de los peligros de incumplir lo que había aceptado. ¿Pero cómo? Apenas quedaban dos noches antes de volver. Soy como tú, papá, ¡como tú! Aquí contando cuentos para que me quieran mientras espero que cante la gallina, que pase algo extraordinario que lo arregle todo por mí. Que se le pare el corazón al Tete Blasco, que se lo coma una fiera o le muerda una serpiente venenosa. Que se atragante. Solo el aire de la carretera impedía que rompiera a sudar angustiado y perdió el hilo de su narración un par de veces.

Claro, recuerda ahora Fortunato al salir del ascensor en el piso de la borracha, nada nos había preparado para el aquelarre que encontramos al llegar al sofisticado Mwankawi Coral Lodge.

Nada. Pero todo estaba ya allí. La suerte, o el destino, no son más que otros nombres del caos.

Porque las revelaciones no son más que el momento en que nos encontramos con lo que ya nos habitaba, la sorpresa de descubrirnos a través de algo que nos confronta, que nos exige. Algo o alguien.

Ahí está la puerta.

19

Toda acción libera. Incluso la peor es preferible a no hacer nada.

STEFAN ZWEIG,
Momentos estelares de la humanidad

En cuanto bajaron del coche en el parking del hotel, les llegó el sonido de los tam-tam y los gritos de guerra. Fortunato se giró hacia el chófer y como no le vio nervioso, sino sonriente, descartó que estuvieran masacrando a los del grupo en alguna más que justificada venganza racial. Le dio cinco dólares al conductor y este desapareció en la oscuridad, hacia las zonas de servicio. La entrada estaba desierta, no había nadie en la recepción. Laura y Fortunato siguieron caminando y, cruzando la piscina, llegaron hasta el acceso a la playa. Allí estaban todos, los turistas sentados en almohadones y alfombras sobre la arena, en semicírculo en torno a una gran hoguera alrededor de la cual bailaban y saltaban negros ataviados como guerreros bantúes al ritmo acelerado de los tambores. Un poco más allá, Fortunato divisó el trajín de los camareros, llevando y trayendo platitos y fuentes de barro con platos típicos bajo la atenta mirada de Francesco Montolini. En una punta del semicírculo, rodeados de varios de los turistas, otros camareros molían caña de azúcar en un pequeño trapiche, sacando el guarapo de la caña para endulzar cócteles y sorbetes de hielo. Toño, el mesonero, aunque los tambores impedían a Fortunato escucharlo, parecía especialmente interesado en tan exótica manera de endulzar y en el molinillo mecánico con el que trituraban la caña. Un poco más allá, en el círculo exterior de este averno para turistas adocenados, por fin encontró Fortunato algo distinto y verdadero: los danzantes del cuadro flamenco local tapaban y descubrían, al girar en torno a las llamas, las figuras enrojecidas y sombrías de jóvenes soldados aferrados a sus fusiles de asalto.

Laura señaló un hueco, justo entre las de Tarrasa y una pareja de cincuentones a los que Fortunato no recordaba haber visto, lo cual atribuyó a su escaso interés en aquel paisaje humano. Al que sí localizó enseguida, pocos almohadones más allá, fue al Tete, que bromeaba con Rony. Camino de sentarse, los ojos del concejal se cruzaron con los de Fortunato y a este le sorprendió notar una evidente mala hostia en la mirada de Blasco.

Como ya habían cenado, Laura y él solo pidieron un par de excelentes cervezas tanzanas. Los tambores cesaron, los bailarines se retiraron entre aplausos y de unos altavoces empezó a sonar música chill out, que ella identificó enseguida como *Café del Mar*. La gente se dividió en grupos, algunos charlaban, otros se acercaban al fuego o caminaban a mojarse los pies en el mar. Toño seguía gesticulando y preguntando cosas a los negros del trapiche. Laura tomó a Fortunato de la mano y lo sacó a bailar junto al fuego, en realidad a bailar para él como una diosa lasciva de alguna mitología ardiente y perdida. Fue entonces cuando se acercó Rony y se puso a bailar junto a ella, sonriendo, y tras él llegó, cubata en mano, el Tete que, con un suave bamboleo y mirada burlona, se colocó junto a Fortunato.

—¿Quién te crees que eres, *tete*? —le preguntó malicioso, burlón, ladeando la cabeza mientras bailaba.

—¿Yo? —preguntó Fortunato por preguntar, intuyendo el cortejo pasivo agresivo que se avecinaba—. Fortunato, ya lo sabes.

—Nadie se llama Fortunato.

—Yo sí.

—¿Y de qué vas tú, Fortunato?

—De nada, ¿por qué?

—No te juntas con nadie, no te juntas con nosotros —se queja el Tete de una manera que sin duda creía mordaz y sensual—. ¿No molamos bastante para ti y tu guapa novia? La verdad es que sois guapos los dos. Bueno, tú no eres guapo, eres interesante. Tienes un buen lejos. Quiero decir que eres más atractivo de lejos, *chiquet*.

—Puede ser —contestó Fortunato fijándose ahora en la excesiva sudoración y las pupilas totalmente dilatadas del Tete—. Eso mismo me dijo una vez una chica en una discoteca.

—¿El qué?

—Que tenía un buen lejos. Luego resultó ser miope. Jaime, ¿no?

—Jaume. Mis amigos me llaman Tete. No me has contestado.

—¿A qué?

—¿Que de qué vas? ¿Por qué nos evitas?

—Soy tímido.

El Tete carcajeó en exceso. Como liberando una alegría que llevaba tiempo creciéndole dentro. Rony se acercó también muy sonriente y bailó delante de su amante. El Tete le acarició la cara, o más bien Rony restregó su rostro sudoroso contra la palma de la mano del otro mientras se pasaba la lengua por los labios. Era la primera vez que los había visto permitirse un gesto abiertamente sexual. Laura miró a Fortunato con los ojos muy abiertos y resoplando ante el espectáculo, este le hizo un gesto para que esperara, para que no se acercara.

—Esta música es un coñazo —dijo Rony echando a andar sin parar de contonearse.

—*On vas?*

—Voy al cuarto a por alguna cinta de las nuestras.

—¡Vamoooos! —jaleó el Tete. Rony se fue brincando y el alicantino se concentró en Fortunato—. No te gustamos. A mí no me la das. Vas por libre con tu churri. ¿No te has enterado de que ha venido la poli?

—¿Cómo? —Fortunato intentó no demostrar inquietud.

—Sí, los putos negros estos, los del hotel, llevan días robándonos cosas. Tonterías. A Toño, el del mesón, le robaron unas gafas de buceo y aspirinas. ¿Te lo puedes creer? ¡Si es que son cutres hasta para robar!

—¿Y no será que se ha dejado las gafas en la playa?

—¡Que no, que no, que le han robado! Y a otros dos o tres. Montamos el pollo al italiano. Total, que vino la poli. ¿A que no sabes qué pasó?

—No.

—Pues que Toño se puso nervioso. El poli que mandaba le hablaba en inglés, yo intenté ayudar porque..., bueno, el italiano este es para matarlo. Parecía que iba con ellos. El Toño que se pone nervioso y les llama negros de mierda y ladrones, el poli que no entiende lo que grita nuestro paisano, el italiano que no quiere traducir, el Toño dale, que negros de mierda y tal... ¡La verdad que no hacía falta hablar español para entenderle! Así que el poli, que era un armario, le metió una hostia en toda la boca y le dijo que o se callaba o se lo llevaba preso. Ahí el puto italiano sí que tradujo, para mí que estaba disfrutando de categoría... ¿Y tú, Fortunato, por qué no estabas para ayudarnos? ¿Tú de qué vas, *tete*?

Fortunato vio pasar corriendo a la ocasión, pintada calva salvo un mechón largo en la coronilla.

—No, Tete, mejor me dices de qué vais vosotros para llevar esos ojos. ¿Os habéis traído pastis?

El Tete abrió mucho los ojos, ladeó la cabeza y explotó en una gran carcajada.

—¡Las mejores garrapiñas de Valencia, chaval! ¿Queréis?

Fortunato se apresuró a halagar tamaña irresponsabilidad de la manera que, pensó, más podía agradar a semejante descerebrado.

—¿Te has traído éxtasis de España, a África? ¡Vaya huevos! ¿Tú no has visto *El expreso de medianoche*?

El Tete se volvió a carcajear, luego bajó el tono, acercó su cara a la de Fortunato y cuchicheó.

—¡Buah!, y no me traje peri por miedo a que hubiera perros. ¡Yo qué sé! Fíjate, con el movidón que había, podría haber pasado un kilo en los bolsillos. Pero estas garrapiñas son lo más —El Tete sacó una bolsita de plástico con, más o menos, una docena de pastillas blancas. Pinzó una con los dedos y se la dio a Fortunato. Tenía grabado un *smiley*—. Toma, para ti y para tu chica. Rápido, que no se humedezca. Y no seas tan borde, Fortunato, que no estás tan bueno para ser tan borde, *home*.

Fortunato sonrió, partió la pastilla con los dientes, le dio media a Laura y se puso la otra mitad en la boca, pero la escupió con disimulo en la cerveza al beber para tragarla. La ocasión, papá, la ocasión.

Rony llegó con las cintas. Se había cambiado de ropa; ahora llevaba el torso desnudo, brillante por el sudor, unos pantalones ceñidos negros y una pajarita al pescuezo resaltada sobre un cuello blanco. Le faltaban los puños de camisa para ser un Chippendale valenciano. Eligió una cinta y se la dio al negro que manejaba el aparato de música. Una selección de grandes *hits* discotequeros tomó la playa y el novio del Tete empezó a desplegar sus muy profesionales caderazos al tiempo que tensionaba dorsales y bíceps. También subía y bajaba de manera alterna unos pectorales enormes mientras chascaba la lengua y guiñaba el ojo a una señora gordita y con menos tetas que él. Para cuando Donna Summer terminaba de agradecer a Dios que fuera viernes y The Weather Girls empezaban a llover hombres, Rony ya estaba subido en una tumbona a manera de pódium y varias de las mujeres del grupo le rodeaban bailando. El Tete se acercó y lo jaleaba. Fortunato reparó en los rostros serios de los negros del hotel, el golpe seco del machete en la caña y cómo, sin apartar los ojos de Rony, la seguían introduciendo entre los dientes del molinillo, triturándola despacio, concienzudamente, y con cara de desear picar allí brazos, piernas y cabeza de ese infiel lascivo. Los soldados también se acercaron y alguno manoseaba el seguro de su AK-47 con la mirada fija en los contoneos del *stripper* y el coro de señoras blancas, borrachas, que danzaban a sus pies como bacantes. Por un momento, Fortunato fantaseó con la posibilidad de que los nativos le ahorraran el trabajo y, al grito de *Allahu Akbar!*, desencadenaran una masacre a tiros y machetazos. Era evidente que todos ellos estaban horrorizados y ofendidos por un espectáculo que iba más allá de lo que estaban acostumbrados a tolerar a los huéspedes del sin par Mwankawi Coral Lodge. O de lo que se sentían obligados por sus paupérrimos sueldos. Estaba Fortunato pensando en esto y en escurrirse con Laura entre las sombras, en sus probabilidades de llegar a un coche sin ser vistos y sobrevivir al holocausto todo incluido, cuando se le acercó Montolini y le rogó que hablara con ese muchacho y las señoras para que se detuvieran porque aquello era francamente ofensivo, no solo para la reputación del selecto Mwankawi Coral Lodge sino para las creencias de los locales. Fue decir esto y Rony tiró de ambas perneras del pantalón. Estaban sujetas con velcros y al tiempo que Rony proyectaba sus ingles, apenas contenidas por un minúsculo tanga de lentejuelas doradas, se quedó con ellas por un instante en las manos y luego las lanzó a la cara de la madre de Tarrasa, ya definitivamente perdida para cualquier elegante recreación de *Muerte en el Nilo* y otra señora que, cual bacante, profirió un alarido ebrio mientras agitaba rollos de grasa envueltos en licra fucsia. Las demás aplaudían, los maridos les reían la gracia y alguno les dio billetes para que los metieran en el tanga de Rony, que descendió del pódium y empezó a restregarse contra ellas.

—*Mannaggia la madonna!* —aulló el italiano longilíneo cual un Giacometti dando el grito de Munch, echándose las manos a la cara y luego juntándolas como pidiendo ayuda divina. Se giró para ver las caras de los empleados y no tardó un segundo en quitar la música. Y pese a las protestas del personal y sin dar explicaciones, le llevó apenas unos minutos apagar la hoguera, cancelar el servicio de bebidas y dejar la playa a oscuras.

Hubo unos minutos de desconcierto, quejas más o menos festivas, alguna más airada, propia de la gente que vive los límites a la estupidez como un ataque a sus libertades. El italiano les dio la espalda y se aseguró de sacar de allí a todos los empleados antes de desaparecer. La masa se dividió en pequeños grupos y luego en parejas que se dispersaron hacia los bungalows, inmunes a la belleza del inmenso arenal bajo la luna. Fortunato esperó a ver las reacciones del Tete y Rony, que también se alejaban abrazados y riendo, camino hacia el palmeral. Fortunato sabía que estaban tan drogados que no tendrían ganas de dormir, y tan cachondos que buscarían un lugar para follar. El problema era qué hacer con Laura, a la que la pastilla le subiría en breve.

—Laura, aquí ya no hay nada —le susurró Fortunato mientras le acariciaba los brazos—. ¿Por qué no preparamos una noche especial? Baño de espuma, champán, velas...

—¡Sí, mola!

—Ve tú primero, anda. Yo quiero hablar una cosa con el italiano este antes de que se acueste y de que a mí me pegue la pasti.

—¡Vale, y no entres sin avisar, que te voy a dar una sorpresa!

Laura se fue hacia el bungalow. Fortunato siguió a distancia al Tete y a Rony. Los vio meterse entre las palmeras que festoneaban los acantilados. Fortunato miró a ambos lados, no vio a nadie, ni clientes ni empleados. Tampoco había soldados. Aquel palmeral crecía sobre estas rocas altas, muy metido dentro del hotel y con el mar batiendo fuerte una decena de metros abajo. No era un sitio accesible. Los soldados se apostaban en un perímetro exterior. Fortunato esperó a que empezaran a besarse, a sobarse. Cuando vio al Tete recostarse en el tronco de una palmera mientras Rony se arrodillaba para chupársela, Fortunato apareció sonriente.

—¡Joder, qué muermo mi novia! ¡Pues no se come la pastilla y se va a dormir! A ver qué hago yo ahora con este subidón.

Rony le miró inexpresivo, sin levantarse y sosteniendo la polla de su novio a pocos centímetros de su boca. Pero el Tete sonrió lascivo.

—¡Acércate!

Fortunato lo hizo. Rony seguía de rodillas. Mientras caminaba hacia ellos, el Tete siguió hablándole. Hundió los dedos en el pelo de Rony y esta fue la señal para que este siguiera chupándole la polla sin apartar la vista de Fortunato.

—¿Te gusta lo que ves?

—Umm... No..., no sé... Yo nunca he estado con un tío —musita Fortunato sin apartar una mirada golosa de la felación y afectando la inocencia que imagina tendría Heidi ante esa escena sicalíptica tropical.

—Si no te gusta es porque no lo has probado, *chiquet*. Ven, *home*, ven. —Ante este lugar común en las conversaciones de barras y madrugadas entre gais y heteros, Fortunato sonrió al Tete y este lo tomó como un avance, así que remató con otro dogma de fe sin base científica—. Nadie te la va a chupar como otro tío. Ven.

El Tete reforzó su argumento con toda una exhibición de gemidos y contorsiones mientras agarraba con ambas manos la cabeza de Rony y se follaba su boca. Fortunato pareció dudar, miró a su alrededor con una muy convincente preocupación por que alguien pudiera verlos, comprobó que no había nadie, se acercó a los dos hombres y descargó un golpe muy fuerte en la sien del Tete con una roca afilada y pesada. Le sorprendió que Rony no dejara de chupar al oír el fuerte chasquido del cráneo de su novio. Quizá tomó los espasmos y las manos caídas del Tete como la llegada de un orgasmo, porque se tragó su miembro hasta la base profiriendo unos ruidos guturales al atragantarse. Fortunato no dio tiempo a que el cuerpo del Tete se desmoronase avisando al *stripper* y golpeó con todas sus fuerzas la piedra contra la coronilla de Rony, una, dos veces. Los amantes se desplomaron prácticamente a la vez. Jaume *Tete* Blasco, un buen muchacho, católico, muy de rezar a la Virgen y ofrendas florales, joven promesa de la derecha alicantina, orgulloso ignorante con un sexto sentido para recalificar terrenos y enladrillar cualquier costa pero, por desgracia, con una ambición desmedida e irrespetuosa, siempre peligrosa en las organizaciones político-mafiosas, estaba muerto antes de tocar el suelo. Rony, su novio fiel, un buen muchacho que había encontrado en el culto al cuerpo y el uso de esteroides una vía de expresión artística, se agitó un poco en el suelo mientras los sesos se le escapaban por una enorme brecha y el miembro amputado de su amado asomaba como una fruta sangrienta entre sus labios. Fortunato volvió a mirar a su alrededor y no vio a nadie. Al ver los dos cadáveres no sintió nada especial, un poco de agitación, sí, pero le agradó ver que no sentía lástima, miedo, y que no le atormentaban remordimientos. También le gustó darse cuenta de que su mente estaba ya trabajando en los aspectos necesarios para terminar con éxito el encargo de Fernández. Comprobó que no tenían pulso, que estaban muertos, luego calculó que estaban a unos pocos metros de los acantilados, que en ese palmeral alcanzaban su mayor altura sobre el mar y las rocas del fondo. Arrastró los cuerpos y los dejó en el borde un momento. Colocó el cuerpo de Rony sobre el del Tete y los arrojó juntos al mar, que los golpeó contra las rocas y los arrecifes cortantes. La luna casi llena iluminaba los rizos del mar y los filos mojados de las piedras. Fortunato los vio flotar unos minutos, ingrávidos, las cabezas sangrando, las caras sumergidas en el agua. Desmadejados, bailando juntos por última vez. Por su práctica como buzo, Fortunato sabía que sin lastrarlos el aire en los pulmones los mantenía a flote, pero la corriente se los estaba llevando con rapidez mar adentro. Con suerte, pensó Fortunato, acabarán por hundirse y tardarán días en volver a flotar, cuando se hinchen como globos por los gases de la putrefacción. O quizá no se hundan nunca, pero aparecerán lejos de aquí, comidos por los peces. O, aún mejor, los tiburones. El mar tendrá una noche de ventaja para mover los cuerpos y no se imaginaba un gran operativo de búsqueda, con aviones o helicópteros. Claro que cualquier pescador de la zona sabría seguramente dónde dejan las corrientes a los ahogados. En cualquier caso, les quedaba apenas un día en la isla. Son sus primeros asesinatos y, de alguna manera que aún no entiende pero que no le inquieta, Fortunato siente que no ha hecho sino responder con violencia a la violencia del mundo, a la recibida, a las mentiras de su padre, a la muerte de su madre triste, a su niñez sin familia, al miedo a Petit Bouche y a don Alfonso, al miedo a no ser, a ser pobre. La ocasión, papá, aquí sí que ha cantado la gallina. Que matando ha restablecido una especie de equilibrio con la vida. Fortunato se pregunta si no debería entrever la locura, la culpa que le arrastrará a la demencia, como a los asesinos de las novelas rusas. Temerla. Rebusca en su interior, pero no encuentra nada de eso. Solo puede pensar en el dinero que cobrará, en la seguridad, y en que, si se da prisa en volver,

Laura no se extrañará de nada, harán el amor, beberán champán, mirarán a la luna y él será un narciso que se ahogará feliz en las pupilas profundas y dilatadas por el MDMA de ella. No cree que haya pasado media hora desde que se separaron, siguió a sus víctimas, agarró sin saber bien por qué una piedra pesada y picuda como un punzón, y les aplastó el cráneo. Cogió del suelo una hoja de palma y caminó hacia atrás, barriendo las huellas de cuerpos y pisadas. Cuando llegó al punto donde los había matado vio restos de sangre y sesos. Se tomó unos minutos en barrerlos y en enarenar el lugar. Los ruidos de vida alrededor le tranquilizaron, los insectos y animales nocturnos acabarían con cualquier rastro orgánico. La muerte de unos es siempre fuente de vida de otros. Siguió caminando y barriendo hasta llegar a la gruesa alfombra de hierba que adornaba los caminos y rodeaba los bungalows.

Antes de entrar en el suyo se limpió la sangre seca de las manos en el cuenco con agua que había en la entrada, para quitarse la arena de los pies tras la playa. Luego lo volcó y dejó que la hierba se tragara el líquido rojizo. Se quitó la camisa y comprobó que no hubiera salpicaduras en ella ni en los pantalones. Cuando entró, Laura estaba bailando desnuda, dorada por la luz de las velas. No hubo preguntas ni reproches. Hicieron el amor con urgencia, con ferocidad, fundidos los dos por un ansia animal, hasta agotarse.

Al día siguiente los despertó un ruido de gritos. Varios del grupo preguntaban airados a Pepe, el guía, y a Montolini por el Tete y Rony. No habían aparecido en el desayuno y no estaban en el hotel. No faltaron acusaciones al personal y Toño no dudó en gritar ¡negros asesinos! El italiano tuvo que llamar a la policía. Cuando se presentaron interrogaron a todo el mundo; nadie sabía nada, nadie los había visto tras la fiesta en la playa. Algunos testigos convinieron en que iban bastante alegres. ¿Bebidos?, preguntó la policía. No, no mucho... Bueno, pues alegres... No faltó quien por hacerse el enterado deslizó que eran novios y que por eso se fueron a lo oscuro, para espanto de los policías. Fortunato se sintió tentado a echar más gasolina y explicar que iban drogados, cosa que sin duda haría más comprensible su desaparición y un posible accidente, convirtiendo al Tete y a Rony en dos degenerados irresponsables a los ojos de los investigadores. Pero calló, no quería llamar la atención. Además, varios testimonios, en especial de los trabajadores, dejaron claro que él y Laura iban por libre y habían tenido muy poca relación con el resto del grupo. No parecía probable que se hubieran ido sin avisar, ¿adónde iban a ir?, preguntó otra vez al borde del ataque de nervios Pepe el guía. Los policías aseguraron que iban a poner en marcha un operativo de búsqueda por los alrededores. La madre de Tarrasa, Joaquín y señora, Toño el mesonero, y un par más que no conseguía identificar, encabezaron un pequeño alboroto cuando juraron gritando que no se moverían de la isla y del puto Mwankawi Coral Lodge hasta que no aparecieran sus amigos sanos y salvos, amenazando con denunciar todo al embajador español en Tanzania, el cónsul seguía ilocalizable, el mismo que los había ignorado educadamente cuando llamaron para quejarse por tener que pagar el alcohol y la falta de animación y karaoke en español. Pepe solo era capaz de repetir que toda esta pesadilla acabaría al día siguiente, cuando por fin pudieran embarcar en el avión de vuelta, que la agencia les estaba infinitamente agradecida por su paciencia y que no descartaba que al llegar a España les regalaran un fin de semana, todo incluido, en Benidorm o en cualquier otra joya del turismo patrio. La ensoñación de paellas, animadoras chillonas y karaokes atronando en español bastó para reducir el volumen de las quejas. Una mujer sollozó emocionada que ya no querían estar allí y pidió a Dios por esos dos chicos tan simpáticos, el Tete y Rony. El resto del día una capa de silencio y cansancio cubrió como un sudario el fabuloso Mwankawi Coral Lodge. El miedo encerró a los turistas en sus bungalows, así que Laurita y Fortunato dispusieron de la playa y el personal para ellos solos. Ella se pasó el rato conjeturando terribles destinos para los desaparecidos y él bebiendo cerveza y asintiendo a cada loca teoría, incluida la de una posible abducción extraterrestre.

En el vuelo de vuelta, las de Tarrasa se encasquetaron otra vez las pamelas y junto a Toño y los líderes naturales de los otros dos grupos, tras intercambiar terroríficas experiencias, decidieron redactar una carta que enviarían a la prensa española y al Ministerio de Asuntos Exteriores denunciando que, además de la desaparición de dos compatriotas, todos habíamos sido retenidos contra nuestra voluntad, amenazados, víctimas de robos y hurtos por parte del personal indígena y alguno de la violencia policial. Pasaron el escrito por todo el avión y cuando les llegó a Laura y a Fortunato, él se negó a firmar y aseguró sonriente que nada de eso les había pasado a ellos y que habían disfrutado de una de las mejores vacaciones de su vida. Laura pareció dudar, luego contuvo la risa y negando con la cabeza devolvió la carta a los cabecillas de la turba *all included*. Nadie les volvió a hablar ni se despidió de ellos en Barajas.

A los dos días Fortunato fue a ver a Fernández. Este puso a Nino Bravo, se fumaron un Winston juntos, Fortunato le explicó cómo lo había hecho y el antiguo espía le felicitó.

—Da igual cómo, ¡si está hecho, está bien hecho!

Fernández le dijo que había superado el examen con nota y que, desde ese día, trabajaría para él.

—Pero se acabó la vida loca, la noche, la coca, los malotes. Tu valor es que no te puedan conectar nunca con ningún criminal, ¿estamos, chaval? Nadie busca asesinos entre la gente normal. Cualquier contacto con gentuza es una debilidad, Fortunato. Además, todos esos que se meten rayas y se ríen contigo serán los primeros en delatarte, en entregarte si hay ocasión o beneficio para ellos.

Fortunato asintió y preguntó si ya había salido alguna noticia sobre los desaparecidos.

—¡*Na*! Eso de buscar compatriotas perdidos por ahí solo pasa en las películas de los americanos. No, igual sale un breve en *Las Provincias* o el *Diario de Alicante*. Igual ni eso. Hay gente importante que tiene prisa por pasar página con este asunto, gente que financia esos y otros medios con publicidad institucional. Y en Zanzíbar no creo que quieran publicitar tampoco la desaparición de dos turistas maricones.

—Ya. Así de fácil.

—¡Sí, muchas veces estas cosas son sorprendentemente fáciles! Por cierto, que muy oportuna la revolución esa de los negros, ¿no?

Fortunato se encogió de hombros.

—Tienes iniciativa, chaval, eso es cojonudo. Ningún plan es perfecto. Hay que adaptarse a lo que pase, a los imprevistos. Si lo entiendes así, esto puede ser hasta divertido. Una especie de deporte. Y muy rentable.

Para reforzar sus palabras, Fernández le pasó un sobre manila con un millón en billetes de cinco mil.

—¿Vives de alquiler?

—Sí.

—¡Eso es tirar la pasta, chaval! Da la entrada para un piso. Encargos no van a faltar.

Fortunato miró el sobre sin tocarlo, luego al ex espía. Por fin asintió y se guardó el dinero.

—Trabajaré para ti, Fernández, pero con mis condiciones. No mato a cualquiera. No soy un sicario. Elegiré si lo hago o no dependiendo de los objetivos y siempre según mis criterios. Te los explicaré con detalle, para ahorrarte el compartir conmigo información delicada. Conozco bien la historia de este país, de Europa. Odio a los nazis. Odio a los fachas. Odio a la gente que roba y abusa de los débiles, a la gente codiciosa que se enriquece a cambio del hambre y la enfermedad de los

demás. Por supuesto, a los que abusan de niños. Curas incluidos. A gentuza de esta, a psicópatas de estos, a los que aprovechan el poder y el dinero para librarse, a los que la justicia
nunca alcanza, los mato sin problemas. No me ofrezcas nada
que no sea esto. Es mi manera de salvar el alma y la cordura.

—Entendido, chaval. Un justiciero, un Charles Bronson
de la vida.

—Victor Hugo dijo que ser bueno es fácil, lo difícil es ser
justo.

—¿Justicia? Bueno, ya se sabe, la justicia civil está para que
los ricos roben y la penal para que los pobres no les roben a
ellos. De todas maneras, Fortunato, esta gente, estos sinvergüenzas, están ahí porque les votan. Como dijo no sé quién,
en democracia, cuando te gobiernan los hijos de puta es porque los hijos de puta están cojonudamente representados.
Así que... Y yo no creo que esté del todo mal, macho, porque
en este país, y yo tengo edad para decírtelo y tú para entenderlo, en este país los grandes ideales y las grandes teorías
solo han llevado siempre a lo mismo. A la carnicería, matar-
nos unos a otros. Paz a cambio de un poquito de corrupción
y no remover el pasado, ¡no está mal! Además, ¿tú crees que
los rojos no roban? Mira los socialistas, chaval.

—En este país no han gobernado nunca los rojos, Fernández. No los de verdad.

Fernández sonrió y se encendió otro Winston. Desde detrás del humo le dijo una última cosa.

—Yo soy apolítico. —Entonces abrió un cajón y sacó otro
sobre grande, esta vez blanco y grueso—. Aquí tienes el dossier de tu padre. No hay más copias. Pensé que te gustaría
tenerlo.

—Gracias.

—Supongo que te llamaré pronto, Fortu. Adiós.

—Adiós.

Fortunato salió de allí con una sensación de excitación,

prometiéndose fidelidad a sus principios por encima de cualquier conveniencia. Solo así podría asesinar tranquilo, sin perder la razón. Lo cierto es que Fernández le caló rápido y nunca le exigió ni le ofreció nada que no pudiera aceptar. Y con el tiempo, con la estabilidad económica, Fortunato supo encontrar el ritmo apropiado de trabajo. Aceptar los encargos justos, pocos objetivos y acordes a sus criterios de selección. Sentir que era poco menos que un artista con una actividad liberal y creativa muy bien remunerada. La terapia y, sobre todo, la felicidad que encontró junto a Claudita, también limaron esos filos y aristas que le inquietaron por un tiempo. Conoció una dulce resignación, que no era otra cosa para su inconformismo que el perfecto encaje entre lo necesario y lo contingente, entre su utopía y su realidad, sus capacidades y sus necesidades vitales. Además, cuando dudaba, cuando tenía estas crisis, quizá intensas pero nunca muy largas, por compensación escribía de manera compulsiva. Primero poemas y, desde hacía años, su *Historia para conejos*. Era una manera de cribar miedos fijando certezas: yo soy lo que hago, me resigno, pero también lo que creo, lo que sueño. No soy un idealista, piensa, hace mucho que no, así que no me tomo demasiado en serio.

Sí, se dice Fortunato, la verdad es que soy un tipo bastante feliz. Dentro de la infelicidad que va asociada a vivir si no eres una ameba, a la angustia adquirida con largas horas de lectura y pensamiento y al vértigo de saberme mortal y ya en la antesala de esa decrepitud que, con suerte, la precede.

Eso ocupaba la mente de Fortunato cuando introdujo la llave de plástico en la cerradura y abrió con delicadeza la pesada puerta de la habitación donde ya debía dormir profundamente la dipsómana santa patrona, ahora repudiada, de la derecha más populista y ladrona de España y Europa, democristianos *mafiosi* italianos y sátrapas postsoviéticos incluidos.

Entró, caminó despacio. Habituó sus ojos a la oscuridad,

aliviada por la luz que dejaban entrar unas cortinas mal cerradas. Pero la oyó roncar antes de verla sobre un costado, con una camiseta amplia y una pierna gruesa, varicosa, destapada. Se acercó más y la mujer dejó de roncar. No parecía respirar. El silencio era total. De pronto movió un poco la pierna, se giró hasta quedar boca arriba y arrancó de nuevo a roncar como si fuera una moto acelerando. Fortunato la miró inexpresivo mientras pensaba que alguien se iba a librar de dormir con tapones por un tiempo.

Se puso manos enguantadas a la obra.

20

Respecto a mí, he de decir que he llevado hasta el último extremo aquello que ustedes no se han atrevido a llevar ni a mitad del camino...

FIÓDOR DOSTOIEVSKI,
Memorias del subsuelo

Y ahí está ella.

La ve a la luz tenue de una lámpara de pie que ha encendido, a unos metros de la cama.

El aire del cuarto es denso, pastoso, envenenado de vulgaridad y resaca, de perfume de mujer mayor y ese hedor a sudor fuerte que los años depositan en las arrugas y los pliegues grasientos de una piel vieja.

Resaca. Tranquila, piensa Fortunato, mientras la observa, la resaca es eterna para los malditos, no es sino el estado natural entre los sueños desmedidos y la dura realidad que a todos nos acaba por alcanzar, por desnudar. Cuanto más ambicionas, cuanto más quieres divertirte, poseer, robar, fornicar, enloquecer engordando el ego con el halago de los serviles, más duras y largas son las resacas. Hasta llegar a un punto en que el exceso febril es la excepción y el embotamiento de los sentidos, del juicio y de la más elemental bondad es el día a día que nos aplasta.

Yo lo sé, admite en silencio Fortunato, estudiando ese cuerpo que aún respira y no es sino la cárcel sórdida de alguien que, alguna vez, antes de que el dolor y el miedo la corrompieran, fue una persona joven, ingenua, con sueños de felicidad.

Fortunato no siente lástima o empatía. Para vivir de matar sin ser un sicario más, o una fiera sanguinaria, hace falta un código, un *bushido* estricto que mantenga el alma y su empuñadura, el cuerpo, afilada y seca. Viendo a la mujer que va a asesinar, que ha aceptado como encargo, solo repasa mentalmente asociaciones que le ayuden a hacerlo: su codicia no es inocua, cada bolso, cada collar de perlas, cada sobre y cada soborno son enfermos sin médicos, hospitales sin medios, niños condenados a estudiar en covachas y contenedores, pelotazos a costa de arrasar con paisajes e historia, de envenenar el aire, el mar y los ríos. Esta mujer y sus compinches, los mismos que ahora la quieren muerta, son como langostas que se alimentan de destruir todo lo que une, lo que salva, lo que humaniza. Y lo hacen para engordar carteras y egos, trepando sobre pirámides de cráneos como Tamerlán. Por supuesto, Fortunato es un psicópata narcisista, y su relación con todos esos colectivos y paisajes depredados por corruptos como esta mujer se desenvuelve solo en el mundo platónico de las ideas. A Fortunato no le gusta la gente, no pone caras o nombres a ese daño. Es cierto que a veces se sorprende llorando a moco tendido con películas o testimonios sinceros de dolor, que hay en él una espita abierta y salada por la que, para asombro y diversión de la mucho más dura Claudita, fluyen lágrimas en momentos insospechados. Padece una especie de siringomielia emocional por la que puede sentir muy intensamente algo, pero no sentir algo del todo. Como si no pudiera sentir dolor, pero tuviera sentido del tacto. Disociación gracias a la que hace tiempo que aceptó asesinar para cumplir con un cierto rigorismo, moral e intelectual. Otros, se consuela Fortunato, matan al azar o provocados por una imagen, un olor, una pulsión irracional o sexual, y el arte de vivir es en gran parte tener una relación armónica con lo que se nos escapa. No, él no mata a nadie que no sea dañino para los demás, y si esos demás no quieren hacerse responsables y defenderse, allá ellos. Mata a malas personas para vivir bien. ¿Merecen ellos morir? Bueno, se contesta siempre Fortunato, yo merezco vivir bien. Sus trayectorias se cruzan en un punto, ellos mueren y él sigue su camino, su vida con Claudita, con sus libros, sus viajes y sus escritos impublicables. Eso es todo. No revive sus crímenes ni se guarda trofeos, bragas o recortes de sus víctimas para masturbarse luego. Mata sin excitarse. Con resignación, pero sin pena. No, viéndola ahogarse mientras duerme, bebida y drogada para conseguir la amnesia que acalle cualquier rastro de conciencia o la sensación de fracaso, lo que Fortunato siente es un punto de envidia. Para ella hoy, esta noche, acaba la ansiedad, la angustia que genera el imposible equilibrio entre lo que queremos y lo que tenemos, entre lo que quisimos ser y lo que somos, entre la niña amante y sorprendida y la versión deforme de esa inocencia, viciosa, sudorosa y con el maquillaje ajado, en que nos transforma la edad. Fortunato la mira, la escucha y piensa que, de algún modo, esa mujer a punto de morir va a ser libre. Se va a librar de la única cárcel que nos encierra de por vida, nosotros mismos.

Fortunato se sienta en una butaca frente a la cama y saca de su mochila los medicamentos que va a usar, ordenándolos en la mesa, a la luz de esa única lámpara. Un cerco que delimita el espacio donde se encontrarán asesino y víctima. Una vez desplegados, rellena varias jeringuillas con las que inyectará el paracetamol líquido en pliegues y lugares discretos. También comprueba la mascarilla con la que aplicará el halotano. Fortunato ralentiza la imagen, el tiempo, mediante una concentración intensa en cada gesto, cada sonido, suyo o de su encargo. Coloca las jeringuillas rellenas en el bolsillo delantero, como lápices, y se acerca a la cama con la botellita a presión del hipnótico en la mano. Observa a esa mujer mayor, que ronca borracha, desarbolada. Duerme agitada, debe tener pesadillas. No hay rastro de belleza en ella, solo decrepitud. Su piel le da una extraña sensación de ropa vieja dada de sí, gastada. Como si contener años de excesos y de soberbia, de ignorancia arrogante, hubiera aflojado las costuras. Y no es solo la edad. Fortunato sabe apreciar la belleza en algunas mujeres maduras, incluso en ancianas. No, sin el disimulo del maquillaje, la adulación, las ropas, las perlas y los bolsos caros, esta derrota de la belleza tiene más que ver con la ausencia de decencia, de bondad. Mira con curiosidad de entomólogo, intrigado por el dragón derrotado de antemano, ya sin dientes ni fuego en la boca, porque ya a nadie asusta con sus llamaradas de vulgaridad y arrogancia. Esta tiparraca ya está muerta, piensa Fortunato, desde hace mucho. Ella no lo sabía, pero estaba muerta. Yo solo certifico el trámite.

—Oye, Fernández, ¿y por qué algunos llegan vivos a juicio y otros se convierten en encargos?

—Chaval, eso depende de muchas cosas. De lo peligroso que sea lo que va a cantar y a quién perjudique. Los peces gordos nadan muy hondo y no se meten en los líos de las sardinillas, en sus ajustes de cuentas en superficie. Las dejan hacer sus pequeños encargos porque siempre son de una facción contra otra. Y pueden beneficiar a sus grandes planes, dejar alguno que cante para cambiar a unos pececillos por otros, vía jueces. La ley es igual para todos y todas esas mierdas. Además, un poco de caos es aceptable e inevitable. Pero cuando el encargo sabe cosas verdaderamente peligrosas para todo el tinglado, temas delicados, los tiburones suben y lo liquidan. La pasta, la pasta de verdad, chaval, es siempre cobarde.

Fortunato recordó esta conversación mientras miraba a la borracha. Sí, pensó, esta debe saber mucho de muchos. Es un riesgo inasumible por el tinglado. *Ergo quod erat demonstrandum*, muere sin remedio ni ocasión de declarar.

Fortunato le toca el hombro. Una, dos veces. La mujer no reacciona, sigue boca arriba, ahogándose entre apneas y resucitando con ronquidos. La empuja en un hombro. Nada. Sigue sin despertarse, apenas un gruñido. Entonces le coloca la mascarilla sobre boca y nariz y le vacía dentro todo el contenido de la botella. No reacciona, si acaso parece respirar mejor, más regularmente. Fortunato espera unos minutos antes de empezar a inyectarle el paracetamol quirúrgico. La mujer sufre unos espasmos solo cuando ya le ha inyectado más de la mitad de las jeringuillas y Fortunato se detiene unos instantes, más por curiosidad que por otra cosa. Las señales de la muerte son siempre llamativas en cuanto anuncian un hecho único, irrepetible. De la garganta de la mujer sale un extraño gorgoteo y la respiración se hace más débil. Fortunato sigue inyectando lo que le queda. Cuando agota la última jeringuilla, cubre la aguja con el capuchón de plástico y se la guarda de vuelta en el bolsillo, mira a la mujer unos segundos y se agacha hacia su oído, susurrándole un verso de Rimbaud.

—«Y, así, el alma podrida y el alma desolada / sentirán chorrear tus maldiciones.»

Fortunato vuelve a su butaca y se sienta a esperar, mirando a la mujer. Siente una mezcla de calma y euforia. Le pasa siempre que asesina y la justifica pensando que esa era la excitación de la gente que veía ahorcar, dar garrote o guillotinar a alguien, la feliz excitación de quienes contemplan morir sabiendo que, por esa vez, la cosa no va con ellos. La embriaguez de presenciar la muerte estando a salvo de ella. Inmóvil, sin apartar los ojos de la mujer, Fortunato descompone el silencio. Gracias al experimento de John Cage en la cámara anecoide, en la que se metió para experimentar el silencio absoluto, sabe que este no existe. Que todo silencio no es sino un barullo, más o menos perceptible, de muchos ruidos. Así que Fortunato se concentra en desgranar silencio del exterior. La respiración de la mujer se ralentiza, ya no ronca, emite algún silbido, tenues aspiraciones según sus órganos van fallando, deteniéndose. Se ahoga. No se despierta por el halotano, así que se agita ajena a su propia muerte, al destrozo irreparable en su interior. Se pedorrea, hiede mientras un borboteo pegajoso sale de entre sus piernas y acaba por cagarse. La muerte es siempre igual, razona Fortunato, una dejación de la decencia y el amor propio inevitables, el triunfo de la más absoluta impudicia, moral y fisiológica, la victoria aplastante de lo celular sobre lo cultural. Un muerto ya no es persona, es proceso. Ese cuerpo que no obedece a nada, que ya se corrompe sin remedio, no es nadie ya, no es la borracha, la corrupta, la soberbia destronada, sino un compuesto que se está diluyendo sin remedio en principios más simples, en gases y fluidos. Si la gente, se dice el asesino, viera más muertos de cerca sería menos vanidosa. La muerte es la demostración de que la vida no es más que un esfuerzo, condenado al fracaso, por controlar los esfínteres y no cagarnos encima. Y, admite Fortunato impasible, eso vale tanto para las heces como para las ideas apestosas y odiosas o ciertas formas hediondas de entretenimiento popular.

Fortunato deja de oírla. El silencio parece total, pero él sabe que eso es imposible, así que agudiza todos sus sentidos al tiempo que reduce al máximo su propia respiración. Ya nada se escucha salvo el zumbido de su propio sistema nervioso y el torrente grave de la sangre latiendo en sus venas.

Se da unos minutos más guardando de vuelta todo en la mochila, luego se la pone al hombro y se acerca de nuevo a la cama. Se quita el guante derecho y pone la palma de la mano cerca de la boca y nariz de la mujer. Nada, no respira. Está muerta. Se ha muerto sin abrir los ojos, sin un rictus de dolor que le deforme la cara. Solo parece dormida. Y así se la van a encontrar. Los que la quieran, siempre hay alguien que quiere incluso a la gentuza, se consolarán pensando que no se dio ni cuenta, que no sufrió, que Dios se la ha llevado sin dolor ni agonía. Fortunato se dice que tiene que incluir en *His-*

toria para conejos algo sobre el fervor religioso e imaginero de los corruptos patrios. De su pensamiento religioso, tan utilitarista como el que hacían de la Constitución o las leyes, acatando solo las partes que les permiten limpiar conciencias, antecedentes penales y llamar anti-España a cualquier persona racional y decente, ignorando aquellos preceptos, mandamientos y artículos que les obliguen a nada o limiten su voracidad.

Una vez cumplido el encargo, la mente de Fortunato solía divagar. Sin duda era un psicologismo instintivo y básico que le protegía de darle muchas vueltas a lo que acababa de hacer. Volvió a su cuarto sin prisas. Sacó un libro y dejó la mochila sobre una mesa. Se arrellanó en un sofá junto a una lámpara de pie y se puso a leer a Rimbaud en una edición bilingüe. Siempre que podía, si las circunstancias lo permitían, deslizaba un último verso, violento, ominoso y bello, en el oído de su víctima. Verso que escogía del poemario que estuviera leyendo en ese momento. Era su lírico ¡yo acuso! al encargo, era un adorno culterano e íntimo entre asesino y asesinado que, por supuesto, no compartía con Fernández. Su pasarela entre la espera antes de la muerte y el cadáver frío que dejaba atrás para volver a leer poemas. Una manera, pensaba Fortunato, de limpiarse de las imágenes y los sonidos que acaba de provocar al asesinar a una persona. Una vez leyó la historia de un profesor de música de la antigua China que tras escuchar durante todo un día los sonidos más sutiles, del vibrar de las hojas en las ramas y el deslizarse del pincel sobre la seda a la respiración de un bebé, solía decir que había escuchado demasiada música y necesitaba limpiarse los oídos con silencio. Fortunato leía, a Rimbaud en este caso, para limpiar los ojos y la mente de lo sórdido de la muerte. En la violencia de esos versos encontró un pacífico eco de su alma. En su belleza, un antídoto.

Estuvo leyendo un par de horas. Cuando se sintió lo bastante limpio para volver a su casa, a su cama, a Claudita, sin un rastro de muerte pegado a la piel o a la memoria, guardó el libro en la mochila, se puso de pie, comprobó en un espejo que bigote y peluquín seguían en su sitio, apagó las luces, salió del cuarto, dejó el hotel con la cara baja y aprovechando la entrada de un grupo animado de trasnochadores, caminó hasta el parking, se subió en el coche, condujo hasta el otro parking, allí se quitó los postizos, que metió en la mochila, buscó la salida y caminó, más ligero tras abandonar la mochila en un contenedor de basuras, los guantes un kilómetro más allá y pensó que, con suerte, Claudita ya estaría durmiendo cuando llegara.

Fue pensar en ella y sentir una ola de calor en su interior, una manifestación térmica de ternura.

Han vivido mucho.

Viajado.

Amarla, para Fortunato, es querer compartir con ella todo lo bueno y lo bello del mundo. No las culpas o sensaciones, personales e intransferibles, del asesinato.

Ver en sus ojos los lugares que ama, no los fantasmas impertinentes de sus encargos.

Oír en su risa las palabras y las músicas que le hacen feliz. No los comprensibles reproches o el miedo a un asesino.

Descubrir con ella, con su sorpresa, lo que ya creía conocer.

Y, al fin y al cabo, sentir que cada recuerdo feliz es un paso más hacia un futuro juntos.

No hay amor sin memoria, como no hay futuro sin pasado.

La recuerda porque la ama.

La ama porque la sueña.

A Claudita sí la amaba.

Sin dudas.

Sin matices.

21

... somos una plaga, pero nos empeñamos en
que nuestras víctimas nos amen.

Félix de Azúa,
Lecturas compulsivas

Rubén se levantó de la silla, estiró los brazos hacia el cielo, los
bajó y arqueó la espalda mientras se sujetaba los riñones, resopló y le dijo a Claudita que deberían parar y ponerse con la
escena del seminario. Que les quedaba mucho por trabajar y
les tocaba salir. Pero Claudita le miró con unos ojos suplican-
tes, a juego con una sonrisa encantadora que subió en varios
lúmenes la intensidad de la luz en la buhardilla *boho chic* de su
compañero.

—A mí no me pongas caritas, que ya sabes que yo...

—¡Ay, sí, Rubén, no me seas petarda! Sigamos un poco más. Tú eres un actorazo, la escena ya la entendemos,
llevamos días con ella, y para mí es muy importante saber
tu opinión sobre esta obra. No confío solamente en mi criterio.

—Tú tienes muy buen criterio, Claudia.

—Y por eso eres una de mis mejores amigas, Rubén. Por eso
te quiero y admiro tu talento, cari. Sé que mi criterio es bueno, pero también que amo al autor. A mí me parece muy buena,

pero quizá no soy del todo objetiva. ¡Ayúdame! Ya no queda tanto.

—¿Sigues enamorada?

—Sí, cada vez más. ¿Por qué pones esa cara?

—Nunca habría apostado por vuestra relación. Por que durara tanto.

—¿No? ¿Por qué?

—Tu chico es raro.

—¿Cómo raro?

—¡Ay, hija, pues raro!

—¿Pero raro mal?

—No, raro, extraño. Mira raro, ¿no?

—Es tímido, pero también decidido, muy seguro de sí y...

—¡Y eso es raro!

—Cuando Fortu me mira lo hace por completo, no sé si me entiendes. Está viéndome solo a mí y eso me encanta. Es magnético, muy sexual, animal.

—Sí, o muy psicópata, Clau.

—¡Que no, nada que ver! No te hablo de agresión, de posesión. Soy libre, los dos somos libres. Lo que pasa es que todos vivimos aterrados por la posibilidad de que alguien nos mire, que se detenga y se tome el tiempo de vernos de verdad. A partir de cierta edad, Rubén, todos tenemos la sensación de ser un fraude, unos farsantes... La gente no se mira de verdad, no se ve.

—Ya, hija, con los años son más los fracasos que los éxitos. Hay esa vergüenza íntima. Es una putada no tener todos un retrato de Dorian Grey.

—Pues sí. Pero a ti te cae bien Fortu, ¿no?

—Sí, mujer... La verdad es que no le conozco tanto. No es muy abierto y, vamos, casi no salís. Vivís para adentro, Clau. Mejor pensado, ¡le odio porque ha raptado a mi amiga favorita!

—Es que ya no tengo edad para cerrar *afters*. Ni tú tampoco, maricón.

—¡Uy, yo soy como la canción, *Forever Young*!

—Pues estoy cada vez más enamorada de mi raro. A veces es muy introvertido, caprichoso, maniático incluso, como lo es ya la gente de cierta edad. Siento que me adora de una manera absoluta, inquietante. Pero, sobre todo, siento que he vivido mucho, que es mejor y más bueno que la mayoría de los hombres que he conocido, Rubén, que han sido muchos. Y que es mejor persona que yo, mucho mejor.

—¡Amiga, eso sí que no, tú eres una persona maravillosa! De verdad que me sorprende lo que dices.

—¡A mí también me sorprende! Tú me conoces, Rubén, sabes que yo soy de vivir el ahora, el hoy, pero empiezo a fantasear con hacerme vieja junto a él. Dejarme el pelo largo y blanco como la Molina, ser una pareja de viejos felices y molones. Nunca quise ser de nadie, nunca he deseado darme tanto a alguien y nunca me he sentido más libre que a su lado.

—¡Hija, qué suerte! Hay gente que pasa por la vida sin conocer el amor, uno de verdad. ¡Qué envidia!

—Hacerme vieja. Melenón blanco y cero retoques, que hay que ver lo bella que está Ángela. Qué elegancia, nada que ver con esas yonquis del bisturí y el bótox, que parecen hijas todas de un mismo Chucki.

—Mira que eres, Clau... Venga, sigamos leyendo.

—¿Pero te está gustando?

—¡Ah, eso sí que no! Mi veredicto sobre *Historia para conejos* solo lo daré al final.

—Vale, sigamos leyendo... Te quiero.

—Y yo a ti. Sigues tú.

Y Claudita y su amigo Rubén —afamado actor en algunos de los mejores y más prestigiosos montajes teatrales de la última década y con bastante menos fortuna de lo que a él le habría gustado, o estaba dispuesto a admitir ante nadie, en sus intentos por triunfar en la babilonia de las series y las pelis, mucho menos reputadas pero bastante mejor pagadas— leyeron hasta el final. El veredicto de Rubén fue muy favorable en conjunto, si bien a Claudita no se le escaparon la repetición intencionada de observaciones sobre el enorme margen de mejora del texto y el trabajo apasionante que requeriría su montaje, así como algunas generalidades que, como actriz entrenada que era, reconoció de inmediato. Vaguedades que eran susceptibles de ser interpretadas a gusto del oyente. Cosas como las que decía la misma Claudita cuando iba a un estreno de algún compañero o amiga y le preguntaban qué le había parecido, a lo que ella contestaba siempre con un expresivo ¡Qué película!, o ¡Qué montaje!, antes de fingir ver a alguien, excusarse y salir huyendo. Cajones de sastre que en el fondo no querían decir nada y en los que los interesados podían acomodar sus ilusiones y expectativas.

—Rubén, no me jodas, ¿te gusta o no te gusta?

—¡Uy, la otra! A ver, mona, que somos actrices. Te estoy desgranando lo que me ha provocado.

—¿Que si te gusta?

—Me gusta. Me gusta. Muy potente. Si lo montáis, yo quiero el facha. ¡Me dan el Max seguro!

—Estoy pensando en enseñárselo a Alberto Riva. Estoy entre él y Lima, pero Andrés no se lo va a leer. No soy lo bastante guay para él.

—Ya, cari... Bueno, Alberto sería la hostia también. Enséñaselo. Que lo lea.

—Sí, Alberto.

—¿Sigue enamorado de ti?

—No sé, no creo. Hace mucho que no le veo y cuando hemos coincidido he evitado quedarme a solas con él.

—¿Pero te miraba?

—Claro que me miraba.

—¡Es que tú eres para mirarte, amiga!

Claudita se sintió feliz, palmeó sonoramente, besó a su amigo y volvieron a la escena del seminario. En el camino al

Taller de la Pezzi, Rubén y ella siguieron discutiendo sobre la obra de Fortunato, calculando lo caro que sería hacer un montaje así, con tanto audiovisual, intercambiando ideas y posibles nombres para completar el elenco, moderando las alabanzas y vapuleando con mordacidad venenosa según repasaban a los posibles candidatos.

La escena salió muy bien. Claudita estaba muy relajada. Disfrutaron las correcciones, las entendieron. La Pezzi los felicitó y los compañeros también se mostraron agradecidos e impresionados. Sintió que, por unos instantes, había tenido mucha verdad, volado alto. Tras aterrizar, Claudita volvió a casa muy cansada. Escondió la copia que, tras devolver el original de Fortunato a su cajón sin contratiempos, desde hacía ya días llevaba consigo, picó algo ligero y se fue a dormir.

Fortunato aún no había llegado. Extrañó su tibieza. Fortunato siempre tenía la piel suave y caliente. Ella siempre tenía frío.

Se sacudió de la cabeza un pensamiento inquietante. No tenía que ver con que aún no hubiera llegado. Fortunato salía poco, pero no era raro que volviera tarde si lo hacía. Sobre todo, según con qué amigo se juntase. Y eran tan felices que a Claudita no le preocupaba que él pudiera estar con otra. Era incapaz de imaginarlo. No, la idea que la incomodaba tenía que ver con ella y solo con ella: ¿soy una mujer frustrada e infeliz que arriesga todo por descubrir a los demás el talento de alguien que no quiere ser descubierto? ¿Acaso mi vanidad necesita amar a alguien especial, único, a un genio? No, Claudita resopla casi ofendida, ella no era una Emma Bovary insatisfecha con la vida y aburrida por la falta de brillo de su hombre, de una pareja a su idealizada altura. Si deseaba que su obra se reconociera, se representara, era por él, no por ella. No, de ningún modo. Quizá ella no había cumplido todos sus sueños como actriz, pero sacar a la luz el talento oculto de Fortu no era una manera de destacar a través suyo, para nada.

Amo a Fortu por cómo es, no por lo que es, asiente abriendo mucho los ojos, sonriendo mientras alza las cejas. No necesito que sea una persona especial o extraordinaria en algo, que tenga un trabajo apasionante o artístico, creativo. ¡Me da igual que ni siquiera tenga trabajo! ¡Mejor para él si no le hace falta! No, solo quiero que me siga amando como lo hace, sentir su adoración, su atención permanente. Solo necesito sentirme feliz. Pero es injusto que una obra con ese potencial se quede en un cajón. ¡Injusto y estúpido! Si no consigo interesar a Alberto, no tiene por qué enterarse. Pero si existe la posibilidad de montarla, se lo contaré a Fortu y ya veremos qué hacer. Hay muchas soluciones si él no quiere figurar como autor. Y él no es tonto. Y sí, Rubén estaría genial haciendo el facha, Juan Diego Botto el rojo, yo la Virgen y Emilio Gaviria de enano conejo. ¡Sería un éxito! ¡Será un éxito! Fortu lo entenderá, me lo agradecerá. Sí, no confundo mis deseos con la realidad, esto no son unicornios de espuma. No, la obra existe y es buena. ¡Ay, Fortu, Fortu...!

Se durmió y soñó con él. Y con Vírgenes en liguero, banderitas y cientos de enanos conejos con pollas enormes cantando *Americanos* de *¡Bienvenido, Mister Marshall!* mientras se despeñaban desde los palcos del Teatro Español y algunos rebotaban, otros se desnucaban, sobre el patio de butacas.

22

—¡El desayuno! —gritó alegre Claudita desde el salón.

—¡Voy! —respondió Fortunato mientras acababa de secarse tras la ducha.

Ninguno había madrugado. Claudita debió acostarse tarde. Cuando él llegó de asesinar a la borracha, ella ya dormía y
aún tardó un rato en irse a la cama, que empleó en repasar el
tercer acto de *Historia para conejos*. Su asesino siempre mo-
dificaba e influía en su escritor; el contacto sin filtros con la
muerte, con el asombroso hecho fisiológico de la extinción y
además dada por su mano, desataba siempre una tormenta de
endorfinas que desembocaba en instantes de clarividencia,
de creatividad. Así que tras tomarse su dormidina 12,5 y dos
cápsulas de melatonina, sacó del cajón la carpeta con la obra y
aprovechó para hacer unos retoques en el texto, releer y ta-
char mayormente, lo volvió a guardar y, entonces sí, se metió
en la cama y se durmió profundamente. Claudita se había
hecho vegana hacía un año y pico, evolución natural de alguien que siempre fue de comer sano, y le arrastró a él a la

misma práctica. Al principio con dudas, sobre todo la de que sería una comida aburrida y poco variada, que le costaría aficionarse a esa rutina. Claudita le dio irrefutables argumentos nutricionales, pero sobre todo lo que más le ayudó fue cuando le dijo que a ella no le costaba nada, que no lo sentía como ninguna renuncia porque ahora comía de acuerdo a sus ideas, a lo que sentía que era bueno para ella, para el medioambiente y para el planeta. Fortunato sintió que algo encajaba en su interior cuando escuchó eso; él también asesinaba a quienes, sin asomo de duda y tras severa comprobación, consideraba malos para el medioambiente, el mundo y la humanidad en general. Por eso dormía plácidamente tras sus asesinatos, los sentía como un acto de reciclaje extremo. Fortunato se hizo vegano y la verdad es que notó de inmediato los beneficios: ligereza, digestiones menos pesadas, pérdida de peso, conciencia tranquila. También le ayudó leer un artículo sobre el flexitarianismo, que venía a decir que ningún extremismo es bueno y que no pasa nada si uno se salta cada tanto los mandamientos veganos de no comer nada con madre, con ojos o sus derivados. Fortunato se hizo flexitariano y solía comer pescado fresco y marisco junto al mar, elasticidad que nunca aplica a sus asesinatos, claro está, consciente de que empiezas perdonando a uno y acabas disculpando a todos. Ahí sí mantenía una dieta invariable de corruptos. En el oficio de asesino, la clemencia es el principio de la vagancia, se dijo a sí mismo mientras se peinaba, se ponía una camiseta y un pantalón hindú.

—¡Gracias! —Le dio un beso a Claudita y se sentó frente a un café humeante, un zumo de naranja, pomelo y limón recién exprimido y un par de tostadas con aguacate, aceite de oliva virgen y tomatito seco siciliano.

—¡De nada! —dijo Claudita sonriendo mientras agarraba una de sus tostadas. A Fortunato le pareció que estaba preciosa. Que la habitación también estaba preciosa, iluminada por un radiante sol de invierno—. Ayer debiste llegar muy tarde...

—Sí, me lie con Julito, hacía mucho que no quedábamos. ¡Joder, la verdad es que vivo confinado, no veo a nadie!

—Me ves a mí.

—Y me basta.

—¿Qué hicisteis?

—Copas, un par de garitos. Ponernos al día.

—Poneros.

—Al día.

—Ya.

—Y tú, ¿qué tal el seminario?

—Muy bien. Apasionante como siempre. Es que María Estela Pezzi tien...

—... tiene un don.

Los dos ríen, mastican, beben.

—Pasamos la escena, Rubén y yo. Una gozada. Nos sentimos tan libres allí. Luego fuimos todos a cenar juntos para celebrar el trabajo —explica Claudita antes de dar un sorbo a su café.

—¡Ah, la cena de fin de curso!

—Sí.

—O sea que habéis acabado.

—Sí.

Claudita sostiene la taza entre las manos, ante su cara. Sus ojos se humedecen, brillan.

—¿Qué te pasa, Clau?

—Nada.

Fortunato la mira en silencio. Ella evita sus ojos y dirige la vista a la calle. Él piensa que está triste por haber terminado el seminario, esos días de juego intenso, de creatividad, de sentirse actriz y olvidarse de la realidad del trabajo, de los sinsabores y la amargura de lo que no sale, de lo que se cae. Nadie, se compadece Fortunato, puede acostumbrarse nunca al rechazo, al no, al parece que sí y luego nada. No sin dudar constantemente de la propia valía, o sin preguntarse inmisericorde en qué se ha equivocado. Nadie es tan cruel con uno mismo como nuestro yo decepcionado. Hasta las montañas más altas se desmigajan con el embate repetido de un mar en calma o la lija incesante de un viento suave. Y el no de otros es una lija feroz. Fortunato da otro bocado a su tostada. Está deliciosa y aligera el drama que ya estaba construyendo en su cabeza, así que da ese «nada» por bueno y no vuelve a preguntar. Hay personas que se molestarían por esa falta de insistencia, la tomarían como desinterés. Pero ese no es el caso de Claudita y Fortunato. Él pensaba que uno de los secretos de su plácida y no por ello menos apasionada convivencia a lo largo de los años, era que ninguno de los dos imponía nunca su curiosidad al otro. Esa falsa preocupación que, en el fondo, en la mayoría de las parejas no es más que el rostro amable de una agresiva investigación, fruto de los celos y la inseguridad. No, ninguno de los dos acosaba al otro con preguntas repetidas que dieran por fuerza respuestas duplicadas, triplicadas. Preguntas innecesarias cuando das por buena y honesta la primera respuesta. Nada, no me pasa nada. Pues si no te pasa nada, ¡estupendo! Estaban ahí, por supuesto, el uno para el otro, en el caso de que uno de los dos contestara que necesitaba hablar u oír. O una caricia. Un beso. Siempre había sido así, desde el principio y tras unos inevitables desajustes iniciales, propios del desconocimiento más que de unas personalidades invasivas. Tanto Claudita como él tenían mucho cuidado en no imponer su presencia al otro y no disfrazar como cariño lo que no suele ser más que miedo, celos y poca autoestima. Y es que cuando uno es un asesino, piensa Fortunato, por más psicópata narcisista que se sea, lo que haces está mal. Y del mal solo te salva amar, siquiera a una persona entre toda la humanidad, y ser amado por esta.

—¿Planes para hoy?

Claudita se recompone alrededor de una renovada sonrisa, sacude la melena y le vuelve a mirar.

—Voy a yoga. Luego recados, leer y estudiar. Y esta tarde he quedado con Alberto Riva...

—¿Con el director?

—Sí. Vamos a tomar un café.

—¿Te ha llamado para algún montaje?

—Algo así. Tengo que hablar con él. Si la cosa cuaja, te cuento.

—Suena bien.

—Ya veremos. —Claudita se tapa la boca con una gran taza con la cara severa de Frida Kahlo en ella. Como actriz sabe que ahí, en el labio superior, se le instala la tensión cuando miente o fabrica. Agradece esa costumbre que tiene Fortu, que tienen los dos, de no ponerse pesados y esperar a que el otro cuente si quiere. Aun sabiendo él que Riva y ella tuvieron una breve historia antes de lo suyo. Una forma suprema de respeto. Sin duda él la ha notado rara, pese al detalle no tan frecuente del desayuno. Seguramente lo atribuirá a que ella ha terminado el seminario, que también influye, pero no se imagina que se siente mal, como una auténtica hija de puta mentirosa, por andar por ahí enseñando *Historia para conejos* sin su permiso. Porque Claudita lo ama y lo respeta, y está ya dudando de todo y, como el sol que primero tiñe y luego destroza la niebla, se le está imponiendo una terrible sensación de traición. De ser una traidora a ese hombre que la mira enamorado mientras bebe jugo de naranja—. Es una idea muy básica, sin definir. No sé si le interesará. Si tira para adelante, te cuento. Tranquilo.

—¿Pero una idea tuya? ¡Eso es cojonudo, Clau!

—¿Mía?... Sí, se podría decir que sí.

—Seguro que le gusta. ¡Vales un huevo, mi amor! Te quiero.

—¿Querías que hiciéramos algo?

—No, tranquila. Ve a tus clases y luego a tu reunión. Yo por la tarde me tengo que acercar a la oficina de Fernández, a revisar números de las plazas de garaje. Un pesado. Ahora quiere que invierta en comprar más. Y no sé qué de unas acciones. ¡Un coñazo!

—¡Ah, mi feroz especulador! Cuando llegue la revolución te quitaremos todas esas propiedades y tú y los rentistas como tú iréis directos a un buen campo de reeducación, a cardar cebollinos y leer el *Libro Rojo*.

—Estaré feliz de entregar mis propiedades al pueblo y acabar mis días leyendo y respirando aire puro en el campo. Pero acuérdate de que tú te vienes conmigo, madame Mao.

—¡Por supuesto, robustito!

—Estoy más delgado. Es apreciable. No lo niegues.

En cuanto Claudita agarró su bolsa, su esterilla de yoga y salió por la puerta, Fortunato se sentó ante el televisor y lo encendió. No tardó en encontrarse con la noticia de la desgraciada muerte de una histórica de la política municipal y nacional, una gran mujer que pese a su controvertida personalidad y sospechas de corrupción era, desde luego, un referente político de primer orden para gran parte de los españoles y cuyo fallecimiento había desencadenado un torrente de pésames y condolencias, tanto de compañeros de partido como de rivales en la arena política que, sin embargo, ahora se deshacían en elogios sobre la vieja pirata. En efecto, zapeando, Fortunato se encontró con muchas de esas condolencias, afectadas y más falsas que un euro de cartón, proferidas por varios de sus compañeros de partido que, sin duda, habían hecho el encargo y ahora respiraban aliviados. Fortunato pensó que luego se echaría unas risas con Fernández, que para estas cosas tenía mucha retranca. Todos hablaban de muerte natural, evitando mencionar su largo historial de corrupciones y que la dipsómana dama tenía el hígado como para hacer paté. El dolor de la familia y allegados y su intención de hacerle una ceremonia íntima, aquí adivinó un desaire de los deudos a los antiguos compinches de la muerta, y enterrarla. Fortunato sonrió satisfecho.

Antes de apagar vio en los mismos noticiarios una serie de

noticias que le hicieron cavilar sobre próximos futuros encargos, milagreros económicos haciendo sonar una campana, estirados saqueadores de cajas con afición a la caza. Fortunato tomó nota mental. Las actividades cinegéticas y los entornos donde las armas de fuego circulan libres y sin miedo son siempre escenarios prometedores. Su padre le llevó muchas veces de caza en aquel pueblo de Guadalajara, cuando iban los fines de semana a la casa donde le entregó a la Popotitoz. En cuanto pudo sostenerla, le regaló una escopeta del 12, una Sarasqueta con una ligera inclinación de los cañones respecto a la guarda y la culata que la hacían muy buena para el conejo y la liebre, no tanto para la pluma. Su padre le enseñó a tirar, Fortunato no era malo. Cuando salían con el perro de muestra a levantar codornices, el joven Fortu siempre partía campo, siempre bajaba al menos la mitad de las aves a las que tiraba.

Con el tiempo su padre le llevó a furtivear cochinos a las charcas. Siempre de noche. Ataban una linterna Winchester, muy larga, con cinta americana al cañón de los rifles, se ponían contra el viento para que los jabalíes que venían a beber no los ventearan, quietos, en silencio, a veces durante horas, hasta que los oían beber y hozar. Entonces dirigían los cañones hacia el ruido, encendían las linternas, que deslumbraban a los animales, y vaciaban los cargadores. Aquellas emboscadas eran verdaderas carnicerías, nada que ver con las carísimas monterías a las que también le llevó alguna vez su logrero progenitor. En los aguardos su padre solía usar un rifle Ruger 44 Magnum, automático y sin apenas retroceso, con el que disparaba balas de punta hueca. A veces rellenaba con una gota de mercurio el agujero de la bala y lo tapaba con cera. Cuando la bala impactaba, al deformarse, el mercurio que es un metal líquido se desprendía a una velocidad brutal en el interior del jabalí. Era como metralla y hacía un destrozo enorme, mortal e instantáneo. El agujero de salida podía ser hasta diez veces mayor que el de entrada. Fortunato siempre se quedó con las ganas de ver qué efecto tendría sobre un nazi. Seguramente lo partiría por la mitad. De todos modos, Fortunato nunca lo usaría para sus encargos; de preferencia su línea de trabajo era otra, en todo opuesta a que tuvieran que despegar trozos de corruptos de las paredes. Muy poco discreto. Claro que, bien escondida donde Claudita nunca la pudiera encontrar, tenía en casa una Glock 9 mm con dos cargadores de punta hueca con mercurio *à la maniere de son père*. Nunca se sabe, se decía, ¡con mi oficio! Las escopetas y los rifles de su padre los vendió a su muerte. A Fortunato le gustaba disparar, tenía puntería, pero le parecía estúpido matar animales por diversión. Una de las primeras broncas fuertes que tuvo con su padre fue en una montería cuando, tras el taco, esa comida campestre para los señoritos carniceros, Fortunato le dijo que le parecía estúpido pagar ese dinero por sentar a unos viejos y gordos incapaces de andar por el monte, armados con rifles y miras telescópicas, a esperar que un montón de pobretones levanten los animales y los hagan pasar ante ellos para que, cómodamente sentados, los asesinen. Que, pulsiones de muerte aparte, eso no tenía nada que ver con cazar y mucho con la lucha de clases. Claro que a su poco interés natural por tan sanguinarias prácticas se unía el hecho de que Fortunato acababa de ver *Los santos inocentes*. Discutieron y volvieron a Madrid sin hablarse. Así acabó cualquier relación de Fortunato con la caza, una práctica brutal a todas luces y que criticaba ferozmente. Y eso que no siempre fue así. De muy niño, antes de la Sarasqueta conejera, le fascinó porque le encontró una inesperada rentabilidad a la afición cinegética de su padre. En un ojeo de perdices, el del puesto de al lado, emocionado, se puso a dispararle con una automática a una perdiz, con tan mala suerte que siguió disparando cuando esta pasó baja junto al puesto de su padre. Este apenas tuvo tiempo de verlo y taparse la cara con las dos manos antes de que le impactaran de lleno los entre doscientos y trescientos perdigones de un cartucho del 12. Gracias a cómo se cubrió y a la distancia, el disparo no le mató. Aunque le extirparon muchos de esos perdigones, otros tantos se le quedaron dentro de la piel. Los médicos le dijeron que el propio cuerpo los iría expulsando a lo largo de meses. Su padre parecía un monstruo lleno de bultitos y Fortunato, que por aquella época ya era el niño emprendedor que pedía con huchas robadas, se llevaba con él siempre a dos o tres compañeritos del cole cuando iba a visitarlo. Los otros niños se espantaban de aquel hombre deforme, de sus manos y antebrazos llenos de bultos y heridas. Fortunato consiguió que su medio atontado padre, lo inflaban a calmantes, dejara que le pasaran un dedo por alguna de esas protuberancias que escondían perdigones de acero como perlas. A cada amiguito, Fortunato le cobraba cinco duros por la experiencia de ver y tocar a un monstruo. Fue un buen negocio, recuerda sonriendo.

La casa brilla a la luz del invierno, que entra por los amplios balcones y hace danzar el polvo en sus rayos. Encajonar la luz, domarla, es un signo de civilización, piensa Fortunato, mientras disfruta de este fenómeno que en su cabeza equipara su salón a la nave de una catedral gótica. La casa está caliente. La casa es ella, es Claudita, piensa Fortunato, es su amor por él. Es la paz. Fortunato siente crujir sus cimientos, descuadrarse algo en su interior. Cada vez con mayor frecuencia. Sabe que conocerse y resignarse a hacer lo que hace ha funcionado durante mucho tiempo, que ha sido una forma de no perder por completo la razón: este soy yo, un asesino. Y mato por esto y por esto otro. Tengo mis razones. El ser humano tiene una pasmosa capacidad de autojustificación, de encontrar razones para todo lo que hace en el proceso prueba y error que es la vida, cagada tras cagada. Pero cada vez intuye con más fuerza, ahí, una sombra creciendo a su espalda, el peaje que la locura está pronta a exigirle. Al fin y al cabo, razona, el estrés postraumático puede empezar mucho después del bombardeo.

Es la calma, la confianza en Claudita, la serenidad del amor sin fisuras, el andamio sobre el que construye sus días. Desde los griegos quedó establecido que, al final, el héroe trágico sufre y es castigado con la muerte y la locura. Lo único que quiere Fortunato es retrasar al máximo el desenlace, eliminar la mayor cantidad posible de variables en torno a ellos dos para mantener en una ilusoria inmovilidad su felicidad. A nadie veo, se repite Fortunato, si no es indispensable, no salgo al mundo sino a matar, vivimos con comodidad, holgadamente gracias a mis encargos, así que ese enemigo cruel del amor que es la miseria no nos amenaza y no hace que surjan dudas, preguntas por parte de ella. La tranquilidad no provoca interrogantes, se acepta con facilidad. Claudita lucha contra sus propios fantasmas, con gallardía, y sin buscar nunca enojosa conmiseración, sino creciéndose ante mí por demostrarme que ella también me ama.

Por supuesto que el amor inmaduro, inseguro, entre quienes no están preparados puede ser el camino más corto para el desastre estrepitoso. Como le pasó con Elena, una guapa presentadora de televisión con la que salió en su época de puntero. A esa edad en la que la coca todavía no limita las capacidades amatorias, su romance era una sucesión interminable de polvos, blancos y de los otros. Fortunato recuerda que se enamoró de ella y ella, eso juraba, de él. Tanto que se separaron un fin de semana con las narices taponadas, los sexos húmedos y heridos, lágrimas en los ojos y promesas de amor eterno e hijos. Tanto que, pese a no estar muy boyante en aquel tiempo, la cosa estaba parada y el dinero que viene fácil se gasta fácil, Fortunato le compró un pedrusco a un joyero amigo del Galleto, uno legal, con todos sus papeles, no un perista. Le extrañó que de pronto ella dejara de contestar a sus llamadas. Pasados unos días preguntó, patético, a conocidos comunes y, como no hay peor ciego que el que no quiere ver, no detectó la mentira en sus excusas. Un día bajó a por el pan y a por *El País*. Mientras pagaba sus ojos descubrieron a Elena en la portada de una revista rosa, en biquini y con la lengua en la boca de un atractivo futbolista. Más fotos en el interior, decía. Compró la revista y la ojeó bajo un árbol, en la calle, todavía con la barra bajo el brazo. En efecto, había más fotos en el interior, tantas que le contrajeron el alma y Fortunato partió la pistola en dos, cayendo el pan a sus pies. Se quedó inmóvil, petrificado, al punto de que varias palomas se congregaron en torno a él a picotear las migas. Solo cuando sintió una lágrima recorrer su mejilla volvió en sí. Miró a su alrededor y le sorprendió que nadie le mirara riéndose, que la gente siguiera su camino sin prestarle atención. Bajó los ojos y le maravilló ver a aquellas aves porque sentía que el suelo se había hundido bajo sus pies. También le alivió ver sus zapatillas porque, eran días de vanidad para el joven Fortunato, su orgullo herido le había calzado con los zapatones de un payaso. Tardó en identificar las distintas punzadas de la humillación. Cuando por fin lo hizo, corrió, asustando a las palomas, a su casa con la revista en una mano. Mientras subía los pisos repasó los hechos y se dio cuenta de que la adversidad es inherente a la vida, pero que la vergüenza la solemos aparejar nosotros mismos. Temblaba. Intentó recordar un momento de ternura junto a Elena y no pudo. Solo lujuria y exceso. Pero también vio que el dolor lacerante que sentía tenía mucho más que ver con la soberbia y el engreimiento que con el desamor. Agarró el anillo y la revista y se fue a ver al joyero. Este, en principio, se mostró reacio a aceptar el anillo y devolverle el dinero. Esto no es el Monte de Piedad, le dijo. Pero entonces Fortunato le enseñó la revista, el extenso reportaje interior incluido, y el joyero se apiadó de él. Tras inspeccionar la pieza, no solo le devolvió el importe, sino que además le ofreció a Fortunato su hombro para llorar, propuesta que él declinó con amabilidad. De vuelta a casa se prometió no volver a confundir la vanidad con el amor. Pasados los meses se la encontró una noche, buscando coca por Santa Ana. Elena estaba muy guapa y desafiante. Ni ella ofreció disculpas ni él pidió explicaciones. Fortunato no sintió ira, si acaso algo de pena por los dos. Esa noche añadió un poema a sus *Cuchillos mellados*, literario y terapéutico desagüe.

EN EL CALLEJÓN

Hoy, esta noche
he visto a E.
La amé, ¡Dios mío cuánto!
La amé sin dudas.
Llenó mi vida de luz
y cuando la apagó, de quebranto.
Hoy he visto a E.
Hemos hablado.
De nada.
La miraba mover los labios
y, apoyado en la pared del callejón,
soñaba que decía:
«Yo también te amé, ¡Dios mío cuánto!
Te amé sin duda.
Me cegó la luz,
me dolió el quebranto».
E. ha hablado.
Yo también.
Luego —la nada da para poco— hemos callado.
Dos extraños.
¡Dios, cuánto la amé!
Y esta noche, en silencio,
otra vez,
cuánto la he amado.

Satisfecha su vanidad emocional, Fortunato pasó página sin mayores problemas. No, no la amaba tanto. Esa era, ni más ni menos, la función de sus poemas privados e impublicables: concederse un momento de sensibilidad a la altura, *noblesse oblige*, del elevado concepto que tenía de sí mismo, desahogarse antes de que se impusiera su natural psicópata, fijar un dolor en un tiempo y un paisaje para dejarlo atrás, mirándolo alejarse como hacemos desde la ventanilla de un tren con una vaca estúpida que nos observa rumiando, inmóvil, hasta que la perdemos de vista. Lo cierto es que a Fortunato le protegía su narcisismo patológico, así que las vacas desaparecían pronto. Nunca fue celoso porque le parecía evidente que ninguna mujer que le fuera infiel le merecía. Su propia psicopatía anulaba posibles desesperaciones y oficiaba de cubo de agua helada, invistiéndole de una frialdad súbita e inmediata que impedía cualquier conmiseración, cortando de raíz toda tentación de humillarse.

Ahora Fortunato cierra fuerte los ojos para detener la proyección de aquella antigua y mala película.

Le basta abrirlos para reconocer el escenario, sólido y asentado, de su felicidad. La cáscara donde maduró su amor. Un lugar de paz, ajeno al ruido y la furia.

Porque Fortunato siente que su amor por Claudita es la consecuencia lógica de toda una vida, que llegó en el momento en que ambos estaban preparados para un compromiso total, para cuidarlo con egoísmo fanático, haciendo de su relación la causa de sus vidas.

Por eso ella es su casa, no estas cuatro paredes. Ella.

Su cuerpo.

Su mirada.

Sus palabras.

Ella, romántica feroz, le salva de sí mismo.

Ella es la única brecha en su confinamiento elegido. Fernández no cuenta a efectos románticos.

Él no acabará solo como su padre.

Su tren, exhausto, ya no podía dejar nada atrás.

En ella confía.

23

Pero denigrar a quienes queremos nos quita siempre algo de apego. No hay que tocar los ídolos: el dorado se nos queda en las manos.

GUSTAVE FLAUBERT,
Madame Bovary

Claudita lleva todo el día en la calle, enlazando misiones. Así llama ella a los recados, dándole una importancia casi militar a lo que hace en defensa de la buena marcha del hogar. En realidad, ni Fortunato ni ella son especialmente prolijos en las tareas caseras, así que ensalzan las que acometen, aparte de mimar a la señora que va a limpiar y planchar una vez a la semana. En contra de la moda gastronómica que azota al país y llena las teles de concursos culinarios, Fortunato y ella comen para alimentarse y no son cocinillas. Son igualitarios en las tareas del hogar, porque ambos las afrontan con el mismo desinterés y ánimo formulario. Sin embargo, hoy Claudita busca y rebusca cosas que hacer, precios que comparar, explicaciones sobre telas con las que no forrará o electrodomésticos que no comprará. Camina un poco sin rumbo, entrando en tiendas que recorre mirando sin ver. Toca cosas que deja de inmediato. Contesta distraída a los saludos y preguntas de las dependientas. Las oye, pero no las escucha. Su voz interior lo acalla todo.

¿Qué estoy haciendo? Fortunato nunca me pidió ni que leyera su obra. Mucho menos que la mostrase a nadie. ¿Le estoy traicionando? ¡Sí! ¿Y qué pasa si a Alberto le gusta? Tendría que contarle todo a Fortu... ¡Coño! ¿Le tengo miedo? ¡No!, ¿por qué iba a tenerle miedo? Nunca me ha hecho daño, nunca. Nunca me ha fallado. Lo hablamos todo. Nos amamos, somos amigos, confidentes. Nos respetamos... ¡Joder, entonces por qué hago esto a sus espaldas! Sí, soy yo quien le está traicionando. ¿Por qué? ¿Eh? No, señorita, gracias. Solo estaba mirando. ¿Por qué darle una patada a la tranquilidad de nuestra vida? ¿Necesito acaso destruir, desequilibrar? ¿Me aburro? No, le amo. Entonces ¿por qué lo hago? Si esto no está mal ¿por qué siento angustia?

¡Me toca! Claudita se sorprende con este reclamo íntimo e inesperado, que le sale de un lugar muy hondo, de esos que usamos como sentinas del alma. He rozado mi sueño con los dedos muchas veces, pero nunca lo he logrado. Necesito que mi oficio me devuelva tantos años de pasión, de prepararme, de trabajo... ¿Por qué siento que a mí todo me cuesta el doble? ¿Que siempre hay algo a punto de romperse en mi interior?

Claudita lleva todo el día en la calle, hiperactiva, de recado imaginario en recado innecesario, porque no quiere volver a casa y esconder su mirada, evitar los ojos de Fortunato. Irá a su cita y cuando vuelva, con suerte, Fortunato estará fuera viendo a Fernández.

Bueno, no es para tanto. Es solo ver a Alberto, conseguir que lea la obra. Si le gusta ya veré qué hago... ¿Cómo era lo de Escarlata O'Hara? «¡A Dios pongo por testigo, que jamás volveré a pasar hambre!» No, esa no... ¿Cómo era? ¡Sí! «No puedo pensar en eso ahora, si lo hago me volveré loca. Ya lo pensaré mañana.» ¡Qué guapa Vivien Leigh, por Dios, qué actriz! ¿Y en *Un tranvía*? ¡Diosa! Alberto Riva, Alberto, Alberto..., ¡es un gilipollas prepotente, un pedante! Y un muy buen director. Le admiraba. Por eso me lo follé. Un gran director y un polvo mediocre. A veces, muchas veces, es mejor no conocer a quien admiras. Lo cierto es que Claudita tiene que esforzarse para recordar a Alberto en la cama, en la vida fuera del teatro. Sabe que él vivió su relación de otra manera, que le gusta decir que le marcó, pero ella solo conserva una imagen débil, desvaída, de ese tiempo juntos. Una sensación de estafa mutua: Alberto Riva no resultó ser lo que prometía y ella, por un tiempo, se forzó a sentir lo que no sentía. En cambio, con Fortu todo es memoria sólida, indeleble, tallada. Aunque, se pregunta de pronto Claudita, ¿realmente le conozco? Él me escucha siempre, ¿pero yo a él? ¿Fortu me hace feliz? ¿Y yo a él? ¿Estamos vivos o nos hemos detenido, congelados en una foto de nosotros mismos que nos resulta amable? Pero el inmovilismo es imposible y por eso caen los imperios y las parejas, incapaces todos de vivir para siempre en su momento de esplendor. Además, el amor ciego no es bueno, no ve al otro, no lo respeta. Todos tenemos heridas, es normal, las heredamos y la vida misma hiere, corta. El problema es cómo nos relacionamos con ellas, si les rendimos culto, las heridas no nos dejarán avanzar ni ser libres... ¡Y tú, Fortu, aunque las escondas tienes un montón de ellas! Siempre dices que te gusta estar solo, que no te gusta la gente. Pero no puedes estar solo, mi amor, siempre estarás conmigo y, sobre todo, estarás contigo mismo. Y eso supone cambios, porque las personas cambiamos. ¿Por qué estoy aquí con este escrito bajo el brazo? ¿Lo necesito? Todos nos contamos aquello que nos conviene para mantenernos donde estamos. Nos dan miedo los cambios. En eso las personas somos virtuosas. Creamos las historias, los relatos embrollados y contradictorios, las excusas que nos justifiquen. Lo difícil, piensa Claudita, lo que exige un par de ovarios es hacerse preguntas concretas. Solo así encontramos respuestas útiles. Hay que ordenar el amor para amar bien. ¿Por eso estoy aquí y voy a hacer lo que voy a hacer? ¡Sí!, asiente Claudita, porque todo lo que nuestra mente aparta o esconde, lo que nos negamos a aceptar, no desaparece. No, se nos mete dentro, crece y nos envenena, nos persigue como una maldición. Te lo he explicado mil veces, Fortu, para completar el alma hay que entender que todo lo que es tiene derecho a ser. Como mi necesidad de mostrar tu obra, de alentar tu talento. Yo soy esta también, no puedo ser una impostora conmigo misma. ¡Tienes que entenderlo! A Claudita se le hace un nudo en la garganta y se le mojan los ojos. Tiene ganas de llorar, pero hay algo alegre en esa emoción, una ternura sobrehumana. La felicidad viene de expandir el corazón, aceptando como yo ahora lo que voy a hacer. El sufrimiento nace de lo que nos negamos. Detrás de todo dolor hay un no. ¡Joder, soy actriz, lo sé mejor que nadie!

Estaba pensando en esto, mirando sin ver un escaparate, cuando decidió que ya era hora de caminar hasta el Café Comercial y encontrarse con él. Alberto suele tener allí tertulias y las primeras citas cuando inicia un proyecto, cuando convoca a actores y actrices para una primera charla. Le encanta acariciar el mármol gastado del velador mientras habla, como si extrajera del mineral los argumentos de sabias y antiguas conversaciones. Allí la citó hacía más de diez años para envolverla con su cháchara.

Una horrísona polifonía se desata en su cabeza. A cada argumento se opone uno de igual fuerza en monólogos rápidos. Claudita se acaba aferrando a esa coartada que sirve para cometer las mayores traiciones, los crímenes más horrendos contra el amor: lo hago por su bien.

Ahí está Alberto, misma mesa. Lo ve desde fuera con una chica joven, una rubia muy guapa, pero con un punto vulgar, como quien aún no ha encontrado su estilo y se pasa con los tintes y complementos, que le escucha arrobada mientras se toca el pelo. Debe estar tan excitada como nerviosa. Los pies de Claudita se clavan al suelo, ¿por qué me obligas a hacer esto, Fortu? ¿Por qué te estoy engañando? ¿Te estoy traicionando? Sí. ¿Por qué nunca me has traicionado, cabrón? ¡Todo sería más fácil! Yo te habría perdonado, seguiríamos juntos, pero ahora no me sentiría culpable. Amor y reproches, admiración y desprecio hacia Fortunato se atropellan en la cabeza de Claudita, que sigue quieta, los ojos clavados en Alberto, paralizada por el miedo escénico como cualquier actriz entre cajas, esperando a oír su pie para entrar en escena. Aquí nadie se lo dará, pero Claudita sabe que bastará tomar aire y dar un paso para que su entrada en el escenario sea toda fuerza. Lo da. Alberto la ha visto pero sigue envolviendo con palabras a la rubita que le escucha hipnotizada, como una pitón que se enrosca en su víctima antes de engullirla. Está más feo, piensa Claudita mientras se acerca a la mesa, nunca fue guapo, atractivo sí, pero es que ahora está más feo, más viejo. No puede evitar, en los últimos pasos de su camino hacia él, proyectar sobre su cara la del sátiro envejecido de Jean-Paul Sartre seduciendo jovencitas contingentes con el beneplácito, amoroso y necesario, de Simone de Beauvoir.

—Hola, Alberto.

—Hola.

Claudita, actriz entrenada, mordaz, mira a la muchacha, luego al hombre, enarca las cejas y abre mucho sus ya grandes ojos mostrando sorpresa. Tiene prisa y no quiere testigos.

Alberto, dramaturgo premiado, director alabado y actor vanidoso, ladea la cabeza, pone en blanco los suyos, frunce los labios y abre las manos como disculpa, aunque anticipa el placer de lo que viene.

La joven contempla confundida tanto histrionismo y se levanta de inmediato, sonriendo. Es el único personaje sacrificable, pero, claro está, no lo sabe en este momento de la escena.

—¿Eres Claudia Ortiz? ¡No sabes cuánto te admiro! ¡Desde niña! Soy Ana Coller.

—Impresionante.

—¿El qué?

—Que pienses que hay alguna posibilidad de que recuerde tu nombre. ¿Te vas ya?

—¿Perdona? —La chica mira confundida a Alberto, buscando apoyo. Este solo alza las cejas y sonríe socarrón—. Pues yo..., no sé...

—No te está preguntando, Ana.

—Sí, no te estoy preguntando, ¿Ana?

—Sí, Ana. Ana Coller.

—Luego te llamo, Ana.

La chica, que no ha vuelto a sentarse, entiende. Mira a Alberto con el labio inferior, carnoso, floral, temblando. Él zanjó la cuestión con un luego te llamo, que certifica la humillación. La joven Ana Coller asiente y se marcha con prisa, chocando con la silla mientras se pone el abrigo con cierta torpeza que solo tienen los adolescentes y los muy jóvenes en los momentos de apuro, cuando sus emociones mal gestionadas chocan con su motricidad aún en desarrollo, da un golpe de melena y hace mutis por la puerta.

Claudita mira su silla vacía caliente, la descarta con un gesto y se sienta en otra, borrando así cualquier rastro de la chica. Alberto ha disfrutado de ella desde su entrada.

—¿Cómo estás, Alberto?

—Estoy. Fabulosa la improvisación a lo Bette Davis, parecía *All About Eve*.

—Ella no es Anne Baxter.

—Es buena actriz. Lo será.

—Ni Marilyn.

—Me encanta ver cómo te ¿molestan? mis citas. ¿Aún sientes algo por mí?

—No. Me molesta que un hombre culto como tú perpetúe mierdas heteropatriarcales como acostarse con niñas para satisfacer su ego.

—Bueno, Claudia, por partes. Primero, sí, soy un hombre culto. Segundo, no es una niña. Aunque desde luego todo ese tema de las edades para follar es un constructo cultural y varía mucho según cada cultura. Pero, como te digo, es mayor de edad desde hace años. Quizá sea tu madurez la que te hace puerilizarla a ella, ¿no crees? Tercero, no trabaja conmigo. Aún. Puede que nunca lo haga. Cuarto, ¿qué te apetece tomar?

—Un té verde.

—Así me gusta, ¡viviendo al límite! ¡Camarero!

—Alberto, eres un gilipollas.

—Ya. ¿Y qué quieres de un gilipollas?

—Que te leas algo. Una... —La llegada del camarero para tomar la orden la interrumpe. Alberto pide otro whisky con hielo y Claudita trata de recordar si siempre bebió tanto y tan temprano. Siempre fue fiestero, compulsivo, pero no, antes no tenía esos pequeños derrames en la nariz, ni esas ojeras—. Una obra de teatro, un original inédito. No se ha representado nunca.

La afectada indiferencia de Alberto le dice a Claudita que ha captado su atención.

—¿Autor?

—Primerizo, Alberto. ¡Tú harías maravillas con ese texto!

—Soy inmune al halago, Claudia, y lo sabes. ¿Comedia? ¿Drama?

—Yo diría que es una tragicomedia, también una alegoría sobre España y su historia. No sé, quiero que la leas, es un cruce entre Brecht y Paco Nieva.

—¿Nieva?

—Hay una Virgen que sale en un paso de Semana Santa y en vez de al Niño lleva un balón de fútbol, tipo los poemas visuales de Joan Brossa. Luego vemos que debajo del manto va en lencería. La sigue un enano vestido de conejo, que está salido y se la quiere follar mientras agita una banderita de España.

—¡Hostias!

—Yo haría la Virgen.

—¡Ah, el encargo ya viene con parte del reparto decidido!

—No seas imbécil. El enano conejo es el pueblo. La Virgen y él son personajes importantes pero los protas son dos hombres, que representan las dos Españas. Está muy bien escrito, muy político, arriesgado... ¡No es para La Latina o el Reina Victoria! El montaje, según lo especifica, necesita proyecciones, audiovisuales, algo muy potente. Muy tu rollo, muy circo de tres pistas.

—¿Y quién es el maravilloso y novel autor de tan excepcional artefacto teatral?

—Dime que lo vas a leer.

—Que sí, mujer, que lo leo. ¿Quién es?

—Fortunato.

—¿Tu chico?

—Mi hombre.

—¡Qué machista!

—Él es mi hombre y yo soy su mujer. Así de simple. Él lo ha escrito.

—¿Y sabe que estás aquí conmigo?

—Te aseguro que eso no le importará. Cuando lo sepa. El texto es bueno, Alberto, demasiado como para despreciarlo por cosas que pasaron hace tanto.

—Doce años, tres meses, cinco días y... —Alberto mira su reloj con gesto serio— catorce horas.

Claudita no puede evitar reírse con la ocurrencia.

—No has dado ni una, pero has tenido gracia. No fue hace doce años, Alberto, fue hace un poco menos. Y no fue para tanto, reconócelo.

—Claudia, ni se te ocurra. No me digas lo que tengo que sentir o qué valor dar a mis recuerdos.

Por un momento, Claudita calla y ve en los ojos del hombre una tristeza profunda y mal disimulada. Apenas unos segundos antes de que recupere la máscara cínica de la sofisticación.

—Perdona, Alberto. Pero entenderás que dos personas pueden tener recuerdos distintos de lo mismo. Y no te dejé por Fortunato.

—Sí, eso es lo que más me dolió. No me dejaste por él, me dejaste para estar sola. Muy humillante.

—¿Que no te sustituyan por otra persona es humillante? ¿La libertad ajena te humilla?

—La libertad, no. Pero hubiera preferido que te hubieras enamorado con locura de otro, de otra. Me habría consolado saber que te perdía por una pasión irrefrenable, no porque yo no fuera bastante.

—¡Hostias, Alberto, no! No me hagas el rollo pasivo agresivo.

—¿Cómo puedes estar con él, Claudia? ¡Tú eres una artista!

—Lo que quieres saber es cómo puedo no estar contigo, ¿verdad? ¡Con el artista!

Un silencio incómodo cae entre los dos, golpeando como un punto final.

—Me ofende el desperdicio del talento. —Alberto, que se da cuenta de que estaba rozando el patetismo, se aferra a esa frase para recomponer la figura altiva y desdeñosa—. Es extraño. Sé que oculta algo. Nunca me he fiado de la gente que no habla. Escucha, escucha, mientras te mira fijamente. ¿No habla porque va de misterioso o porque no tiene nada que decir? Es un cuatro de libro en el eneagrama, el individualista. Introvertido por miedo a ser vulnerable, o mediocre. A ti te pega más un ocho como yo, un desafiador, una roca...

—Lo primero que te enseñan en el eneagrama es a no decirle a los demás lo que son, ¿no?

—Sí, pero tú no eres los demás. Tu novio es un cuatro versión muy negativa.

—Mi compañero no pertenece a nuestro mundo, no necesita halagos y validación constante. Es un hombre muy equilibrado.

—Y muy callado.

—Curioso que te moleste el silencio de los demás, Alberto. Normalmente no dejas hablar a nadie... ¡yo!, ¡yo! y ¡yo! De verdad me parece admirable lo bien que escuchan tus personajes en escena, tiene mérito representar con belleza algo que ni conoces, supongo. —La llegada del camarero con las consumiciones supone una tregua y el silencio se posa entre ellos. Pero la marcha del trabajador es la señal para reanudar el fuego—. Nunca escuchas. Nunca dejas hablar a nadie. No lo dices, pero solo esperas adoración.

—No es así y lo sabes. A ti te escuché siempre, Claudia. O al menos, no es tan así. Pero lo cierto es que, hace ya muchos años, me di cuenta de que lo más inteligente que solía oír en una conversación era lo que decía yo.

—Eres un cínico.

—El cinismo suele ser una forma poco amable de decir la verdad, ¿no crees?

—No, el cinismo es solo la vanidad de la inteligencia. Tú, tonto, no eres.

—Me cuesta verle algo sexi.

—No es sexi. Es sexual. Me escucha. Me ve. No se limita a estar ahí asintiendo y pensando en sus cosas. Y eso me pone muy cachonda.

—Claudia, sigues siendo una mujer bellísima, pero hay algo nuevo y sorprendente en ti.

—¿Qué?

—Una inesperada cursilería.

—Muy gracioso.

—Sigo enamorado de ti.

—No, sigues enamorado de la misma persona de siempre, de ti. Por eso te rodeas de actrices jovencitas, deslumbradas como polillas por tu talento y tu cháchara.

—Los artistas necesitamos público. Solo somos reales ante él.

—¿Todo el tiempo, fuera del escenario también?

—¿Por qué no?

—¿No te aburren, Alberto?

—El mundo no tiene sentido. Todo eso del cuento de ruido y furia contado por un idiota, ya sabes, el gran Will. Los jóvenes siempre buscan la revelación vía el genio ajeno. Pistas que les ayuden a no morirse de miedo, a seguir adelante. Yo disfruto ayudando, compartiendo experiencia.

—Eres un pedante, Alberto, y es tu ego quien disfruta de tener audiencia entregada. Te permite intentar ser genial en cada frase. Tetas firmes y adoración. ¡Tu idea del paraíso!

—Claudia, estás siendo injusta conmigo, con tus compañeras y con tu propio género, ¿no?

—¡Jajaja! Dime, de verdad, ¿qué es lo que te molesta tanto? ¿Que no volviera suplicando? No es Fortunato, soy yo, ¿verdad?

—¡Ah! ¡Qué arrogancia! Me gusta. No se puede ser una gran actriz sin inseguridades, pero tampoco sin cierta arrogancia.

—Tú te consideras un genio, Alberto.

—Va por temporadas, pero sí. Soy genial una gran parte de mi tiempo. La falsa modestia es solo...

—... una forma de hipocresía.

—¿Por qué tendría yo que perder mi valioso tiempo y alguna de mis preciadas neuronas en leer una obra de tu novio?

—¿Aún me quieres?

—Sí.

—Pues por eso... Quién sabe, igual te follo al acabar.

—Ni hablar.

—¿Demasiado vieja para ti?

—No, mi vanidad no me permite ciertas humillaciones como la caridad. Está bien, leeremos. Pero tú aceptarás mi decisión sin cuestionarla ni insistir. Y es probable que no te guste.

—Así lo haré. Espero honestidad, no del hombre. Del artista.

—Cuenta con ella. Mañana en donde ensayo. Ya sabes dónde es.

—Sí. Gracias, Alberto... Toma, dentro hay una copia de la obra para ti. Yo llevaré la mía. ¡Hasta mañana!

—Pero... ¿Te vas ya?

—Mañana leemos, mañana nos vemos. Me invitas, ¿no?

—Sí, mañana a las cinco y media.

—Te veo mañana. *Ciao!*

—*Ciao!*

Claudita caminó hasta casa sin darse cuenta de sus pasos, con una tormenta en la cabeza. Sonreía sin notarlo, cuando una alegría profunda le subía, cálida, y le alargaba los labios. Sí, Alberto lo iba a leer y ella confiaba en su pasión para ilusionarle. Le era imposible no fantasear con lo que podrían hacer juntos. ¡Soy actriz, soy imaginación!, se decía a sí misma para darse licencia a soñar con teatros, escenografías, compañeros geniales. ¡Con hacer arte! Claro que también sentía una punzada de miedo, una desazón que le llegaba fría a la frente para fruncirle el ceño. Una pieza suelta en su castillo de sueños. Fortu..., mi Fortu. ¡El autor, que salga el autor! Sí, te he mentido, te he engañado. Y lo he hecho porque creo en ti, mi amor, se repite Claudita, sin llegar a convencerse del todo. Esa punzada. Duele. ¿Por qué no te pregunté? ¡Porque te habrías negado, mi humilde Fortu!, dialoga consigo misma la actriz apresurada cuando entra en el portal, que abre con gesto mecánico. Pero la prisa desaparece cuando Claudita entra al rellano. Le laten las sienes. Cierra la puerta y se apoya en ella, para recuperar el resuello y recomponerse.

¡Vamos, tía, *get your shit together*! A Claudita, a veces, le salía New York cuando monologaba consigo misma y se sentía una heroína de Cassavetes.

Mira hacia arriba a través del ascensor y del techo, tratando de visualizar lo que le espera en casa. Me siento tan culpable, pero, piensa, ¿por qué le tengo miedo? Nunca me ha hecho daño, nunca me grita o me insulta. Y yo no soy fácil. Hasta se toma con humor cuando retuerzo las causas de cualquier pequeño accidente doméstico hasta culparle a él. Es el hombre más bueno, cariñoso, a su manera, y comprensivo del mundo. Me apoya en todo, siempre. Lo que me da miedo es haberle traicionado, perderlo. ¿Y si lo pierdo? Es un hombre de ideas firmes, de grandes valores, también por eso le amo. En el fondo a Claudita le asusta arriesgar tanto, ahora se da cuenta, por un ataque de vanidad, por una nimiedad. Voy a contárselo todo. Claudita suspira, se alisa el pelo, alza el mentón y entra en el ascensor como María Antonieta en el patíbulo. O como ella cree recordar que lo hizo. Dentro, muy dentro, su actriz le aplaude la composición del personaje.

Cuando entra en la casa le sorprende ver a Fortu clavado ante los cristales del balcón, y que siguiera así ajeno al torbellino que ella traía encima.

—Hola, mi amor —saludó sin conseguir que su hombre se girara, parecía petrificado, había incluso algo pétreo en su rigidez. Claudita avanzó hasta el centro del salón, ocultó la carpeta en el abrigo y lo dejó con el bolso en el sofá. Esperó y, al fin, elevó la voz—. ¡Fortu!

—¿Eh? —Fortunato se giró completamente sorprendido, mirándola por un instante como si no la conociera. Le tomó unos segundos traer su mente de donde quiera que estuviera—. Hola..., hola, mi amor.

Fortunato dio un paso hacia ella, pero se detuvo y sus ojos parecieron buscar una salida, necesitar algo o a alguien que le dijera qué hacer. Claudita sonrió para esconder su propia incomodidad, avanzó hasta él, le rozó los labios con levedad.

—¿Te pasa algo? —preguntó Claudita, descolocada pero agradecida porque su sincera preocupación por él había sustituido al miedo y a la necesidad de confesar.

—No... Nada. ¿Qué me iba a pasar? —sonrió Fortunato con una expresión que Claudita asoció, sin saber por qué, a la de un hombre a punto de ahogarse.

—A ti te pasa algo —insistió Claudita, cada vez más cómoda interrogando en vez de confesando su vergonzosa traición, agradecida por acallar por unos instantes la polifonía de voces que daban pros y contras a cada coartada para su deslealtad.

—¡Que no, mujer, que no me pasa nada! —sonrió él con la alegría de alguien que llevara un arpón clavado entre las costillas. Luego se quedó muy quieto, la miró con los ojos muy abiertos durante unos segundos y se fue poco menos que corriendo hacia la cocina, momento que aprovechó Claudita para colgar el abrigo y esconder en el altillo del ropero la carpeta con la obra. Desde allí le gritó:

—¡A ti te pasa algo, mi amor! Ya me lo contarás mientras cenamos. Si quieres.

Cenaron una ensalada con tofu, hummus con pan *wasa*, ajos negros y tomatitos secos. Claudia abrió una botella de Ribera del Duero. Se sentía cada vez más incómoda por el misterioso estado de Fortunato, que en verdad parecía preocupado y ausente.

—¿Todo bien con tu reunión?

—Mi reunión... Sí.

—¿Sí qué?

—¿Uh?

—Fernández. ¿Qué te ha contado? ¿Todo bien con las plazas de garaje?

—Sí, todo bien.

Una sensación de felicidad desbordante invadió a Claudita, una euforia difícil de esconder. Pero decidió que algo inquietaba a Fortu y que no iba ella a aumentar sus tribulaciones confesándole que había mostrado su obra sin su permiso, a sus espaldas, a su antiguo amante Alberto Riva y que...

—¿Y tú qué tal con Alberto? —preguntó Fortunato con expresión de espanto, tratando de desviar la conversación y abrir la esclusa de la, por lo normal, parlanchina Claudita. Consiguió el efecto contrario.

—¿Alberto? —De pronto Claudita se sintió desnuda—. Bien, muy bien.

—¿Le gustó tu idea?

—Sí, sí, quiere saber más. Mañana hemos vuelto a quedar.

—¿Otra vez?

Algo en el tono de Fortunato le sonó a Claudita como un reproche, quizá por la incomodidad de ocultarle algo. Una traición es una traición.

—Sí, estaremos toda la tarde trabajando en su local de ensayo.

—Ya. —Fortunato lo dijo con un tono cortante y, por unos segundos, fijó sus ojos en ella.

—¿Te molesta?

—¿A mí?

—Sí, a ti.

—¿Debería?

—¿Perdona?

—¿Que si el gilipollas ese sigue enamorado de ti?

La dentellada pilló a Claudita desprevenida. Le sorprendió de manera muy desagradable que él se saliera de los límites que, como hombre, como persona, ella estaba segura de conocer. La cara de Fortunato estaba tan tensa, tan crispada, la mirada tan febril, que le pareció la de otro. Tuvo miedo por un instante, hasta aferró con más fuerza el cuchillo. Lo hizo por instinto al verse sentada frente a un desconocido. El mismo Fortunato debió darse cuenta de su violenta transfiguración y suavizó el gesto para recuperar un semblante más familiar. Aun así, Claudita tardó un momento en responder, descolocada por la agresiva novedad y por la súbita intuición de que nunca conocemos a nadie y solo vemos lo que queremos ver en los demás, lo que confirma nuestra fantasía sobre ellos.

—¡Pero venga, Fortu! —dijo al fin mientras colocaba una mueca burlona en su máscara que ni siquiera ella se creyó mucho, en un intento de encajarlos de nuevo en las fronteras de su mundo conocido, sus *limes*—. No me lo puedo creer. ¿Estás celoso? Oye, ¿qué pasa, te me vas a poner en plan machito y me vas a prohibir verle?

—Nunca lo he hecho. Nunca te he prohibido nada —contestó, y esta vez a Claudita no le quedó la menor duda de que estaba intentando ver a través de ella, ver su interior.

—Pues no vayas a empezar ahora, Fortu. No me siento obligada a darte explicaciones, pero somos compañeros y si las necesitas, te las daré. Es solo trabajo. Con él nunca sería otra cosa, mi amor. Si la cosa avanza, te lo contaré todo... Será como... ¡Eso, será una sorpresa! ¿Está bien?

—Sí.

—¿Sí qué?

—Que bien.

—Fortu, a ti te pasa algo.

—Que no, que no me pasa nada.

Cenaron sin hablar mucho, cosa que agradecieron ambos pese a ser buenos conversadores, cambiando más sonrisas que palabras.

Esa noche se besaron de manera formularia, como una noctámbula tregua, y se dieron la espalda. Miedos, reclamos y cuchillos tendrían que esperar al sol para brillar.

Fortunato se agitó, cambió de lado varias veces y movió muchos los pies. Claudita respiró pesadamente para invocar el sueño. Una punzada la desvelaba, un sentimiento difuso de ingratitud. ¿Pero de quién? ¿A quién se la adjudicaba como reproche letal en cualquier pareja? Cerró con fuerza los ojos, suspiró y en su cabeza otro monstruo fue tomando forma, otro miedo. No, pensó Claudita mordiéndose el labio y sintiendo la ofensiva quietud de Fortunato a su lado, no, mi amor, no se te ocurra la vulgaridad de montarme una escena de celos. No, porque, y aunque tú no lo sepas, no la merezco y eso sí deberías saberlo. No, porque yo hago unicornios de espuma y lorcas y shakespeares y chéjovs. Y tú me llenas el alma de sueños, de libros hermosos, de belleza, de paz, me das un cable a tierra. Sin ti yo sería yo, por supuesto, pero también otra que bien podría ser una Blanche DuBois. No, Fortu, porque hay en ti una salacidad animal, genuina, una mirada lúbrica que electriza tu tacto, tu piel, tu lengua y tu polla, que aún me enamora. No cometas el error de mostrarme inseguridad, miedo, no te conviertas en un vulgar celoso. No te quites tus galas, mi Sherezade, para convertirte en uno de esos mierdas temerosos que ceden a los celos. No, tú no, tú que siempre pareces saber algo que los demás ignoramos, algo que callas para protegernos y sufrir tú solo esa carga, no.

Tardaron, pero al fin se durmieron.

Los dos, egoístas de sus sueños, temores y reproches, como lo es la gente bien educada al irse a dormir.

24

Resignarse a aquella vida era imposible, pero ya era hora de aceptarla como un hecho consumado.

FIÓDOR DOSTOIEVSKI,
Memorias de la casa muerta

A Fortunato le cuesta dormirse. Se mantiene de espaldas a Claudita, casi rígido y con la respiración silenciosa, como las parejas que han discutido y se llevan el enfado a la cama, evidenciando así que la frialdad ha sustituido a la ternura cotidiana del beso, el ¡buenas noches! y el abrazo. Con los ojos abiertos y clavados en la penumbra, a Fortunato no le preocupa ahora si esto molesta a Claudita, si el mal tono en sus preguntas ella lo atribuye a unos celos impropios en él, desacostumbrados. En una rápida autocomprobación, se hurga dentro y sí, no sin sorpresa, encuentra que siente celos, desconfianza. ¿Qué se trae entre manos con el tal Alberto? Las veces que han coincidido en estrenos y fiestas, en cines y teatros, ese imbécil se ha preocupado de mostrarle con una frivolidad que él considerará inteligente, pero que a Fortunato le parece estúpida, que sigue enamorado de Claudita. Sí, una ligereza banal y temeraria, aunque, claro, ese genio de Alberto no puede suponer que trata de humillar a un asesino.

¿Y ella? En cada una de esas ocasiones, Claudita se dejó halagar, entró en el juego, en una esgrima de ingenios que excluye a cualquier otra persona de la conversación, siquiera por unos instantes, poniendo en claro que el escenario de esa liza les pertenece solamente a Alberto y a ella. Que cualquier intromisión de un tercero será patética, patosa, por no requerida. Sí, es cierto, se dice Fortunato con los ojos como fanales, que nunca exhiben esa intimidad cómplice más tiempo del necesario, un par de mandobles y listo, de manera que no se convierta en una grosería para Fortunato, la acompañante de turno del actor y director, y demás público circunstancial. Dura poco, pero lo hacen. Los dos. Claro que Claudita tampoco sabe a qué se dedica realmente, su tapadera ha resistido a la intimidad con una actriz, observadora y curiosa, durante años. Sin duda, razona Fortunato, porque la comodidad y el cariño son el mejor antídoto contra la inquietud y la pesquisa, contra la desazón. Solo la infelicidad busca explicaciones y culpables.

A Fortunato le viene fatal ahora este ataque de cuernos, cada vez más real, porque cree, sabe, que necesita centrar toda su atención en otra preocupación aún mayor: Fernández. Así que cambia ligeramente de posición, intentando no despertar a Claudita. Los ojos a la negrura sin estrellas del techo. Ella respira más profundo. No ha tardado tanto en dormirse y esto Fortunato lo siente casi como una ofensa. No puede evitar ver la cara de ese imbécil presuntuoso de Alberto Riva. Fortunato parpadea, se repite mentalmente que tiene que centrarse y se retrotrae al momento en que, esa misma tarde, ya con las calles oscuras, entró en el portal de Fernández, subió en el ascensor nazi hasta el sexto, caminó hacia atrás en el tiempo por el pasillo de gotelé sucio, llamó al timbre junto a la puerta del despacho, a través del cristal esmerilado se veía la luz encendida, y nadie contestó. En décadas de visitarlo nunca había pasado esto. Fortunato sintió al instante que algo estaba mal, muy mal, e instintivamente retrocedió alejándose de la puerta hasta proteger su espalda apoyándola en la pared de enfrente. Miró a ambos lados, nada. Controló la respiración y aguzó el oído. Nada tampoco. Bien sabía él que, a esas horas, no quedaba nadie en los otros pequeños despachos de esa planta. En realidad, recuerda, nunca se había cruzado con nadie en este piso, al punto de que una vez le preguntó a Fernández si tenía alquilada toda la planta. El ex espía se rio oculto tras una nube de humo, aún fumaba, y como era su costumbre cambió de tema. Fortunato sigue sin moverse, escuchando, esperando que alguien o algo terrible irrumpa. Silencio, ese silencio que se compone de mil ruidos ahogados: su respiración, su pulso, el crujir de una madera, una sirena lejana. Se maldice por no llevar encima la pistola y las balas *hollow point* con mercurio. Espera con los músculos en tensión, convertido en un resorte listo para liberar energía contra un punto. Pero nada. Está solo.

Se aproxima a la puerta. Le toma una eternidad acercar la mano al picaporte. Una duda impropia de él, se dice Fortunato, pero consecuencia de la irrupción de lo inesperado en lo acostumbrado, en lo conocido. Eso es el terror, siente Fortunato, lo extraño destrozando inesperadamente la tranquilizadora normalidad. Algo o alguien que se presenta omnipotente, indiscutible e inmisericorde, donde o cuando no debería. El terror es lo que nos obliga a tomar decisiones brutales e inmediatas, de vida o muerte. Porque, mientras traga saliva y ve su mano ya casi posada en el pomo de la puerta, Fortunato está seguro de que lo que le espera al otro lado, dentro de ese espacio que siempre fue refugio, es un peligro mortal. Que nada en esa vida que se ha ganado asesinando y él pretende perfecta, estática, será igual tras abrir y entrar. No detecta movimiento ni sombras a través del cristal esmerilado y mentalmente reconstruye el espacio y la distribución del pequeño despacho, intentando imaginar posibles escondites o ángulos muertos. No hay tantos, piensa para tranquilizarse. Y tampoco he oído nada en el rato eterno que llevo escuchando. Cuando gira el pomo y empieza a empujar la puerta, su cabeza está llena de latinajos, como *Alea jacta est!* o *Sic transit gloria mundi*, imágenes de violencia y reproches a sus ingenuas ilusiones sobre la posibilidad de ser feliz en la vida. ¿Se abrirá? Fernández le abría desde dentro, con un zumbido. Al fin gira totalmente el pomo, abre unos centímetros y se detiene. Nada. Clavando los pies ante el umbral abre del todo, con fuerza, la puerta, haciéndola golpear y quejarse contra la pared. Nadie se esconde en ese ángulo muerto y desde su posición ve casi por completo el pequeño despacho. Está vacío. A primera vista como siempre, salvo el pequeño detalle de que faltan el gordo Fernández y su enfisema. Solo queda otro ángulo muerto, la esquina al lado derecho de la puerta. Fortunato toma aire y asoma rápidamente media cara, retirándola de inmediato. Nadie, ahí tampoco hay nadie. Fortunato entra, cierra la puerta tras de sí y la traba con una vuelta del pestillo. Si alguien quiere atacarle ahora tendrá que tirar la puerta. Con su espalda cubierta, Fortunato se detiene a unos pasos de la mesa de despacho y hace un rápido reconocimiento del lugar mientras va controlando su pulso mediante la respiración. No hay nada roto o tirado por los suelos, ni sangre. Si han liquidado a Fernández no ha sido aquí. No hubo lucha. Se fija en las patas de la mesa, que siguen sobre las marcas que han hecho sobre el parquet durante años. No se han movido un milímetro. Nadie ha recolocado los muebles. Fernández salió de aquí por su pie y sin jaleo. Pero no todo está igual. El disco de Nino Bravo está quieto en el plato del tocadiscos, Fernández nunca lo habría dejado ahí, sin guardarlo, y un cenicero con la colilla aplastada de un Winston está sobre la mesa. Seguramente la última voluntad de su amigo. Si me vais a matar, recrea Fortunato, al menos dejadme echar un pito. Esa colilla es una garantía de muerte. Tú ya no podías fumar, te ahogabas. Lo has hecho para prevenirme. Son señales, no pueden ser otra cosa. Pequeñas variaciones en un decorado inmutable que encierran información. ¿Qué más, Fernández, qué más hay distinto, fuera de lugar? El vinilo en el plato, el vinilo no está en su funda. ¿Y la funda? La funda está en la estantería de siempre, sí, pero no está como y donde siempre. ¿Qué hay de nuevo? ¡Vamos, Fernández, háblame! Está en la estantería, sí, pero... ¿qué? ¿Qué hay distinto? De pronto, una sonrisa se dibuja en la boca de Fortunato.

—¡Pero qué hijoputa eres, viejo! —Fortunato se acerca a la librería y clava sus ojos en los del sonriente Nino Bravo—. ¿Y tú qué miras tan feliz?

Fortunato ladea la cabeza mientras sigue una línea imaginaria, oblicua y ascendente, desde los ojos del cantante hasta el póster de la Banque Populaire de Tanger. Es entonces cuando se da cuenta de que la perenne hoja de marzo ha sido limpiamente arrancada y ahora está la de abril de 1973. Fortunato empieza a tener claro que Fernández sabía que venían a por él, que cortó toda comunicación para no comprometerle y, mientras esperaba la muerte, se dedicó a alterar ligeramente las cosas en esa cápsula del tiempo que era su despacho. A sembrar señales que solo Fortunato pudiera detectar por inusuales en un paisaje tan conocido, pero que nunca llamarían la atención de nadie más, de los que venían a llevárselo. Fortunato se lo tomó como un cumplido, una muestra de la confianza del ex espía en sus dotes de observación y su inteligencia. Claro, pensó también Fortunato, que era una jugada arriesgada y propia del cabrón retorcido que era Fernández. Usaba a Nino Bravo para hacerle mirar el almanaque de un banco marroquí. Fortunato resopló, se pasó la mano por un lado del mentón como hacía, de manera inconsciente, siempre que pensaba. ¡Vamos, abuelo, qué más!

—¡Todo está en Nino Bravo! —Cuántas veces no le dijo eso cuando le reprochaba usar siempre el mismo disco—. ¡Todo está en Nino Bravo!

Fortunato agarra la funda del LP y la mira por ambos lados. No hay marcas visibles, ni anotaciones. Mira y hurga dentro, nada tampoco. Interroga a la cara feliz del cantante, le pide con la mente que le hable, todo está en ti. Lo coloca exactamente en la misma posición que lo encontró. Sin duda sonríe mientras mira al calendario de la Banque Populaire. ¡Claro, me está diciendo que lo mire yo también! Ya no es marzo, es abril, ¿por qué? Le parece oír un ruido y Fortunato se tensa, recolectando fibras rojas para explotar con violencia. Pero no, el ruido desaparece. Sigue solo. El almanaque. Si es abril es por algo, Fortunato empieza a tararear *April in Paris* mientras recorre con la vista las cuadrículas del mes, los días enmarcados en ellas.

April in Paris, chestnuts in blossom
Holiday tables under the trees
April in Paris, this is a feeling
That no one can ever...

Ahí está. Tan sencillo, tan fácil. Solo hay cinco días marcados. Con bolígrafo negro, fino. Hay que fijarse para verlo. Dos con cruces en una esquinita, dos con rayitas también pequeñas, o números romanos. I y II. Las cruces están en el día 1, domingo, y el domingo 8. Uno y ocho, ocho y uno, pero de qué. ¿Dos domingos? El día del Señor no, Fernández no era creyente, no me está diciendo que vaya a misa. Sabe que odio todo lo relacionado con esa secta. Eso es un callejón sin salida. ¡Los números! ¿Primero? ¿Octavo? ¿Dieciocho? Recuerda, Fortu, todo está en Nino Bravo. Es entonces cuando se le ocurre voltear la funda y mirar las canciones del disco. Los quince temas de esa obra maestra de la música popular española. El primero es *Libre*. Libre, libre, el primero es libre, libertad. Uno. Libre. ¿Y el ocho? Fortunato busca el título del octavo tema: *Volver a empezar.*

Uno es *Libre*, ocho es *Volver a empezar*. Da igual el orden en el que lo ponga, se dice sonriendo Fortunato, Fernández le está ofreciendo un nuevo comienzo, en la antesala de su muerte le está ofreciendo a él, pues solo él podría descifrar las señales, una escapatoria, una segunda oportunidad. Para él y para Claudita. Un comienzo nuevo y en libertad. ¿Pero cómo, con qué? Fortunato fija ahora su atención en los palotes, o en los números romanos. Están en las cuadrículas del día 10, un martes, y del 26, un jueves. Es evidente que ha marcado a posta estas fechas, el 10 con un I y el 26 con el II. Debe ser tan sencillo como eso, como darles un orden. Primero el 10, luego el 26. Esas cifras, en ese orden, no le dicen nada. Mira de arriba abajo, del derecho y del revés el disco y tampoco encuentra una pista. Cierra los ojos y pasa las yemas de los dedos por el cartón plastificado de la funda, buscando perforaciones, hendiduras o marcas en relieve que señalen algún nuevo título, alguna palabra reveladora. Pero no encuentra nada. 10 y 26, 10 y 26... 1026. 1026. 1026... Una cifra muy corta para una cuenta bancaria. Fortunato se sorprende a sí mismo por la seguridad con que asocia esas cifras a algo que le espera en la Banque Populaire de Tanger. Sí, allí hay algo que me hará libre, allí está mi cielo protector. Allí, ¡vamos, hostias, Fortunato!, allí, Fernández y Nino me han llevado hasta aquí, a un banco en Tánger, un puto banco, ¿qué hay en los bancos? Dinero, cuentas, cheques, ladrones, hipotecas... 1026... Eso no puede ser nunca la numeración de una cuenta, faltan muchos números. ¿Qué es? ¡Me cago en tus muertos, Fernández! 1026, 1026... Banque Populaire de Tanger. A la euforia del primer descubrimiento, de la oferta de un nuevo comienzo en libertad, le sustituye ahora la angustia del que nada y ve que se ahoga frente a la orilla. Fortunato siente su mundo tambalearse, imagina mil amenazas posibles y letales, está confuso y esa es una sensación aterradora y desconocida para alguien que siempre se ha movido, o al menos desde hace décadas, en la confianza irracional de un psicópata narcisista. 1026..., a Fortunato se le dispara el pulso, suda.

—Si te tengo delante, te reviento, Fernández —se oye decir entre dientes.

1026, banco, 1026, banco... ¿Qué es?, ¿qué es lo que no veo? Fortunato levanta la hoja de abril y ojea mayo, junio, julio... No hay días con marquitas. Las cuadrículas están limpias. Lo único que cambia es la ilustración que encabeza cada mes, todas referentes a actividades bancarias, a empresarios sonrientes, comerciantes aún más sonrientes, un padre de familia a punto de descojonarse mientras lleva de la mano a un par de niños con risitas demenciales. Todos tipos morenos, magrebíes, pero vestidos a la occidental. Cada estampa con una leyenda en francés sobre actividades de la Banque Populaire. Me estás ayudando, Fernández, ¡pero no sé cómo! Fortunato cierra los ojos para limpiar el encerado y vuelve al principio. Si Fernández puso a Nino mirando al almanaque y quitó la hoja de marzo después de décadas fue para llamar mi atención, suspira Fortunato. ¿Abril? ¿Por qué abril? Su mente procesa datos e intenta conectar informaciones e imágenes inconexas. ¿Qué pasa en abril? ¿1026? Los ojos de Fortunato desgranan la ilustración: un hombre vestido con traje y corbata sonríe mientras muestra a otro, también a la occidental, una pared con algo que parecen celdillas. Sus ojos bajan ahora hasta la leyenda del dibujo:

«Votre banque commerciale. Consultez nos comptes professionnels et notre service de coffre-fort».

—¡Seré imbécil! —Fortunato maldice mentalmente a don Alfonso, aquel falangista caballero ex combatiente mutilado, aquel sádico cojo de mierda que le rompió un bastón en la espalda y le hizo aborrecer el francés durante años—. *Notre service de coffre-fort!* ¡1026 es una caja de seguridad! Fernández me ha dejado algo en una caja de seguridad en Tánger. Tiene que ser eso. Su libertad le espera en la Banque Populaire de Tanger, entendiendo seguir vivo como el mayor acto de emancipación ante una amenaza mortal que, con certeza, ya se ha llevado por delante a su amigo. Su mentor.

Fortunato respira aliviado, su pulso se calma. Aguza el oído. Nada. Fernández me ha dejado algo en una caja de seguridad en un banco en Tánger. Fortunato se dice que eso es tan posible como también, quizá, improbable. Puede que solamente haya imaginado todo, pero si es así, lo que he imaginado tiene sentido. Los pequeños cambios donde todo estuvo siempre igual tienen que ser señales, migas de pan que me ha dejado, un hilo a través del laberinto inextricable del no saber. Si esta oficina es el centro del dédalo centrípeto, del que emana todo, mi vida en las últimas décadas, el hilo me llevará a la salida que, creo, está en Tánger. Buscó minuciosamente un resguardo, una llave. Nada.

Fortunato sale despacio del despacho y se detiene en el pasillo, gira en ambas direcciones la cabeza y no ve a nadie. Seguir el hilo, piensa mientras camina hacia el ascensor, y evitar al Minotauro. Mantenerme con vida para llegar a la caja.

Entra en el ascensor y la luz verde lechosa le parece más venenosa que nunca. La bajada se le hace eterna mientras por los cristales de la puerta vigila cada descansillo, sintiendo que las rejas de forja que se deslizan ante sus ojos son las de una jaula en la que está atrapado. No pienses ahora, nada de enigmas, se dice Fortunato, no dudes. Concéntrate, ténsate para luchar, para atacar los ojos, la tráquea, las ingles del primero que se te ponga delante. El ascensor nazi le contagia de su mecánica maldad, de violencia sorda, retenida, lista para liberarse con toda la fuerza que da el miedo a morir. Claudita se le aparece por un instante, pero Fortunato la aparta sin miramientos, no quiere que nada le distraiga. Cuando el elevador se detiene, Fortunato espera unos segundos antes de abrir las puertas y salir casi en guardia. Nada. Nadie. ¿Será posible que Fernández lo haya protegido hasta el final? ¿Que no sepan que existo? No, acepta Fortunato, no es probable. Por eso me ofrece una salida. El Minotauro está ahí fuera, en algún lugar, oculto en las sombras y esperando para matarme. Cuando sale a la calle observa y no ve nada anormal. Nadie está parado. Ninguna pareja se besa, nadie mira un escaparate en el que se refleje la calle, ninguno fumando distraído. Triangula rápidamente el frente y ambos costados. No hay personas detenidas que puedan establecer contacto visual entre ellas. No le vigilan. Tampoco sus ojos se encuentran con otros, nadie le mira. Fortunato echa a andar a buen paso y vuelve a emplear todas las medidas de contravigilancia posibles. Se detiene de improviso, nadie se le echa encima. No ve personas o vehículos repetidos a lo largo de su ilógico y enrevesado trayecto hasta el metro de Plaza de España. En el andén no hay mucha gente. Fortunato espera a una distancia prudente del borde, aunque no hay nadie cerca que le pueda intentar empujar a las vías. Cuando el convoy se detiene, es el primero en entrar en el vagón. Detrás un señor mayor con pinta de jubilado, un chaval muy delgado con rastas, una chica con mochila y carpeta de estudiante, una mujer latina bajita y gorda con un niño. Nadie que le inquiete. Cuando suena el mecanismo que cierra las puertas, Fortunato salta al andén y ve al tren partir sin que nadie salga precipitadamente de él. Está solo en la estación.

Sale a la calle y decide volver a casa dando pequeños rodeos, pero ya más tranquilo, convencido de que el Minotauro no le acecha esa noche. ¿1026? ¿Una caja de seguridad? Se detiene en un locutorio de internet en la calle de Leganitos, ya casi en la Cuesta de Santo Domingo. Busca la web de la Banque Populaire de Tánger y anota el teléfono de contacto y la dirección. Sigue su callejeo mientras piensa que, si Fernández le ha dejado algo en una caja, ya que no hay llave ni contraseña, tiene que haber dado su nombre. Pero el viejo era demasiado listo para dar el de verdad. Él sabe, sabía, que tengo un pasaporte falso, me lo dio hace pocos años.

—Nunca se sabe cuándo, cómo o por dónde hay que pirarse, chaval. Este pasaporte es una maravilla y el tío que los hace es de toda confianza, cobra mucho por la falsificación, que es cojonuda, pero mucho más por su discreción. Esa es la base de su negocio.

—Muchas gracias, Fernández, espero no tener que usarlo. Pero desde luego, mejor tenerlo. —Fortunato le agradeció el detalle y Fernández se rio.

—Nada de gracias, son quince mil pavos. Ya te los he descontado —le dijo dándole un sobre con el pago por el último encargo, emitiendo silbidos alveolares, toses y risas. Fortunato aún lo está viendo como si lo tuviera enfrente. Pese a sus ahogos, que por aquella época empezaron, el rostro ya rechoncho de Fernández, descolgado en pliegues y arrugas aquí y allá, le devolvió una mirada luminosa, incluso tierna. En los ojillos negros, que brillaban sobre unas enormes bolsas oscuras dándole, pese a su edad, algo de mapache travieso, solo había vivacidad, franqueza y emoción infantil. Se abrían divertidos como lo harían los de un muchacho descubriéndole a otro un secreto de la vida. Ajenos por completo a la displicencia desdeñosa de quien explica algo obvio a un niño o a un imbécil—. Es bueno tener uno, chaval, nunca se sabe, ya te digo, nunca se sabe.

A Fortunato, ahora lo recuerda, no se le ocurrió pedir uno para Claudita. De algún modo sintió que la protegía más manteniéndola al margen de los tejemanejes de Fernández. Sí, la caja debe estar a nombre de la identidad de mi pasaporte falso. Solo tengo que llamar y preguntar por mi caja. Sí, eso es todo.

Dos manzanas antes de llegar a casa, Fortunato se puso instintivamente en alerta. Si Fernández ha cantado, piensa, puede haberles dado mi dirección. Quizá por eso nadie se ha molestado en seguirme, porque me están esperando. Volvió a examinar calles, esquinas, sombras, personas, edades, a evaluar actitudes y movimientos. Sus ojos no se cruzaron con los de nadie. Nada le llamó la atención, entró en el portal y, al fin, en su piso. Estaba en silencio, Claudita aún no había llegado y Fortunato lo recorrió con precaución, listo para el combate, pero terminó aliviado el registro. Se derrumbó en el sofá y encendió un cigarrillo, fue entonces cuando se dio cuenta de que la mano le temblaba ligeramente y de que seguía asustado. Mucho.

La llegada de Claudita le sorprendió mirando sin ver por los cristales del balcón. Solo al verla dejó de temer por su vida o por que la hubieran secuestrado. Le pareció eufórica, él intentó disimular su pánico. Sintió una rabia creciente contra ella, interiormente empezó a reprocharle que nunca le hubiera descubierto, que siendo tan buena actriz, tan observadora, jamás le hubiera desenmascarado, obligado a confesar y a abandonar el oficio de asesino. La alegre excitación de ella no hacía sino agravar estos sentimientos en él. Mientras cenaban la oyó sin escucharla... He quedado con Alberto otra vez, parece interesado... ¿Pero en qué? Claudita duda, no quiere desvelarle la sorpresa, lo que ella cree que está consiguiendo para él. Pero Fortunato interpreta esas dudas como avisos de mentiras, de traición. De pronto, Fortunato, el asesino, duda de todo. ¿Tú también, Claudita?, piensa mientras se imagina tapándose con la toga antes de recibir la puñalada de quien más ama. ¿Este era el valor real de nuestro amor? Fortunato siente, sin poder evitarlo, que el miedo se va tornando una especie de rabia que, sin otras opciones a mano, acaba descargando contra ella a costa de su nueva cita con ese cretino de Alberto Riva. Vio la sorpresa de Claudita ante una reacción tan inusual en él, su desconcierto y una sombra de temor en los ojos de la mujer que le hicieron avergonzarse y retraerse, encerrarse en sí mismo por pavor a herir, a desgarrar, sabedor de que en el origen de cualquier violencia solo hay miedo.

—... ¿Está bien?

—Sí.

—¿Sí qué?

—Que bien.

—Fortu, a ti te pasa algo.

—Que no, que no me pasa nada.

Fortunato siguió cenando, habló algo, asintió a cosas que no recordaba segundos después. Mientras miraba a Claudita se dijo que mañana tenía que llamar a la Banque Populaire de Tanger y comprobar si había una caja a nombre de su falsa identidad. La otra decisión fue hacerlo pronto, conseguir la información necesaria para tomar otras resoluciones urgentes. Pronto para tener un mapa claro en la cabeza antes de la tarde, antes de la otra absurda determinación que ahora se le presentaba con fuerza, opacando incluso a las posibles y letales amenazas que implicaba la desaparición de Fernández. Pese a querer enfocarse totalmente en ellas, por razones desconocidas y que le resultaban totalmente humillantes, lo único en lo que Fortunato podía pensar ahora, la locomotora que tiraba entre nubes de hollín y humo negro de su imaginación, era en la nueva cita de Claudita con el tal Alberto. Ese imbécil sigue enamorado de ella. ¿Y si ella se ha aburrido de mí? ¿Y si no le sé proporcionar emociones, diversiones suficientes a su alma curiosa, ávida de sensaciones? Con estas dudas se acostó en la cama, rígido como un palo, dándole la espalda a su amada como hacía cuando se enfadaban. Era su forma de mostrarle sin palabras que necesitaba estar solo. Fortunato sigue con su soliloquio. No puedo contarle a qué me dedico. Explico a Claudita que soy un asesino. Ella no me cree. Solo creemos aquello que queremos creer, que reafirma lo que necesitamos creer. La madre de Ted Bundy sigue pensando que su hijo era inocente y maravilloso. Y probablemente con ella lo era, luego, de alguna puta y retorcida forma, eso era real. No, suspira Fortunato, la pondría en peligro y, además, lo más normal es que no lo apruebe. Podría huir. Denunciarme. Luego las teles entrevistarían a los vecinos. Dirán que Fortunato era un vecino ejemplar, al día en los recibos de la comunidad, que saludaba al cruzarse con ellos, que reciclaba bien la basura. Con el paso de los días, claro, influenciados por las noticias sobre sus asesinatos, construirían con rapidez otra memoria: la verdad es que era raro, no muy hablador, ninguno sabíamos de qué vivía, todos sospechaban algo, uno oyó gritos y como arrastrar algo pesado... Para entonces Claudita, imagina Fortunato apoyado en una almohada que le parece caliente y desagradablemente húmeda, apretando tanto los dientes que teme partirse una funda, ya habría encontrado consuelo en los brazos de Alberto Riva, actor, director y dramaturgo de éxito. Ese mierda de Riva, recuerda Fortunato por las contadas ocasiones en que se han visto, es atractivo, tiene la arrogancia necesaria para ser el mejor publicista de sí mismo. Un no sé qué de charlatán de feria.

En contraste con la afectada quietud de su cuerpo, la cabeza le daba vueltas, llena de visiones de sangre y violencia. Siempre con Alberto Riva como protagonista. Tardó en dormirse. Cuando lo hizo tuvo varias pesadillas.

¿*Tu quoque*, Claudita? Se sueña atravesado por decenas de afilados puñales que hunden en su cuerpo otras tantas Clauditas senatoriales. Siente la quemazón del acero y cómo se desangra a los pies de una estatua de su padre sosteniendo una gallina que canta.

Una MG-42 empezó a segar vidas como una guadaña mecánica en la playa de Omaha.

Solo ahí dejó de soñar.

25

La casualidad no solo esparce peligros por los caminos de los héroes, sino también todo tipo de tentaciones.

MIJAÍL BAJTÍN,
Teoría y estética de la novela

A la mañana siguiente, en la casa, Claudita y Fortunato se evitaron instintivamente. Sus enfados, sus broncas, nunca eran fuertes o duraban mucho. Pero, por supuesto, los silencios podían prolongarse unas horas, unos días. Eran más treguas para sanar que desdenes para ofender. Pronto Claudita encontró cosas que hacer en la calle. Fortunato dudó por un instante si decirle que no saliera, pero no encontró la manera de exponerlo sin contarle que el tal Fernández era un ex espía que le encargaba asesinatos, que había desaparecido y que había una alta probabilidad de que los siguientes en hacerlo fueran ellos. Así que calló y la vio salir por la puerta. Él decidió buscar otro locutorio y llamar desde allí a la Banque Populaire de Tanger. Cruzó varios barrios hasta perderse en la atestada Bravo Murillo. La llamada fue positiva. En efecto, había una caja a nombre de la identidad de su falso pasaporte. Había que ir a Marruecos. Fortunato empezó a diseñar posibles rutas y los medios de transporte más adecuados. Y comenzó también a pensar una excusa para desaparecer durante unos días. Sentía una desazón cada vez mayor respecto al enfado con Claudita, a su reencuentro con Alberto Riva, e intuía que, le gustase o no, en ese asunto estaba esperándole la solución, la coartada para su viaje a Tánger. Le sorprendió suspirar y reconocerse apenado por no ser un caso más extremo de psicopatía, por conservar aún la capacidad de amar y sufrir por personas e ideas, algo nada útil cuando se es un asesino en peligro, un CEO o un político corrupto. Imaginó con envidia, mientras callejeaba y buscaba sicarios reflejados en retrovisores y lunas, ser uno de esos psicópatas de manual que solo atienden a las voces de su locura, sin preocuparse de otra cosa que cumplir sus letales mandatos. Definitivamente, amar a otra persona es conservar un rasgo de humanidad que en su situación debilita, es una brecha en el sistema de seguridad.

Comió de menú por Cuatro Caminos y llamó a Claudita para sonsacarle la hora de su cita. No quería cruzarse con ella. Temía delatarse, nunca había ejercido de celoso. O que ella añadiera más variables al problema que le planteaba la desaparición de Fernández que, de eso estaba seguro, no podía significar nada bueno para él.

Claudita salió del piso de la calle Belén a las cuatro en punto, como él había calculado. La vio desde una esquina, guapa, con andar decidido, bolso al hombro y una carpeta bajo el brazo derecho. La siguió a una distancia prudente, siempre tomando la precaución de detectar portales y huecos en los que ocultarse si ella se girase. Al fin y al cabo, era su barrio y conocía sus recovecos. Además, pensó Fortunato, es muy fácil seguir a alguien que no sospecha que lo vigilan. Claudita entró en la boca de metro de Chueca. Fortunato esperó un poco, para evitar coincidir con ella en caso de que algo la retuviera en los tornos, e hizo lo mismo. Alcanzó a ver cómo doblaba un pasillo hacia el andén de la línea 5 dirección Casa de Campo. Creyó recordar que Riva tenía por La Latina, cerca del Teatro de las Aguas, un local de ensayo. Fortunato se asomó desde la boca del pasillo, sin entrar en el andén, y vio entre más de una decena de personas que Claudita estaba muy hacia delante. El tren pararía, pensó Fortunato, y ella se subiría en los primeros vagones, la gente que saldría sería una buena pantalla tras la que ocultarse y subir directamente en el vagón que se detuviera frente a él. Así lo hizo y, tras ver a Claudita subir tres vagones más allá, se aseguró de colocarse junto a la puerta del suyo para poder asomarse al andén en cada parada y tener tiempo de reaccionar. Claudita, como él suponía, se bajó en La Latina. La vio pasar, doblar pasillos y subir escaleras, admirándola en la distancia.

Cuando salió a la calle, Claudita se envolvió en la bufanda y empezó a bajar a buen paso la calle Toledo. Fortunato la siguió y la vio girar y entrar en la calle de la Sierpe, cruzar la de Humilladero para tomar Luciente, doblar y recorrer un pequeño trecho de la del Águila y entrar en la de las Aguas. Casi en la esquina se detuvo a hablar con un chico y una chica que fumaban a la entrada de un bajo sin rótulos comerciales. Intercambiaron risas y unas pocas palabras y el chico les abrió la puerta a Claudita y a la otra. Entraron. Fortunato se dijo que ese era, sin duda, el local de ensayo de Alberto Riva y vio un bar al otro extremo de la calle de las Aguas, ya casi sobre la Carrera de San Francisco, con unos de esos barriles de fino que se usan como mesas en la calle. Desde allí podría vigilar la puerta del local y en caso de que Claudita y Alberto salieran, seguirlos si iban en otra dirección o escabullirse él tras la esquina si vinieran en la suya. Se pidió una caña y se dispuso a esperar. Desde luego le tranquilizó saber que Claudita y Alberto, en apariencia, no estaban solos. ¿De qué estarían hablando? De algo profesional. ¡Ella te lo dijo, imbécil, hablan de un proyecto!, se recriminó Fortunato, sintiéndose mucho peor por desconfiar de su amada, por rebajarse al miedo patético del celoso que por eliminar corruptos y haberse convertido en un asesino. ¡Qué vergüenza, tío, mira que dudar así de ella! Pero pronto, escupía huesos de aceituna contra el tapacubos de un coche, veladuras negras oscurecieron de nuevo su mente. Y si es solo trabajo ¿por qué no me lo cuenta? Ella siempre cuenta con ilusión sus nuevos proyectos y este imbécil es un director prestigioso. ¿Por qué se ha refrenado, qué me oculta? No es propio de ella. ¡Uh, desconfío!, pensó Fortunato.

Claro que, desde su puesto de observación, desgranando minutos y minutos, Fortunato no podía saber lo que había pasado dentro de ese local. Cómo Alberto, tras la humillación del día anterior, recibió con soberbia frialdad a Claudita, dejando bien claro ante el chico y la chica que tenía de asistentes y que ayudarían con la lectura de los personajes, quién mandaba aquí, quién era el macho alfa de este grupo de homínidos, el sacerdote de estos *sapiens* reunidos en torno al fuego sagrado del arte y la palabra. Alberto mostró prisa en empezar, sin disimular o afectando el malestar que le producía apartarse de sus ciclópeas creaciones para dedicar un rato a leer esta cosa. Adjudicó los dos protagonistas y acotaciones a Claudita, el conejo al chico y la Virgen a la chica, y dio orden de empezar la lectura de *Historia para conejos*. Al desdén de Alberto, que solo escuchaba impasible, Claudita opuso desde la primera sílaba emoción contenida, sincera, y precisión en el dibujo, en la dicción. Aunque lo lógico hubiera sido darle uno de los dos protagonistas a otro, o haberlo leído el mismo Alberto, Claudita se tomó con entusiasmo esta dificultad añadida y supo diferenciar acotaciones, descripciones y diálogos, que en una lectura son, mucho más que las acciones, la personalidad de los personajes. Al rostro impenetrable del mandarín, Claudita opuso entusiasmo, tonos, colores y sonoridad. Es una ofrenda de amor a Fortunato, pero también a su autoestima, a su actriz y al arte en el que milita. Ella creía de manera ferviente en tomar las riendas y modelar el futuro con las decisiones del presente, que el pasado solo determina el hoy de los inconscientes. Así que por ella no iba a quedar.

Cuando llevan unos dos tercios de la obra leída, Alberto Riva interrumpe todo alzando una mano y mostrando un gesto de fastidio que a Claudita le parece sobreactuado.

—Una pausa para beber algo y sobreponernos a este prodigioso texto. —Tras decir esto clavando los ojos en Claudita, Alberto se levantó de la silla y caminó hacia la puerta de la sala—. Rocío, Paco, salid a fumar si queréis, seguimos en diez minutos. Yo tengo que hacer una llamada.

Alberto salió de la habitación dejando tras él un halo de soberbia y desinterés, un regalo para Claudita. Se hizo un silencio incómodo y la chica y el chico sacaron sus paquetes de tabaco de liar, algún móvil, unas sonrisas evasivas y apresuradas, y salieron también, pero en dirección a la calle. Claudita se quedó sola, sentada frente a la amplia mesa con su copia de *Historia para conejos* abierta por donde había dejado de leer. Sintió una punzada de incomodidad, un aviso de ridículo, pero la apartó de sí de inmediato. Alberto está haciendo teatro y del malo, pensó Claudita, esta pausa dramática solo busca humillarme, quebrarme, que le mande a la mierda. No le voy a dar el gusto. Me voy a quedar aquí, sin moverme, sin beber, sin salirme de lo que me está pasando y quiero transmitir con mi lectura. La obra es buena, tiene mucho potencial. Lo sabe y le jode. Quiere ponerme nerviosa, probar hasta dónde creo. Esa falsa frialdad es sentimentalismo de la peor especie, razonó Claudita con la mirada perdida frente a ella.

Mientras su amada lidiaba con esto en el interior, en la calle, apostado en el barril y tras tres cañas, un agua sin gas, un café solo doble y un par de fingidas llamadas de teléfono a una novia impuntual para explicar que no se moviera de allí y ganarse la simpatía del camarero con un par de tópicos rancios, Fortunato vio salir a la chica y el chico. Reían y se estaban liando unos cigarrillos. Ni rastro de Claudita y Riva. Esperó un poco más. Nada, nadie más salía y los chicos seguían hablando. *Audaces fortuna iuvat*, musita entre dientes Fortunato echando a andar hacia ellos, sin un plan pero seguro de que son la única vía para saber más de lo que está pasando. Si salen ahora, será un papelón. Pero ya veré cómo me las ingenio. En eso piensa mientras cruza la calle fingiendo marcar un número en su móvil. Al pasar junto a ellos, sin mirarlos, saca un cigarrillo, lo enciende y se detiene, haciendo que contesta.

—Ajá... sí... sí, claro...

Se coloca dándoles la espalda, a una distancia suficiente para escuchar sin ser invasivo. Los dos jóvenes hablan, tienen buenas voces, entrenadas.

—Pues a mí me gusta...

—¿De verdad? Yo..., no sé. Hay cosas.

—¡Lo del enano y la Virgen me parece cojonudo!

—Sí, eso mola. Es potente.

—Sí, tiene imágenes muy potentes, a ver qué le parece a Alberto.

—A ver qué dice cuando acabemos la lectura. Porque tiene una cara de culo.

—Pero a mí me gusta...

—Alberto tiene planificado su trabajo para los próximos dos años. No creo que...

—Ya. Claudia y él estuvieron liados. ¿Lo sabías?

—Y no acabó bien, ¿no? Para mí que la va a marear un buen rato y luego nada.

—Pues qué pena. La obra mola.

—¡Bah, no tanto!

Los dos chicos dan una última calada a sus cigarros, los apagan en la arena de un cenicero de pie y entran.

Fortunato siente que algo le quema en las tripas, que le falta el aire. Ya no necesita oír más, agradece que los otros se hayan marchado. No quiere testigos, temeroso de que el dolor y la vergüenza que le retuercen por dentro se hagan visibles en su cara. Claudita le ha traicionado; ha mostrado, sin su permiso, *Historia para conejos* a un extraño. ¡No, a alguien peor que un extraño, al imbécil de Alberto Riva! A Fortunato le sorprende sentir que también, fugazmente, le ataca el miedo a que su obra no guste, a que se exponga precisamente a un hombre que nunca será objetivo con ella. Se siente ridículo por no ser capaz de ordenar los temas de su indignación y no poder evitar que un trazo de grosera vanidad degrade el momento. Fortunato cierra los ojos e invoca la imagen de una Claudita pérfida, traicionera, con dobleces y oscuridades insospechadas.

Mientras Fortunato fuma, paralizado, dentro todos han vuelto a sus asientos. Alberto Riva suspira y da la orden.

—Sigamos. Hasta el final.

Así lo hicieron.

Si Fortunato, que seguía paralizado fuera, pudiera oír lo que sucedió tras acabar la lectura, lo primero que habría escuchado habría sido una pieza de cámara: *Silencio para cuarteto vocal.* Un silencio sólido, pesado, como caído de golpe tras la palabra FIN para aplastar cualquier signo de vida, sonido u opinión intempestiva. Claro que, para un oído entrenado, ese silencio se componía de varios, que a modo de fugas mudas contrapunteaban los cuatro de la mesa: el silencio expectante, pronto a romperse en afirmaciones y apoyos al Amado Líder, de los dos jóvenes ayudantes, incapaces de aventurar una opinión propia antes de oír a Riva pronunciarse, ya por precaución, ya por buena educación y asunción de posición en la pirámide trófica que es la vida. Luego, sordo pero continuo, un silencio agudo, unas octavas más alto, formado por los leves jadeos de Claudita para recuperarse de haber leído los dos protagonistas más acotaciones y algún suspiro expectante. Silencio *agitato* que daba vivacidad al conjunto y se contraponía al silencio *maestoso* de Alberto Riva, un callar grave contra el que rebotaban los otros silencios expectantes.

Cuando por fin habló, Alberto se mostró cruel con el veredicto. Habiendo tan buenos textos de autores consagrados e interesantes ¿para qué enfangarse en esta niñería?, dijo con una maldad gatuna en los ojos. Aun estando de acuerdo ideológicamente con casi todo, prosiguió, es un panfleto, le falta sutilidad. *Manca finezza!* El facha, prosiguió, es interesante pero el resto, sobre todo el rojo, están menos desarrollados. Normal en un escritor *amateur*, es muy difícil escribir algo interesante sobre la bondad. Los malos son mucho más socorridos por caricaturizables. ¿Y el rollo de la Virgen y el enano? ¡Por Dios, eso podía funcionar en tiempos de Paco Nieva!, ¿pero ahora?

Los jóvenes asistentes se apresuraron a asentir y monosilabear repetidamente, sí, sí, no, no, su lealtad al gurú y sus dictámenes, mitad por auténtico convencimiento, mitad por conocimiento del precario panorama laboral.

Claudita escuchó el veredicto ya en completo control de sus pulsaciones y no se achantó. Le dio la vuelta a los argumentos de Alberto, atacó por lo personal mientras disimulaba cuchilladas con una sonrisa seráfica: es buena, lo sabes, no la desprecies solamente por hacerme daño a mí, por humillarme. Alberto encajó el primer golpe sin inmutarse pues hacerlo sería reconocer la verdad de lo que le decía y ante otros. Pero no pudo evitar enarcar las cejas y resoplar cuando Claudita se despojó de cualquier pudor, para ella la causa lo merecía, y aunque disfrutaba conscientemente del público que eran los dos chicos, le habló como si estuvieran solos: Podemos crear algo juntos, y en eso también hay amor. Sé generoso, sé bueno... La actuación estuvo a la altura de la muy buena actriz que era. La seducción es siempre ilusionismo, mentira, se justificó Claudita. Es juego. Convenció a Alberto —que es un cretino, pero no malo— de seguir hablando de ello, de escuchar más de las ideas de ella. Se comprometió a valorarlo, sin duda por seguir viéndola.

Y así, entre risas, salieron los cuatro a la calle, los jóvenes hacia un lado y Alberto y Claudita hacia el otro.

26

He hecho pedazos mi propia vida. Así que
bien puedo hacer pedazos mi propia obra...

HENRIK IBSEN, *Hedda Gabler*

Fortunato, que se ha vuelto a refugiar en el bar del barril, espera a que salgan. Cuando lo hacen, ve cómo Alberto y Claudita se despiden de los chicos que ayudaron con la lectura. Se
van juntos, riendo. Fortunato se aparta de la puerta cuando
pasan frente al bar, les da unos metros y los sigue. Caminan
hacia la plaza de la Paja. Entran en un restaurante. Fortunato
los ve por un gran ventanal. No los oye, pero los ve. Están
satisfechos, parlanchines. Mientras a Fortunato un témpano
de hielo le atraviesa la espalda, ellos gesticulan y cabecean a
ritmo de sus risas, acompasados como solo lo están los cómplices. Claudita está radiante, habladora. Fortunato se sorprende hurgando en su memoria para buscar tristezas y frial-
dades de Claudita junto a él, heraldos ignorados de esta
felicidad junto a otro. Pero, la verdad, no encuentra ninguno importante. Anoche se durmieron dándose la espalda, sí.
Y hoy se evitaron. Bueno, él la evitó. Pero lo cierto es que no
tienen muchos días tristes, entregados como están los dos a
amarse incondicionalmente, a la felicidad militante.

Fortunato da un último vistazo, niega con la cabeza y se va. Ni en estos momentos se siente capaz de pensar que Claudita le pueda engañar con ese Gainsbourg de todo a cien. No, las imágenes que se suceden en el proyector de su mente son las de otra infidelidad, quizá menos humillante, pero desde luego preocupante. Claudita ha ignorado sus deseos y ha mostrado su obra sin su permiso. Fortunato se dice que la conoce, que si lo ha hecho es porque la valora y le ve posibilidades. Y por ese Tourette suyo que le impide estarse quieta. Pero eso no la disculpa. Mis escritos, ruge por dentro Fortunato, son míos. ¡Soy yo quien no quiere exponerlos, mostrarlos o publicarlos, hostias! ¿Tan difícil es de entender? ¿De respetar? Vale que soy un tarado, ¡un asesino!, y que ella eso ni lo sabe ni lo imagina. ¡Pero me cago en Dios, si yo no quiero enseñarlos es cosa mía, joder! ¡Mis razones tendré y ella debería respetarlas! Fortunato se va cargando de santa indignación mientras camina hacia la calle Belén, tan furioso que él mismo se sorprende, abandonando cualquier precaución, cualquier medida de contravigilancia.

¡Tantos años y no me conoce, joder! Si es que nunca conocemos a nadie. ¡Nos mentimos! ¡Pero es que tampoco le puedo contar nada! ¡Me cago en mi puta calavera! Bueno, y lo de Fernández, claro. Si es que estas mierdas siempre vienen juntas.

Fortunato no está acostumbrado a estas tormentas emocionales, es un psicópata, no es un esquizofrénico. Así que intenta recoger cable, ordenar ideas y acallar sentimientos. Claudita no me conoce, no sabe lo que hago. No sabe que no soy un psicótico, que no tengo alucinaciones ni necesito fama. No tengo vanidad. No demasiada.

Con el delirio, el psicótico crea un nuevo mundo, prosigue Fortunato, un mundo a su imagen y semejanza, uno en el que se reserva todo el protagonismo. Piensa que, si le persiguen, si no quieren que los secretos que ha descubierto salgan a la luz, es porque es un elegido, alguien muy especial, diferente. No es de extrañar entonces que el psicótico crea pertenecer a una familia mejor posicionada que la suya, ser el guardián de saberes ocultos, el auténtico Napoleón o el mismísimo Jesucristo. Solo él, o los putos chalados como él, saben que saben. Todos los imbéciles conspiranoicos funcionan así. Yo, reflexiona Fortunato, un psicópata narcisista, funciono justamente al revés. Ya sé que soy especial, no necesito la persecución ajena para confirmarlo. Es un varón heterosexual blanco, de cincuenta años y con dinero, el mundo le pertenece todavía. Simplemente, no le interesa. Si la vida es duración, desengañado de ilusiones propias y monsergas ajenas, Fortunato había optado por la inmovilidad frente al cambio. Nada hay más duradero que el ciclo de vida, muerte, putrefacción, y él era un saprófago que se alimentaba de la inacabable corrupción del sistema. Ganada la seguridad material gracias al asesinato, no sufría el comprensible desasosiego del humano moderno frente a la vastedad del mundo globalizado. No extrañaba nada de ese mundo que solo pisaba para matar, viviendo ya absolutamente en sintonía con el cazador-recolector que todos los seres humanos somos bajo el frágil barniz de la moderna civilización. La felicidad, a la manera de Schopenhauer, como ausencia de dolor. No moverse demasiado de unos márgenes forzosamente pequeños por controlables para no dar oportunidad al dolor y la infelicidad. Una geografía, habitada solo por Claudita y por él, sin *terra ignota*, céfiros caprichosos y monstruos acechando en los márgenes. Más peliagudas eran otras renuncias y peajes. Exiliado de sí mismo, del niño que fue, del joven airado y ya casi del asesino maduro, cada vez más refugiado en el amor con Claudita y sus escritos anónimos, secretos, en Fortunato conviven ya demasiados paisajes como para que no haya un contrapunteo musical de voces, anhelos y reproches en su interior. Ambicionando lo inmutable, detener el tiempo en el feliz Shangri-La que ha creado con Claudita. Pero Fortunato reconoce esa imposibilidad para lo humano que es siempre, por fuerza, cambiante. La inestabilidad cuántica de cualquier sistema, incrementada exponencialmente por el número de miembros que lo componen: ella y él. Terrible, acojonante, pero por encima de la ameba, ineludible. Así debe ser. La disonancia cognitiva, las contradicciones entre todos sus yoes, produce sus escritos. Son una válvula de seguridad que permite regular la presión imposible de sus antinómicas personalidades. De la paradoja de envejecer amando y matando, leyendo y asesinando, destruyendo a otros para buscar la paz más íntima. Ansiando justicia e igualdad para todos mientras te retiras del mundo y de la gente, que no te interesa ya sino como idea, como concepto que justifica lo que haces. Matar por ideas, ¡nada muy original!, se reconoce Fortunato, todas las grandes carnicerías de la historia, esas socializaciones del asesinato, se han hecho en el nombre de grandes ideas.

Fortunato se da cuenta de que, a la manera de los antiguos griegos, su héroe, su personaje dramático, ha recorrido ya todas las etapas, desde la épica a la tragicomedia. De niño se pensó inmortal, capaz de sobrevivir a todos los hercúleos trabajos que se encontraba en el dédalo de las calles, de sobrevivir y vencer al monstruo Petit Bouche a robar con sus motonautas el vellocino del cobre de la RENFE o las racistas huchas del tesoro. De joven se sintió casi un semidiós con superpoderes, mortal pero hijo del Zeus proteico que fue su padre. Un guerrero invencible, un Aquiles sin talón poseído de una *hybris* capaz de precipitar al Hades el alma de malotes feroces, cíclopes enzarpados y gorgonas comebolsas, implacable destructor de ciudades y *afters*, devorador de cuerpos y voluntades. Desde hacía años, sin embargo, ya sin el Homero interior de su narcisismo tocándole la lira, se había convertido en un Odiseo resignado, maduro y *polyméchanos*, cansado de la navegación sin rumbo y de amanecer siempre desnudo y resacoso en las mismas playas. Hastiado de sí mismo tanto como de magas, cíclopes y payasos, había renunciado a cualquier gloria, a cualquier fama legendaria. Escribía para él, para desaguar la locura de su cráneo y acallar la atronadora polifonía que crecía aferrada a su cerebro como ondulantes percebes filtrando el agua de la memoria, y solo ansiaba el regreso a Ítaca y una vida tranquila junto a Claudita, su Penélope. Había abandonado la vida para hacer de ella todo su mundo y, por lógica, reconoce, solo de ella podía venir el engaño, el golpe.

La traición de Claudita. La traición. Ella.

Solo. Fortunato se siente solo. ¿*Tu quoque*, Claudita? Hasta ahora, piensa Fortunato mientras se le descuelgan a la vez mandíbula e ilusiones, encontraba una esperanza, un proyecto, una energía vital de la que cada vez sentía tener menos, en su amor por Claudita. Lo que ya no haría por él, lo hacía por ella. Por sellar las fugas, las vías de agua que lo cotidiano abre en nuestros cascos. Por mantenerlos a flote. A salvo. Y ella lo ha traicionado. El desvalimiento supera a la furia inicial. En la construcción del relato que necesitamos para vivir, para salvarnos de la locura, la clave del arco es la figura del otro, del ser amado. La aceptación de la visión, siempre idealizada, que tenemos del otro. O de cómo nos ve el otro. La necesidad de parecernos a la idea que pensamos que el otro —padre, madre, amante, amigo— tiene de nosotros. Sobre todo, en la pareja. Porque se nos hace del todo insoportable, inasumible y terrorífico, darnos cuenta de que, tras años, décadas, de convivencia, en el fondo, no conocemos al otro. Nunca lo hemos visto por dentro, no sabemos lo que piensa realmente. Solo hemos acompasado nuestras personalidades para agradarnos, para atarnos, para darnos la mentirosa seguridad de no estar solos en la devastación. Pero llegado el momento de la prueba, de la ordalía, nos damos cuenta de que no nos conocen, de que no los conocemos, que siempre seremos un extraño para él o para ella. Para el otro. Es inútil engañarse, la industria milmillonaria del autoconocimiento, desde gurús de palo a terapeutas charlatanes, de los mierdosos libros de autoayuda a los chamanismos para urbanitas con prisas y dinero, debería alertarnos, se dice amargado Fortunato, de la imposibilidad de conocernos a nosotros mismos sin quebrarnos. Así que cómo vamos a conocer de verdad a nuestra pareja. ¡Es imposible! Yo, se repite dolido Fortunato, había reducido al máximo las variables, las posibilidades, el número de afectos para evitar la traición o el desencanto. Me había consagrado a una sola persona, Claudita. Por lógica, solo ella podía apuñalarme por la espalda. Y duele. Su traición es como una puñalada profunda en el costado y le sorprende no sentir el calor pegajoso de la sangre en su camisa.

Porque Fortunato, al saber de la traición de Claudita, dar a conocer su obra sin su consentimiento, se siente como un héroe trágico. Él decidió, hacía muchos años, vivir en las sombras y apartarse de la fama. De la fama que su padre, consciente o no, buscó siempre con la desmesura de sus actos. No solo un bienestar material, sino también ser recordado como un ser excepcional siquiera por sus excesos. Pero él no, yo no, ¡joder!, masculla Fortunato, yo renuncié hace años a la fama, que es causa y consecuencia de una vida heroica, al *kléos* de la épica homérica. Él lo único que quería era pasar desapercibido a los demás, a la muerte, circunscribir su vida a sus días junto a Claudita, a un mundo para dos, una burbuja perfecta de confort, ternura y silencio, donde sentirse a salvo de la ferocidad del mundo, de la banalidad, la vulgaridad, la fealdad y el ruido. Una cápsula que solo abandonaba para ejercer de cazador-recolector, matar a alguien y volver con los bolsillos llenos de dinero. No, se reafirma Fortunato, la fama necesita de público y eso es lo último que necesita un asesino.

Mientras su mente volvía una y otra vez sobre lo mismo, creador en su propio círculo infernal, Fortunato llegó a su casa. Se derrumbó en el sofá, encendió un cigarrillo y buscó paz y respuestas en las volutas que el humo dibujaba hacia el techo. Pero lo único que consiguió fue un ataque de tos que le hizo apagar el pitillo y, esto mucho más útil, le recordó a Fernández. Joder, se dijo, tengo que concentrarme en lo de Fernández, dejar de lamentarme por lo de Claudita y preocuparme de salvar la vida. Solo así podré decidir si vengarme o perdonar y amar. Lo primero es evitar que me maten. Fortunato decidió convertir el problema en una oportunidad. Necesitaba libertad de acción, tener las manos libres para ocuparse de las cosas en orden de importancia. Sí, pensó en su padre, hay que agarrar a la calva Fortuna de su mechón y convertir las dificultades en posibilidades. Así que Fortunato decide aprovechar la traición de Claudita como pretexto para desaparecer, sin dar explicaciones, durante unos días. Prolongar su enfado con ella el tiempo que necesite para devolver el equilibrio al andamiaje tambaleante, colapsado, de su vida. Fortunato se activó y, sin prisas pero sin pausas y con precisión, metió en una bolsa de viaje lo necesario para una semana de viaje, su pasaporte falso y veinte mil euros en billetes de cincuenta. Pensó en llevarse también la Glock y las balas, pero sintió que serían más un engorro que otra cosa. Sobre todo para viajar. Y, además, estaba seguro de que llegado el caso no le darían ni tiempo a usarla. La dejó en su escondite. Luego escribió una nota para Claudita:

Te seguí, me avergüenza reconocerlo. Te seguí y me enteré de que has mostrado mi mierda de obra a tu amigo. Sin mi permiso. Sin preguntarme si yo quería eso. Sin mostrarme el más mínimo respeto. No me merezco esto. Me voy unos días, necesito pensar, poner mis ideas en orden. Lo más triste es que te amo, que no hay otra mujer. Solo quiero estar solo. No tenerte delante para ver con claridad. Nos vendrá bien a los dos. Comprendo que yo también puedo haberte herido, decepcionado o agobiado, así que entenderé si tú quisieras dejarme. No es la típica chorrada de darnos un tiempo. Me voy una semana, creo. Volveré, hablaremos y tomaremos una decisión.

No me llames, por favor, no te voy a contestar.

Fortunato dejó la nota sobre la mesa del salón. Echó una última mirada a su alrededor y salió de la casa decidido a enfocarse en la caja de la Banque Populaire de Tanger y la amenaza mortal que implicaba la desaparición de Fernández.

Sintió una calma gélida, que era anuncio de practicidad y de eficiencia. Dejó atrás, como una serpiente, la piel vacía e inútil de su yo emocional, con el que no lidiaba a menudo y siempre le producía extrañeza y el trato torpe como con los desconocidos que te repelen.

Claudita podía esperar.

Salió de casa y se alojó en un hotel cerca del aeropuerto. Se tumbó en la cama. Proyectó contra el techo una serie de diapositivas mentales, de posibles desarrollos de la situación. Sí, decidió, lo primero es ir a Tánger y abrir esa caja de seguridad. Eso, por supuesto, abrirá nuevas ramificaciones, posibilidades y escenarios que ahora es imposible anticipar. De alguna manera eso le tranquilizó y pidió un club sándwich al servicio de habitaciones. Comió y volvió a fumar, con la tele encendida en silencio. La primera llamada de Claudita se produjo a las 23.42 horas. Hubo seis más, luego se rindió. Fortunato tardó en conciliar el sueño.

A la mañana siguiente vio, al encender el móvil, varios mensajes de Claudita, que borró sin leer. En este caso mantener su mutismo era necesario, era ampliar su libertad de maniobra. Se duchó, desayunó en un comedor casi vacío, pidió un taxi y se fue a Barajas. Compró un billete de Royal Air Maroc, en efectivo y con su identidad falsa. En el vuelo recordó las novelas de Malko Linge y una vez que fue feliz con una chica en Marrakech. Vio ponerse el sol y aterrizó en el Tánger-Ibn

Batouta ya de noche. Un taxi le llevó a un hotel Ibis, grande, impersonal, también cerca del aeropuerto.

A primera hora de la mañana siguiente se presentó con aire seguro en la central de la Banque Populaire de Tanger. Expuso el motivo de su visita y, al momento, le pasaron al despacho del subdirector, que le recibió con esa pompa y zalamería que gastan los bancarios con quienes tienen etiquetados como importantes, posibles grandes cuentas: traficantes, políticos corruptos, jefes mafiosos, tratantes de personas, terroristas y especuladores inmobiliarios. El subdirector le ofreció agua o un té de hierbabuena en un francés muy sonoro y cantarín. José Luis, así se llamaba Fortunato en su pasaporte falso, rechazó con no menos amabilidad, pero con esa firmeza urgente, concreta, que se gasta la gente importante con sus subordinados y les evita prolongar situaciones aburridas o familiaridades embarazosas, y le pidió acceder a la caja de seguridad.

—*Mais bien sûr, don José Luis!* —El subdirector le mostró una amplia y blanca dentadura y el camino con las dos manos. Tan pronto como Fortunato empezó a andar, se deslizó como una anguila sonriente para precederle por un largo pasillo—. *Peut-être que le monsieur préfère que nous parlions en espagnol?*

—Sí, gracias —contestó Fortunato, decidido a hablar lo menos posible en el idioma que fuese.

—Por aquí, señor —contestó el subdirector en un castellano preciso y algo gutural. Luego pareció girar en el aire ante una puerta blindada y sonreírle mientras pulsaba un botón y miraba mucho más serio a una cámara de seguridad. Fortunato se dijo que al otro lado de esa cámara habría un currito con el que el subdirector no se consideraba obligado a gastar cortesías. La puerta se abrió y entraron en un cuarto de unos diez metros cuadrados con tres de sus paredes cubiertas, del suelo al techo, de cajas de seguridad que a Fortunato le parecieron antiguas. En el centro había una larga mesa de madera y taracea, una antigüedad de indudable buen gusto. El subdirector caminó hasta la pared del fondo y le indicó la caja 1026. Luego sacó dos llaves iguales de un sobre y le dio una a Fortunato—. Lo cierto, don José Luis, es que esto es un tanto irregular. El banco no suele tener en ningún momento las dos llaves de la caja. *Pour la sécurité de nos clients, bien sûr.* Pero su secretario nos insistió en la imposibilidad de localizarlo en ese momento y que a usted no le importaría por unos pocos días. *Nous vous remercions beaucoup pour votre confiance en la Banque Populaire, monsieur!*

—Sí, les agradezco su discreción y ordené a Fernández que les pidiera el favor.

—¿Fernández?

—Mi secretario.

—Dijo llamarse Gutiérrez, *si je me souviens bien.*

—Gutiérrez, claro. Mi otro secretario —contestó displicente Fortunato, en el convencimiento de que al subdirector nada de eso le importaba lo más mínimo.

El subdirector se lo ratificó mostrándole otra vez su blanca dentadura, pivotando sobre sus talones y usando su llave para abrir la puerta de la caja 1026. Luego extrajo un largo cajetín metálico, lo depositó en la mesa.

—Por favor, tómese el tiempo que quiera. Cuando termine no tiene nada más que pulsar el botón junto a la puerta y le abrirán. Para cualquier consulta estaré en mi *bureau.* —El hombre hizo una levísima pero eléctrica inclinación de cabeza y salió del cuarto, dejando solo a Fortunato.

Así que hacía pocos días que Fernández estuvo allí y le dejó algo. O añadió algo a lo que había. Dijo llamarse Gutiérrez. Eso no le extrañó, pero ¿y si no era Fernández? No podía pedirle una descripción de su secretario a este tipo sin hacerle sospechar. Hacen la vista gorda, sin duda, pero quizá no tanto. Ya dijo que tener las dos llaves aquí era inusual. Con todo esto dándole vueltas en la cabeza estuvo un minuto, ¿un siglo?, con la llave en la mano y mirando la caja. Ahí dentro había algo que le daría un nuevo comienzo, que le haría libre de volver a empezar. ¿Pero qué? ¿Grabaciones? ¿Documentos? ¿Dinero? ¿Los secretos de otros? La cabeza de Fortunato se llena de voces, de réplicas y contrarréplicas, mientras sigue con los ojos clavados en la caja.

No, no serán grabaciones comprometedoras al estilo de ese imbécil codicioso de Villarejo. ¡Tiene tantas, graba a tanta gente que cuando caiga, que caerá, no tendrán ningún valor! No le salvarán. No, quizá un cuaderno grande, de anillas, y un teléfono satelital. El cuaderno lleno de direcciones y horarios, junto a fotos robadas de niños y adolescentes. Con lugares y rutinas, seguimientos detallados durante meses, seguimientos a los vástagos de los que mandan, los que de verdad manejan el cotarro, los corruptores, los que compran gobiernos y políticas, los *illuminati*, los que señalan a quién eliminar... Y, seguramente, junto a cada seguimiento el contacto de un limpiador, gente del Este, *vory v zakone* con tatuajes rollo Viggo Mortensen. Y la constancia de un pago, un dineral en dólares... Claro, este será el escudo que me deja el bueno de Fernández... Él no lo usó, no podía, iba a morir de todos modos, me está regalando a mí una salida... Un teléfono limpio e información. Si lo enciendo, cargados en él estarán unos teléfonos con un número que los asocia a cada seguimiento, ¿cuántos?, ¿cinco o diez? Sin duda los teléfonos privados de estos todopoderosos, los que nadie tiene, para avisarles de que hay un contrato pagado sobre sus hijas e hijos en caso de que a mí me pase algo... Libre, libre como el sol de la mañana yo soy libre... ¡Grande, Nino! ¡Grande, Fernández!

Una sonrisa se le dibujó en la cara. Pero se le borró de inmediato cuando se dio cuenta de que se estaba dando manija y que, en realidad, no tenía ni puta idea de qué coño podía haber en esa caja.

Se decidió a abrirla.

—Explotarme en la cara, seguro que no.

Metió la llave, la giró, oyó el mecanismo de la cerradura, puso ambas manos sobre el borde de la tapa y la alzó con los pulgares, muy despacio.

En la caja no había nada aparatoso. Ningún satelital encriptado e ilocalizable. Solo había un móvil barato, sin internet, un papel con un número de teléfono y un nombre: «Gutiérrez». La letra no es la de Fernández. También otra tarjeta SIM, española.

Enciende el móvil. Conecta sin dificultad con la red, tiene poco más de la mitad de batería y algo de saldo.

Fortunato respira hondo. Esto no es cosa de Fernández, acepta, esto es un mensaje de alguien más y aparta de él pensamientos lúgubres sobre su futuro inmediato.

Llama dos veces. Nadie contesta.

Fortunato salió del banco sin despedirse. Regresó a Madrid esa misma tarde. Nada más aterrizar, cambió la tarjeta marroquí por la española. Vuelve a llamar y nadie contesta. Concluye que quizá sus llamadas solo sirven para que alguien confirme que ha abierto la caja, que tiene el móvil, que está operativo y que él ha recibido el mensaje, pero ¿qué mensaje?

Hay otros jugadores, piensa Fortunato, es su turno. Solo puedo esperar.

Luego conectó su propio móvil y una verbena de zumbidos, vibraciones y campanitas le mostró la ansiedad de Claudita por contactarle. Borró todos los mensajes sin leerlos.

Siente una mezcla de alarma y vergüenza, una brecha en el muro protector por la que se cuela en tromba el caos en forma de multitud de variables impredecibles. Pudor e inquietud se le cavan en el estómago y se dice que no quiere, que no puede soportar el desasosiego resultante mucho tiempo más. Tiene que restablecer la estabilidad del sistema de nuevo, la quietud de su vida. Reducir elementos. Consciente de la barbarie de su oficio, rendido a los muertos que sin prisa pero sin pausa, iba amontonando en su memoria, catalogando en su retina, almacenando los estertores en sus oídos, Fortunato solo aspira a volver a un estado de sosiego. Que un mundo que ya ni entiende ni le gusta pase de largo, sin verlos a él ni a Claudita. Como un buen europeo de entreguerras —¿acaso no estamos siempre entre dos guerras, gritando bajo las máscaras de gas que son calaveras de Otto Dix?—, solo le quedaba el horror de las trincheras de su vida. En su interior siente convivir la quemazón de la ira y el frío pegajoso del miedo.

Resopla mientras cierra los ojos.

Asesino inconformista, amante traicionado y posible presa, pero hombre práctico al fin, decide prolongar su desaparición voluntaria para ocuparse de una vez de lo que le preocupa.

27

... se olvida que el mal es poca cosa en el conjunto de los seres y en el conjunto de los planes de Dios, y en la gama de las posibilidades humanas.

LUIS ARTIGUE,
Café Jazz El Destripador

Fortunato decidió alojarse en un hotel medio, ni muy grande ni muy pequeño, cerca de Gran Vía. A la mañana siguiente empezó a vigilar por turnos a Alberto Riva. Probó por la mañana temprano. Riva vivía en la calle Bailén. Creía recordar haberlo visto en el suplemento de decoración de un dominical. Tardó poco en googlearlo en un locutorio. En la entrevista hablaba de que era un piso alto, muy luminoso, sobre la calle. Había alguna foto de lo que se veía por las ventanas. Una vez frente al edificio con esa información y una sencilla triangulación visual, a Fortunato no le costó identificar el piso. Era un cuarto exterior. Fortunato se dio cuenta, ampliando el zoom de la cámara de su móvil, de que las cortinas de las ventanas a la calle, imaginó que del salón, aún estaban cerradas a las nueve. También comprobó que no había cerca bancos, organismos oficiales con cámaras de seguridad ni de tráfico. Se dio un paseo por La Latina, picó algo, y volvió frente a la casa. Las ventanas y el portal se podían ver bien desde una parada de autobús que estaba frente a un colegio. Debía ser la hora del recreo y había niños y adolescentes haciendo corrillos, yendo y viniendo. La marquesina de autobús era un buen sitio en el que sentarse a esperar sin despertar sospechas, el bullicio de entradas y salidas del colegio también ayudaría. A las doce las cortinas seguían corridas. Por fin a las 13.12, alguien las descorrió. Fortunato sabía que, en esos momentos, Alberto Riva no tenía obra en cartel, que seguramente era ave nocturna, trasnochador. Casi todos los cómicos, actrices, actores y gentes del teatro lo son. Acomodan así sus biorritmos a su trabajo, buscando su pico de energía a la hora de la representación. Luego están tan excitados por el viaje, acaban tan arriba, que les gusta celebrarse y tardan en irse a dormir. Fortunato se fue a comer, decidido, ya que él no tenía quien lo relevara, a restringir su vigilancia a horarios menos madrugadores.

El teléfono seguía avisándole cada tanto de la angustia o el enfado de Claudita. Lo cierto es que cada vez menos. Ella era orgullosa. Optó por seguir en modo silencio. Tanto por castigar como por no ser castigado, alterado en su designio cada vez más claro. Quería ser un circuito cerrado perfecto, con él mismo como emisor y receptor, para que nada ni nadie pudiera modificarle.

Comió con prisa. Su instinto le decía que Riva estaría a punto de ponerse en marcha. Lo hizo a las 16.20. Fortunato lo siguió hasta su local de ensayo en la calle de las Aguas, a apenas unas manzanas de su casa por la calle Don Pedro. Fortunato se tomó unas cañas en el barril, escupió huesos de aceitunas, fumó. Le alegró ver que no estaba el mismo camarero, fue cortés pero reservado con la chica que atendía el bar. Un par de horas después siguió a Riva de vuelta a su casa. Le vio entrar en el portal. Al poco se encendieron las luces de sus ventanas. Fortunato cambió de acera y se tomó algo en una taberna, sin dejar de vigilar el portal. Había visto un par de veces a Riva en acción, en fiestas de estrenos a las que acompañó a Claudita, y el tipo iba siempre como una moto. Y a las motos hay que echarles gasolina. A la gente así, es ponerse el sol y les entran los picores. La noche es madre y encubridora de nuestros pecados.

A eso de las nueve de la noche llegó un chico joven en un *scooter* de gran cilindrada, que aparcó sobre la acera y directamente frente al portal de Riva. Se quitó el casco, se atusó el pelo y caminó decidido al telefonillo. No tuvo que esperar mucho. Le abrieron el portal y entró.

Apenas tardó cinco minutos en bajar, ponerse el casco y largarse, Bailén para adelante hacia la calle Segovia, donde giró y desapareció. A Fortunato le quedó claro que era un mensajero sin paquetes ni sobres. Lo que entregaba le cabía en los bolsillos y no tenía horarios comerciales, sino de camello. Fortunato decidió concentrarse en esta posibilidad. No madrugaría, la vigilancia matutina no tenía sentido. Empezaría después de comer y apostaría por que el joven del *scooter* fuera el teleperico de Riva.

Al día siguiente vio a Riva salir un poco más tarde, ir a su local de ensayo, comprar tabaco y algo de comida en el camino de vuelta. El chico no vino y Fortunato temió por la solidez de su apuesta. La que sí vino fue una chica joven y guapa. Imposible saber si iba a ver a Riva, a alguien más o vivía allí. En cualquier caso, Fortunato decidió retirarse. Aparte de Riva en estos dos días de vigilancia solo había visto salir del portal a un señor mayor elegante, con muy buen porte, a una anciana muy pequeñita y arrugada que caminaba del brazo de su cuidadora latina y a una pareja joven con dos niños. También vio muchas luces que nunca se encendían. Debían ser pisos vacíos. Trató de encajar a la chica y al del *scooter* en esa pequeña comunidad y le pareció más probable que tuvieran relación con Riva. Igual eran todo figuraciones suyas, reconoció mientras caminaba hacia el hotel, pero tenía que elegir un camino, unos medios. Se sacó el móvil de Tánger del bolsillo, lo encendió y vio que no tenía mensajes ni llamadas perdidas. Los otros jugadores no aparecían. Aquello le devolvió a su realidad, estaba tan a gusto como cazador que se había olvidado de que, con seguridad, estaba a punto de ser presa de alguien.

«No creo que me maten sin más. No me habrían dejado el móvil ni ese número de teléfono», Fortunato pensó que le estaban probando, intentando poner nervioso, así que decidió no volver a llamar al tal Gutiérrez y, por si las moscas, dio unas cuantas vueltas antes de volver al hotel por ver si le seguían.

Al día siguiente ya no había llamadas de Claudita, ni mensajes. ¿Esto sí lo respetas?, se dijo Fortunato, ¿ya te rindes? ¿Te importo tan poco? Lo cierto es que aunque intentó sufrir no lo consiguió, así que dejó de empujar emociones que no sentía —Claudita le explicó una vez que eso es lo que hacen los malos actores— y se concentró en la vigilancia. Era el tercer día. Si el chico del *scooter* aparecía tenía que poder seguirlo. No podía pararse durante horas en la calle Bailén y no quería perderlo entre el tráfico, así que alquiló otro *scooter*. Lo estacionó en la esquina de la calle Don Pedro con Bailén, guardó el casco bajo el asiento y se sentó un buen rato en la parada. A las cinco vio a Alberto Riva salir de su portal con una mochila al hombro y girar la esquina para ir hacia el local de ensayo. Lo siguió a pie. Estaba el camarero, no la chica. Hablaron un poco del Atleti, de lo bien que lo estaba haciendo Simeone. Luego Fortunato hizo tiempo leyendo el *Marca*. Riva salió justo cuando su presencia allí empezaba a ser injustificable. Fortunato le dejó pasar hacia Bailén, se despidió del camarero, le siguió hasta el portal, cruzó la calle y se sentó sobre su *scooter*. Nada. Se fue a la parada. Nada. Los viejos, los papás. Ni rastro de la chica. Ni del chico de la moto. Se mudó a la ventana de una taberna que había en la esquina. Comió algo. Pagó. Eran las diez y media de la noche. Miró las ventanas iluminadas de Riva. Salió a la calle decidido a largarse y darse otra oportunidad mañana cuando vio aproximarse al chico en su *scooter*. Desde la acera de enfrente, Fortunato, sin quitar los ojos del chico, sacó el casco de debajo del asiento, se sentó en su moto y la destrabó, actuando como un reflejo inverso de lo que hacía el joven frente al portal de Riva, preparado para salir detrás de él en cuanto se marchara. El muchacho no tardó mucho en bajar y salir hacia la calle Segovia. Fortunato le siguió. El chico hizo otras dos paradas rápidas en pisos del centro, otra en un restaurante de la calle Echegaray en cuya puerta le esperaba un tipo que fumaba. Definitivamente era un camello, sonrió Fortunato dentro de su casco. En las diferentes paradas, Fortunato tuvo ocasión de verle bien. Sacó mucha información de su vigilancia: viste sin estridencias, ropa cara, corte de pelo, moto potente, nueva... Es un pijo. Un pijo que va de malote. El último trayecto fue a un garaje privado en Chamberí. El chico entró y salió a pie, casco en mano. Fortunato vio en qué dirección caminaba y le adelantó unos metros con su *scooter*, para recogerlo al final de la calle y seguirle a pie. El muchacho caminó poco más de una manzana, hasta un edificio moderno de apartamentos, sacó unas llaves y abrió el portal. Es su casa, se dijo Fortunato, que se movió rápidamente a la acera de enfrente para ver qué luces apagadas se encendían. Al cabo de unos minutos lo hicieron las del segundo exterior. Fortunato cruzó y examinó el telefonillo. Había cuatro segundos, dos interiores y dos exteriores. Aunque no estaba seguro, dependía de la posición del ascensor, le pareció que el que se iluminó era el segundo derecha. Ropa cara, moto nueva y plaza de garaje, pelito corto pero sin extremismos, piso en Chamberí. Es un pijo. Reparte por las tardes y hasta una hora prudente, nada de madrugada ni en garitos. Debe tener las mañanas pilladas. Estudiante. Sí, asiente Fortunato, es un estudiante. Seguramente un mal estudiante de ADE con gustos caros y una clientela para pagárselos. ¡Todo un joven emprendedor, orgulloso de no pedir más dinero a sus papás y de caminar por el lado salvaje! Seguramente lo invitan a las mejores fiestas universitarias para que lleve perico, se divierte mientras hace negocio y se tira a alguna niña mona y enzarpada.

Fortunato aparca la moto en la esquina, guarda el casco, otea cornisas y no ve ninguna cámara. Se da una vuelta a la manzana mientras ordena ideas y analiza bien dónde está. Luego, satisfecho, camina decidido hacia el portal.

En el telefonillo hay solo dos segundos exteriores, izquierda y derecha. Fortunato ve que el vano del portal es profundo y los segundos no tienen balcones, no tienen visión sobre él. Pulsa el izquierdo, le contesta una mujer mayor. Fortunato calla, espera y llama al otro, responde la voz de un joven.

—¿Sí?

—¡Abra, policía!

—¿Qué?

—¡Que abra, policía!

Hay un momento de silencio al otro lado del telefonillo. El chico se acaba de cagar encima, piensa divertido Fortunato, no hay que dejarle pensar. Sonríe mientras pulsa repetidamente el timbre. Al fin se abre la puerta. Fortunato entra con rapidez. El ascensor está en el quinto. Fortunato lo llama para que nadie pueda usarlo antes de que él alcance el segundo. Sube las escaleras sin correr, controlando la respiración. Tensando y destensando la musculatura para activarla, abriendo y cerrando las manos enguantadas para calentar los nudillos. Al fin, aporrea la puerta del segundo exterior derecha. Dentro del piso se oyen ruidos, cosas que se caen.

Cuando el chico abre la puerta, intenta pedirle la orden de registro. Fortunato lo empuja, entra y cierra tras él.

—¡Tú no eres policía!

—¿No? —Fortunato lo abofetea, mano abierta pero impactando con el hueso bajo el mollete de la palma, que es duro como un nudillo. Pega debajo de la oreja, el otro se desploma. Espera a que se levante y lo abofetea en cuanto habla, lo derriba otra vez. El chico está aterrado. Con un vistazo rápido, Fortunato comprueba que no hay armas cerca. Sobre una mesa baja ve lo necesario para cortar perico, un cuchillito de cocina, tarjetas de plástico para mezclar, un espejo grande con restos de coca y corte, una balanza electrónica y bolsitas de plástico. El chico se incorpora masajeándose la cara y con lágrimas en los ojos—. ¿Cierro la mano?

—¡No, no, no! No me pegues más... —suplica el chico, aterrado y sorprendido de que un bofetón pueda hacer tanto daño—. ¡Joder, tío!, ¿qué quieres?

—Perico.

—¡Tú estás loco, tío! Yo no...

El chico no acaba la frase. Fortunato le ha movido el cerebro de otro bofetón.

—¡Joder, acabo de tirar doscientos gramos por el váter, por tu puta culpa! ¡Dijiste que eras la madera!

—¿Y tú crees que la madera llama al telefonillo?

Otra bofetada.

—¡No tengo dinero! ¡Tío, no tengo dinero, llévate la tele, el ordenador!

—No quiero nada de eso. Anda, siéntate. —Esta vez Fortunato lo ayuda a levantarse con delicadeza—. ¿Cómo te llamas?

—Franky... Francisco. Francisco Torrecilla, yo...

—No te voy a volcar, Franky. Solo quiero que me ayudes.

Franky se tranquiliza. Se da cuenta de que no es un robo. Ahora, el miedo es libre y caprichoso, es cuando ve el otro lío en el que está y otra preocupación parece apoderarse de él.

—¡Tío, que lo he tirado todo por el váter! ¡Que eso tenía dueño, me van a crujir! —lloriquea buscando compasión en el extraño.

Una inesperada paz se posa en la escena. Solo se oyen los jadeos lastimeros de Franky, que parece relajarse un poco. Fortunato le mira comprensivo, sonríe y saca un fajo de billetes de cincuenta euros, le da un par de miles al chaval.

—¡Fiuuuuu! Esto es mucha pasta. ¿Qué, es mi día de suerte?

—Tengo mucha pasta, mucho tiempo y muy mala sangre. ¿Entiendes lo que te quiero decir?

—Sí, sí, tranqui.

—Háblame de Alberto Riva.

—¿El del teatro?

—¿Es tu amigo?

—¿Ese gilipollas? ¡No, para nada!

—¿Hace mucho que le pasas?

—No, medio año, creo. Yo estudio y lo hago par...

—¿Cómo os comunicáis?

—Por WhatsApp. Me escribe, tantos pollos, libros, litros..., yo qué sé. Es muy rebuscado para eso. Rollo malote de película, ya sabes... Se los llevo a casa y punto. Se pone mucho, le llevo cinco gramos cada dos días, más o menos. A veces, más.

—¿Sabe tu nombre?

—No. Yo le digo que me llamo Jairo y que tengo familia colombiana. Le pongo acento paisa, lo aprendí viendo *El patrón del mal* y *Narcos*. Por marketing. Y seguridad.

—¿Tampoco sabe dónde vives?

—Ni de coña.

—Yo sí.

—Ya.

—Dame tu teléfono. El que uses para currar.

—Pero... Ahí tengo todo.

—Cambiarás a menudo el número, ¿no?

—Sí, claro —le miente Franky y Fortunato lo nota.

—Pues ya está, dame tu teléfono y la contraseña. Cambia de número. Y no le avises.

Franky duda, Fortunato le golpea de revés en la tráquea,

con cuidado de no partírsela. Franky se derrumba y cree ahogarse.

—Tranquilo, chaval, respira..., así, así... Esto no va contigo, Franky. Solo has tenido mala suerte. Mi movida es con tu cliente. Dame lo que te he pedido.

El otro lo hace, le da un iPhone nuevo y su clave.

Fortunato le observa inexpresivo. El chico se pone nervioso.

—Oye, Franky Jairo, saca el perico de donde lo escondas.

—¡Que lo he tirado por el váter, tío!

—Recuerda. No soy madero. Solo un tío con mucho dinero, mucho tiempo y muy chungo. El otro es solo un cliente. Un cocainómano gilipollas. Yo puedo ser tu destino. ¿Quieres volver a verme?

—No, no...

—Pues trae perico, el mejor que tengas.

El camello asiente, se acerca al sofá, se agacha y mete la mano debajo. Suenan unos velcros. Cuando se pone de pie tiene en la mano medio ladrillo de coca envuelto en plástico de cocina. Fortunato asiente satisfecho.

—Quita un buen pellizco, unos diez gramos, y ponlos en una bolsita transparente, de las de autocierre.

Franky lleva el medio ladrillo a la mesa, descubre un canto y saca unas piedras con el cuchillito de cocina. Agarra la bolsita y la sostiene en alto mientras, sin dejar de mirar a Fortunato, mete las roquitas nacaradas. Luego la cierra y se la da. Fortunato la guarda despreocupadamente en el bolsillo del abrigo.

—Puedes decir que es tu día de suerte. Y tranquilo, no creo que me vuelvas a ver.

Fortunato se va.

Mientras camina hacia la moto, las manos en los bolsillos de su chaquetón, se da cuenta de que ahora lleva tres móviles encima. Comprueba el suyo. No hay mensajes ni llamadas de Claudita. Realmente, piensa Fortunato sin disgusto alguno, a mí no me llamaba nadie salvo ella y Fernández. Y el viejo está muerto, seguro. Si los verdaderos afectos son quienes te llaman sin razón, solo para interesarse por ti, Fortunato solo tenía el de Claudita. Y con ella no quiero hablar, me viene bien no hablar ahora. Mañana lo dejo en el hotel. En el otro móvil, el de Tánger, nada. Ni rastro del tal Gutiérrez. Fortunato siente una paz profunda, que le empapa, tras liberar algo de violencia con ese camello. Es como si algo que andaba mal, una pieza suelta, se hubiera reajustado. Se siente confiado, ha recobrado la iniciativa de algún modo, y se promete no caer en el juego de ese desconocido Gutiérrez. Ya llamará. O escribirá. No le preocupa.

En realidad, es otro mensaje el que desea.

Espera el siguiente pedido de Alberto Riva.

28

Amigo mío, la verdad genuina, ¿sabe usted?,
siempre parece improbable. Para que la verdad
resulte probable hay que mezclar con ella algunas mentiras.

Fiódor Dostoievski,
Los demonios

Fortunato durmió bien. Tras desayunar regresó a su habitación, se volvió a tumbar y dedicó un rato a ver la tele, las
noticias. Sin mucho interés. Miraba casi sin escuchar, mucho
más pendiente de la dialéctica interior que iba configurando
un plan para sus siguientes pasos. Una decisión se le iba imponiendo cada vez con mayor claridad, tanta que, al fin, se
incorporó casi de un salto y se sentó en el borde de la cama.
Miró los tres móviles sobre la mesilla. Decidió no encender el
suyo. Encendió el móvil de Tánger, esperó. Nada. Ni mensajes ni llamadas del tal Gutiérrez. Fortunato sintió la tentación
de llamar él, pero lo descartó rápidamente. Si le contestasen
se abriría un escenario nuevo, añadiendo nuevas variables a la
ecuación de su presente. Además, lo cierto es que el miedo es
difícil de sostenerse en el tiempo sin los estímulos necesarios
y Fortunato empezaba a estar más tranquilo respecto a sus
posibles enemigos. Si ellos podían esperar, él también. Optó

por aparcar también este tema sobre el que, realmente, no tenía mucho que hacer. Encendió el móvil de Franky. Como era de esperar entraron muchos mensajes, wasaps, llamadas perdidas. Supongo, pensó Fortunato mientras repasaba quiénes querían contactar, que al chico no le ha dado tiempo de comunicar a todos sus clientes su nuevo número. Habrá pasado mala noche. Lo estará haciendo ahora. Y eso nos deja solos a Riva y a mí. Él no lo sabe, pero en el laberinto ya solo estamos él y yo. Y él no es Teseo, es un mierda. Pero yo sí soy el Minotauro. A Fortunato le alegró ver que Alberto Riva no había escrito a Franky. Necesitaba tiempo para prepararse.

El resto del día lo ocupó en pasear, buscar inspiración en los Grosz del Thyssen, comer y hacer algunas compras por el centro.

A las cinco de la tarde le vibró en el bolsillo derecho del pantalón el móvil de Franky. Leyó:

A las 9. Tráete los dos libros que te dejé, estudiante!

A Fortunato le alegró el mensaje, aunque le molestó mucho que un hombre de la cultura escribiera usando solo la exclamación final. Con la gramática pasa, parafraseando a Saramago, como con la memoria histórica, que se empieza por el olvido y se termina en la indiferencia. Claro que, se reconoció ecuánime Fortunato, a mí cualquier cosa que haga este hijoputa me molesta.

El resto del día ya fue solo espera.

A las 21.05, Fortunato pulsó por dos veces, un toque neutro, sin familiaridades, el telefonillo de Alberto Riva.

—¿Quién es?

—Yo —eso dijo Fortunato confiando en que el monosílabo enmascararía la diferencia en la voz. La puntualidad y el ansia del adicto harían el resto. El portal se abrió.

Fortunato no se había cruzado con nadie ni en el portal ni en el ascensor. Tocó el timbre de la casa. Al abrir la puerta, la sonrisa se borró de la cara de Alberto, quien no pudo evitar asomarse y mirar confuso al descansillo.

—¿Qué haces tú aquí?

—Hola, Alberto. —Fortunato se quita una gorra de visera—. Esperabas a Jairo, ¿verdad?

—... Sí...

—¿Puedo pasar? Será un momento.

—¿Eh?... —Alberto le mira fijamente, duda un instante—. Claro, pasa.

Alberto abre la puerta y le invita con un gesto teatral, pero apartando la vista de él. Está intentando encontrarle el sentido a mi visita, piensa Fortunato, tengo que ayudarle.

—Jairo no puede venir, le ha surgido un imprevisto, me avisó, y he pensado ¡qué cojones!, eres muy amigo de Claudita, sé que la estás ayudando, así que... —Saca del chaquetón la bolsa de plástico transparente que le dio el chico, con unos gramos de coca muy pura, y se la da a Alberto con toda naturalidad. Luego se quita del cuello un largo *foulard* de seda y lo guarda en un bolsillo del chaquetón—. Ya era hora de que me presentara, ¿de quién crees que es el perico que te ha traído Jairo durante meses?

—Es mucho más de lo que he pedido —dice Alberto sosteniendo la bolsa en el aire y sopesando su interior. Desconfía, pero no la devuelve. La adicción es aliada de Fortunato. Todo verdadero cocainómano se engolosina al ver coca, piedras nacaradas de buen perico. Anticipan el subidón y lo único que les importa es meterse una raya cuanto antes. Todo lo demás puede esperar porque todo lo demás será más fácil tras meterse.

—No te preocupes, esta va a cuenta de la casa —cierra el lazo Fortunato.

—¿Te importa? —dice Alberto mientras se sienta en un sofá frente a una mesa baja, saca una piedra y empieza a pisarla con un mechero y el chivato de un paquete de Marlboro.

—Es crema. Digamos que le he dicho a Jairo que establez-
camos un programa de puntos con nuestros mejores clientes.
Da derecho a calidades superiores. Te puedo conseguir la que
quieras, clase A, no la porquería que pilla la gente.

Alberto alza los ojos unos instantes y le mira con extrañeza un momento, luego baja la vista, comprueba que ha picado
bastante y saca una tarjeta de plástico, una llave de hotel, de la
cartera.

—¿Clase A? Esas son tonterías de primero de *dealer*, ¿no?
Tenéis la que tenéis y soltáis esos rollos para halagar la vanidad de los imbéciles que se quieren sentir más listos que los
demás.

Alberto se peina dos buenas rayas sobre un libro, esnifa
una y le ofrece la otra. Fortunato niega con la cabeza, sonriendo lo justo para no humillar la adicción del otro.

—No, gracias. Ya sabes lo que dicen en las pelis. Nunca te
metas lo que vendes.

—Pues la conversación no va a ser lo mismo.

—No te preocupes. Puedo ser muy parlanchín.

—No, no lo eres. Me queda por saber si porque eres muy
listo o porque eres muy bobo. ¿Whisky? —Alberto se enciende un cigarrillo y da una calada ansiosa, profunda.

—No. Pero te acepto una cerveza.

Alberto le mira fijamente, echa el humo y retador se mete
la mitad de la otra raya. Se va a por la cerveza.

—¿Te vale la lata?

—Sí, tranquilo.

—¿Mahou? —pregunta Alberto desde la cocina.

—La mejor.

—Oye, ¿no te vas a quitar el abrigo?

—Le doy un par de tragos a la birra y me voy, gracias. Voy
con prisa.

Alberto, pitillo en la boca, vuelve con la lata y un vaso con
hielo lleno de whisky. Bajo el brazo trae también una carpeta

que deja entre ellos. Beben. Alberto abre la carpeta y saca una copia anillada de *Historia para conejos*. La deja con una parsimonia teatral ante Fortunato. Este la recoge con timidez, la ojea y se la pone bajo el brazo.

—La obra no está mal para un aficionado, tiene cosas interesantes. —Cualquier intención de halago la desdice el tono burlón de Alberto—. ¿No te gustaría representarla con algún grupo aficionado, en centros culturales y sitios así?

—No, escribo para mí, para nadie más que para mí —dice Fortunato con seriedad mientras observa cómo la coca apuntala la arrogancia de Alberto, ajeno ya a lo ilógico de esta escena, de su presencia allí. Necesitado solo de herir, de quedar por encima del otro.

—Bueno —se ríe Alberto—, el teatro universal seguirá adelante pese a perder semejante texto.

—Si tan malo te parece, ¿por qué lo leíste con Claudita? ¿Por estar un rato junto a ella? ¿Para hacerla creer que pasaría y ella sería la actriz de tu próximo gran montaje?

Alberto esnifa el resto de la raya, se sacude y se burla de nuevo.

—Nunca haría un montaje con esa porquería. Lo sabía en la página cinco. Pero seguí con las lecturas y las reuniones para darle a ella una lección. Para demostrarle que ya no tenía ningún poder sobre mí. Le dejé que lo pensara, le puse peros al texto, pero también alabé algunas cosas, le dejé que, aunque fuera bromeando, se me ofreciera por amor a ti y por un absoluto desprecio a mí, a mi voluntad. Para humillarla con mi absoluta indiferencia y despreciando ese texto sin pies ni cabeza de su idolatrado Fortunato. La dejé nadar para ahogarla en la orilla, mi señor traficante ilustrado. ¡Lo cierto es que esta coca es superior! Esta no es la de Jairo, no... Cocina boliviana, ¡la mejor!

La boca de Fortunato sonríe, sus ojos no.

—Eres un gourmet.

—Soy mucho más de lo que tú nunca serás. —Alberto está puesto, pero no es imbécil y salta ante la mordacidad de Fortunato—. Por eso me ofende el amor que siente Claudia por ti. ¡Me indigna ese error!

—¿Quieres más? Tengo toda la que quieras.

El director, enzarpado, se ríe.

—¿Perico por Claudia? ¡Pobrecita, ella te cree su Lancelot, su caballero sin tacha! Obsesiva, no con todo, claro. Hay cosas que parecen no afectarla, personas que no le interesan. Es obsesiva con su felicidad. Con la felicidad de la persona en la que cifra su felicidad. Obsesiva en su amor por ti. Fortunato, algún encanto, cierto refinamiento que a mí se me escapa, debes tener. Pero supongo que tú no eres tonto, que tienes clara y asumida tu falta de talento como escritor.

—Ya te lo he dicho. Escribo con una intención privada y terapéutica. Ficción, porque me parece muy estúpido ser un... delincuente y llevar un diario.

—Pero Claudita lo apuesta todo a que sí, a que su amor tiene un gran talento. ¿Tú sabes que tiene una patología autista, un Tourette de libro?

—Lo sé. He oído antes ese mismo diagnóstico.

—Una vez me dijo que no hay gradación para ella: lo importante es absolutamente importante, lo que no le importa no existe. Sé que no me ama, pero a ti sí. Estoy seguro de que Claudia se dejaría follar por mí a cambio de lo único que a ella le importa: que me lea *Historia para conejos.* —De pronto Alberto calla, parece trabarse, olvidarse de intentar una escena con la civilizada crueldad de un Pinter. Abre la boca mucho, sin decir nada. La coca le golpea. Por fin la doma y arranca de nuevo—. Es patético. ¡Todo esto es terrible! Y es por tu culpa. ¿De verdad te llamas Fortunato? ¡Es un nombre imposible, ridículo! ¡Fortunato, vamos no me jodas! —Alberto parece ahora dolido, furioso—. Siempre sospeché de ti. Siempre intuí, yo, un dramaturgo que vive de su intuición y conocimiento de lo humano, que ocultabas algo. ¿Así que era este el misterio, que eres un camello? ¡Decepcionante!

Fortunato no le contesta, le da la espalda y se acerca, cerveza en mano y con su obra bajo el brazo, a los anaqueles de una extensa librería, ladeando la cabeza al examinar algunos títulos y asintiendo para sí, ajeno por completo a los insultos de Alberto. Deja con suavidad la cerveza y el libreto en un estante. El otro se levanta; Fortunato se pone unos finos guantes de cuero mientras le oye aproximarse.

—¿No me has oído? ¡Que te vayas de mi casa!, ¿estás sordo, camello? Olvídate de que vuelva a pillar nada. —Cuando Alberto le pone una mano en el hombro izquierdo, Fortunato la agarra con su derecha, tira de él para desequilibrarle mientras la retuerce y hace girar al sorprendido Alberto como una peonza.

—No soy un camello, soy un asesino. —Fortunato le hace un mataleón.

Como había previsto, el sorprendido Alberto intenta zafarse tirando de los antebrazos, bloqueados en torno a su cuello en una llave perfecta y protegidos por las mangas de su abrigo. A la víctima le falta la calma, la experiencia para defenderse de un ataque así. No se le ocurre dejarse caer, usar su peso muerto para desequilibrar a su agresor y liberarse del estrangulamiento. Ni buscar los ojos de su atacante, arañarle la cara. Cuando lo encuentren, no habrá células epiteliales de Fortunato bajo sus uñas. Alberto se desvanece, desmadejado a sus pies. Fortunato no pierde un segundo en disfrutar de la imagen. Se arrodilla junto a él. Saca una jeringuilla de su plumier, luego otra, y le inyecta cocaína en las axilas dos veces. Varios gramos diluidos en suero. Apenas tarda unos treinta segundos en hacerlo. Cuando el director vuelve en sí ya está a punto de sufrir un infarto, se ahoga. Fortunato, de nuevo en pie, le habla.

—A partir de cierta edad hay que dejar de meterse, Alberto. Si no por salud, sí por decoro. Un joven empericado puede ser bello, gracioso. La juventud es bella. Pero un viejo como nosotros, mandibuleando, es patético. Mírate, un director gordo, fumador, restos de coca, todo el mundo en el mundillo sabe que eres un enzarpado. Tu leyenda crecerá para algunos, aunque desde luego no vas a dejar un cadáver bonito. Te vas a cagar encima, lo sabes, ¿verdad? Artista, maldito, explorador de infiernos que luego nos descifrabas... Pero, la verdad, es una muerte vergonzosa, ni tu familia insistirá en investigar demasiado. La poli tampoco hará nada, no es una muerte violenta a manos de marginados, así que no les vale para los publirreportajes de sus intervenciones en los telediarios y anarrosas. Es más, todos se aferrarán a tu adicción porque sí vale para apoyar alguna campaña de Sanidad. Si te ofrecen drogas, di simplemente no. ¿Te acuerdas de esa? ¡Qué cachondos, la hicieron con Maradona! Puro Guy Debord... Te mueres por sobredosis. Pero no es eso lo que te mata. Siempre tuve claro que eras un gilipollas arrogante, pero también un director con mucho talento. Mucho más que como actor. Pero sí, con talento, con genio. Yo intento separar siempre al artista de la persona, a veces me cuestiono si es correcto. Pero ¿por qué renunciar a la belleza que pueda crear un monstruo? ¿No? Eso, me repetía. Bueno, así podía admirarte como dramaturgo pese a no soportarte. Pero ya no. ¿Y la pureza? ¿El compromiso con el arte, con la creación? Si el arte te salvaba, traicionarlo te mata. Mueres por mentiroso, por corruptor de tu arte, por soberbio. Mi obra nunca te interesó, era solo un medio para estar cerca de ella, ¿verdad?

—¡Tu obra es una mierda! —consigue jadear entre ahogos Alberto Riva mientras se retuerce y se agarra el brazo izquierdo como si quisiera impedir que se desgajara de su cuerpo.

—Lo sé, Alberto, lo sé. Nunca pensé otra cosa. No me engaño en cuanto a mi valía literaria. En cambio, tú... ¿Lo ves? Mueres por no haber respetado tu arte, por no haberte respetado a ti mismo siendo sincero...

Fortunato lo ve morir. No es un encargo. Es una corrección, un ajuste. No tiene derecho a poesía.

Fortunato repasa mentalmente sus pasos, lo que ha tocado desde que llegó y le alegra ver que apenas nada. La bolsa de coca lleva las huellas de Franky, un pobre imbécil que puede estar fichado. Él la manipuló con guantes. Claro que, con suerte, el chaval nunca habrá sido detenido, se repite Fortunato, a quien tampoco le interesa desviar a la poli sobre el muchacho, no como primera opción. Cantaría, se dice, hay que evitarle problemas. Luego se acerca a la librería, se bebe el resto de la cerveza, aplasta la lata con las manos y se guarda el envase chafado y plano en el bolsillo... Una última mirada. Se siente satisfecho. Se pone la gorra de ancha visera, se enrolla una larga bufanda de seda, de tal manera que le tape el cogote hasta el borde de la gorra, ocultando su pelo, mete la cara detrás, pega la barbilla al pecho, se coloca *Historia para conejos* bajo el brazo y sale. Ha tenido suerte, tampoco se cruzó con nadie ni en el edificio ni en el portal al salir. Se aleja con paso tranquilo. Unas manzanas más allá, se detiene junto a unos contenedores de basura. Se afloja la bufanda, respira. Tira la obra al de papel y cartón, la lata al de plásticos y envases. Se quita los guantes, se los guarda y, tras una mirada rápida en torno suyo, se arranca de las yemas de los dedos unas capas finas y transparentes de silicona. Estos restos van también al contenedor. Un par de calles más lejos se quita la gorra. Caminó hasta Ópera, sacó la tarjeta del móvil de Franky, tiró por la rendija de una alcantarilla el aparato, la tarjeta en una papelera y tomó el metro.

Fortunato vuelve a casa de Franky. Es tarde, vigila la calle hasta verla vacía. Toca al telefonillo.

—¿Sí?

—Abre, soy yo.

Silencio.

—¿Qué quieres? Ya te he dado todo lo que...

—Tranquilo. Vengo a devolverte algo.

Silencio otra vez. Por fin un zumbido y la puerta zumba se abre.

Sube. Franky lo recibe nervioso, pero con una gran sonrisa.

—¡Pasa, pasa!

Fortunato asiente y sonríe a su vez. Luego entra, sin proferir palabra. Tan pronto como Franky cierra, Fortunato lo derriba con un fuerte y preciso gancho al hígado. Franky tarda en caer un instante. Pasa con los KO al hígado, el que lo recibe mira con los ojos muy abiertos, incrédulos, y luego se queda sin piernas y se desploma jadeante. Los boxeadores lo llaman «dolor de viuda», porque es breve pero muy intenso. Con una rapidez que desdice su corpulencia, Fortunato lo gira, lo coloca boca abajo, se sienta sobre él y lo estrangula con el *foulard* de seda que lleva. La presión sobre las carótidas deja de inmediato al cerebro sin oxígeno. Franky muere sin poder defenderse. Sin ruido, ni pelea. También sin poema. Fortunato se incorpora y observa el cuerpo, el arma utilizada, la causa de la muerte. Luego mira a su alrededor buscando inspiración. Sobre la mesa ve un ordenador portátil encendido. Sonríe.

Fortunato se dedica ahora a preparar un escenario de asfixia sexual: usa el *foulard*. Hace un doble nudo para que haga de tope, abre la puerta y lo pasa al otro lado por encima, cerrándola. Con el largo cabo restante hace un nudo corredizo a una altura suficiente para que, de estar vivo, Franky no llegase al suelo con los pies. Lo cuelga desnudo. Empalmado. Ya lo cantaba Siniestro Total. En el portátil que hay encendido busca una página de porno BDSM, la deja abierta y lo coloca en el suelo, a su lado. Como último detalle deja volcada a menos de un metro de sus pies colgantes una silla con ruedas, de esas de despacho.

Keith Carradine, Sada Abe y Michael Hutchence. Franky se une al panteón de tarados de la autoasfixia. Fortunato mira la escena con satisfacción, hay algo pictórico en ella. Cada detalle da información, como en esas pinturas flamencas llenas de simbología. No es una *pietà*, no. Tiene algo de letalmente fallido descendimiento. Le encanta el detalle del portátil abierto en esas páginas. Va a la cocina y encuentra un rollo de papel. Arranca unas hojas de papel y las añade a la escena, arrugándolas e introduciéndolas en la crispada y ya fría mano izquierda de Franky. Luego piensa que el muerto habría intentado liberarse con ambas manos y las deja a sus pies. Por cosas como estas Fortunato se considera un creador, un artista, por estar abierto a usar lo que el momento le da para crear su obra. Dio una última ojeada, se sintió satisfecho y salió sin ruido de la casa y del edificio.

Volvió al hotel, fumó en la ventana y luego se tumbó en la cama, con las manos junto a sus costados y los ojos cerrados. Sintió paz. Pensó que había cerrado una tarea y que ahora se podía dedicar a las dos que le restaban. Una, decidido como estaba a no volver a llamar al tal Gutiérrez, escapaba a su control. Y, además, cada vez estaba más seguro de que se resolvería pronto. Para bien o para mal. La otra era Claudita. Encendió su móvil y vio que no tenía ningún mensaje ni llamada de ella. Era, sin duda, el momento de volver a casa y poner fin a este imprescindible *kairós*.

La necesidad de amar y perdonar a Claudita, se dice Fortunato, nace de un sentimiento doloroso, terrorífico, la sensación de que la antimateria o la materia oscura que no emite nada le iba generando agujeros y devastaciones en el alma de las que ya nunca podría recuperarse. Era como si su narcisismo y su psicosis hubieran salado todos los campos, dejándolos yermos. Todos menos aquel en el que crecía su amor por Claudita. Por eso estaba dispuesto a perdonarla, por eso sabía que podía hacerlo, porque, de alguna manera, Claudita, lo que ella representaba, era lo único verdaderamente vivo que crecía en su interior. En un alma tan horadada, estéril y fría como la superficie de la luna. No solía asomarse a estos pensamientos, hurgar en su interior, pues lo único que encontraba era un desierto helado, un sabor a la propia muerte. Fuera de Julito ya no solía ver a nadie. Poco a poco, asesinato tras asesinato, de manera consciente o no, Fortunato se había apartado de los vivos. Ya no veo a amigos. Siempre encuentro alguna excusa. Todo se limita a alguna llamada, a un mensaje de texto. Fernández era lo más parecido a un íntimo y nunca supe su verdadero nombre. Bueno, se justifica Fortunato, soy un asesino, me resigné a serlo como forma de vida, a pagar el peaje de ser un anacoreta. ¿Peaje?, se contradice burlón a sí mismo, nunca me importó la gente. Los aparté a todos de mi lado, quizá porque fui un devorador de almas y cuerpos, insaciable, prematuro, y me sacié demasiado pronto. Pero Claudita, su felicidad militante, me es imprescindible, ella es lo único que evita que mi vida sea la de un loco embutido en una camisa de fuerza y encerrado en una celda acolchada, sin más compañía que sus fantasmas. O que me mate de una vez por todas. Nacemos solos, morimos solos, piensa Fortunato, solo el amor de Claudita rompe la certeza de mi soledad. Ella es ya mi único vínculo con la vida. No puedo cortarlo. Aún no. Poco después los ojos se le cerraban solos y se dio cuenta de lo agotado que estaba.

A la mañana siguiente se despertó bastante tarde, se sintió muy descansado, no recordaba haber soñado. El turno de desayunos del hotel hacía rato que había terminado, así que hizo el *check-out* y se fue a devolver el *scooter*. Luego fue paseando bajo un sol de invierno que engañaba hasta la calle Belén. Los trechos en sombra eran gélidos. Cuando entró en casa se encontró con Claudita acurrucada en un sofá, leyendo. Se miraron en silencio, ella cerró el libro y él se quitó el chaquetón y lo colgó en un perchero. Siguieron sin hablar unos minutos, gritándose así ¡perdón, perdona! y te cedo la palabra porque obré mal, porque te he herido, porque este

tiempo a solas me ha servido para ver que no quiero vivir sin ti.
Fortunato se acercó a ella, se sentó a su lado. Ambos se miran a
los ojos, reconociéndose. Él le toma las manos entre las suyas.

—Tienes las manos rojas.

—He hecho figuras de espuma. Y hace frío en la terraza.
Caliéntamelas, por favor.

Fortunato atesora las manos de Claudita, las envuelve, las
acaricia. Pero esa ternura aún no ha llegado a su cara.

—También tienes los ojos rojos.

—Hace un rato he llorado.

Fortunato bajó la vista y un silencio se coló entre ellos.

—¿Dónde has estado?

—Aquí, en Madrid. Necesitaba estar solo. Pensar sin tenerte delante.

—¿Solo?

—Sí. Te pedí que no intentaras contactar.

—No pude evitarlo.

De nuevo Fortunato aparta los ojos y suspira, invocando
fuerzas e ideas para enfrentar la quietud de ella.

—Me has hecho mucho daño, Claudia —solo la llamaba
así cuando estaban enfadados—, y aún no entiendo por qué.
No entiendo esa falta de respeto a lo que yo quería. No creo
merecerla. Lo peor ha sido el sentido de injusticia, de ser víctima de una terrible y caprichosa injusticia. Nadie lleva bien
la injusticia, Claudia. Te hace dudar de todo. Yo he dudado de
todo. He sentido que todo se derrumbaba por algo en lo que
ni siquiera tenía parte, culpa. Injusticia, indefensión... Es insoportable.

—Tienes razón. Lo que hice no tiene perdón. Da igual si
lo hice con la mejor de las intenciones, Fortu. Lo hice a tus
espaldas, sin tu permiso. Comprendería que no pudieras
confiar de nuevo en mí. Y sin confianza, ¿qué valor tiene lo
nuestro?

—Ninguno.

—¿Me vas a dejar?

—No. ¿Y tú a mí?

—No. Te amo —contesta Claudita con serenidad—. Pero no soportaría reproches. Si no crees que seas capaz de perdonarme, si me vas a echar en cara este error mío cada vez que discutamos, será mejor separarnos.

—Eso no va a pasar, te lo prometo.

—¿Seguro?

—Tú y yo no discutimos.

—Casi nunca, Fortu.

—Tú y yo nos amamos.

—Nos amamos porque somos iguales.

—¡No! —sonríe Fortunato—. ¡Somos maravillosamente distintos, gracias a Dios!

—Tú no crees en Dios. Dios no tiene nada que ver en esto.

—Es una forma de hablar. —Fortunato hace más amplia, más tierna, su sonrisa. Se lleva las manos de Claudia a la boca y las besa con suavidad, las calienta con su aliento y roza su mejilla contra ellas. La ternura dinamita las defensas del orgullo, los parapetos que pone el miedo. Claudita llora, se derrumba y dice que tiene miedo a perder la felicidad, la única que ha conocido.

Fortunato, con los ojos húmedos, le asegura que a él le pasa lo mismo. Que pensó en matarse como única salida posible y que no quiere vivir asustado. Que habría preferido que le hubiera sido infiel a que mostrara su obra, su intimidad, a ese imbécil. Pero que ahora sabe que no, que nada de eso tiene importancia y que no quiere vivir asustado, vivir sin ella. Que no pasa nada porque nada ha pasado. Fortunato besa sus lágrimas, llora él también. Claudita busca su boca. Al fin el beso rompe en risas. Ríen mientras lloran y se piden perdón. Son dos niños.

De pronto Claudita le pone una mano en la boca para tapar su risa.

—Te dije que hacía un rato, antes de que vinieras, había llorado.

—Sí, lo siento.

—No fue por ti, Fortu. No solo por ti.

—¿Ah, no?

—No. Fue por Alberto. Ha muerto.

—¿Qué dices? ¿Cómo?

—Lo encontraron muerto, en su casa. Esta mañana. La chica que limpia. Me han avisado sus asistentes.

—¡Yo no he sido! ¡Soy capaz de encajar una crítica!

—¡No te rías, imbécil! Pobrecito, sería lo que fuese, pero morirse así, solo en su casa, de sobredosis.

—¿Sobredosis de qué?

—¿De qué va a ser? De coca. Se ponía mucho, desde siempre. Pobre, me da mucha pena.

Pero la pena por quien no amas no resiste mucho, apenas unos segundos, a la alegría del reencuentro. Ahora, de pronto, a Claudita le preocupa cómo recuperar el manuscrito de Fortunato, pero este la tranquiliza: no es importante, la obra era mala, nunca quise que se representara... Claudita no le cree, le dice que no es tan mala, que... Fortunato la corta con un beso. Luego se levanta y va hasta su escritorio. Saca el manuscrito, va hasta la salamandra modernista que arde en una esquina del salón y abre la portezuela con un gesto teatral.

—¿Quiere quemarla usted, mi querida Hedda Gabler?

—¡No seas capullo, Fortu! —se ríe Claudita, a la que le está encantando la escena y no lo disimula—. ¿De verdad lo harías?

—Solo escribo para divertirme y esto ya lo hizo —contesta Fortunato echando las hojas al fuego.

Poco después estaban haciendo el amor como solo se hace tras el miedo a perder a quien amas.

Claudita cantó mientras se duchaba.

Fortunato se arrellanó en el sofá y encendió un cigarrillo.

Sintió que la alegría de Claudita y la tibieza de la salamandra alimentada con esos folios devolvían todo a su lugar, cerrando la puerta a cualquier imprevisto. Si el infierno son los otros, basta con sacarlos para acabar con el dolor y la penitencia.

Pero aún quedaba un móvil. Una posibilidad de caos. Lo puso sobre la mesa y durante el resto de su vida recordó que fue hacerlo, mirarlo y que sonara. Lo toma. Número desconocido. Fortunato lo deja sonar hasta que cuelgan, pero no lo suelta. Intuye que volverá a sonar. Cuando lo hace, contesta.

—Hola.

—¿Fortu? —pregunta una voz de hombre que no reconoce.

—Sí, ¿quién es?

—Soy Gutiérrez.

—¿Quién?

—Yo, ya sabes... —La voz calla para darle un tiempo de cortesía a Fortunato para colocar las piezas. De pronto, por el teléfono escucha con nitidez cantar a Camilo Sesto.

—Era Nino Bravo.

—Ya no. Tenemos que hablar.

—Has tardado mucho en llamar, ¿no?

—Necesitabas tiempo para solucionar tus cosas, ¿verdad?

—¿Tú...?

—No te preocupes, es muy comprensible. Además, hay encargos.

—¿Es eso todo lo que me dejó Fernández?

—Es lo que había.

—¿Solo eso?

—¿Qué más da?

—Fernández me dejó cosas, ¿verdad?

—Fernández tenía demasiada fe en algunas cosas que, luego, no son tan importantes. Donde siempre. Mañana por la tarde, también misma hora.

Antes de que pueda decir nada, el tal Gutiérrez cortó la llamada.

Volver a empezar. No era un comienzo nuevo, sino la vuelta al asesinato. Tras las dudas e inseguridades de estos días, de algún modo agradeció la certeza. ¿Libre? Fortunato intuía que el tal Gutiérrez le daría la medida exacta de su libertad, sin duda un borrón y cuenta nueva: nadie te caza, eres libre para seguir asesinando, libre para elegir tus encargos según tus muy peculiares criterios... El capitalismo, la jungla neoliberal mafiosa que necesita de la corrupción para realizarse, se dice Fortunato, te garantiza la libertad de morir de hambre, ser desahuciado o leer las mismas mierdas en periódicos distintos, por ejemplo. Pero también la libertad de asesinar por encargo.

Esa tarde y esa noche, Fortunato y Claudita las dedicaron a revivir el amor más hermoso, el que no conoce miedos ni rutinas, el mentiroso que solo es ilusión y esperanza, complicidad, pasión por el otro y entrega propia. Ahogaron con besos y piel las conciencias culpables, anudando sus contradicciones. Fue la entrega de quienes saben que han encajado para siempre sus anhelos y sus terrores, sus ternuras y sus pequeñas mezquindades, aceptando la manipulación, la propia y la ajena, para ser quien creen que más complace al otro y alejar la única emoción más devastadora que el amor, la soledad.

Durmieron abrazados, enroscados los sueños y los cuerpos.

En paz.

Fortunato se despertó antes. Se levantó sigiloso para no despertar a Claudita, que gemía dormida, se quejaba y parecía esquivar algún monstruo en sueños. Caminó hasta el salón. Hacía calor, aunque fuera la noche era fría y llovía. Se asomó a las puertas del balcón. Las abrió buscando algo de aire. La calle, mojada y sin gente, tenía algo de provinciana. Se oía golpear las gotas en canalones y cristales. Un repiqueteo que solo servía para realzar el silencio que entró desde la calle como el plomo fundido en un molde, llenándolo todo de ese no ruido que genera la vida, exhausta, al detenerse. No es el silencio de la muerte, de la ausencia total de vida, ese lo conozco —soy un asesino, pensó Fortunato— y es distinto. No, este silencio es solo una tregua y encierra en minúsculos chasquidos la promesa de la vida reanudada, del amanecer. Un silencio que huele a pan recién hecho. Volvió a cerrar las puertas del balcón. La luz estaba mucho más gris que su ánimo.

Mientras se hacía el desayuno, Fortunato escuchó un rato la radio. La apagó pronto, alegremente pesimista, pues se consideraba un optimista bien informado. Los informativos, a desgana y sin cargar las tintas, seguían retratando el país como un lodazal de corrupción. Sonrió. Se sentía bien. Era evidente que nadie tenía interés en eliminarle. Más bien todo lo contrario, el tal Gutiérrez lo quería en activo. En un mundo basado en la precariedad, el futuro se presentaba seguro para él, para alguien que operaba en las rendijas más oscuras y viscosas del poder, las que originaban la ambición, la codicia y la política como crimen. Reflexionó sobre todo esto mientras acababa su desayuno y agradeció no vivir en una socialdemocracia nórdica o en uno de esos países donde los ministros dimiten por una multa de tráfico. Sí, concluyó Fortunato con un último sorbo de café, en un país así me moriría de hambre, pero aquí, a mi manera, puedo seguir luchando contra las sombras. Las que el poder mantiene para beneficio de unos pocos son las que uso yo para esconderme, para asesinarlos. Para disolver los límites de un mundo que detesto. Esa es mi *opus nigrum*, mi particular alquimia para transformar miedo, celos, rivalidades, avaricias y banderías ajenas en oro.

Claudita seguía dormida y la casa callada, el tiempo amable, detenido.

Fortunato se sentó en la silla frente al escritorio, abrió el cajón y vio el vacío que antes ocupaba *Historia para conejos*.

Pensó en Claudita y la gente que había muerto por su gesto de amor hacia él. El amor mata mucho. Se dice poco, pero así es, piensa Fortunato, quien no incluye en su concepto de la letalidad del amor la tragedia cotidiana de la violencia machista. No, eso no tiene nada que ver con amar sino con poseer, con el miedo y la poca autoestima. Suspira, enciende un cigarrillo y se resigna, esta vez, a su condición de mal escritor, pero le calma saber que nunca nadie representará esta obra. Exhala el humo y lo ve fijarse inmóvil ante él, como si el silencio y el calor le impidieran moverse. Sí, piensa Fortunato, su enano conejo nunca correteará por un escenario. Otra calada y encaja el cigarrillo en la muesca de un cenicero. Luego saca un cuaderno de espiral y su pluma Montblanc, que alinea perfectamente con el canto de la libreta. Endereza la espalda y mira sus utensilios, los reconoce. Fortunato es un fetichista de la escritura, siempre en papel y con esta pluma que le regaló su padre. ¿O la heredó? El sonido del plumín de oro y acero contra el papel de buen gramaje le relaja y le excita a la vez. Fortunato desenfunda la pluma y abre el cuaderno.

Bueno, se dice, ya escribí un poemario lastimoso, una pésima obra de teatro, ¡es el momento de intentar una mala novela!

Los ojos clavados en esa primera hoja vacía, en el abismo blanco. Está pensativo, la mano derecha describe pequeños arabescos en el aire hasta que, con una sonrisa casi infantil en la cara, como un niño que ha encontrado un huevo de Pascua, el plumín empieza a roncar contra el papel y escribe el título...

«El asesino inconformista»

Agradecimientos

Gracias a Palmira Márquez por su aliento y sabiduría. Y a Alberto Marcos y David Trías por sus acertados comentarios.